PRIME IMPRESSIONI

AUCKLAND MED 1

JAY HOGAN

Traduzione di
BARBARA CINELLI

SOUTHERN LIGHTS PUBLISHING

Paperback ISBN:978-0-9951325-8-0

Ebook ISBN:978-0-9951325-7-3

Quarta Edizione digitale pubblicata a febbraio 2021

Quarta Edizione Paperback pubblicato a febbraio 2021

Prima edizione pubblicata da Blackout Books, 2018

Seconda edizione pubblicata da Dreamspinner Press, 2019

Terza edizione pubblicata da Southern Lights Publishing, dicembre 2019

Quarta edizione pubblicata da Southern Lights Publishing, febbraio 2021

Cover Art Copyright © 2019 Kanaxa

Il contenuto della copertina è a solo scopo illustrative e la persona raffigurata sulla cover è un modello.

Tradotto da Triskell Translation Service

Traduttrice: Barbara Cinelli

Per la mia famiglia, che legge tutto ciò che scrivo e continua a dire che lo ama, arrossamenti inclusi.

CAPITOLO UNO

Il giovane si muoveva al ritmo sensuale come caramello caldo, fluido e sinuoso sotto il calore torrido e continuo dell'illuminazione del club. Acri di luminosa pelle olivastra senza rughe in vista scivolavano in modo seducente sui muscoli flessuosi e resi scivolosi dal sudore, il tutto mentre ondeggiava al suono dei bassi martellanti, catturando l'attenzione affamata di diversi uomini allineati contro il bancone.

Non aveva più di vent'anni, il corpo snello mostrava ancora gli angoli morbidi della giovinezza, anche se già temperato dalla succulenta promessa di una maturità muscolosa che doveva ancora venire. Riccioli scuri gli lambivano la nuca, più che sufficienti per offrire una presa salda, e un culo tanto sodo quanto criminale era stretto in un paio di jeans neri che facevano tendere quelli di Michael in apprezzamento.

Ma così giovane? Cavolo, Michael aveva degli impianti dentali più vecchi di lui. Non avrebbe nemmeno dovuto guardarlo. Però la fame in quello sguardo bollente era tutt'altro che verginale e, dannazione, non riusciva a staccargli gli occhi di dosso, incollati a ogni curva di carne come se quella potesse fornire la risposta a tutte le cose che lo affliggevano. E forse l'avrebbe fatto, almeno per quella sera.

Il corpo gli pulsava per l'eccitazione, e si convinse che il giovane sapeva esattamente cosa stava facendo, visto come squadrava gli ammiratori, e tutta quella fresca giovinezza urlava semplicemente compiacenza. Era una performance progettata per sedurre, e Michael era d'accordo al cento percento. Sperava solo che il giovane avesse i mezzi per mantenere la promessa che il suo corpo era così dannatamente impegnato a spargere in giro.

Avevano già incrociato gli sguardi una o due volte, come in quel momento, quando lo sconosciuto trapanò Michael con uno sguardo acceso mentre si passava le mani sul petto e lungo le curve succulente di una serie di addominali ben sviluppati. Promettente, di sicuro, e anche se Michael di solito non era tipo da sfogliare la sezione "baby gay" quando andava in cerca di un uomo, pensava di poter fare un'eccezione in quel caso perché, dannazione, quel ragazzo era delizioso.

Tuttavia, le prime scelte non andavano sempre a buon fine, e quel particolare pesce aveva un partner al seguito, un uomo più anziano la cui mano possessiva non lasciava mai il suo fianco. Percependo la distrazione del ragazzo, l'uomo seguì il suo sguardo e inchiodò Michael con un'occhiataccia. Fece scivolare la mano sulla schiena del giovane e lo strinse forte in un'inconfondibile dimostrazione di possesso.

Beh, che cazzo. Michael fece un sospiro. Non aveva l'abitudine di soffiare gli uomini altrui. C'era carne più che sufficiente in giro senza complicare un semplice rimorchio con della sofferenza inutile. Ma la risposta del giovane ballerino alla rivendicazione territoriale gli balenò per un attimo davanti agli occhi. Durò abbastanza a lungo perché lui cogliesse l'espressione irritata che il ragazzo lanciò verso l'uomo più anziano, e il modo in cui fece due passi indietro. Due passi che crearono distanza tra loro e un'opportunità nella mente di Michael. E quando quello sguardo impaziente si fissò su di lui... *beh, cazzo sì, giochiamo.*

Abbandonando la sua bevanda, Michael fece l'occhiolino al

barista e ne ricevette uno in cambio. Controllò la targhetta con il nome del ragazzo, James, e lo memorizzò per il futuro. L'uomo aveva il corpo di un giocatore di football ed era chiaramente interessato, ma quella sera lui aveva altri pesci da prendere.

Si levò la camicia, la infilò nella parte posteriore dei jeans e si diresse verso la pista da ballo calda, catturando alcuni sguardi. Sapeva di non avere un aspetto sciatto: mangiava bene e si allenava regolarmente, mirando a essere muscoloso piuttosto che ridicolo. I palestrati non facevano per lui. Un paio di lucide barrette nere gli attraversavano i capezzoli e aveva grandi tatuaggi tribali avvolti intorno alla schiena e ai bicipiti. Dopo sei mesi in Nuova Zelanda, aveva aggiunto un kiwi stilizzato sopra il cuore.

Lo sconvolgimento temporaneo dato dal suo spostarsi da un altro Paese aveva avuto benefici per i quali era più che grato. Si sentiva più leggero, più a suo agio nella propria pelle di quanto non si fosse sentito da anni. Sì, la scena gay era un po' più tranquilla a Auckland rispetto a Los Angeles, anni luce più tranquilla, ma si era adattato rapidamente, apprezzando l'approccio rilassato alla vita di cui godevano i Kiwi che compensava la scena limitata dei club.

Essere accettato come omosessuale non era stato difficile, e sebbene nessun Paese fosse privo di stronzi bigotti, la Nuova Zelanda era nel complesso una gemma liberale con una protezione LGBT più regolamentata rispetto a molti altri Stati. Vero, non c'erano molte manifestazioni pubbliche di affetto gay, ma comunque i Kiwi non erano molto inclini a quel tipo di effusioni in generale.

Il cambio di scenario era stato, in una parola, spettacolare, e l'anonimato una manna dal cielo, fornendogli lo spazio di cui aveva bisogno per rimettere in sesto la sua carriera e la sua vita personale. Con altri diciotto mesi rimasti del suo contratto come medico al pronto soccorso all'Auckland Med, aveva deciso che era una sua missione personale scoparsi la maggior parte della popolazione maschile sexy e disponibile prima che quel tempo scadesse.

E per sua fortuna, quella sera il Downtown G era pieno zeppo di possibilità, la pista da ballo affollata e scivolosa. Era diventato il suo

posto preferito per rimorchiare, ma era rimasto chiuso per due settimane in fase di ristrutturazione. Non c'erano più i separé bui, il
bancone di legno e l'arredamento antiquato; il club ora sfoggiava
interni di lusso in acciaio lucido e pelle, arredi in stile loft di New
York e illuminazione d'atmosfera, pur mantenendo angoli scuri sufficienti per soddisfare i desideri carnali di molti dei suoi clienti, incluso
Michael. Dopo una settimana di merda al lavoro, una notte a ballare e
una scopata soddisfacente erano proprio ciò che gli aveva ordinato il
dottore per riportare la mente in un posto felice.

Le note martellanti di *One Will Hear The Other* di Shihad ravvi-
varono ulteriormente il suo umore vivace mentre si faceva strada
attraverso il mare di corpi ansimanti, cercando il giovane ballerino
che aveva attirato la sua attenzione e quella di un centinaio di altri,
rifletté. Il profumo inebriante della colonia, del sudore maschile e
dell'eccitazione aleggiava come una foschia palpabile sulla calca delle
persone, e Michael lo inspirò a fondo. Mani scivolarono sul suo petto,
sul suo culo, e alcune gli sfiorarono l'uccello semi duro. *Cazzo, sì.*

Si fece strada in pista, fermandosi a ballare appena dietro, e
quindi fuori dalla vista, del partner più anziano del suo obiettivo. Il
giovane aveva spudoratamente seguito con lo sguardo il suo avvici-
namento da sopra la spalla dell'uomo, facendogli un sorrisetto incoraggiante, e quando Michael arrivò si guardarono negli occhi.
Bingo. Il cazzo di Michael si riempì della pesante dose di lussuria
che si riversò da quell'unico sguardo bollente, e i suoi occhi si
spostarono a sud, verso quelle labbra carnose che promettevano così
tanto.

Mentre stava ancora apprezzando la vista, qualcuno gli si incollò
alla schiena, gli mise una mano sul culo e gli strusciò contro un grosso
uccello duro. *Mmh.* Mantenendo lo sguardo fisso davanti a sé, alzò le
braccia e permise al suo nuovo partner senza volto di lasciar scivolare
le mani attorno al suo petto. Facendo scorrere lentamente la lingua
sul labbro inferiore, Michael si godette la reattiva esplosione di fuoco
nello sguardo del giovane ballerino. E quando spinse il culo contro il
cazzo del tizio anonimo e inclinò la testa per esporre il collo, giurò di

aver sentito il giovane gemere. *Sì.* Il suo partner si voltò e lanciò a Michael uno sguardo terribile.

Michael sorrise al tizio più vecchio, strizzò l'occhio al giovane e si diresse verso il bordo più lontano della pista da ballo. Non si prese la briga di controllare per vedere se il ballerino lo seguiva: quello sguardo acceso aveva significato solo una cosa. Vicino al muro, trovò un po' di spazio e oscillò a tempo con la musica mentre aspettava, gli occhi chiusi. Come era certo che sarebbe accaduto, pochi secondi dopo un corpo caldo scivolò contro il suo petto, e Michael aprì gli occhi con un sorriso.

«Non è il tuo ragazzo, allora?» chiese, spostando lo sguardo in direzione dell'uomo più anziano. I giovani occhi che lo fissavano erano una pozza di verde foresta bordata di marrone. Non una singola ruga rovinava i loro angoli, o a quanto sembrava nessuna altra superficie del viso, sottolineandone ulteriormente la giovinezza. Michael ignorò il ricciolo di inquietudine che gli attraversò le viscere. Stava cercando un cazzo, non un fidanzato, e il ragazzo era maggiorenne. Non aveva bisogno di niente più di quello.

Il ballerino gli fece scorrere le mani sul petto, fermandosi per stuzzicare le barrette nei suoi capezzoli. «Sono qui, no?» rispose, sporgendosi per mordergli il lobo dell'orecchio.

Michael gli avvolse un braccio intorno alla vita snella e lo avvicinò, facendo sfiorare i loro inguini. Un lieve gemito sfuggì dalle labbra del giovane e il calore del corpo di Michael aumentò vertiginosamente. «Eccellente,» rispose. «Perché odierei rovinare qualcosa di buono.» Afferrò il culo del ballerino e lo tirò a sé, facendoli oscillare in una lenta strusciata.

Il giovane sbuffò. «Difficile.» Passò le braccia sulle spalle di Michael e spinse il corpo contro il suo. «È piuttosto carino per un vecchio, ma non proprio il mio tipo.»

Il profumo del ballerino era un inebriante mix di menta speziata, giovinezza e sudore, e mentre Michael gli faceva scorrere una mano lungo la struttura snella della schiena, godendosi i muscoli contratti e tesi sotto la sua carezza, ebbe un solo pensiero. *Oh, Signore. Questo è proprio stato creato per farlo.* Il suo cazzo si tese contro la cerniera. *Porca puttana.* Se non fosse stato attento, sarebbe venuto nei suoi cavolo di jeans prima ancora che potessero iniziare.

Si schiarì la gola ruvidamente. «Allora, qual è il tuo tipo?»

Il ballerino sorrise e si avvicinò. «Pensavo di averlo chiarito abbastanza,» gli sussurrò contro l'orecchio, poi lo stuzzicò con la lingua lungo la piega delle labbra. Ma quando premette per entrare, Michael voltò la testa. «Scusa, tesoro, niente baci.»

L'altro si accigliò, poi scrollò le spalle. «Vabbè. Può andare comunque. Ci sono molti altri posti in cui ficcare la lingua.» Leccò un sentiero dalla spalla di Michael fino al suo orecchio.

Michael gemette. «Questa è una bella notizia. Adesso balliamo.» Fece sì che ondeggiassero insieme e lasciò che le sue mani esplorassero il corpo giovane e duro premuto contro di lui. Si intrecciarono l'uno all'altro per molte altre canzoni, il calore che saliva tra loro, mani che sfioravano cazzi, cullavano palle, stuzzicavano, sondavano, strofinavano. Venti minuti dopo, quando il DJ avviò una nuova playlist, l'erezione del giovane premeva come granito contro il fianco di Michael.

«Che ne dici di fare una passeggiata?» gli mormorò contro il collo. Un sorriso provocante e un breve cenno del capo furono l'unica risposta del giovane. Michael lo prese per mano e lo trascinò nel corridoio che conduceva ai bagni, all'uscita di emergenza e a una manciata di alcove semi private illuminate in modo da creare l'atmosfera. C'era un po' di fila per uno dei posti migliori, lasciando così il tempo per un po' di pomiciate in sala; non che fossero soli, visto che si mescolarono a un mare di mani che brancolavano e fianchi che strusciavano.

Michael non aveva mai capito perché l'intera faccenda della stanza sul retro fosse considerata un affare così sordido tra i suoi amici etero. Batteva di gran lunga un'auto angusta. Il sesso era sesso, e le stanze sul retro di qualsiasi tipo erano solo geografia anonima. Immaginava che le donne fossero probabilmente più esigenti al riguardo, e quello era solo un altro vantaggio dell'essere gay. Il giorno successivo non aveva in programma pigiama party, fidanzati o brunch con quelli che si scopava. Non aveva bisogno di un letto, a meno che il ragazzo non valesse qualche ora. Diavolo, non aveva nemmeno bisogno di un nome. Era godimento puro e semplice. Catturare e rilasciare.

E il giovane che aveva incollato addosso in quel momento non sembrava certo avere problemi con quel concetto, ne sapeva abbastanza da non offrire nemmeno il proprio nome, e Michael lo apprezzò. Schiacciato contro il muro da Michael, il ballerino era pieno di entusiasmo, tanto che lui prese in considerazione l'idea di andare da un'altra parte per un incontro più prolungato, ma prima le cose essenziali. Chiaramente non timido, in pochi secondi l'altro gli aveva slacciato i jeans e li aveva aperti, infilando una mano sul davanti della sua biancheria intima, afferrandogli l'erezione e accarezzando con una certa finezza.

Gli occhi di Michael si chiusero mentre spegneva il cervello e si permetteva semplicemente di sentire. Lo stress della settimana svanì e il suo corpo si concentrò e rispose alle sensazioni familiari. Una seconda mano gli scivolò sul retro dei jeans e nella piega tra le natiche, stuzzicandogli l'apertura, ma non troppo audacemente. Allargò un po' le gambe in segno di approvazione, consentendo un accesso più facile, e flirtò con l'idea di ricambiare il favore, ma il ragazzo gli sembrava abbastanza ansioso. Michael non baciava, non succhiava né stava sotto, senza eccezioni. Era felice di masturbare il partner dopo un incontro veloce, ed era un attivo generoso anche se il gioco si prolungava, assicurandosi che l'altro godesse, ma nulla di più. Se non gli piaceva, poteva andarsene, ma non aveva ancora ricevuto reclami.

Faccia al muro e perso nel ritmo crescente degli sforzi del giovane, Michael era solo vagamente consapevole delle voci urgenti e dei movimenti frettolosi dietro di lui nel corridoio. Questo fino a quando la musica si fermò, così come la mano sul suo cazzo, quasi nello stesso momento in cui sentì un colpetto non troppo delicato sulla spalla. Sgranò gli occhi, notando che quelli del giovane erano diventati grandi come piattini e fissati su qualcosa sopra la sua spalla destra.

Ah.

«Deve lasciare il club... signore.» Una voce calda gli scivolò sopra la spalla, con una forte dose di disprezzo attaccata al "signore".

Che cazzo? Fu una fatica girarsi con le mani del giovane ballerino ancora sepolte nei jeans, ma quando finalmente lo fece... *Porca troia.* Immune alla corsa dei clienti che si disperdevano verso la porta d'ingresso, Michael non riusciva a muovere un muscolo, ancorato al suo posto dall'uomo sexy come il peccato di fronte a lui.

Alto almeno due metri, in completa tenuta antisommossa della polizia, compreso il giubbotto anti-taglio con una quantità eccessiva di equipaggiamento attaccato, il tizio aveva un'espressione che irradiava un bel po' di incazzatura a malapena trattenuta, e aveva un pastore tedesco ansioso incollato al fianco sinistro. L'atteggiamento del cane era tranquillo ma concentrato, a quanto pareva, su Michael. Consapevole delle mani del ballerino che gli scivolavano via dai jeans, si voltò a guardare il suo culo epico scomparire nel bar e gemette. *Fanculo.*

Voltandosi di nuovo verso il poliziotto, notò che il suo sguardo critico aveva seguito la ritirata del giovane, indugiando un po' più a lungo di quanto fosse strettamente necessario. Quando tornò a concentrarsi su di lui, la sua espressione avrebbe potuto essere scambiata per educata impazienza, se non fosse stato per il rigetto feroce evidente in quei begli occhi marroni. Occhi color cioccolato, occhi da riducimi-in-una-pozzanghera-sul-pavimento-e-scopami-lì.   Che Michael trovasse eccitante quell'uomo era l'eufemismo del secolo.

Il poliziotto gli rivolse un piccolo sorriso che era anni luce da quegli occhi meravigliosi. «Mi scusi per l'interruzione, signore.»

Sì, scommetto proprio che ti dispiace. Ignorando il sarcasmo, Michael si rifiutò di dimenarsi, anche se guardò in basso per controllare se il suo membro fosse ancora semi esposto e, *sì, proprio per niente imbarazzante.*

Fece scorrere lo sguardo sull'agente, dalla testa ai piedi, come se avesse tutto il tempo del mondo, mentre se lo infilava dentro con nonchalance e si chiudeva la cerniera, lasciando il bottone in alto slacciato in un tacito "vaffanculo" rivolto all'uomo davanti a lui. Era un'affermazione che avrebbe potuto avere più peso se Michael fosse davvero riuscito a impedire ai propri occhi di vagare sul suo corpo. Che Dio lo aiutasse, quel tizio era delizioso.

L'agente sorrise. «Forse dovrebbe correre dietro al suo... appuntamento?» disse con tono piatto, poi il suo sguardo si abbassò sulla bocca di Michael, e ancora più in basso.

Era appena stato squadrato? Michael non sapeva se pavoneggiarsi o irritarsi, facendo un più attento inventario della snella bellezza davanti a lui. Alto e muscoloso, immaginò che l'uomo fosse sulla trentina. Alcune piccole rughe increspavano gli angoli di una bocca decisamente baciabile, dimostrando contro le prove attuali che quell'uomo in effetti a volte rideva. Era leggermente stempiato e i capelli biondi corti gli spuntavano dritti dal cuoio capelluto. Più che acconciati erano il risultato delle dita che vi passavano in mezzo regolarmente.

Aveva una corporatura atletica, un corpo da nuotatore. Spalle larghe e fianchi stretti, non molto muscoloso, ma sodo e in forma. Un tipo bellissimo, da infarto, da far lacrimare, e sì, Michael era abbastanza uomo da ammettere di essere anche un po' intimidito. Sarebbe stato perfetto sulla copertina di una rivista con indosso un Andrew Christian, non in una squadra di polizia in divisa antisommossa. E a prescindere dal suo sarcasmo, il gayradar di Michael risuonava a tutto volume. Riprese il controllo e fece un coraggioso tentativo di indifferenza.

«Non corro dietro a nessuno, raggio di sole,» rispose in modo fermo, con lo sguardo fisso su di lui. «Anche se potrei fare un'eccezione per te.» *Argh. Poteva essere ancor più da romanzo rosa da quattro soldi di così?*

Le narici dell'uomo si dilatarono per il fastidio o l'attrazione – piuttosto difficile da dire con quell'espressione irritante e blanda – e poi, solo per un secondo, Michael pensò che avrebbe persino potuto sorridere. Ma le sue spalle si irrigidirono, divaricò leggermente le gambe e strinse i pugni. *Beh, cazzo.*

Le orecchie del cane si drizzarono in un'attesa nervosa, un basso ringhio che gli rimbombava in gola. *Merda*. Michael si chiese brevemente come fossero le celle della polizia Kiwi, prendendosi a calci per non essere fuggito pochi istanti prima. La ragione per cui non l'aveva fatto iniziava e finiva con il suo cazzo.

«Questo presupponendo che io lo farei per lei, e non è così, comunque,» rispose categoricamente l'uomo.

Michael sbatté le palpebre. «Eh?»

«Un'eccezione, signore. Non farei un'eccezione per lei. Ora ho bisogno che esca dal locale, e non glielo chiederò più.» Il cane si spostò nello spazio tra loro, e l'uccello confuso di Michael non sapeva se sgonfiarsi per il netto rifiuto o sollevarsi per il tono prepotente, e quell'ultima opzione sarebbe stata una sorpresa per tutti gli interessati.

La radio sul giubbotto del conduttore crepitò. «Cinque minuti,» emise un avvertimento incorporeo. L'agente accettò la chiamata, tenendo gli occhi fissi su Michael.

Un secondo agente più giovane li raggiunse dal bar, osservando Michael con curiosità. «Ci sono problemi, Josh?» chiese.

Josh. Il suo poliziotto aveva un nome. Il *suo* poliziotto? Michael aveva davvero bisogno di riprendersi. Stava succedendo qualcosa di grave nel bar, e lui cosa stava facendo, cazzeggiando con un poliziotto sexy? Che cazzo aveva che non andava?

L'agente inarcò un sopracciglio. «C'è qualche problema, signore?»

Michael finalmente si riprese e alzò entrambe le mani, i palmi in fuori. «Nessun problema... Josh.»

L'uomo assottigliò lo sguardo.

Gli occhi del suo collega guizzarono tra i due. «Conosci questo tizio?»

«No.» Un'evidente irritazione tinse il tono di Josh. «Vada a godersi la serata, signore. Forse può trovare il suo giovane... amico. E avremo bisogno del suo nome, per ogni evenienza.»

La sua espressione rimase educata, ma Michael non si lasciò ingannare. Quell'uomo sapeva che c'era una buona possibilità che lui non potesse dargli un nome, quindi si limitò ad alzare gli occhi al cielo per non dare al coglione il piacere di vedere quanto lo stesse facendo incazzare. «Non ho queste informazioni,» dichiarò, fissandolo. «Ma se lo trovo, farò in modo di procurarti il suo numero. Sembra che tu ne abbia bisogno molto più di me.»

Il poliziotto... Josh contrasse le labbra, ed era impossibile ignorare che fosse un cazzo di accenno di sorriso. Michael sostenne il suo sguardo un secondo più del necessario e poi, con un'occhiata nervosa al pastore tedesco che gli stava a pochi centimetri dalla coscia e da altre appendici correlate, si voltò e si diresse verso il bar, percependo il calore dello sguardo dell'uomo su di sé a ogni passo.

Nel bar, lasciò finalmente andare il respiro che aveva trattenuto e sospirò. Il locale era quasi vuoto, l'ultimo cliente era stato spinto attraverso la porta da un terzo agente. Michael catturò lo sguardo del barista e inarcò le sopracciglia. L'uomo si strinse nelle spalle. «Che cazzo ne so. Il capo ha appena detto di fare quello che dicono.»

Michael virò per afferrare il suo cappotto.

«Ehi, lei,» lo chiamò l'agente addetto alla porta d'ingresso. «Signore, deve...»

Uno schianto assordante risuonò dal retro del club. Michael si chinò d'istinto e si voltò verso la parte anteriore del bar, facendo scattare la testa. *Dannazione.*

Rischiando una rapida occhiata, non riuscì a vedere Josh, solo il suo cane. Urla frenetiche e quello che sembrava uno sparo non fecero che aumentare il pandemonio, e il cane pastore impazzì, abbaiando e tirando il guinzaglio finché Josh non fu finalmente visibile, gridando nella radio.

Altre urla e qualcosa che sbatteva contro la porta dell'uscita di emergenza fecero scivolare istintivamente Michael oltre l'estremità del bancone e dentro un separé vicino a un angolo. Abbassandosi dietro il tavolo, poteva ancora vedere il corridoio, ma sperava di essere nascosto meglio così. Avrebbe dovuto uscire da lì, ma non era sicuro di come farlo senza correre rischi e non riusciva a staccare gli occhi da Josh e dal suo cane. Sì, chiamatelo stupido.

«Callum?» gridò Josh. «Metti in sicurezza quella cazzo di porta sul retro.»

Il terzo agente girò sui tacchi e si diresse in cucina. Josh fece cenno a quello rimasto di mettersi in posizione di copertura alle sue spalle; il cane sollevò le zampe anteriori da terra, tutti i muscoli contratti e tesi. Appoggiandogli una mano sulla testa, Josh mormorò qualcosa a voce troppo bassa perché Michael potesse sentire, e il cane si calmò immediatamente. E per qualche strana ragione, il cazzo di Michael lo trovò sexy.

Il vetro andò in frantumi in mezzo a un groviglio di grida che provenivano dal parcheggio sul retro del club. Il cane impazzì di nuovo e la radio di Josh si animò. Si chinò sull'animale mentre ascoltava, i calzoni attillati sul culo, la mano in bilico sul collare del pastore. Il cane alzò lo sguardo, in attesa di istruzioni. Qualcosa di non detto passò tra i due e il petto di Michael si contrasse. Era stranamente intimo.

Josh fece un segnale all'agente alle sue spalle e l'uomo si diresse verso la porta di uscita, scomparendo alla vista per un paio di secondi prima di rimettersi in posizione. Josh picchiettò due volte sul naso dell'animale e il corpo del pastore si irrigidì.

Pochi secondi dopo, si scatenò l'inferno. Una porta sbatté echeggiando nel corridoio e comparve una figura scura, che picchiò la testa di Josh contro il muro. Lui grugnì e scivolò sul pavimento mentre l'intruso barcollava nel bar.

Michael inspirò bruscamente. *Merda.* Il nuovo arrivato ora bloccava l'uscita. Era stato un cazzo di idiota a non andarsene prima. Si immerse più in profondità nell'ombra e cercò di non farsi notare.

Due secondi dopo, liberato dal guinzaglio, il pastore si lanciò in avanti, e i denti schioccarono dritti in faccia all'intruso. Il tizio si bloccò, gli occhi spalancati, le braccia che si agitavano per l'attacco. Qualcosa luccicava nella sua mano destra. Un coltello. *Dannazione.* Il respiro di Michael si bloccò in gola quando il giovane agente che copriva Josh si mise alle spalle del pastore per bloccare la fuga dell'uomo attraverso il bar.

«Lascialo cadere,» gridò, mentre dietro di lui Josh incespicava per rimettersi in piedi.

L'intruso ignorò l'avvertimento e vibrò con decisione un fendente nell'aria. Il cane balzò subito in avanti, aggrappandosi al polso dell'uomo e trascinandolo verso il basso. Finalmente in piedi, Josh era subito dietro all'animale, con le manette pronte, ma prima che potesse bloccare l'uomo, un secondo individuo fece irruzione attraverso la porta e si buttò dritto sul groviglio sul pavimento, spingendo il cane contro il petto di Josh e mandandolo ancora una volta a schiantarsi lateralmente.

Il pastore si voltò e si fiondò sul secondo intruso proprio mentre un altro agente si precipitava dal parcheggio per gettarlo a terra. Ma, poiché il cane aveva inseguito il secondo malvivente, non riuscì a evitare che il primo si rialzasse in piedi e squarciasse il braccio del giovane partner di Josh dal polso alla spalla, gettando il poveretto contro il muro con uno schianto disgustoso. Questi scivolò sul pavimento, e uno spruzzo di sangue rosso vivo si allargò contro la vernice color crema.

Arteria. Merda. Michael istintivamente si lanciò da sotto il tavolo verso il giovane ferito, ma si fermò di colpo quando si rese conto che il suo movimento aveva attirato l'attenzione dell'uomo con il coltello. Si guardarono negli occhi, fissandosi a vicenda per non più di pochi secondi prima che l'intruso avanzasse verso di lui. Michael barcollò all'indietro contro il muro proprio mentre il cane pastore sbucava dal corridoio alla sua destra e si scagliava di nuovo contro il coltello. Il braccio dell'uomo ruotò in un ampio arco verso l'animale in volo, facendolo finire contro il bancone, concedendogli appena il tempo sufficiente per uscire dalla porta principale prima che il cane si alzasse e tornasse all'inseguimento.

«Paris!» gridò Josh rimettendosi in ginocchio, ma il cane era ormai sparito. Poi vide il suo collega sdraiato in una pozza di sangue sul pavimento. «Cazzo.» Parlò con urgenza alla radio mentre cadeva in ginocchio accanto a lui. Un trambusto dall'altra parte dell'uscita di emergenza si scatenò a ondate attraverso il bar, ma Josh lo ignorò, concentrandosi esclusivamente sul collega, facendo pressione sulla ferita e scuotendolo per una spalla. «Jackson!»

In pochi secondi, Michael fu al fianco di Josh, vagamente consapevole del suo calore quando le loro cosce si premettero insieme. La ferita stava pompando alla grande. «Spostati,» ordinò, rendendosi conto del proprio errore troppo tardi.

Josh si girò di scatto, gli afferrò il braccio con la mano libera e lo spinse di lato, facendolo finire a terra. «Che cazzo stai facendo?»

Ahia. Dannazione. Michael almeno ebbe il buonsenso di restare fermo fino a quando nello sguardo torvo dell'altro non apparve un cenno di riconoscimento, e la presa violenta si allentò.

«Allontanati da lui, cazzo,» disse con un ringhio basso. «E vattene di qui, ora.»

Il terzo agente apparve di corsa dalla cucina, la sua espressione si trasformò in shock alla vista dei tre uomini sul pavimento. «Cosa diavolo è successo?» Il suo sguardo si posò su Michael. «E che cazzo ci fai *tu* ancora qui?»

«Chiama i paramedici e fai entrare la squadra sul retro,» abbaiò Josh. «Paris sta inseguendo il bastardo che ha fatto questo, e lo stronzo numero due viene arrestato di là.» Indicò alle sue spalle. «Che cazzo di casino.» Lanciò un'occhiataccia a Michael. «E porta questo coglione fuori di qui prima che lo arresti.»

«No,» protestò Michael. «Posso dare una mano.»

«Chiudi quella cazzo di bocca.» Josh lo guardò. «Non sei altro che...»

«Un dottore. Sono un cazzo di dottore, va bene?» ringhiò Michael, i loro volti distanti appena un centimetro. Il poliziotto odorava di adrenalina, testosterone e qualcosa di incredibilmente sfuggente. «Un medico *traumatologo*, per essere precisi. Allora, che ne dici di levarti *tu* dal cazzo, andare a fare ciò che devi e lasciare che mi occupi di lui?»

Lo sguardo di Josh scivolò incredulo sul torso nudo di Michael. «Un dottore? Mi prendi in giro.»

Altri due agenti entrarono dalla porta principale, il primo con la pistola spianata. Entrambi si bloccarono quando videro Jackson sul pavimento. «Che cazzo è successo?»

Josh alzò una mano. «Fra un secondo.» Lanciò un'altra occhiataccia a Michael.

Ma lui non aveva intenzione di aspettare. «Sta pompando sangue. Vuoi davvero cazzeggiare adesso?»

«Sei sobrio?»

«Completamente.»

Lo sguardo di Josh si spostò su Jackson, poi tornò su di lui, e Michael vide il momento in cui cedette.

«Fanculo,» scattò. «È tutto tuo.» Lasciò andare il braccio di Jackson, permettendo a Michael di prendere il comando. «Uno di voi controlli questo tizio come un falco, e per l'amor del cielo non fatelo allontanare. L'altro vada ad aiutare Callum a portare via quel pezzo di merda ammanettato.» Lanciò a Michael un'ultima occhiata prima di scomparire attraverso le porte d'ingresso, lasciandolo dolorosamente consapevole del suo cazzo molto interessato e intrappolato nei jeans. *Cristo onnipotente*, aveva una mente propria.

Rivolgendo la sua attenzione all'uomo ferito sul pavimento, si mise al lavoro, conscio degli occhi dell'agente rimasto su di sé e delle voci rimbombanti nel corridoio alle sue spalle.

«Avrò bisogno di te quaggiù,» disse senza alzare lo sguardo.

Il poliziotto, un ragazzo magro, ventenne, alto circa un metro e settanta con occhi ombrosi e capelli castano opaco avvolti in riccioli stretti, si inginocchiò accanto a lui. «Giusto, merda, okay. Cosa vuole che faccia?»

Jackson era pallido ma respirava regolarmente e cominciava a svegliarsi. Il suo cranio aveva preso un colpo abbastanza forte contro il muro da giustificare il breve periodo in cui era rimasto privo di sensi. La lama aveva tagliato una linea netta lungo il braccio destro e, sebbene non troppo in profondità, aveva intaccato l'arteria radiale, da cui il sangue pompava.

«Metti le dita qui e premi forte.» Indicò un punto a pochi centimetri dal polso. L'agente fece come indicato mentre Michael sondava la ferita per cercare di arginare il flusso dal vaso danneggiato. Era vagamente consapevole della polizia che si muoveva nell'area del bar, con uno o due agenti che si fermavano per controllare cosa stava succedendo. Un paio di stivali più lenti gli si fermò di fianco appena in vista, e questa volta il suo aiutante offrì un educato: «Signore,» come saluto.

«Chi è questo, agente?» Il proprietario degli stivali aveva una voce profonda e fluida intrecciata con un'autorità confortevole.

«Un dottore, signore,» rispose il poliziotto senza staccare gli occhi dalle sue dita serrate sull'arteria incriminata. «Era qui, quando è successo.» La risposta fu accolta dal silenzio.

"Stivali" rimase qualche secondo prima di lasciare Michael al proprio lavoro, e lui apprezzò sia lo spazio che la fiducia implicita. L'ultima cosa di cui aveva bisogno in quel momento era una sfilza di domande.

Altri passi si avvicinarono. «Ehi, Michael. Ma che bello incontrarti qui.»

Alzò lo sguardo, riconoscendo i due paramedici diretti verso di lui. «Ah, il duo raccapricciante.»

«Pensavo che fossi di riposo questo fine settimana, Doc.»

Sbuffò. «Lo sono, non vedi? Ehi, Peter.» Si rivolse all'altro uomo. «Hai dei pacchetti di sutura in quella tua borsa magica, o è piena di tutta quella merda di scrapbooking che ami così tanto?»

«Ehi, non sminuire le mie grandiose capacità creative, amico. E guarda che sono stampe grafiche, non scrapbooking, testa di cazzo,» ribatté il paramedico. «E poi ci sono parecchie donne sexy che frequentano quelle lezioni. È il nuovo Tinder, te lo dico io.»

Michael ridacchiò quando i due medici si inginocchiarono e iniziarono a sistemare la loro attrezzatura.

Peter aprì un kit di sutura e glielo porse. «Sembra che tu abbia un punto da rammendare tra le mani.»

Il partner di Peter, Rob, prese il posto del poliziotto, permettendo al collega di aiutare Michael a mettersi i guanti e tenere sotto controllo l'emorragia. Annuì con approvazione. «Bel lavoro. Lo portiamo al pronto soccorso per finire. È un po' intontito, vero?»

Michael annuì. «È stato incosciente per un po'. Niente di grave. Ha sbattuto la testa quando è caduto.»

«Bene.» Peter iniziò a rimettere via il kit mentre il suo partner inseriva una flebo e registrava i segni vitali. «Mi dispiace che ci sia voluto un po' per arrivare. C'è un altro poliziotto sul retro con due coltellate alla pancia. Se ne sta occupando Carol. Sembra messo male. Lo stesso delinquente, probabilmente. Poi l'altra ambulanza è rimasta intrappolata al viadotto in un maledetto incidente stradale.»

Un secondo poliziotto? Lo stomaco di Michael si raggomitolò su se stesso al ricordo di Josh che era uscito dal retro con il suo cane. «Un agente cinofilo?»

«Nah, regolare, credo.»

Venne pervaso da uno strano sollievo sapendo che l'uomo che aveva appena incontrato e che di certo non gli piaceva stava bene. Lussuria, forse, ma non proprio. Poi, mentre si alzava e guardava Jackson che veniva caricato su una barella per essere portato via, la pelle del collo gli formicolò in modo inaspettato e, senza nemmeno voltarsi, seppe che Josh era da qualche parte nel bar.

Pochi secondi dopo, l'uomo in questione si diresse verso di lui, apparentemente illeso, sebbene il cane pastore al suo fianco sfoggiasse una benda attorno al collo e alla spalla. L'animale era eccitato, l'energia nervosa si diffondeva da lui a ondate, ma rimase vicino e attento al suo conduttore. Josh si fermò accanto a Michael, che fece ogni cosa in suo potere per non appoggiarsi a tutto quel delizioso calore corporeo e adrenalina rovente, che aveva occhi esclusivamente per il collega.

«Il tuo cane è ferito?»

Josh rivolse quegli occhi ribollenti verso Michael, tradendo un accenno di sorpresa. «Solo un taglietto. Starà bene.»

«Ottimo.» Michael sostenne il suo sguardo per un momento prima che si voltassero entrambi. *Cazzo.* Quel tizio era bellissimo.

«Jackson starà bene?» La preoccupazione era evidente nella voce di Josh.

Michael aprì la bocca per rispondere prima di rendersi conto che l'altro, in effetti, aveva rivolto la domanda a Peter e non a lui. Era difficile non offendersi, e così lo fece.

«Dovrebbe,» rispose il paramedico. «Il suo collega fuori è una storia diversa, però. Adesso è stabile con Carol sull'ambulanza, ma non è fuori pericolo. Doc ha fatto un ottimo lavoro. È stato dannatamente fortunato che fosse qui. Il ragazzo ha perso molto sangue.»

Michael prese mentalmente nota di inviare al paramedico una cartolina di Natale.

Rob fece qualche passo indietro per rispondere a una chiamata alla radio, poi si voltò per catturare lo sguardo del collega. «La seconda ambulanza sta tornando all'Auckland Med con tre gravi traumi a bordo a causa dell'incidente. Dobbiamo portare entrambi questi ragazzi nella nostra e occuparcene quando arriviamo. Il cattivo ha alcune brutte ferite da morso e un pessimo carattere, ma non molto altro: può aspettare fino alla prossima corsa.»

Michael trasalì. Almeno tre pazienti dal bar, forse di più, e tre traumi dall'incidente. «Il pronto soccorso sarà sommerso,» affermò. «Ti dispiace se vengo anch'io, se avete posto? Non è che avessi piani migliori, giusto?» Lanciò un'occhiata a Josh e pensò di aver quasi colto l'accenno di un sorriso. Quasi.

Peter prese la sua borsa. «Più siamo, meglio è. Potrebbe fare comunque comodo un altro paio di occhi dietro.»

Si avvicinò un uomo più anziano, senza uniforme ma con un'aria autoritaria. "Stivali", se avesse dovuto tirare a indovinare.

Il tizio allungò la mano. «Ispettore investigativo Hanover.»

Michael gliela strinse. «Dottor Michael Oliver.»

«A quanto pare ha visto il nostro aggressore, vero?»

Lui annuì. «Di sfuggita. È successo abbastanza in fretta. Non posso dire molto.»

«Ho sentito. Tuttavia, a un certo punto avremo bisogno di una dichiarazione completa. Se sta andando in ospedale, possiamo raggiungerla lì stasera per una breve chiacchierata, per iniziare, ma domani dovrà venire in centrale e rilasciarne una formale.»

«Non c'è problema.» Michael lanciò un'occhiata a Josh. «L'avete preso?»

L'uomo arrossì, le labbra premute in una linea sottile. «Lo stiamo ancora cercando.»

Hanover diede una pacca sulla spalla a Michael. «Grazie per il suo aiuto, Doc. Meno male che era qui, a giudicare dall'aspetto.» Tirò in disparte Josh, ma non così lontano da non poter essere sentito.

«Vai in ospedale e vedi cosa riesci a ottenere dai nostri ragazzi feriti e da lui.» Indicò Michael. Poi abbassò la mano per strofinare la testa del cane pastore. «Un vero casino, eh, Paris?»

Josh sospirò rumorosamente. «Mi dispiace, signore.» Le sue orecchie si fecero rosa, la bocca tesa in una linea cupa.

L'uomo più anziano gli posò una mano sulla spalla. «Avete fatto un buon lavoro stasera, Rawlins, tu e Paris. Lo prenderemo. Ho sentito che sei stato malmenato un po'. Stai bene?»

Michael aggrottò le sopracciglia e guardò di nuovo Josh, che però sembrava a posto.

«Sto bene.» Josh placò le preoccupazioni del suo capo. «Nulla di serio. È solo che non sono riuscito a vederlo per niente.»

Hanover si strinse nelle spalle. «È andata com'è andata. Non ti preoccupare.»

L'altro non sembrava rassicurato, e Michael quasi si sentì dispiaciuto per quel cretino. Quasi.

Josh raccolse il guinzaglio di Paris, poi fece scivolare quegli occhi di mogano sul petto di Michael, indugiando sui suoi piercing. Il calore emanato dal suo sguardo avrebbe potuto infiammare i peli del petto di Michael, anche se la sua espressione esteriore suggeriva che invece avesse ingoiato qualcosa di sgradevole, ma lui non si lasciò ingannare. *Sì. Gay, bisessuale, curioso... o solo un cazzo di caso da armadio? Sì, avrebbe senso.*

Riflettendo sulle opzioni, fu colto di sorpresa quando Josh si chinò verso di lui e abbassò la voce, le labbra a pochi centimetri dal suo orecchio. «Magari è meglio se si mette una camicia e si abbottona i jeans prima di andarsene, *dottore*. Giusto per dire.»

Istintivamente, Michael abbassò lo sguardo e... *merda*. Come temeva i jeans erano ancora sbottonati e, con la patta in parte abbassata, era fortunato che il suo armamentario non si agitasse nella brezza. Alzò gli occhi e inclinò la testa. «Sono commosso che tu l'abbia notato. Ti offrirei di fare gli onori perché sembra che tu sia interessato, ma è un po' affollato qui, non credi? Immagino che un appuntamento sia fuori discussione?» Aggiunse un occhiolino giusto per farlo incazzare.

Il comportamento freddo di Josh vacillò solo per un secondo prima di tornare al disgusto, che sorprendentemente gli diede fastidio.

«Su questo avresti ragione,» rispose seccamente, voltandosi verso la porta, ma non se ne andò. Invece, le sue spalle si abbassarono con un sospiro e si voltò, un'espressione più dolce sul viso. «Comunque, grazie.»

Michael inarcò un sopracciglio interrogativo.

«Per Jackson,» si spiegò Josh. «È un bravo ragazzo.»

E poi lo stronzo arrogante gli rivolse un cavolo di sorriso: un fottuto raggio di sole, un affascinante scorcio di genuino calore, divertimento e dolce apprezzamento che lo sconvolse a morte. *Dannazione.* Aveva appena iniziato a sentirsi a suo agio nell'odiare quel tizio e ora tutto ciò che pensava di sapere era cambiato in una frazione di secondo. *Ma che cazzo.*

Josh accarezzò una volta la testa del suo cane e se ne andò senza nemmeno uno sguardo, lasciando Michael a lottare per ritrovare il proprio equilibrio. Sbatté le palpebre lentamente e prese alcuni respiri profondi.

Dire che era stata una serata interessante non rendeva minimamente l'idea, ma due cose erano certe: il poliziotto era pazzesco e lui era abbastanza sicuro che non fosse etero. Eppure, anche se Michael *avesse* intravisto una persona molto diversa dietro tutte quelle spine, il bastardo era chiaramente un complicato sacco di merda, e sicuramente non meritava il suo interesse. Sì, come no. Il suo cazzo tradi-tore era duro come la roccia, in piena forma, e sventolava una controversa bandiera bianca. Con un rapido controllo per assicurarsi che nessuno stesse guardando, si sistemò tra le gambe, si abbottonò la patta e afferrò la camicia dal pavimento. *No. Nemmeno lontanamente interessato.*

CAPITOLO DUE

Josh fumava di rabbia. L'ultima cosa di cui aveva bisogno era restare impantanato in sconclusionate dichiarazioni di testimoni e burocrazia ospedaliera, per non parlare di quel maledetto dottore. Quel tizio portava guai: guai appetitosi, bollenti e dagli occhi azzurri. Esattamente il tipo di guai che lui faceva di tutto per evitare. Gli ci era voluto tutto il proprio autocontrollo per non sbavare sulle scarpe dello stronzo, con quel suo corpo atletico, i tatuaggi sbalorditivi e i piercing ai capezzoli. A quel tizio piaceva giocare, e lui non aveva bisogno di un altro individuo del genere nella sua vita.

Scoprire che era un dottore era stata un po' una sorpresa, certo, ma non aveva cambiato i fatti. I coglioni erano presenti in tutti i ceti sociali, qualcosa di cui Josh era ben consapevole. L'intera nottata era stata un merdoso casino dall'inizio alla fine. Chiamati come rinforzo a una retata antidroga, erano stati inviati all'interno del club per evacuare e controllare la folla e per proteggere l'uscita sul retro. Un cane poliziotto garantiva l'attenzione immediata di tutti gli interessati, e offriva migliori probabilità di collaborazione da parte della folla.

Conosceva il club, ci era anche stato un paio di volte, ma non era proprio il suo ambiente. Aveva sentito che il proprietario lo gestiva con precisione e Josh non pensava che fosse consapevolmente coinvolto nella droga, ma la gente può sorprenderti. La soffiata che avevano ricevuto la settimana prima era stata accurata ma incompleta. Non si trattava solo di un paio di ragazzi che vendevano in un'auto, ma sei, e non in una ma in tre, in un centro commerciale. E, per di più, erano arrivati e avevano scoperto che gli spacciatori erano stati informati e che si affrettavano a fare le valigie e scappare, frenetici e armati. Da lì in poi era andato tutto male. Su sei ragazzi, ne avevano presi solo un paio, e due dei loro erano rimasti feriti. I restanti quattro spacciatori erano fuggiti nella notte, compreso il tizio che aveva accoltellato Jackson.

Josh entrò nel parcheggio dell'ospedale e guardò l'orologio. Mezzanotte. Aprì il telefono e premette *Chiama*, prendendo un respiro profondo mentre la persona all'altra estremità rispondeva.

«Ehi, zucchina,» disse.

«Papà!»

La gioia di sua figlia gli trasmise un'ondata di calore nel petto. «Cosa fai sveglia a quest'ora, signorina?» Aveva provato a usare un tono severo, fallendo miseramente. «Mi aspettavo che dormissi.»

«Allora perché hai chiamato?»

«Perché hai risposto?» ribatté lui, con un gran sorriso. Le abituali battute scherzose lo aiutarono a spazzare via la brutta notte.

«Perché hai chiamato.» Lei ridacchiò. «Uffa.»

Si immaginò il suo broncio. La piccola undicenne aveva di sicuro la sfacciataggine di sua madre. Le aveva comprato un cellulare economico, così poteva chiamarla direttamente, visto che non sapeva mai a che ora avrebbe finito di lavorare. Lo teneva sempre con sé. «Ho chiamato per darti la buonanotte.»

«Meno male che sono sveglia, no?» fu la sua risposta. «Sarebbe stato un peccato perdere la tua chiamata se fossi stata, sai, addormentata.»

Josh ridacchiò. «Sì, raggio di sole. Volevo solo farti sapere che stasera farò tardi. Non ci vedremo fino a colazione.»

«Va bene. Zia Katie e io abbiamo guardato di nuovo *Frozen*. È stato bello. Oggi a scuola Jamie Collins ha versato la sua bevanda sui miei compiti, così la signorina Stevens l'ha mandato nell'ufficio del preside e deve scrivermi delle scuse. Avresti dovuto vedere la sua faccia, sembrava avesse succhiato un limone.»

Josh sorrise. «Beh, ricorda a Jamie Collins che tuo padre è un agente di polizia con un grosso cane e presto farà di nuovo visita alla tua scuola.»

«Oh, papà, controllati,» lo rimproverò.

Josh fece un respiro. A quasi dodici anni, sua figlia stava crescendo in fretta. Avrebbe dovuto essere felice, giusto? Sì, non così tanto.

Sasha continuò: «Jamie non è così male. Penso di piacergli.»

Un'ondata di panico divampò nello stomaco di Josh. Non era per niente pronto per quello. Espirò e optò per la posizione di default condivisa da tutti i genitori di fronte all'orrore dell'adolescenza che si avvicina: una solida negazione.

«Va bene, tesoro, ti ho chiamato solo per darti la buonanotte.» Mandò dei baci nel telefono e Sasha ne rispedì uno forte.

«Ti voglio bene, papà.»

«E io a te, zucchina.» Riattaccò e incontrò un paio di occhi che lo guardavano dal retro dell'auto. «Scusa,» disse a Paris. «Non era per te. Puoi anche stare tranquillo.» Il cane mugolò sommessamente e si rannicchiò sul pavimento della sua gabbia. Josh sospirò. «Sì, sia io che te, partner. Sia io che te.»

La sala d'attesa del pronto soccorso era ancora in subbuglio. Josh si diresse alla reception, felice di trovare una delle sue infermiere preferite dietro il bancone. Strizzò l'occhio a Janice mentre lei gli faceva cenno di entrare.

«Dovrei farti il culo per quell'occhiolino,» ringhiò. «Anche se dovrebbe essermi cresciuto un cazzo di cui non so niente.»

Lui le mandò un bacio. «Tu mi ami, Janice.»

«Sì, sì.» Gli mostrò il dito medio. «Parla con qualcuno che te ne può dare uno. È già abbastanza difficile trovare un bravo ragazzo etero in questa città senza che il tuo culo gay offuschi i miei criteri di ricerca.»

Josh si sporse in avanti. «Una domanda.»

«Spara.»

«C'è un medico americano nello staff?»

«Michael Oliver?»

Josh annuì. «È bravo?»

La bocca dell'infermiera si sollevò agli angoli. «Hai un motivo per chiederlo?»

Lui alzò gli occhi al cielo. «L'ho conosciuto stasera.»

«Ah.» Lei sorrise. «Allora, sei tu "l'arrogante e idiota agente cinofilo che ha bisogno di abbassare la cresta".» Le sue dita fecero il segno delle virgolette. «Avrei dovuto capirlo.»

«Ha detto questo?» *Coglione.*

«Più o meno. Quella era la versione "adatta ai minori".» Janice inclinò la testa. «Sai che batte per la tua squadra, giusto?»

Josh ignorò la domanda. «Ciao, Janice.»

Lei gli mise una mano sul braccio. «È un dottore dannatamente bravo, per la cronaca.» Lo guardò da sopra gli occhiali. «È qui per uno scambio di qualche tipo, due anni, credo. Splendido spreco di tutti quei geni per noi ragazze, ma questo va a tuo favore, penso.»

Le mise un dito sulle labbra. «Non mi interessa. Si è occupato di Jackson, tutto qui. Arrivederci.»

Il caos misurato regnava nella sala traumi, non insolito per un venerdì sera. Carrelli carichi di monitor, kit per endovena, materiale di sutura e ogni sorta di attrezzatura medica disseminavano i corridoi. Gli ordini gridati, lo squillo dei telefoni e le richieste di attenzione dei parenti producevano un rumore bianco mentre il personale si muoveva avanti e indietro in un'intensa danza di partecipazione e osservazione. I medici si aggiravano intorno alla scrivania centrale, scrivevano appunti, parlavano al telefono o si raggruppavano in discussioni urgenti su raggi X, elettrocardiogrammi e risultati di laboratorio, ma nessun medico americano in vista. Non che Josh stesse guardando. Molto.

Fermò un membro dello staff e scoprì dove si trovavano i suoi due colleghi e lo spacciatore. L'agente con le ferite allo stomaco non poteva ricevere visite, perché lo stavano preparando per un intervento chirurgico d'urgenza. Non suonava bene.

L'autore del reato, con un buon numero di morsi di cane al braccio, era fortemente sedato e c'era con lui un poliziotto che lo teneva d'occhio. Josh non vide motivo di lanciare al ragazzo più di uno sguardo superficiale, e ricordò a se stesso di dare a Paris un biscotto in più per aver affondato i denti in quel bastardo.

Rimaneva Jackson. Trovò il suo collega cosciente, che riposava in una delle sale per i trattamenti. Sembrava pallido e un po' fuori fase, con il braccio destro bendato dalla mano alla spalla. Le sue palpebre si sollevarono e un sottile sorriso gli increspò le labbra quando lo vide entrare.

«Ehi, amico.» Jackson sembrava debole e stanco.

«Ehi, ragazzino. Come va? Hai bisogno di qualcosa?»

«Uno o sei sorsi di tequila.»

Josh rise. «Sei stato fortunato che te la sei cavata.»

«Non sono un ragazzino. Inoltre, essere accoltellato deve avermi fatto guadagnare un sacco di punti di rispetto, giusto?»

Josh sbuffò. «Forse uno o due. Probabilmente non compenserà quel mucchio di lanugine che hai cercato di far crescere sulle guance, però.» Arruffò i capelli del giovane.

L'altro si ritrasse di scatto. «Ehi, attento, amico. Questo stile costa una bella cifra. Mica ci alziamo tutti dal letto con l'aspetto di un modello GQ.»

Lui sorrise. «Se fossi in te, chiederei indietro i soldi. E poi sono un vecchio con una figlia quasi adolescente. Niente GQ per me.»

Jackson sbuffò. «Dillo a Tomas alle Prove. Mi ha perseguitato a causa tua. Ho detto a quello stronzo che non sussurro ai gay e che può farsi da solo il suo dannato lavoro sporco.»

Josh rise. «Sono in debito con te.»

«Giusto.»

«Allora, sei riuscito a vedere il nostro uomo?»

Il giovane scosse la testa. «Non molto bene. Europeo, rapido sui piedi e veloce con la lama. È tutto ciò di cui mi sono reso conto. Qualcuno deve averlo colpito, però.»

«Sì, beh, io ero occupato a cercare di impedire che mi scoppiasse la testa dopo che mi ha spinto contro quel maledetto muro. Il che significa che andrai tu al banco dei testimoni, quindi preparati. A proposito, grazie per avermi guardato le spalle, ragazzo.»

Le guance di Jackson si tinsero di rosa. «Nessun problema. E fuori? Nessuno è riuscito a dare un'occhiata?»

«Troppo buio. È scappato quando ci ha visto, è arrivato a un'auto parcheggiata vicino all'uscita antincendio del club e non sono riusciti a raggiungerlo. Ecco perché ti abbiamo chiesto di aprire la porta, di dargli una via di fuga. Avrebbe funzionato, se non fosse stato per il secondo bastardo che lo seguiva. È sbucato dal nulla.»

Jackson si leccò le labbra. «Che sete, cazzo. Perché non mi danno qualcosa da bere?»

La tenda si scostò. «Perché non abbiamo deciso se dobbiamo amputare.»

Jackson rise.

Il cipiglio sulla fronte di Josh si accentuò. Quel cazzo di Michael Oliver. Però gli aveva risparmiato il lavoro di rintracciarlo per la dichiarazione.

Oliver continuò: «Il tuo braccio va bene e sì, puoi bere un po' d'acqua. Dovevamo solo essere sicuri. Era una battuta. Forse non molto buona.»

«Che simpatico.» Il giovane sbuffò. «Allora, quando posso tornare a casa?»

«Dobbiamo tenerti qui per ventiquattr'ore nel caso quell'arteria ci dia altri problemi, ma dopo puoi andare. Magari evita la tequila, però, per la commozione cerebrale e tutto il resto.»

Jackson sorrise. «Posso farlo.»

La radio di Josh si accese, informandolo che era arrivato il suo aiuto. Finalmente qualcosa per cui sorridere.

«Allora...» Michael Oliver fece un passo verso di lui. «C'è qualcos'altro in cui posso aiutarla, agente?»

Jackson fece uno sbuffo ironico con il naso e Josh guardò accigliato il giovane, che si limitò a scrollare le spalle.

Poi assottigliò lo sguardo su Oliver. «Mi servono dieci minuti del suo tempo. Ci vediamo domani, ragazzino.»

«Non sono un cazzo di ragazzino.» Jackson gli mostrò il dito medio.

Lo lasciarono a sonnecchiare grazie agli antidolorifici, e Josh seguì Oliver in un angolo più tranquillo del pronto soccorso.

«Tutto suo,» dichiarò il dottore, appoggiandosi al muro a braccia conserte. «Anche se dieci minuti sembrano un po' pessimisti. Ho la sensazione che potremmo fare molto meglio di così.»

Josh si rifiutò di abboccare. «Ci serve una descrizione dell'uomo con il coltello, quello del bar. E possiamo semplicemente fermare qualunque cosa stia succedendo qui?» Agitò una mano tra loro. «Ovviamente non ci piacciamo a vicenda, quindi facciamo questa cosa e poi leviamoci di torno, così forse possiamo prendere il tizio che ha accoltellato due dei miei colleghi, okay?»

Oliver arrossì e lasciò cadere le mani lungo i fianchi. «Sì, certo. Anche se, a essere onesto, non ho avuto più di tre o quattro secondi per vederlo. È corso fuori dal corridoio, mi ha visto, sembrava che stesse per venire da me, e poi il cane è diventato Cujo e gli si è scagliato addosso, quindi è scappato.»

Il cambiamento nei modi del medico fu così evidente che Josh lottò per conciliare le due impressioni. «Anche così, sembra che lei sia la nostra migliore opzione.» Prese il taccuino dalla tasca dei pantaloni.

Oliver sembrò sorpreso. «Veramente? Bene, allora: europeo, circa un metro e ottanta. Capelli scuri e ondulati, lunghi fino alle spalle, direi sulla ventina, e non sembrava ubriaco o fatto.» Colse le sue sopracciglia alzate e scrollò le spalle. «Triage quotidiano. Sono addestrato a notare le cose abbastanza velocemente. Non posso essere sicuro al cento percento, ma diciamo solo che non mi ha detto niente di particolare.»

Josh annuì. «Altro?»

«Felpa scura, pantaloni scuri e un bracciale d'argento al polso destro. L'ho notato perché era la mano con il coltello. Un tatuaggio sul collo, sempre sul lato destro, forse un uccello, non ne sono sicuro.»

«Caratteristiche facciali?» insistette Josh.

«Niente che risalti davvero. Forse una cicatrice sul lato sinistro della fronte. Lo dico solo perché non corrispondeva all'arco della parte destra.» Alzò le spalle guardando le sopracciglia alzate di Josh. «È una cosa da dottore.»

Era molto più dettagliato di quanto lui si sarebbe aspettato. «Grazie.»

Oliver inarcò un sopracciglio. «Prego, e spero che i vostri ragazzi stiano bene.»

Josh annuì e rimise il taccuino in tasca. Oliver seguì il movimento, e lo sguardo si posò sul suo inguine un secondo o due più del necessario. Quel tizio proprio non riusciva a trattenersi.

Josh lasciò perdere. Era troppo stanco. «Avremo bisogno di una dichiarazione formale domani alla centrale principale in città, e le chiederanno di dare un'occhiata ai nostri registri, ma la chiamerà qualcuno per fissare un appuntamento per lunedì, immagino. Per ora è tutto. Buona giornata.» Si voltò e si diresse verso la reception.

«Ehi,» lo chiamò Oliver da dietro.

Cosa vuole adesso? Josh si voltò a guardarlo.

«Che sei, senza una cazzo di ombra di dubbio, stupendo, lo sai, vero?» Oliver sostenne il suo sguardo senza batter ciglio.

Argh. Quell'uomo era esasperante. Josh ruotò sui tacchi e se ne andò senza rispondere.

Michael ammirò il culo di Josh Rawlins il più a lungo possibile, finché le porte del pronto soccorso non si chiusero. Magari poteva essere un idiota, ma aveva fatto un'uscita proprio degna di nota.

Dita morbide si posarono sul suo avambraccio. «Dovrò pulire il pavimento se non ti rimetti in bocca la lingua.»

«Vaffanculo, Cam,» scattò verso l'infermiere del pronto soccorso. Cameron Wano era un uomo straordinario con la pelle perfetta color cannella, grazie a un'eredità polinesiana mista, un ampio sorriso luminoso e occhi astuti e danzanti. Faceva girare la testa per tutti i tipi di motivi prima ancora che arrivassi a notare il suo trucco. Quella sera, i suoi lussureggianti capelli neri erano raggruppati in piccole punte piene di gel, e Michael era certo che sfoggiasse due colori di eyeliner, entrambi punteggiati di glitter. Non avrebbe dovuto funzionare, ma quel ragazzo sembrava una cazzo di rock star, anche se con una notevole oscillazione dei fianchi.

«Dicevo per dire.» Cameron sorrise. «Quell'uomo ha un culo potente.» Diede una gomitata nelle costole a Michael.

Lui si accigliò. Cam era fastidioso da morire, e la cosa più vicina a un amico che si era fatto in Nuova Zelanda fino a quel momento. Gay fino al midollo, il ragazzo aveva trent'anni, era un infermiere di pronto soccorso altamente capace di un metro e ottanta avvolto in una personalità spiritosa e sarcastica, ammorbidita da un cuore enorme.

Cam gli aveva salvato la pelle più di una volta, insieme alla maggior parte del personale medico presente, con valutazioni precise e una pratica attenta, per non parlare del suo atteggiamento coraggioso verso la gerarchia. Non gli importava che tu fossi un addetto alle pulizie, un consulente o un cavolo di amministratore dell'ospedale, avresti fatto meglio a pensarci bene prima di incasinare lui o il suo pronto soccorso e il suo staff. Quell'uomo proteggeva i suoi come una leonessa.

Con sua sorpresa, Michael era diventato subito un fanboy. Non gli erano mai piaciuti particolarmente i ragazzi vistosi, ma c'era qualcosa nell'altro che l'aveva fatto flirtare senza vergogna. Una volta aveva persino sfidato la fortuna, per tastare il terreno, per vedere se poteva essere interessato, solo per poi trovarsi le palle pericolosamente vicine a diventare carne tritata nelle mani dell'infermiere. Da allora loro due avevano sviluppato un rispetto e un'amicizia reciproci a cui Michael non avrebbe rinunciato.

Cameron si appoggiò al muro, studiandolo.

«Cosa c'è?»

Cameron fece un sorrisetto. «Ti piace.»

«Chi?»

«Lui.» L'infermiere fece scattare la testa verso l'uscita del pronto soccorso.

«È uno stronzo.»

«Dovreste andare d'accordo, allora.»

«Coglione.»

Cameron sorrise raggiante e si staccò dal muro, facendogli scorrere un dito lungo il lato del viso. «Oh, povero bambino.»

Michael lo fulminò. «Com'è che puoi toccarmi ogni volta che vuoi e le mie palle scricchiolano se penso anche solo di ricambiare il favore?»

«Perché, mio caro amico...» Cam gli accarezzò la guancia, «... non ti scoperò nemmeno tra un milione di anni. Ma lo stesso non si può dire per te, e così sono obbligato a proteggere la mia virtù.»

Michael roteò gli occhi. «Sei un maledetto provocatore.»

Cameron ridacchiò. «Ma tu mi ami. Ora vai a casa e dormi un po'.» Diede una pacca sul braccio di Michael e si avviò verso le profondità del pronto soccorso.

Tornato nel suo veicolo, Josh chiamò Mark Knight, il suo migliore amico e detective a capo del caso, dandogli la descrizione fornita da Oliver dell'uomo con il coltello. Quindi trasferì gli appunti sul portatile di bordo e si rivolse a Paris. «È ora di andare a casa, piccolo.» Il cane pastore lo guardò con gli occhi assonnati prima di crollare su un fianco, facendo sbadigliare Josh per solidarietà. Il suo partner aveva solo un piccolo taglio che i paramedici avevano ripulito, dichiarando che era a posto, ma lui l'avrebbe comunque portato dal veterinario della polizia l'indomani, giusto per stare tranquillo.

Guidando vicino all'ingresso del pronto soccorso, vide Michael Oliver che aspettava alla stazione dei taxi. *Cazzo*. L'auto di quel tizio era probabilmente ancora al club. Fece del suo meglio per ignorare il senso di colpa mentre gli passava davanti, ma un'immagine di lui in ginocchio accanto a un Jackson sanguinante non glielo permise. *Merda*. Fece un'inversione a U e si accostò a quell'uomo irritante.

Dire che il dottore sembrò sorpreso era un eufemismo.

Josh abbassò il finestrino del passeggero e si sporse. «Dove stai andando?»

Oliver esitò un secondo prima di rispondere. «Eastern Bays.»

Lui annuì. «Mi è di strada. Sali.»

Oliver esitò. «Sali? Cioè, *tu* mi stai offrendo un passaggio?» chiarì. «Mi sono perso una luna blu o qualcosa del genere?»

Josh trattenne un sorriso e scrollò le spalle. «Consideralo un ringraziamento per Jackson, niente di più.»

«Allora okay. Grande. Grazie.» Scivolò sul sedile del passeggero e chiuse la portiera, riempiendo l'auto di quel seducente profumo di arance e spezie, anche se con una leggera sfumatura antisettica. «Devo dire che sono sorpreso.» Sembrava divertito. «Non avrei pensato che aiutarmi sarebbe stato in cima alla tua lista di cose da fare.»

Josh mantenne l'attenzione davanti a sé. «Sono solo educato.»

L'altro sbuffò. «Certo.»

Paris si mosse nella gabbia e Oliver si voltò al suono. «Ehi, piccolo,» disse piano al cane pastore. «Hai fatto un buon allenamento stasera?»

Paris rispose con un guaito dolce. *Traditore.* Aveva un debole per i complimenti. «Allora, dove andiamo?» chiese Josh.

«Boulder Drive, 15D. Puoi lasciarmi all'angolo con Huntingdon, se vuoi.»

«Va bene.»

Viaggiarono in silenzio per il resto del tragitto, cosa di cui Josh fu grato. Lasciò il dottore proprio fuori dal suo palazzo e non alla fine della strada come gli aveva suggerito lui.

Oliver non fece commenti. Invece, si rivolse a Josh con qualcosa che si avvicinava a un'espressione amichevole. «Senti, so che siamo partiti male, ma non credo che ti interesserebbe...»

«Infatti no.» L'espressione di Josh si raffreddò.

Oliver si acciglió. «Non ti piaccio molto, vero?»

Lui si strinse nelle spalle. «Non provo proprio niente per te.»

«Giusto. Non ti sono piaciuto fin dal momento in cui mi hai visto, eppure non sai niente di me.»

Lo sguardo di Josh scivolò via. «Ne so abbastanza.»

L'altro sbuffò. «Veramente? Sono colpito. Il modo in cui il resto di noi comuni mortali affronta il fatto di dover conoscere qualcuno prima di gettargli merda addosso è un miracolo, quindi.»

Aveva ragione. Josh sapeva di essere un coglione. «Hai finito?»

Oliver sospirò. «Vabbè. Grazie per il passaggio, immagino.» Aprì la portiera del passeggero.

«Senti,» sbottò. «Non è niente di personale. Semplicemente non sei il mio tipo.»

Gli occhi di Oliver gli si posarono sull'inguine, poi tornarono su. «A-ha. Certo,» scherzò con un sorrisetto. «Non sei interessato. Ricevuto.»

Scese dall'auto e si avviò verso il vialetto, e Josh sbatté il pugno sul volante disgustato di sé. No. Assolutamente non interessato, assolutamente non stava guardando il culo di quell'uomo mentre se ne andava, con il suo stesso cazzo assolutamente non duro nei pantaloni.

Paris mugolò.

«E non ho nemmeno bisogno della tua dannata opinione,» borbottò Josh. *Cazzo.*

«Papà!»

Josh si girò su un fianco e trascinò il lenzuolo sulla sua erezione mattutina pochi secondi prima che sua figlia arrivasse al letto, seguita da vicino da Paris. Quei due non erano mai lontani l'uno dall'altra. Il cane diede uno sguardo al cipiglio di Josh e scivolò ai piedi del letto, raggomitolandosi in una palla istantanea.

«Posso ancora vederti, sai,» ringhiò Josh. Le orecchie del pastore si abbassarono e affondò il naso sotto la coperta.

«Lascialo restare, papà, per favore?» Nessuno metteva il broncio come sua figlia. Paris aprì un occhio pieno di speranza, poi lo richiuse immediatamente quando vide Josh che continuava a fissarlo.

Josh sospirò e guardò l'orologio. 7:00. Dannazione, era stanco. «Va bene, può restare per un po'.» Prese il viso di Sasha tra le mani. «Ehi, tu. Cosa ho detto sul bussare prima?»

Lei aggrottò la fronte. «Ma Jase non c'è più, e ci sei solo tu, quindi niente sesso, giusto?»

Porca puttana. Era sempre stato aperto con Sasha sull'essere gay, ma raramente la figlia faceva commenti così diretti. Era uscito allo scoperto quando aveva sei mesi, quindi in pratica per lei era la normalità. Non c'era stata una spiegazione importante: aveva semplicemente aggiunto conversazioni e informazioni poiché sentiva che lei era abbastanza grande per capire. I suoi pochi amici gay, come Mark, erano sempre stati parte della sua vita, e Josh li aveva istruiti su ciò che era appropriato che sua figlia potesse vedere e ascoltare.

«È vero,» rispose, mantenendo il tono più uniforme che poteva. «Ma non si tratta solo di sesso. Ho bisogno di privacy, proprio come te.»

Sasha ci rifletté per un minuto prima di rispondere: «Va bene.» Si trascinò la testa di Paris in grembo. «Gli fa male?» chiese, toccando la benda sulla spalla del cane. «È stato bravo?»

Josh grattò il mento dell'animale. «È sempre bravo, tesoro. Ma la scorsa notte il cattivo è scappato. È un piccolo taglio di coltello, niente di grave.»

Sasha strinse le labbra. «Dannazione.»

«Attenzione al linguaggio,» la ammonì lui con un sorriso. «Sono venti centesimi nel barattolo delle parolacce prima del netball.»

Sua figlia sospirò e gli picchiettò la mano con indulgenza. «Va bene. Ma non prometto che non imprecherò a scuola. Non sarò una santarellina. Non è una bella immagine.»

Trattenne una risata. «Lo capisco.»

Sasha si trascinò giù dal letto. «Giusto perché tu lo sappia.» Scomparve nella propria stanza e, due secondi dopo, Paris e la sua folta coda scattarono fuori dalla porta per raggiungerla.

La sorella di Josh, Katie, lo guardò allarmata dopo che lui ebbe fatto la doccia, mentre gli metteva davanti un mucchio di uova strapazzate e pane tostato. L'odore suscitò un forte brontolio dal suo stomaco.

«Odio pensare a che aspetto avevi prima. A che ora sei tornato?»

Josh si strofinò la barba incolta sul mento, chiedendosi se rinunciare a radersi quella mattina fosse stata una buona decisione. «Dopo le due, credo. Ti ho svegliato?»

«Per niente.» Si scostò i lunghi capelli biondi dal viso e gli accarezzò la mano. «Ci vuole molto di più per risvegliare questo splendore.»

Un esile petardo biondo di donna, Katie aveva trentadue anni, quattro meno di lui. Piena di sfacciataggine e grinta, Josh non riusciva a capire perché non fosse stata presa da qualcuno anni prima. *Perché passa tutto il suo tempo libero a prendersi cura di te, idiota.*

Era vero. Katie aveva affittato una casa a meno di sei abitazioni di distanza dal piccolo bungalow in legno di sua proprietà. Era stata una decisione consapevole da parte di sua sorella, che così avrebbe potuto aiutare a coprire i turni di lavoro di Josh senza che nessuno dei due avesse bisogno di guidare per una lunga distanza. Era fondamentale per il buon funzionamento della sua famiglia, un fatto che lo preoccupava da morire. Dovevano essere più autosufficienti, ma era troppo facile con Katie lì. Il debito che aveva nei suoi confronti era incommensurabile e non era sicuro che avrebbe mai potuto ripagarlo.

«Devo passare dal veterinario sulla strada per il netball, quindi se puoi portare Sasha con te, ci vediamo lì,» disse, masticando un pezzo di pane tostato.

«Non c'è problema.»

«E grazie ancora di essere qui,» aggiunse. «So che il preavviso era breve. Spero di non aver rovinato nessun piano.»

«Nah. Il mio appuntamento sexy è stato annullato.»

Gli occhi di Josh si spalancarono. «Veramente?»

Lei scosse la testa, incredula. «No, idiota. Dio, sei così facile da prendere in giro.» Si ficcò in bocca una forchettata di uova.

Sasha apparve al tavolo, pastore al seguito, e guardò il suo piatto di frittelle con evidente gioia. «*Yum.*»

«Come mai a lei i pancake e a me le uova?» borbottò Josh.

«Perché non sta diventando grassoccia sulla vita.»

Lui si accarezzò lo stomaco. «Voglio che tu sappia che sono tutti muscoli.»

Katie sbuffò. «Certo.»

Mangiarono in silenzio per un po'. Sasha finì e andò a prepararsi per il netball. Josh cercò di ricordare l'ultimo giorno libero in cui era riuscito a dormire davvero. Non gli venne in mente niente.

«Notte frenetica, immagino?» chiese Katie, finendo le ultime uova.

Josh annuì, la bocca piena. «Retata per droga in un bar.»

«Quale?»

«Downtown G.»

«Il bar gay?» Katie sembrava sorpresa.

Lui annuì.

«Hai visto qualcuno che conosci?»

«Nah.»

Katie rimase in silenzio per un po'. Il tipo di silenzio che ti faceva capire che stava pensando qualcosa. «Dovresti andarci, una sera. Non esci da anni. Sarebbe positivo per te.»

Eccoci di nuovo. «Katie...»

«Ascoltami e basta, okay?» Appoggiò la schiena contro la panca e lo guardò.

Lui sospirò. «Vai avanti, allora.»

«Mi preoccupo per te. Ecco, l'ho detto. Hai vissuto come un monaco dai tempi di Jase.»

«Ho una figlia...»

«E? Senti, voglio solo che ti diverta. Sei un papà fantastico, il migliore, ma ti meriti un po' di tempo per svagarti, un po' di amore o anche solo un po' di sesso strabiliante... merda, sesso qualsiasi a dire il vero. Sei irritabile, e non credo che lei non se ne accorga.» Katie fece scattare la testa verso la stanza di Sasha.

Josh sospirò. «Lo so. Migliorerò, ok? È solo che... al momento non posso pensarci. E non discuterò della mia vita sessuale con mia sorella. O della mancanza di vita sessuale, in effetti. Come se non mi sentissi già abbastanza triste.»

Katie si avvicinò e lo strinse in un abbraccio. Lasciò che lei lo tenesse per un po', il calore del contatto fisico era troppo dannatamente piacevole per rinunciarvi. *Cazzo.* Aveva davvero bisogno di scopare. E in quel momento, gli venne in mente Michael Oliver.

Non era scienza missilistica. Sapeva perché quel tizio lo faceva innervosire. Oliver poteva anche essere stupendo, ma era solo un altro Jase, un'altra zoccola arrogante che non sapeva cos'era l'impegno nemmeno se gliel'avessero schiaffato in faccia, e non gli importava chi feriva pur di farselo rizzare tutte le volte che poteva. Josh non sarebbe più stato umiliato in quel modo.

Si erano conosciuti a una festa. Alto un metro e ottanta, con i capelli neri lunghi fino alle spalle e un corpo muscoloso per il suo lavoro di costruttore, Jason era un uomo dall'aspetto sorprendente. Era rilassato, divertente, civettuolo, dipendente dalle barrette Snickers e dal glam rock e, come scoprì in seguito, allergico alla monogamia. Per molti versi erano stati completamente opposti, ma sembravano funzionare, o almeno lui lo aveva pensato. E Sasha e Jason erano andati d'accordo fin dal primo giorno. Era solo un ragazzone. Quello avrebbe dovuto essere un avvertimento di per sé.

Poi, dopo due anni di convivenza, Josh aveva scoperto che lo tradiva. E quando lo aveva affrontato, lo stronzo aveva ammesso tutti i rapporti che aveva avuto con altri durante la loro relazione. Josh ne era rimasto devastato. Nel giro di poche ore, Jason aveva fatto le valigie e se n'era andato, e Sasha era rimasta sconvolta. Prima l'aveva abbandonata sua madre e poi Jason.

Lui aveva accettato di rimanere in contatto con Sasha mentre si adattava alla separazione, e anche dopo due anni faceva ancora uno sforzo, pure se lei ne aveva meno bisogno. Josh si comportava in modo educato ma aveva cercato di tenersi alla larga da lui, tranne una volta, ma non ci sarebbe ricascato.

La mattina di Michael non andò esattamente come sperava. Iniziò con l'erezione mattutina che viveva di vita propria al pensiero di un poliziotto cinofilo estremamente irritante. *Dannazione.* Quel tipo era un coglione di prima classe e Michael aveva deciso prima ancora di andare a letto che non avrebbe sprecato altro spazio nella testa per lui. Quell'uomo aveva un bastone su per il culo, solo perché Michael si era divertito un po' in un club. *Beh, vaffanculo.* Era gay. Era una cosa naturale. Non stava cercando una relazione. *Già fatto. Un cazzo di disastro.*

I due anni che aveva passato con Simon erano finiti in un completo casino. Aveva imparato la lezione e ora manteneva le sue "relazioni" con la varietà da toccata e fuga o, al massimo, un occasionale compagno di scopate un po' più regolare. Il che servì solo a ricordargli che la notte prima aveva lasciato il club frustrato così come era entrato. Un'altra cosa per cui incazzarsi.

Simon. *Merda.* Pensava di averlo dimenticato. Ma ultimamente tornava nei suoi pensieri con maggiore frequenza, accompagnato da una fitta inaspettata di sgradito senso di colpa. Gli mancava? Sì, poteva accettarlo. O almeno gli mancava la facile compagnia che condividevano. Lavoravano nello stesso ospedale, Simon come gastroenterologo. Il suo ex aveva saputo del contratto neozelandese ed era stato sorprendentemente favorevole alla decisione di Michael.

Simon era uno di quelli bravi, troppo bravo per lui, come si era scoperto poi. Aveva amato sinceramente Michael, lo aveva chiarito abbondantemente, ma per qualche motivo, lui non era mai stato in grado di ricambiare le sue parole e Simon non aveva mai insistito. Erano andati d'accordo e si erano adattati facilmente l'uno alla vita dell'altro, comprendendo le lunghe ore e lo stress dei rispettivi lavori. Il sesso andava bene, anche se non era sconvolgente, e se non fosse stato per l'enorme cazzata di Michael di diciotto mesi prima, beh, chissà cosa sarebbe potuto succedere.

Ma quando era andato tutto a puttane, la comprensione persistente e sempre così paziente di Simon e i tentativi di convincerlo a parlarne alla fine avevano spinto Michael a escluderlo del tutto. Poi aveva completato l'opera con una scopata molto indiscreta in un club in cui era andato anche Simon. Si erano separati, non c'era da sorprendersi, e lui aveva cercato di rimettere insieme la sua vita, mentre Simon era andato in cerca di qualcun altro. Sembrava felice, e Michael era sinceramente contento per lui.

Michael era fortunato e lo sapeva. Non doveva darsi troppo da fare per conoscere praticamente chiunque volesse, e di certo non aveva bisogno di essere ossessionato da qualche cazzo di poliziotto cinofilo. Il suo orgoglio era stato ammaccato, e allora? Doveva scrollarsi la cosa di dosso e andare avanti. Dimenticare il poliziotto sexy e godersi il primo giorno libero in due settimane. Per prima cosa, doveva andare a prendere la macchina e togliersi dai piedi quella maledetta dichiarazione.

Non fu così facile come pensava. Secondo l'uomo alla centrale, la sua auto sarebbe rimasta saldamente bloccata dietro il nastro della scena del crimine almeno per un altro giorno. Il suo fine settimana era fottuto. Però avrebbe potuto andare peggio. La verità era che era più scosso per la notte precedente di quanto avrebbe voluto ammettere. Cucire una ferita da coltello era molto diverso dall'assistere a un'aggressione vera e propria, e leggere di un arresto per droga era preferibile che trovarsi nel bel mezzo di una retata. Non erano cose che Michael voleva rivivere.

Però, almeno, aveva finito la dichiarazione. Ci erano volute due ore, ma se non altro non era al freddo, il che non era poco. A parte il fatto che era novembre, il gelo dei forti venti di sud-ovest dall'Antartide aveva fatto precipitare le temperature primaverili a Auckland a livelli di metà inverno, quindi si stava bene al chiuso. La moderna centrale con le sue grandi finestre di vetro aveva una splendida vista sul porto, e il detective che prese la sua dichiarazione non era da meno, visto il suo aspetto. La considerò una vittoria.

Michael firmò il documento, poi lasciò cadere la penna sul tavolo. «Ho detto tutto questo all'altro poliziotto ieri sera.» Fece scorrere lo sguardo su quella delizia per gli occhi che era il detective Mark Knight.

Knight sorrise. «L'agente Rawlins, vuol dire?»

«Se è quello con il cane.» Michael non riuscì a evitare un tono di scherno.

Il sorriso di Knight si allargò. «È lui. Immagino che voi due non vi siate trovati bene?»

Lo sguardo dell'uomo scese sulle labbra di Michael per un breve secondo, e lui lo guardò con la coda dell'occhio. Il detective aveva un sorriso affascinante e bei lineamenti, anche se non era del tutto all'altezza del poliziotto conduttore. Conduttore che, a quanto pareva, se ne andava in giro a raccontare cose. *Coglione.*

«Non stavo cercando di fare amicizia,» rispose con disinvoltura.

Knight fece uno sbuffo dal naso. «Meglio così. A Josh non piace molto andare in discoteca, come probabilmente avrà intuito. È passato un po' di tempo da quando l'ho portato al G. Comunque, per ora abbiamo finito. Avremo bisogno che torni a guardare alcune foto, per vedere se riesce a identificare il tizio del bar. Le farò sapere per tempo.»

Michael annuì e si voltò per andarsene, quasi sbattendo contro un uomo più vecchio e calvo che bloccava la porta. I loro sguardi si incrociarono.

«Lei è il dottore del bar di ieri sera, giusto?» chiese l'uomo.

«Sì.» Michael lanciò un'occhiata a Mark, che fece un breve cenno al nuovo arrivato prima di presentarli. A quanto pareva, John Stables era il comandante.

L'uomo passò lo sguardo su Michael. «Ho visto che era qui e volevo ringraziarla personalmente per aver aiutato il nostro ragazzo ieri sera.»

Michael annuì. «Stavo solo facendo il mio lavoro.»

«Può darsi. Ma avremmo potuto perderne due se lei non fosse stato lì.» L'angoscia si insinuò nella sua espressione.

«L'altro agente non ce l'ha fatta?» Michael non era davvero sorpreso. La sua situazione non era bella.

«Sfortunatamente, no.» Stables si schiarì la gola. «Faremo un sacco di straordinari per questo. Era benvoluto.»

«Mi dispiace,» disse lui con compassione.

«Grazie.» Stables si passò una mano sul viso. «Non ne perdiamo molti, ma fa sempre male. Lei è americano, vero?»

Michael sorrise. «Così mi dicono.»

«Per caso faceva qualche sport?»

«Baseball,» ammise. «Seconda base.»

Stables sembrava soddisfatto. «Sa colpire?»

Michael si acigliò. «Lo faccio abbastanza bene. Questa cosa andrà a parare da qualche parte?»

«Sì. Abbiamo una squadra della centrale, con alcuni civili, che fa parte di un campionato estivo di softball che inizierà tra poche settimane. Siamo sotto di due giocatori. È interessato?»

Michael era sorpreso. Sarebbe stato bello conoscere persone lontane dalla solita folla ospedaliera.

«Non conosco le regole del softball,» lo avvisò. «Potrei sbagliare.»

Il comandante rise. «Lei e ogni altro della squadra, compresi gli arbitri.»

Michael sorrise. «L'importante è che lei lo sappia.»

«Eccellente.» Il comandante gli diede una pacca sulla schiena facendogli quasi ingoiare la lingua. «Lasci il suo indirizzo e-mail al sergente di servizio e le invieremo una copia del programma e i contatti del team. Il prossimo allenamento è domani alle dieci. Knight la verrà a prendere, visto che l'abbiamo lasciata senza mezzo di trasporto.» Se ne andò lasciando Michael con Knight.

L'altro uomo emise un suono ironico. «Sembra che ci vedremo alle nove e mezza, allora.»

Michael si infilò il cappotto. «Ci sarò.» Esitò, chiedendosi se avesse le palle per chiedere. *Fanculo.* «Sto per oltrepassare un po' il limite,» disse con cautela. «Hai menzionato che vai al G. Tu e il bel cinofilo siete...»

«Gay?» Mark sorrise. «Io lo sono. Josh parla per sé.»

«Sì, l'ha accennato. Siete entrambi dichiarati?»

«Già. Non è sempre bello, ma alla maggior parte dei ragazzi sta bene. Se vuoi sapere di Josh, dovrai chiederglielo.»

«Sì, no,» disse lui. «Quel tizio è uno stronzo.»

Mark increspò le labbra. «Penso che voi due siate partiti con il piede sbagliato. È un bravo ragazzo.» Alzò le spalle. «Un po' intenso, forse.»

Michael gettò indietro la testa e rise. «Sì, ha dimostrato anche questo.»

Fedele alla sua parola, Mark era al cancello di Michael alle nove e mezzo in punto, alla guida di una Prius gialla malconcia.

Guardò i capelli di Michael. «Notte difficile?»

Cazzo. Non aveva sentito la sveglia né aveva controllato lo specchio, figuriamoci se si era fatto una doccia prima di volare fuori dalla porta. «Qualcosa del genere,» borbottò, allacciandosi la cintura di sicurezza e facendo scorrere le dita attraverso il nido aggrovigliato sulla sua testa nel tentativo di creare un po' di stile, prima di arrendersi. Aprì la sua lattina di V, una bevanda energetica, sperando che la caffeina potesse aiutarlo, e si guardò intorno. «Una Prius, amico? Davvero? Il mio testosterone è precipitato solo a guardarla.»

«Ehi, non sminuire il mezzo che ti dà un passaggio, che in realtà sarà anche l'unico oggi,» protestò Mark.

«Sì, beh, non fraintendermi, ti sono grato per il passaggio, ma tanto varrebbe scrivere Gay Perdente in lettere rosa sulla fiancata, giusto per dire.»

«Ora stai solo facendo il cattivo.» Mark rise, allontanandosi dal marciapiede. «E poi è affidabile ed efficiente.»

«Oh, fottiti.» Michael scosse la testa e rise.

«Non oggi, raggio di sole.»

Sbuffò. Gli mancavano quel tipo di battute e i suoi amici a casa. Aveva trascorso il resto del giorno precedente da solo, di nuovo, oziando sul divano a guardare ESPN con il gatto soriano del suo vicino, Scout, appollaiato sul petto. Quel dannato gatto passava più tempo a casa sua che a casa propria. L'animale non aveva offerto alcuna opinione sul problema del bel cinofilo, se non sollevando la zampa a metà conversazione e pulirsi le palle. Michael rifletté che forse quella era l'affermazione più appropriata che si potesse fare.

Lanciò un'occhiata in direzione di Mark. Stava bene, con un paio di calzoni grigi della tuta e una maglietta che metteva in mostra i muscoli finemente tonici. Suscitava un certo interesse da parte del suo cazzo ma, in realtà, Michael nell'altro vedeva più un potenziale amico che uno scopamico. *Cristo*. Gatti e amici: stava invecchiando.

Fu presentato alla squadra, che sembrò accogliente con qualcuno che non avevano mai visto, anche se lui pensava che la sua assistenza al loro collega fosse il motivo principale del benvenuto. Ricevette la giusta dose di pacche sulla schiena e ringraziamenti. Non poteva negare che fosse piacevole.

Provò a giocare in seconda base e fu grato di aver imparato un po' delle differenze sulle regole, così da non sembrare un completo cretino sul campo. Per quanto Stables avesse minimizzato la natura competitiva del campionato, Michael sapeva che non era così. Nessuna squadra di polizia piena zeppa di testosterone e maschi alfa avrebbe reagito bene alla sconfitta. Bastava uno sguardo intorno al campo per capire che quei ragazzi facevano sul serio.

La fine dell'allenamento non arrivò abbastanza presto per i suoi muscoli doloranti. Pensava di aver tenuto testa al gioco, con poche cazzate. Il peggio era stato un passaggio promettente che aveva fatto nel secondo tempo solo per essere bloccato nientemeno che da Josh-fottuto-Rawlins. L'uomo aveva sfoggiato un ghigno del cazzo per il resto dell'allenamento. Sì, Mark aveva omesso quell'informazione e lui non aveva controllato l'elenco dei membri della squadra. Josh era arrivato con addosso un paio di pantaloni da allenamento aderenti e una morbida felpa Nike, riuscendo comunque a sembrare un cazzo di modello uscito da una rivista. A differenza di Michael, che aveva trascorso la maggior parte del gioco cercando di sistemarsi i capelli arruffati. Josh aveva anche delle buone abilità con la palla, dannazione.

Comunque, Michael colpì alcune buone palle, segnò un paio di punti e bloccò tre corridoi. Non era male per la sua prima volta, e il capitano fu abbastanza contento di offrirgli il posto fisso. Persino Josh gli aveva stretto la mano, brevemente.

Mark fu l'ultimo a congratularsi, dandogli un amichevole abbraccio con un braccio solo. «Non male per uno yank.»

Lui lo spinse via scherzosamente. «Al contrario di un bel ragazzo gay alla guida di un'auto da nonna, giusto?»

Fedele alla loro apparente tradizione, dopo l'allenamento la squadra si diresse al Kendrick's, un pub comodamente situato a breve distanza a piedi dal campo. Andò anche Michael, e si ritrovò seduto di fronte a Josh Rawlins, non una sua scelta o quella dell'altro uomo, a quanto pareva. L'espressione di Josh si trasformava in irritazione ogni volta che il suo sguardo si posava su Michael. *Beh, fanculo a lui.* Michael si era davvero goduto la mattinata, teste di cazzo a parte, e non aveva intenzione di lasciare che un idiota rovinasse il suo umore. Anche se quel tizio era delizioso con i capelli biondi e umidi tirati indietro e tutto quel profumo appena spruzzato che si diffondeva sul tavolo, mandando nel caos il suo cazzo traditore.

Josh era furioso, di nuovo. Il fast-pitch era una delle poche attività che poteva godersi da solo, e ora doveva sopportare Michael-fottuto-Oliver. Arrivato al Kendrick's, aveva immediatamente avvicinato Mark al bar mentre stava prendendo da bere.

«Ma che cazzo, amico? Di chi è stata l'idea di invitarlo?»

Mark si stampò un enorme sorriso in faccia e alzò le mani in segno di resa. «Io non c'entro nulla, amico. Mi ha chiesto il capo di portarlo.»

«E non sei riuscito a pensare a nessun motivo per cui non sarebbe stata una buona idea?»

«Cosa avrei dovuto dire?» Mark lo studiò. «Onestamente, sembra un bravo ragazzo e gioca bene.»

«Non me ne frega un cazzo se gioca come Nathan Nukunuku, è uno stronzo.»

«Buffo, è così che ha chiamato te.»

«Aspetta. Ha chiamato *me* stronzo?»

Mark sbuffò una risata nasale. «Rilassati, Josh. Chiunque potrebbe pensare che ti piaccia davvero.»

«Vaffanculo.»

Mark gli diede uno scappellotto sulla nuca.

«Ahi,» protestò Josh.

«Fattene una ragione. Te lo sei meritato. Quindi il ragazzo era in giro in cerca di compagnia. E allora? Oh. Mio. Dio. Che scandalo. Ed è stato anche fortunato che si è trovato un tizio bellissimo tra le mani, buon per lui. Non è un crimine. E poi è sexy. E ci ha provato con te. Penso che sia rassicurante che tu non abbia perso le staffe. È chiaro che vi piacete.»

«Sono padre di una ragazzina di undici anni, per l'amor di Dio.»

«E questo significa che ti sei tagliato via l'uccello?»

«Non capiresti.» Josh respinse il commento.

Mark lo fulminò. «Oh, giusto. Perché sono un ragazzo gay ignorante e single che non riesce a tenere il cazzo nei pantaloni, vuoi dire? Non un santo padre di famiglia che è così sessualmente stitico che il suo sperma si è trasformato in cemento mesi fa. A quest'ora quando ti fai le seghe mi sa che escono mattoni.»

Aveva ragione. Josh sospirò. «Hai ragione. Sono io.»

«Meglio.»

«È che...» Josh sospirò di nuovo.

Anche Mark lo fece. «Ehi,» disse gentilmente. «Non tutti i ragazzi sono come Jason.»

Il silenzio rimase sospeso tra loro.

«Lo so,» ammise lui a bassa voce. «Ma quelli come Oliver trattano le persone come se fossero lì solo per il loro divertimento, e non posso rischiare. Sasha si è affezionata a Jase, e poi lui ha rovinato tutto. E la parte peggiore è che non me ne sono nemmeno reso conto. Sono un agente di polizia, per l'amor di Dio, e non ho notato che mi aveva preso in giro per due anni.»

«Cosa posso dire?» disse Mark. «La gente a volte fa schifo. Jase era un cazzo di idiota che non riconosceva una cosa buona, una cosa grandiosa. Ci ha perso lui. Non significa che dovresti arrenderti con il resto di noi. E poi non sto dicendo che ti devi sposare quel tipo, divertiti un po', una botta di autostima. Hai già detto che non è materiale per relazioni, quindi qual è il problema? E di sicuro sembra divertente. Ti meriti una vita al di fuori di Sasha e di quel maledetto cane, lo sai.»

«Così dicono tutti,» borbottò Josh. «Va bene. Ci penserò. Contento?»

«Da morire. E se finisci per tirarti indietro, dimmelo, così posso farmelo io.»

Josh non riuscì a tirare fuori più di un grugnito strozzato in risposta.

Mark gli rivolse un sorriso malvagio. «Come pensavo. Dai, andiamo a farci una birra, idiota.» Afferrò il vassoio delle birre dal barista e si diresse verso i due tavoli che la squadra aveva unito.

Josh fu costretto a occupare l'unico posto rimasto, proprio di fronte a Michael Oliver. Ovvio. Il suo sguardo scivolò su di lui, un fastidioso promemoria di quanto fosse in forma il dottore. Con un paio di jeans stretti slavati e una camicia nera era difficile staccargli gli occhi di dosso.

Rimase a guardare mentre Mark si dedicava a istruirlo sui dettagli del rugby. I due erano chini su sottobicchieri di birra e pezzi di carta, e ridevano con le teste vicine. Trovava l'intera faccenda sempre più irritante per motivi che non era disposto ad analizzare. Dio, aveva davvero bisogno di scopare.

In un'occasione, quando alzò la birra e guardò dall'altra parte, trovò lo sguardo di Michael bloccato sulla propria bocca, e c'era calore nei suoi occhi, tanto, tanto calore. Colto a fissarlo, il dottore non sussultò, ma si limitò a sollevare l'acqua in segno di saluto, e il cazzo di Josh si mosse. *Porca merda*. A prescindere da quanto cercasse di ignorarlo, Michael Oliver lo accendeva come un fottuto interruttore. Era una minaccia per l'autocontrollo di Josh.

Deglutì a fatica e si alzò in piedi per tornare a casa. O così o avrebbe trascinato fuori il bravo dottore e gli avrebbe inchiodato il culo contro il muro. Ma ovviamente non sarebbe stato facile. Non appena si alzò dalla sedia, il suo migliore amico decise improvvisamente che aveva bisogno di andare a trovare la sorella, e quindi Josh poteva per caso accompagnare Michael a casa, visto che era di strada? Disse tutto con un ghigno, lo stronzo.

Quindi eccoli di nuovo lì. Michael aprì la portiera del passeggero ed entrò portando con sé l'odore di bagnoschiuma muschiato e una specie di colonia agli agrumi che fece venire l'acquolina in bocca a Josh. I suoi jeans erano stretti sulle cosce, e si tesero peccaminosamente quando si sistemò sul sedile, passandosi le dita tra i capelli umidi.

«Eccoci di nuovo qui, agente.»

Michael si allungò tra loro per allacciare la cintura di sicurezza, sfiorando le mani di Josh, che era occupato a fare lo stesso. Il contatto mise in allerta tutte le sue terminazioni nervose, e Josh fece tutto ciò che era in suo potere per non chiudere la bocca irritante di quell'uomo con la sua. Sospirò e mise in moto l'auto, immettendosi nel traffico. Quella stupidità doveva finire.

«Senti...»

Oliver si voltò con uno sguardo curioso.

Josh continuò. «Sei un buon giocatore e capisco che ti vogliono nella squadra. Quindi, visto che passeremo del tempo insieme, come compagni di squadra, possiamo piantarla con questa stronzata tra noi e magari... ricominciare?»

Oliver si zittì, poi si voltò per guardare fuori dal parabrezza. «Va bene, fatto.»

Josh roteò gli occhi. «Proprio così?»

Michael sbuffò, ma tenne lo sguardo fisso davanti a sé. «Questo potrebbe essere uno shock per te, Rawlins, ma non sei così irresistibile come sembri pensare.»

Beh, allora va bene. Josh non distolse gli occhi dalla strada e viaggiarono in silenzio per il resto del tragitto. Si fermò nello stesso punto in cui si era fermato due notti prima. «Allora, ehm, se hai bisogno di un passaggio il prossimo fine settimana, chiamami. Il mio numero è nell'elenco della squadra.»

Michael gli rivolse uno sguardo inespressivo. «Sono sicuro che per allora riavrò la mia macchina, ma grazie. Ci vediamo in giro.»

«Certo.» Josh guardò il dottore scomparire lungo il viale. *Hai quello che volevi*, si disse. *Quindi va bene, no?*

CAPITOLO TRE

La domenica e il lunedì potevano essere terribilmente impegnativi al pronto soccorso. La gente non voleva rovinarsi il sabato bloccata in una delle sale d'attesa dell'ospedale, ma quando arrivava la domenica pomeriggio e lavoro/scuola si profilavano all'orizzonte, si riempivano come clessidre.

Michael era riuscito a ritirare la sua auto domenica e, con il turno di lunedì a meno di due ore dalla fine, non vedeva l'ora di sedersi sul divano con una soda e la differita della recente partita dei Lakers. Alla disperata ricerca di un po' di silenzio, aveva preso una soda, aveva trovato una stanza per i trattamenti vuota e aveva chiuso la porta. Aveva saltato il pranzo e sembrava che i suoi piedi avessero attraversato un frantoio di metallo.

Cameron infilò la testa nella stanza proprio quando lui stava prendendo il primo sorso. «Ci stiamo nascondendo, eh?»

Michael gemette. «Direi che ho fallito in modo epico, no?»

«Ehi, ti ho dato cinque minuti prima di rintracciarti, considerati fortunato.» Gli picchiettò la coscia. «Dai, sexy. La bambina nella tre è pronta ad andare. Ho solo bisogno che firmi le dimissioni.»

«Chiedi a Max di farlo. I piedi mi stanno uccidendo, e Lucinda mi ha strisciato sul sedere con i ramponi tutto il giorno.» Lucinda, o Lucifero, come la maggior parte del personale chiamava alle sue spalle la tecnica dei raggi X, nel tempo libero faceva la sollevatrice di pesi e aveva una bocca che sembrava uscita direttamente dalla stanza ricreativa di una prigione. Le interazioni con lei di solito comportavano la delega strategica ai chirurghi novellini, se possibile, o in mancanza di quelli l'utilizzo di armature. La donna faceva perlopiù turni pomeridiani e notturni, ma quel giorno aveva chiesto un cambio per poter assistere alla produzione teatrale scolastica di sua figlia. Il pensiero di Lucinda come genitore era quasi troppo spaventoso per essere contemplato.

Cameron ridacchiò. «Quel fascino non ti arriva, eh?»

Michael si accigliò. Erano appena a quindici centimetri di distanza, e notò che l'eyeliner del giorno non era in realtà viola come aveva pensato inizialmente, ma un blu profondo ricoperto di glitter che si abbinava al piccolo piercing all'orecchio destro dell'uomo. Era... eccitante.

Si schiarì la gola. «In primo luogo, il soggetto di detto fascino deve essere di tipo umano, e in secondo luogo, non dovrebbe possedere un morso velenoso e più muscoli di me. Nessuna di queste cose si applica alla nostra Lucinda.»

Cameron fece una risatina nasale. «Posso sempre tenerti la mano se ne hai bisogno.»

«Chiudi il becco, stronzo.»

«Dio, mi piace quando parli sporco,» disse Cameron impassibile.

Michael rise. «L'offerta è ancora valida, sai.»

«Non ce la faresti, Yankee.» L'infermiere lo afferrò per i risvolti del camice e lo trascinò attraverso le tende fin nel corridoio. «Ora torna al lavoro, Cenerentola.»

Nell'ora successiva, Michael evitò miracolosamente di essere assegnato a un nuovo paziente, anche se sospettava che fosse merito di Cameron che aveva avuto compassione di lui. Riuscì quindi ad aggiornare tutte le sue cartelle in modo da non essere trattenuto alla fine del turno. Non volendo sfidare la sorte ficcando la testa nella postazione delle infermiere, afferrò il borsone e si diresse verso la porta, solo per essere intercettato da Cameron che gli si avvicinava dalla sala d'attesa.

«C'era un ragazzo alla reception che chiedeva di te,» disse. «Appuntamento sexy, dottore?»

Michael si accigliò. «Sembro il tipo da appuntamenti? O di uno che fa venire il suo appuntamento sul suo posto di lavoro, alimentato dai pettegolezzi?»

Cameron incrociò le braccia sul petto. «Non pensavo, infatti. E poi non sembrava proprio nel tuo stile, a meno che tu non bazzichi il ghetto ultimamente.» Si sporse di lato quando la sua attenzione fu catturata da qualcosa dietro Michael. «Joanne. Se quella pompa per infusione nuova di zecca va da qualche parte tranne che a Trauma Uno dove l'hai presa, trasformerò le tue tube di Falloppio in babbucce. Ora rimettila a posto.» Si raddrizzò e si voltò di nuovo verso Michael. «Medici del cazzo. Comunque, devo andare. Giuro che incatenerò quelle dannate macchine al muro. Ci vediamo domani.»

Si separarono, e lui si diresse verso il parcheggio del personale. Si era appena fatto strada attraverso il vicolo accanto al pronto soccorso quando un ragazzo chino sul cofano della sua auto lo fece bloccare.

«Ehi,» gridò.

Il ragazzo si voltò e si allontanò. Michael si lanciò in uno sprint e lo raggiunse a metà della fila di macchine. «Non così in fretta,» sbuffò, attaccandosi al suo avambraccio. Ma il tizio era in forma. Si girò nella presa di Michael, si voltò e allungò una gamba, facendogli lo sgambetto.

Ma che diavolo...? Michael finì a terra sulla spalla, sbattendo la testa di lato. La tempia colpì la superficie ruvida con un tonfo nauseante. Delle luci danzarono per un momento dietro i suoi occhi, ma non svenne. Ci volle un po' di sforzo, però riuscì ad alzare il capo per dare un'occhiata al suo aggressore, ma l'uomo non c'era più. Il suono delle gomme che stridevano nel parcheggio chiuse la questione. Aspettò che il fango che nuotava nella sua testa si fosse stabilizzato, quindi recuperò quello che sembrava essere un biglietto dal parabrezza e trascinò il culo di nuovo al pronto soccorso. Proprio quello di cui aveva bisogno.

«È solo una botta in testa, Cam,» scattò verso l'infermiere, deviando i tentativi dell'uomo di aprire i bordi della ferita. «Lascia stare.»

La rabbia divampò nei begli occhi dell'altro mentre entrava nello spazio di Michael e gli puntava un dito sul petto. «Essere un medico specializzato in traumatologia non è abbastanza per te, devi essere aggredito anche tu? E quel tizio che prima ti stava cercando? Assicurati di raccontarlo a Mark. Cristo, amico. Mi hai dato un mucchio di scartoffie da compilare, per non parlare del Dipartimento della salute e della sicurezza che domani mi starà attaccato al culo. E smettila di gocciolare sangue sul mio pavimento.»

Michael fissò l'infermiere responsabile a bocca aperta. Non aveva mai perso la pazienza. *Ops*. Prese la mano di Cam. «Scusa, sto solo facendo il coglione.»

Cameron sospirò. «Vabbè. Sono solo incazzato perché non stacco in tempo... di nuovo.» Ma non fece alcun tentativo di liberarsi dalla sua presa.

Si scambiarono uno sguardo silenzioso, e Cameron finalmente gli liberò la mano. «Cosa ho detto sul toccarmi?»

Michael sorrise. «Le mie palle sono in pericolo di vita?»

L'infermiere gli diede un buffetto sulla guancia. «Lo sarebbero se avessi pensato di poterle trovare. Ora, se hai finito di rovinare la mia giornata, ho del lavoro da fare.»

Un'ora più tardi Michael aveva completato tutti i rapporti sull'incidente che Cam gli aveva inviato. Mark Knight era arrivato a un certo punto per aiutarlo con la dichiarazione e raccogliere i filmati della sicurezza, anche se c'erano poche speranze di trovare prove utili. Sia nel parcheggio che alla reception del pronto soccorso l'uomo aveva indossato una felpa con cappuccio e tenuto la testa bassa. L'investigatore prese anche in carico il biglietto che Michael aveva recuperato dal parabrezza, qualcosa che aveva scelto di non condividere con Cam. Era già abbastanza spaventato così.

Tieni la bocca chiusa su chi hai visto nel club se non vuoi che la tua bella faccia venga fatta a pezzi.

Affascinante. Quindi non era stata proprio una rapina casuale. Michael non sapeva cosa pensare, se non essere monumentalmente incazzato. Avrebbe dovuto andare a guardare le foto segnaletiche la mattina dopo, ma Mark aveva deciso di dargli un altro giorno. Il colpo alla testa non avrebbe aiutato nel riconoscimento.

Si irritò per l'implicazione. Sapeva quello che aveva visto e non avrebbe permesso che lo mettessero a tacere, ma il detective chiarì la sua preoccupazione. I poliziotti erano tutti concentrati sul caso, e non volevano che niente mettesse a rischio una condanna per omicidio per uno di loro.

Mark gli inculcò anche la necessità di essere molto vigile riguardo alla propria sicurezza a casa e al lavoro, fino a quando non sarebbero andati a fondo della cosa. Poi se n'era andato, promettendo di chiamare il giorno successivo, e con ciò Michael si era diretto a casa con un mal di testa spaventoso delle dimensioni dell'Africa.

Erano le tre del mattino quando si svegliò con un pozzo nero nello stomaco, un brulichio strisciante sulla pelle e il cuore che batteva forte. I corridoi bianchi e le luci lampeggianti lasciarono lentamente il posto alle morbide tende verdi della sua camera da letto; il fetore di sangue intriso di ferro nel suo naso e il suono straziante delle grida di una donna furono le ultime cose a svanire.

Si alzò dal pavimento e inspirò una grande boccata d'aria nei polmoni. Si concentrò sul respiro e frenò la paura che gli cresceva nella testa. Era il primo attacco di panico da mesi. Aveva davvero pensato che quella merda fosse finita. *Ripensaci, stronzo.*

Tremori familiari gli scorrevano tra le dita mentre il desiderio lo colpiva, quel bisogno disperato di qualcosa che placasse il terrore nelle viscere. La sua lingua rotolò sulle labbra e il pensiero gli colò come una macchia scivolosa sul cuore. Un drink. Solo per riprendersi dal panico e che lo aiutasse dormire. Michael si schiaffeggiò mentalmente. *Sì, giusto, idiota. Un drink e poi dei cazzo di mesi per rimetterti in carreggiata. Ci sono già stato, ho anche preso la maglietta.*

Marcia. Solo il nome era sufficiente per richiamare le lacrime, figuriamoci l'incubo. *Dannazione. Perché non poteva lasciarla andare?* Carina da morire a dieci anni, sarebbe stata bellissima da donna. Pelle latina con occhi blu elettrico, capelli biondo rame a cascata e begli zigomi. Ma lui le aveva strappato via quella possibilità. Il dottor Michael-fottuto-Oliver, che non era stato in grado di darsi una svegliata abbastanza a lungo da capire che l'arteria renale destra della ragazzina era stata recisa quando il camion aveva sbattuto contro il retro della piccola Toyota e l'aveva fatta volare attraverso il parabrezza anteriore. Stranamente, non avere la cintura di sicurezza del tutto allacciata aveva forse salvato Marcia dalla morte immediata. L'impatto l'aveva spinta fuori dalla piccola Toyota prima che venisse schiacciata come un piatto di carta, mandando sua madre, che stava guidando, in una tomba prematura e immeritata.

Michael capiva che niente di tutto ciò era colpa sua. Succedono cose di merda, e la vita a volte fa schifo. Se non riuscivi a lasciarti alle spalle il senso di colpa e il dolore, non saresti sopravvissuto come medico del pronto soccorso. Non aveva avuto il controllo sull'incidente, ma nel momento in cui Marcia era stata trascinata nella sua sala trauma, quello era il suo terreno. Aveva preso lui le decisioni e le colpe. E quella notte, diciotto mesi prima, si era preso la più grande colpa della sua carriera.

Era arrivata che perdeva sangue da una mezza dozzina di lacerazioni importanti e da una profonda ferita al petto che si estendeva fino al polmone inferiore sinistro per essere rimasta impalata su un maledetto irrigatore da prato quando era atterrata. Era il caos. La ragazza era cianotica, affamata di ossigeno e con polso e pressione sanguigna gravemente discendenti. Era stata trasfusa, l'avevano ventilata, poi trovato e suturato una lacerazione all'arteria femorale che aveva scaricato quasi un litro di sangue sul pavimento della sala traumatologica in meno di dieci minuti.

Dopo aver curato le ferite evidenti, Michael aveva completato un esame più approfondito dalla testa ai piedi, richiesto esami del sangue e lastre, e aveva permesso alla zia della ragazza di fermarsi per una visita di due minuti. Poi era uscito dalla stanza per consultarsi con un neurologo. Se n'era andato da meno di un minuto quando l'avviso del codice lo aveva richiamato dentro. La ragazza era dannatamente vicina alla linea piatta. Che cazzo?

A quanto pareva, nel momento in cui avevano provato a spostarla per la radiografia, Marcia era peggiorata. Migliore ipotesi: un'emorragia nascosta. Ma dove? Non c'era tempo per portarla in chirurgia. La scelta era aprirla dove si trovava o prenotarle una targhetta per cadaveri. Ma aprire dove? Michael avrebbe avuto solo una possibilità. Tutti avevano trattenuto il fiato. Filo rosso o blu? Le aveva aperto il fianco sinistro, direttamente sotto la lesione polmonare, scommettendo sulla vicinanza per suggerire una connessione logica. Ma quello che aveva trovato era un lago di sangue, e in pochi secondi la ragazza era morta. Un'autopsia avrebbe rivelato che l'arteria renale destra era stata parzialmente recisa, non dalla punta dell'irrigatore ma dalla scheggia di una costola fratturata, una frattura che sarebbe stata vista tramite le lastre, che erano state interrotte.

Nessuno lo colpevolizzò. Michael aveva fatto tutto quello che ci si aspettava da lui, e nessuno aveva suggerito diversamente. Ma lui lo sapeva. Ripercorrendo i suoi appunti scarabocchiati di consegna, aveva letto che un paramedico aveva fatto menzione di una sensazione di scricchiolio nella zona della costola in basso a destra, ma non era niente in confronto alle evidenti ferite della ragazza, quindi Michael non aveva stabilito il collegamento. Ma era il suo cazzo di lavoro fare i collegamenti, un quadro completo e salvare una vita. Non importava che nessuno gli desse la colpa, lui si incolpava lo stesso. E con quello, il suo piccolo mondo perfettamente ordinato era andato in pezzi.

Da lì le indulgenti auto-recriminazioni, gli incubi e il bere. Non originale ma efficace. Sempre sobrio durante i turni programmati, al di fuori di quei giorni Michael era un disastro. Simon era stato così paziente, così comprensivo, così solidale in modo irritante. Era riuscito a nascondere che bevesse per sei mesi, ma poi aveva commesso l'errore di rispondere a una chiamata per un paio di mani in più al pronto soccorso nel suo giorno libero. Si sentiva bene, ma il suo responsabile aveva percepito l'alcol nel suo alito e gli aveva fatto l'alcol test. Era ben oltre il limite legale persino per guidare. A essere sincero, si era fatto paura.

Era stato mandato a casa con un mese di permesso per sistemarsi, ed era stato fortunato che gli avessero concesso di mantenere il lavoro. Il fatto che non fosse di turno quel giorno ma che fosse stata una chiamata dell'ultimo minuto alla fine gli aveva salvato la pelle. Si era fatto ricoverare in riabilitazione, aveva rimesso in sesto la sua vita, costretto Simon a tagliare la corda in modo da non dover avere a che fare o parlare con nessuno, ed era tornato al lavoro. Non molto tempo dopo, incoraggiato dal suo responsabile, aveva fatto domanda per uno scambio medico in Nuova Zelanda, pensando che un cambiamento di scenario non avrebbe potuto far male. Adesso era sobrio da più di un anno, ma cazzo, gli mancava. Soprattutto in notti come quella.

Tese la mano, sollevato nel vedere che il tremito si era allentato. Una doccia e una maratona televisiva avrebbero sistemato il resto. Forse allora avrebbe potuto dormire un altro paio d'ore. L'unica cosa da fare era sperare.

Con una birra in mano, Josh prese un lungo sorso e si accasciò sul divano. Ogni muscolo faceva male, ogni articolazione sfregava come carta vetrata. «Quando cazzo sono diventato così vecchio?» borbottò, guardando Paris raggomitolato ai suoi piedi.

I due giorni di allenamento erano stati a dir poco estenuanti. La Delta 4 Canine Section era stata incaricata di lavorare a fianco della squadra di ricerca e salvataggio a sud-ovest di Auckland nei Waitakere Ranges. La pioggia aveva fatto sì che le tracce fossero scivolose nel fango, e sia i cani che i conduttori avevano passato la maggior parte del tempo bagnati. Paris era stato bravo, e la squadra di Josh era responsabile dell'eventuale cattura del "fuggitivo".

Lui aveva sfruttato al massimo l'opportunità per aggiornarsi con i colleghi che non vedeva da un po', ma il maltempo aveva reso l'esercitazione troppo lunga ed estenuante. Però aveva fatto il grande passo e aveva accettato un invito per un caffè da uno dei ragazzi della ricerca e soccorso. Gli ci era voluto un minuto per ricordarsi chi era, ma alla fine ci era arrivato: Brent.

Il ragazzo era basso ma carino, aveva una Harley e un bel braccio pieno di tatuaggi. Passava forse un po' troppo tempo a parlare di entrambe le cose, ma sembrava abbastanza gentile. Molto più affine al suo stile che non Michael Oliver. Quindi ecco fatto, sarebbe uscito per un appuntamento e tutto il resto. Quello avrebbe dovuto far tacere gli altri. Ne sarebbe valsa la pena solo per quello. No? *Cazzo.*

Katie era intervenuta, come al solito, per prendersi cura di Sasha mentre lui era via, depositandola a casa pochi minuti dopo che Josh era entrato dalla porta. Dio, amava il sorriso di sua figlia, così maledettamente contenta di vederlo.

Katie era sembrata un po' distratta, non spumeggiante come al solito, ma Josh era troppo stanco per approfondirne il motivo. Aveva rifiutato l'offerta di bere qualcosa con lui e li aveva lasciati soli. Dopo aver ascoltato un resoconto esauriente da Sasha, Josh l'aveva messa a letto che era in preda agli sbadigli, e finalmente si era rilassato.

Finì la sua birra, e stava pensando di prenderne un'altra quando i passi pesanti sul pavimento della cucina bloccarono il suo misero sforzo di alzarsi. Visto che Paris non lanciò alcun allarme per il nuovo arrivato, Josh non dovette pensare troppo a chi potesse essere.

«Prendi altra birra mentre entri, idiota,» gridò.

«Già fatto,» rispose Mark, facendosi avanti con due bottiglie in mano. Le posò sul tavolino da caffè e si mise in ginocchio accanto a Paris, che si tuffò su di lui per un bacio bavoso prima di correre in un cerchio folle attorno alle sue gambe, mugolando piano.

«Ehi, bellissimo,» tubò piano Mark, afferrando il muso scuro del pastore e tirandolo fronte a fronte. «Ti sono mancato, eh?»

«Non incoraggiarlo,» borbottò Josh. Mark e Paris avevano una *bromance* di lunga data che rivaleggiava con il suo stesso rapporto con il cane pastore, anche se era dovuta al fatto che il detective lo viziava a ogni occasione.

«Oh, povero piccolo.» Mark si alzò, picchiettando con le dita il naso di Paris. «Papà ha un bastone su per il culo, eh?»

«Vaffanculo.» Josh gli mostrò il dito medio, ma poi gli sorrise.

Loro due si conoscevano sin dall'adolescenza e Mark, insieme a Katie, era stato il suo principale sostegno quando Anna, la madre di Sasha, li aveva lasciati e aveva cercato pascoli più verdi dopo appena sei mesi dalla nascita della piccola. Anna era rimasta incinta dopo una notte di bagordi con Josh, quando ancora era incasinato e abbastanza stupido da starsene nascosto comodamente nel suo armadio. Aveva affidato la custodia della figlia a Josh, guardandosi indietro a malapena.

Josh aveva fatto coming out quasi nel momento stesso in cui aveva gettato i vestiti di Anna nella spazzatura. I genitori della donna lo aiutavano con Sasha come meglio potevano, ma erano molto anziani. I genitori di Josh, fedeli alla forma omofoba, erano rimasti, stando alle loro parole, sgomenti e disgustati dalla sua rivelazione gay, e da allora non era cambiato molto. La questione irrisolta in famiglia perdeva come una ferita aperta, ma lui aveva imparato a conviverci. Adoravano la nipote, l'unica ragione per cui si preoccupava di tenersi in contatto con loro. Sasha, invece, era sempre più riluttante a trascorrere del tempo con i nonni, visto che non provavano quasi per niente a tenere nascoste le proprie opinioni bigotte. Era una conversazione che Josh sapeva di non poter evitare a lungo.

Non aveva più avuto notizie di Anna fino a quando lei aveva telefonato un anno prima. Si era sposata con un architetto, aveva un figlio in arrivo, viveva nella periferia di New York e aveva deciso che era ora di sistemarsi. Le ci era voluto abbastanza tempo. Josh era molto diffidente, ma per il bene di Sasha l'aveva ascoltata. Ora madre e figlia si scrivevano su Skype ogni mese circa, e lui pregava che un giorno Anna potesse effettivamente farle visita. Sasha aveva ancora della strada da fare per poter guarire.

Seduto sulla poltrona, Mark alzò la birra. «Ai bambini, ai cani e a un tempo di merda.»

Josh sbuffò, ricambiando il gesto.

«Due dollari nel barattolo, detective,» gridò Sasha dalla sua camera da letto. «Questo è un linguaggio inappropriato da far sentire a una bambina della mia età.»

Il sorriso di Mark si allargò. «Gesù, amico,» sussurrò, «ha undici anni che sfiorano i diciassette. Quando è successo? Dovrò stare attento a quello che dico.»

«Lo so, lo so.» Josh guardò verso il corridoio. «Sono seriamente fottuto, visto il futuro adolescenziale in arrivo. Un attimo.» Portò la sua birra nell'ingresso, chiuse la porta della camera di Sasha e poi anche quella del soggiorno, prima di riprendere posto sul divano.

«Ha chiesto di andare alla festa di un ragazzo,» sussurrò Josh. «Jamie qualcosa.» Il fatto che gli occhi di Mark fossero quasi fuori dalle orbite tanto quanto i suoi era di un certo sollievo.

«Cazzo.»

«Esatto,» sospirò Josh. «Cazzo. Ho detto di no, ovviamente. Allora mi ha risposto che non è più una bambina e che sto diventando un "genitore psicopatico". Che il ragazzo ha tredici anni ed è solo un amico. Che non avrebbero razziato l'armadio degli alcolici o pomiciato in camera da letto né niente.»

Mark si strozzò con la birra per la seconda volta. «Porca troia. E tu cos'hai detto?»

Josh si accasciò sul cuscino. «Le ho detto che ci avrei pensato. E che avrei dovuto chiamare i genitori.»

Mark ridacchiò. «Beh, le è andata molto bene, eh? Immagino che ti abbia rifilato il patetico "Ti voglio così tanto bene, papi, e sarò una brava ragazza," vero?»

Josh si chinò in avanti e bevve un lungo sorso di birra. «Può essere.» Prese mentalmente nota di fare scorta di Prozac.

«Sei fottuto,» sussurrò il suo amico. «Ti ha inquadrato ben bene.»

«Dimmi qualcosa che non so,» borbottò lui.

Mark scosse la testa. «Non avrò mai figli.»

«Solo perché nessuno vorrebbe la tua brutta faccia.»

«E ne sono dannatamente orgoglioso. Non riesco a sopportare tutta quella merda appiccicosa.»

Josh lo colpì con il piede. «Cambiamo argomento, per favore?»

«Bene.» L'altro allungò le lunghe gambe davanti a sé. «Lunedì ho ricevuto una chiamata dal tuo buon amico, Michael Oliver, mentre eri impegnato a giocare nella boscaglia.»

Gli occhi di Josh si spalancarono. «E? A pensarci bene, fammi indovinare. Voleva scusarsi per essere stato un odioso coglione.»

Mark emise uno sbuffo dal naso, strozzandosi con la birra e facendola schizzare sul davanti della sua maglietta dei Pretenders. «Hai proprio un problema con lui, vero?» Spazzò via le goccioline.

Josh non disse niente.

L'amico scosse la testa. «Vabbè. Comunque, ha chiamato perché qualcuno ha lasciato un brutto biglietto sulla sua macchina, al lavoro. Lo ha colto sul fatto, ma il ragazzo lo ha gettato a terra e se n'è andato. Il biglietto più o meno lo avvertiva di stare lontano dalla polizia e di dimenticare di aver visto qualcuno nel club quella sera o gli avrebbero fatto a pezzi la faccia.»

«Cosa?» Josh si sporse in avanti.

«Sì, esattamente. Sembra che il nostro tizio col coltello non sia solo un leccapiedi. Uno del genere sarebbe semplicemente sparito dalla circolazione e avrebbe sperato per il meglio. Questo avvertimento puzza di pesci più grossi in gioco.»

«Sta bene? Oliver?» Josh provò a parlare con disinvoltura, come se quell'uomo non fosse stato oggetto delle sue fantasie da doccia e da masturbazione negli ultimi quattro giorni.

Mark sorrise, senza cascarci nemmeno per un attimo. «Un brutto taglio sopra l'occhio, niente di più. Ha del coraggio, però. Non ha mai nemmeno messo in dubbio di denunciare il fatto.»

Josh sentì un bisogno improvviso di andare a controllare come stesse il dottore, ma cosa gli avrebbe detto? Non voleva incoraggiarlo, ma... «Hai una descrizione?»

«*Nada*. Il tizio indossava una felpa con cappuccio e Oliver lo ha visto solo di lato prima di finire a terra.»

«Wow.» Josh si appoggiò allo schienale, riflettendo. «Un po' inaspettato. Pensi che sia una minaccia seria? Oliver è in pericolo?»

Mark scrollò le spalle, facendo rotolare la bottiglia di birra sul bracciolo della sedia. «Chissà. Ho solo pensato che fossi interessato, visto che sembra che tu abbia questo strano legame con lui.»

Josh lo fulminò. «Non ho alcun legame con lui.» A parte il fatto irritante che non riusciva a levarselo dalla testa, ovviamente.

Mark alzò gli occhi al cielo in modo drammatico. «Certo che no.»

Lui ignorò il commento. «State prendendo sul serio la minaccia?»

Mark annuì. «Sì, ma non c'è molto che possiamo fare senza indizi. Almeno però Oliver non si sta tirando indietro, ed è ancora convinto di testimoniare. Abbiamo bisogno di lui, considerando che non hai visto l'autore del reato, e Jackson non ha visto molto di più. Per quello che vale, penso che ti sbagli su di lui. Il ragazzo è okay.»

«Sì, è proprio uno spasso.»

Mercoledì fu una giornata schifosa al pronto soccorso. Il tempo aveva aggiunto piogge torrenziali e forti venti al solito caos della scuola e del traffico dell'ora di punta. Se si aggiungevano alcuni idioti al volante, era il cocktail perfetto. Il mix provocò cinque incidenti automobilistici prima di mezzogiorno. Nessuno aveva comportato lesioni traumatiche fatali né gravi, ma ciò non aveva evitato a Michael di consumare ore e ore di scartoffie e di riempire le sale di trattamento mentre altre persone erano ammucchiate nella sala d'attesa come in un parcheggio. Per non parlare della sua testa, che aveva pulsato da matti per tutto il giorno.

Mark lo aveva chiamato come promesso il martedì pomeriggio, solo per informarlo che le riprese delle telecamere di sicurezza del parcheggio non avevano dato loro nulla su cui lavorare, quindi non c'era altro che potessero fare, a quel punto. Volevano ancora che guardasse le foto segnaletiche, così era stato obbligato a passare dopo il lavoro, ma non era ancora riuscito a identificare nessuno, anche se fino a quel momento aveva guardato solo circa la metà delle immagini. Sarebbe tornato l'indomani. E con orrore e shock si era scambiato dei messaggi con Josh, che lo aveva contattato per chiedergli se stava bene. Che cazzo avrebbe potuto dire? No, e che gli sarebbe davvero piaciuto se quell'uomo sexy avesse trovavo il tempo per passare e tenergli la mano, o qualcos'altro, per un po'? Difficile. Tuttavia, il fatto che l'altro avesse controllato come stesse gli aveva lasciato un calore non sgradevole che gli ribolliva nel petto. Uno che era difficile da togliere.

Finalmente a casa, Michael si buttò sul divano a guardare una replica di una partita dei Bulls-Celtics, felice di avere solo un turno rimanente quella settimana. Stava ancora dibattendo con se stesso se andare al funerale del giovane poliziotto venerdì, cosa che di solito non faceva, ma sentiva uno strano bisogno di partecipare. La domenica aveva il turno di notte, quindi avrebbe potuto fare pratica di softball. Lo sorprese quanto non vedesse l'ora di giocare, e cercò di non approfondire troppo il perché, come il fatto che avrebbe rivisto Josh. Quell'uomo era stato protagonista di una delle troppe sessioni di masturbazione di Michael già così. Però almeno gli era tornato utile per qualcosa.

Scout gli si era rannicchiato in grembo dopo aver abbandonato la sua casa ancora una volta, ed era impegnato a massaggiargli la coscia, scomodamente vicino al suo inguine.

«Sfodera quegli artigli e sei in grossi guai,» avvertì il gatto, copren-

PRIME IMPRESSIONI 63

dosi le palle. L'animale lo fissò con un'espressione annoiata e continuò la sua missione senza sosta.

«Basta.» Lo portò oltre le porte scorrevoli aperte e lo depositò all'esterno, sul lastricato di pietra. «A casa, signore.» Gli diede un colpetto alla coda e lo scacciò verso l'appartamento del vicino. L'animale si girò prontamente e andò nella direzione opposta.

Prima di chiudere la porta, Michael vide un altro inquilino che trasportava la spazzatura nei bidoni del parcheggio. *Dannazione. Giorno di raccolta.* Afferrò le borse e seguì l'esempio, poi chiuse la porta a vetri dietro di sé e si accasciò di nuovo sul divano. I Celtics erano avanti di sei punti. Le cose stavano migliorando.

Pochi secondi dopo, mentre l'uomo di punta dei Celtics mandava a segno un tiro da tre punti, Michael sentì il collo formicolare. Alzò lo sguardo in tempo per cogliere un riflesso in movimento sul vetro di fronte. C'era qualcuno dietro di lui. *Merda.* Si girò ma non riuscì a registrare un accidente prima che la sua testa esplodesse, e fu sbattuto a terra, portando con sé metà divano.

Una pioggia di colpi e calci gli colpì lo stomaco, i reni e le cosce da più direzioni contemporaneamente. Più di una persona... doveva essere così. Un dolore agonizzante gli attraversò il corpo. Non riusciva a respirare, figuriamoci pensare, senza tempo per riprendersi tra i colpi. Un grido strozzato gli uscì dalla gola, e fu tutto quello che riuscì a fare sotto quei calci. Si trascinò in avanti solo per essere caricato su un fianco, e rotolò sullo stomaco per cercare di proteggersi la faccia. *Cazzo.* Dovevano fermarsi. *Dannazione.*

Si avvolse le braccia intorno alla testa per proteggersi dai colpi più pesanti, ma la forza del pestaggio riuscì a farsi strada a prescindere. Il suo orecchio si spaccò sotto un calcio particolarmente violento e il suo cranio oscillò quando un altro lo colpì alla tempia. La sua mente vacillava, ed era a un sussurro dallo svenimento.

La bottiglia di soda mezza vuota che aveva tenuto pochi secondi prima giaceva in vista sotto il suo sguardo, il contenuto che copriva il pavimento vicino alla sua testa. Se solo ci fosse arrivato... Poi sparì, e il tavolino di vetro esplose sopra di lui. Frammenti gli piovvero addosso, più di alcuni si fecero strada nella sua pelle con pungente precisione. Poi le cose si fecero tranquille.

I passi arrivarono vicino alla sua testa, il vetro scricchiolava sotto i piedi. «Avresti dovuto darmi retta, Doc,» disse una voce soffocata vicino al suo orecchio.

Vomitò sangue e bile sul tappeto, troppo stordito per sollevare il viso. La stanza si faceva nitida e poi si sfocava di nuovo. Sapeva di dover rimanere cosciente, ma... cazzo, gli faceva male tutto. E niente nel suo corpo funzionava. Poi la sua testa fu tirata indietro e un paio di Converse blu con lacci bianchi apparvero insieme a una mano avvolta attorno al collo di una bottiglia rotta.

Se non vuoi che la tua bella faccia venga fatta a pezzi. Le parole gli tornarono in mente con sorprendente chiarezza. Merda. Provò a gridare, ma invece si strozzò mentre sangue e saliva gli colavano in gola, e vomitò di nuovo. *No...*

«Non hai nessuno da incolpare se non te stesso, Doc,» continuò la voce soffocata, la bottiglia frastagliata che girava minacciosamente davanti ai suoi occhi. «Non dovevi fare altro che prestare attenzione. Niente poliziotti, niente dichiarazioni, niente documenti. Semplice.»

Qualcuno gli sollevò il mento e il sangue gli gocciolò nell'unico occhio aperto. Mezza faccia nuotava dentro e fuori dal campo visivo, cremisi, sorridente, la bocca coperta e gli occhiali da sole al loro posto.

«Peccato rovinare un viso così carino. Non sono sicuro che i tuoi pazienti ti vorranno vicino dopo che avremo finito. I tuoi giorni passati a rimorchiare sono finiti. Il meglio in cui potrai sperare è una scopata per compassione. O forse venderò il tuo culo a qualche gang come glory hole. Ci sono molte opzioni.»

Michael ingollò un altro fiotto di fluido, e quasi si soffocò. Provò di nuovo a gridare, ma non gli venne fuori che un gemito sommesso.

«Tienigli la testa,» disse la voce, spingendo di lato il telaio d'acciaio crollato del tavolino.

Oddio. Era il momento. Michael sentì il suo corpo sollevarsi dal pavimento, e qualcuno gli tirò indietro la testa. Tre o quattro uomini, decise. La mano che teneva la bottiglia si ritrasse e lui si rannicchiò su se stesso, pregando chiunque potesse essere in ascolto.

«Michael!» Una voce alla porta.

La bottiglia si bloccò. Grazie a Dio.

«Michael?» Stessa voce.

Dio, sì. I proprietari di Scout. Michael cercò di gridare. Invece singhiozzò.

«Michael, che diavolo sta succedendo? Donna ha chiamato la polizia. Stai bene?»

«Fanculo.» La bottiglia scomparve. «A più tardi, Doc. È meglio che cambi atteggiamento e chiudi quella cazzo di bocca, o torneremo per finire questo lavoretto.»

Michael non sentì più niente quando la sua testa esplose di dolore e tutto divenne nero.

Le voci nuotavano nelle orecchie di Michael, mormorii lontani. Una mano sul braccio, un peso sulla gamba. Cercò di aprire gli occhi, ma il suo corpo rifiutò di collaborare. Sollevò il braccio, ma qualcosa lo spinse di nuovo verso il basso.

«Hai una flebo lì dentro, testa di cazzo,» lo rimproverò gentilmente una voce familiare.

Cameron. Oh, cazzo. Grazie, Dio.

«Bentornato.» L'infermiere responsabile gli diede una pacca sul braccio. «Gesù Cristo, hai un talento per il drammatico. Stai fermo.»

I suoi occhi erano stati asciugati, il viso pulito. «Ahi!»

«Baby,» lo rimproverò l'infermiere, ma la sua voce era tutt'altro che ferma. «Prova l'occhio destro, è il migliore dei due. Hai preso un bel colpo sopra il sopracciglio, lo stesso con cui hai baciato l'asfalto, a proposito, il livido probabilmente sarà fantastico. I ragazzi vestiti di pelle ti adoreranno.»

Michael gemette. «Non farmi ridere.» Provò a mettersi seduto nel letto, ma gli faceva male tutto. Sembrava fosse stato investito da un treno merci. «Fottimi.»

Cam sbuffò. «Non con l'aspetto che hai, raggio di sole.»

«Sta' zitto.» Alla fine, aprì l'occhio destro. «Che cazzo è successo? No, niente, mi ricordo. Qualcuno è entrato nel mio appartamento. Dev'essere stato quando ho portato fuori la spazzatura.»

Cam non disse nulla, continuando a pulirgli il viso mentre l'acqua della bacinella assumeva un'incredibile tonalità di rosso intenso.

Fece una smorfia. «Ahi, ahi, ahi.»

L'altro si scusò. «Hai preso diversi colpi e uno particolarmente brutto alla testa. Per tua fortuna, probabilmente ha deviato dal tuo grosso cranio. Hanno detto che la struttura del tavolino da caffè copriva metà del tuo corpo, o sarebbe potuta andare peggio. Gesù, Michael. Qualche stronzo ti ha preso davvero in antipatia.»

L'infermiere posò il panno e gli accarezzò affettuosamente la guancia. «Almeno ora sembri meno come se avessi appena finito cinque round su un ring della MMA.» Controllò la flebo e aggiunse una siringa di qualcosa nella sacca. «Immagino che pensi sia lo stesso figlio di puttana del parcheggio?»

Michael si acigliò, e cazzo, anche quello faceva male. «Lo sai?»

Cam semplicemente inarcò un sopracciglio e lo guardò.

«Scusa. È stato stupido da parte mia non dirtelo.»

«Sì, infatti.»

Michael guardò la siringa. «Che cos'è questo?»

«Antibiotico.»

«Quale?»

«Uno buono. Ora smettila di fare il rompicoglioni e lascia fare la roba medica a noi, tanto per cambiare.» Iniziò a riordinare e pulire la stanza.

Lui si acigliò. «Non fai più queste cose, signor infermiere molto importante.»

L'esitazione dell'uomo fu breve, e Michael non l'avrebbe notata se non avesse prestato attenzione. Dandogli le spalle, Cam mise le lenzuola insanguinate nel carrello della biancheria mentre rispondeva: «Diciamo solo che ho un interesse nel riportare il tuo culo al lavoro il prima possibile, e lascia perdere.»

«Ehi,» lo chiamò Michael a bassa voce. L'infermiere sospirò e si voltò a guardarlo, gli occhi espressivi erano umidi, l'eyeliner sbavato. Era la prima volta che capitava. Michael tese la mano.

Cam la prese. «Va bene, lo ammetto,» disse piano. «Mi hai spaventato. Eri messo piuttosto male quando ti hanno portato qui, viso insanguinato, vestiti strappati, lividi dalla spalla all'anca, per non parlare del fatto che eri svenuto nel tuo appartamento. Eri un casino. Quindi, sì, ero un po'... preoccupato.»

Michael fece un sorriso compiaciuto e doloroso. «Ohh, ti piaccio davvero.»

«Vaffanculo.» Cam gli spintonò la spalla buona. «Al momento non posso permettermi di sostituirti.»

«Giusto,» ridacchiò lui, e poi sussultò per lo sforzo. «Ora dimmi come sono messo a parte l'occhio leggermente gonfio e... cazzo, mi fa male l'orecchio. Cosa gli è successo?»

«Lascialo stare.» Cam gli allontanò la mano dall'orecchio coperto. «Fondamentalmente, ti hanno picchiato di brutto, ma non sei stato in pericolo di vita. Ti sei svegliato abbastanza velocemente nel tuo appartamento, ma da allora hai perso e ripreso conoscenza, inoltre ti abbiamo dato un po' di analgesico dopo che le lastre e l'ecografia sono risultate pulite. Chiunque fosse, non ha passato molto tempo con te, da quello che ho capito. Il tuo vicino è arrivato in fretta alla tua porta. Ha detto che il suo gatto ha fatto un balzo di un metro per il rumore del vetro che si schiantava.»

Michael prese mentalmente nota di procurarsi della carne fresca per Scout.

Cam continuò: «Il tuo lato destro è quello che ne è uscito peggio. Parte destra della fronte, orecchio spaccato, ma niente da cui non ti rimetterai, anche se i lividi saranno fantastici. Alcune contusioni alla spalla, allo stomaco e al rene destro, ma non stai pisciando sangue, il che è un vantaggio.»

Michael si accigliò. «Sì, proprio fantastico.»

«Hai sputato un po' di sangue, sia nell'appartamento che nell'ambulanza, ma niente nell'ultima ora, e le ecografie e i lavaggi gastrici non mostrano nulla di grave, quindi lo terremo solo d'occhio. Gli esami del sangue vanno bene. La squadra vuole che ti fermi per la notte, ma immagino che senza un giusto motivo ci siano poche o nessuna possibilità che accada, giusto?»

Michael lo guardò di traverso. «Nessuna.»

«Figuriamoci. Quindi, una volta che l'effetto di questo antibiotico sarà svanito, ti permetteremo di andare via a un paio di condizioni. Prima, non devi stare solo stasera. Commozione cerebrale, ricordi? E seconda, riporterai qui il culo domattina per un controllo. Oh, e sei a riposo per almeno cinque giorni.»

«Cinque giorni! Ma...»

«Chiudi la bocca o faccio dieci.» Gli occhi di Cam brillarono. «A parte il fatto che non potresti eseguire un massaggio per arresto cardiaco per tutto l'oro del mondo, devi sistemare tutta la roba della polizia. Non metterò in pericolo il mio staff perché sei nel mirino di un cattivo.»

Michael inghiottì una replica arrabbiata. Aveva ragione. «D'accordo.» Fece oscillare le gambe oltre il lato del letto e per poco non svenne.

«*Whoa.*» Cam lo stabilizzò. «Esattamente quello che stavo dicendo.»

Cristo onnipotente, era come se tutti i nervi del suo corpo fossero stati bruciati. «Sto bene. Mi sono mosso un po' in fretta, ecco tutto.» Sollevò il braccio con la flebo. «Posso tirare fuori questa cosa?»

Cam diede un colpetto al sacchetto vuoto. «Sì. Tutto fatto.» Rimosse la cannula ed esercitò pressione. «Vuoi un cerotto con gli elefanti?»

Michael lo fulminò con lo sguardo.

«Direi che è un no.» L'infermiere fissò una garza e si tirò indietro. «La polizia vuole fare due chiacchiere prima che tu te ne vada.»

Michael gemette. «Ovvio che sì.»

«E non mettere piede fuori da quella porta senza che io sappia esattamente chi starà con te stasera. Ti offrirei il mio divano, ma c'è la mia famiglia da me.»

«Messaggio ricevuto. In qualche modo farò.» *Dio solo sa come.* Michael conosceva poche persone a cui poteva imporsi in quel modo. «Di' alla polizia di entrare.»

Cam sorrise in un modo che fece pizzicare il collo di Michael. «I tuoi vestiti sono in una borsa sotto il letto. Ho dovuto tagliarli, mi dispiace. Ma puoi prendere in prestito i camici, il colore ti sta abbastanza bene.»

Michael gli lanciò un cuscino, ma l'altro lo schivò e fu preso da Mark Knight, sulla soglia.

Cam agitò le sopracciglia verso il detective. «Mi aspetto un ballo la prossima volta che ti vedo al G, Mark. Mi hai evitato.»

Mark fece un sorrisone. «Ma certo, splendore. E non ti eviterei mai, mi fai sembrare bravo, è che non so ballare per un cazzo.»

Cam rise. «Certo. Signori, se volete scusarmi, devo sistemarmi il trucco.»

Mark appoggiò il cuscino sulla panca e si sedette. Fu solo allora che Michael notò il secondo uomo dietro di lui. Josh. *Cazzo.* Davvero, davvero non aveva l'energia per quello.

«Bene, bene, guarda se non sono Batman e Robin,» sospirò. «Immagino che desideri la storia in triplice copia, detective?» Parlò con Mark, ignorando Josh.

«Quello, e poi abbiamo pensato di offrirti la nostra carta fedeltà.» Mark sorrise. «Ogni tre aggressioni viaggi gratis su un veicolo della polizia di tua scelta e ricevi una confezione regalo di manette. Sono sicuro che potresti farne un uso adatto.»

Michael rise suo malgrado. «Sono sicuro anch'io.» Lanciò un'occhiata a Josh. «Cosa ci fa qui?»

«Vive vicino a te. Abbiamo usato Paris per cercare di trovare una traccia.»

Oh. «E?»

«È arrivato fino alla strada, dove dovevano avere una macchina in attesa.»

Merda. «Sorpresa sorpresa.»

«Però,» continuò il detective, «abbiamo la descrizione di uno di loro da un ragazzo che stava parcheggiando fuori dal condominio mentre gli correvano davanti. Alcune parti si adattano alla tua dell'uomo al club. Europeo, alto un metro e ottanta, capelli scuri e un tatuaggio sul lato destro del collo, ma niente di più. La tua era migliore, ma almeno combaciano.»

«Immagino sia già qualcosa,» mormorò lui. «Erano più di due, credo.»

«Continua,» lo incoraggiò Mark.

Raccontò la sua storia mentre i due uomini ascoltavano senza interromperlo. Era come se fosse quasi disconnesso da tutto, come se stesse parlando di un film che aveva visto. Quello finché non parlò della bottiglia rotta. Fu allora che la voce gli si spezzò e dovette chiedere un bicchiere d'acqua mentre riprendeva il controllo. Se i due uomini se ne accorsero, non dissero nulla, cosa di cui fu grato.

Cristo. Come avrebbe potuto dimenticarlo? Le cose sarebbero potute finire diversamente. Strinse le mani per calmare il tremito e riuscì a finire. Mark chiarì alcuni dettagli e rimasero tutti in silenzio mentre il detective aggiungeva note ai suoi appunti.

Michael era perfettamente consapevole dello scrutinio costante di Josh Rawlins. Lanciò un'occhiata nella sua direzione, incredibilmente contento di vederlo arrossire e distogliere lo sguardo. *Non interessato le mie palle.*

Mark si infilò il taccuino in tasca e inchiodò Michael con uno sguardo serio. «Non devo dirti che sei stato dannatamente fortunato stasera. Questo tizio fa chiaramente sul serio e questo implica qualcuno più in alto nella gerarchia delle gang di quanto avessimo pensato. Abbastanza in alto da chiedere supporto e picchiatori per farti stare zitto. Un membro di basso livello non avrebbe potuto farlo. Sarebbe stato abbandonato dai suoi capi anziché rischiare di attirare ulteriore attenzione da parte della polizia. E poi c'è la fastidiosa domanda di come facessero a sapere che eri venuto per le identificazioni.»

Michael alzò una mano. «Prima che tu me lo chieda, nessuno che io conosca, compreso Cameron, ne sapeva niente. Non mi sarei messo a fare pubblicità. Non sono stupido.»

«Va bene, quindi questo è un potenziale problema.» Mark annuì pensieroso. «A meno che non avessero occhi alla centrale. Potremmo avere una talpa.» Spostò lo sguardo su Josh, che non aveva ancora detto niente, poi di nuovo su di lui. *Vabbè.* Poi si alzò in piedi. «I dottori dicono che puoi andartene, ma che hai bisogno di compagnia per le prossime ventiquattr'ore. Devi anche migliorare la sicurezza nel tuo appartamento prima di pensare di tornarci, o trovare una sistemazione temporanea altrove. Per il momento, il tuo appartamento è comunque vietato, fino a quando la scientifica non avrà finito. È un problema?»

Michael inarcò un sopracciglio. «Non mi offri protezione?»

Mark sbuffò. «Questa è la Nuova Zelanda, tesoro, non Hollywood. Il budget non ce lo permette. Al momento sei solo un testimone che ci ha fornito una descrizione. Se riuscissi a identificare con certezza quel tizio, i capi potrebbero essere più accomodanti.»

Lo stomaco di Michael sprofondò. «Cazzo. E se torna per finire il lavoro?»

Mark lanciò di nuovo un'occhiata a Josh. «Questo è il motivo per cui ti suggeriamo di rimanere da qualche altra parte, nel frattempo, e di chiedere alla sicurezza di accompagnarti da e verso la tua auto e qui al lavoro. Cam sta organizzando delle misure extra al pronto soccorso mentre parliamo. Mi dispiace, ma è tutto ciò che possiamo fare al momento.»

Fanculo. Avrebbe dovuto solo dire di no a quel maledetto riconoscimento. *Sì, certo, non succederà mai.*

«Allora, qualche idea su dove starai? Avremo bisogno di un indirizzo,» chiese Mark.

Michael sospirò. «A essere onesti, no. Non sono qui da abbastanza tempo per avere persone a cui potermi rivolgere. Cercherò un motel.»

«Immagino che tu abbia bisogno di avere qualcuno con te, almeno per stasera?»

Michael si strofinò la mano sul viso, sussultando per i lividi in via di sviluppo. «Merda. Me n'ero dimenticato,» scattò stancamente. «E quel cazzo di Florence Cameron Nightingale non mi lascerà andare senza che sia stato tutto sistemato.»

Colse una leggera risata da Josh e lanciò un'occhiata nella sua direzione. Con la guardia abbassata e il sorriso, era passato dall'essere stupidamente sexy all'essere semplicemente devastante. *Cristo onnipotente.* Non riuscì a impedirsi di ricambiare il sorriso. «Lo so, okay? Quella dannata fata mi spaventa a morte.»

«Mettiti in fila,» ridacchiò Mark.

Josh si staccò dal muro e diede un colpetto a Mark sulla spalla. «Posso dirti una cosa?» chiese.

Il detective aggrottò la fronte e lo seguì fuori dalla porta. Mentre erano via, Michael riuscì a infilarsi un paio di camici verdi senza troppe difficoltà, e stava finendo quando i due uomini tornarono.

«Avete finito con la routine da Super Segretissimo, agenti scoiattolo?» chiese, alzando gli occhi al cielo.

«Sì, mi dispiace.» Mark era in piedi all'estremità del letto, le mani appoggiate sulla pediera. «Abbiamo una possibile soluzione per te, almeno per stasera.»

Lo sguardo di Michael passò tra i due uomini. «Perché penso che non mi piacerà?» chiese. «Non dirmelo. Si tratta di una stanza con bar, cibo schifoso e vicini ubriachi.»

Il detective sorrise. «Vorrei che ci avessimo pensato. Piano B, forse? Può solo far sembrare il piano A ottimo, giusto?»

«Avanti, allora, dimmi il piano A.»

«Va bene. Josh ha una sorella che vive proprio in fondo alla strada dove abita lui. L'ha chiamata e lei ha acconsentito a farti passare la notte lì. È una soccorritrice qualificata, e non ha problemi a tenerti d'occhio. Al mattino Josh ti darà un passaggio per tornare in ospedale. Questo ti dà ventiquattro ore per trovare un'altra sistemazione.»

Michael spalancò gli occhi. L'idea era ridicola su tantissimi livelli.

Uno, odiava quel tizio; beh, non del tutto vero, ma non voleva assolutamente essere in debito con lui. In secondo luogo, era un suggerimento semplicemente stupido. «Non esiste. Se quei ragazzi mi seguissero lì, la metterei in pericolo.»

Josh rispose: «Solo noi sapremo dove sei. E il comandante. Nessun altro verrà informato.»

«E se ci fosse una fuga di notizie dalla polizia, come hai detto?»

«Ripeto,» lo rassicurò Josh, «nessun altro lo saprà. Non sei sotto protezione ufficiale. Questo non è ufficiale, è un accordo privato e lei è una civile. E a Katie sta bene. Mi sono offerto di fare cambio con lei, ma non ha accettato. Lascerò Paris lì per la notte, per ogni evenienza.»

«Lo puoi fare?»

Josh annuì. «Non siamo in servizio fino a domani pomeriggio, e abito solo poche case più in là. Ti lascerò da lei mentre torniamo. Ci sta aspettando.»

La testa di Michael girava. L'offerta sembrava troppo amichevole, troppo... gentile da accettare, ma in realtà, quella sera non avrebbe più discusso. Era stanco e dolorante oltre ogni misura. Voleva solo mettersi a letto e dormire. Quindi alzò entrambe le mani in segno di resa. «Qualunque cosa mi tiri fuori di qui stasera,» concordò. «Uno di voi lo dirà a Florence, però.»

CAPITOLO QUATTRO

Josh passò una notte agitata sul divano, con Katie e Michael Oliver a poche case di distanza. Era molto preoccupato per lui, più di quanto sembrasse giustificato, se fosse stato onesto con se stesso, e anche lasciare Paris lì non aveva alleviato di molto la sua apprensione. Avrebbe dovuto insistere che Katie si scambiasse di posto con lui, ma sua sorella riusciva a essere dannatamente testarda quando prendeva una decisione. A parte quello, però, gli era davvero andata in aiuto, e le doveva un grosso favore.

Per quanto Michael Oliver fosse un rompicoglioni, aveva bisogno del loro aiuto. L'avevano picchiato di brutto, e necessitava di un posto sicuro dove stare. E Josh non avrebbe dormito finché non fosse stato certo di ciò. Per qualche strana ragione, si sentiva protettivo nei suoi confronti. Michael era un visitatore in Nuova Zelanda, dopotutto, niente famiglia, pochi amici. E se le ragioni forse andavano più in profondità, beh, non erano affari di nessuno tranne che di Josh, giusto? Solo cinque di loro conoscevano la sua posizione, quindi c'erano poche possibilità che qualcuno lo trovasse.

La stessa casa di Josh era off limits, ovviamente, perché non voleva che Sasha venisse coinvolta in alcun modo. E poi un testimone che soggiorna con un agente di polizia avrebbe potuto sollevare qualche domanda, anche se lui non era direttamente coinvolto nelle indagini. Il suo capo era stato chiaro al riguardo. La casa di Katie andava bene, ma aveva ottenuto l'approvazione del pubblico ministero solo perché Josh era stato eliminato come potenziale testimone, non avendo effettivamente visto l'aggressore, e c'erano altri in una posizione migliore per testimoniare. Tipo Jackson. E l'agente che aveva arrestato il secondo uomo avrebbe testimoniato in tribunale al riguardo. Quindi Josh era a posto.

Katie chiamò prima di andare al lavoro. Michael stava ancora dormendo. Lo aveva svegliato due volte durante la notte e l'aveva trovato lucido in entrambi i casi. Josh preparò sua figlia per la scuola, fece la doccia e si passò il rasoio sulla faccia prima di recarsi a casa di sua sorella, una spaziosa abitazione degli anni '70 in mattoni. In passato l'aveva condivisa con vari coinquilini per ridurre i costi, ma ora guadagnava abbastanza dal suo negozio di attrezzatura subacquea da permettersi il lusso di vivere da sola.

Alla porta sul retro, si fermò e fece un respiro profondo, ignorando il fremito nello stomaco al pensiero di stare da solo con il dottore per la prima volta in un posto che non fosse una macchina. Sentiva Paris attraverso la porta, i mugolii dolci e accoglienti del pastore erano un balsamo per i suoi nervi ridicoli. Anche se era stato distante solo per una notte, gli era mancato. Aveva saputo che i poliziotti cinofili soffrivano di depressione per mesi in seguito alla morte dei loro cani, visto il legame che si creava lavorando insieme 24 ore su 24, 7 giorni su 7, l'uno il collante nella vita dell'altro.

«Ehi, ragazzo,» sussurrò, aprendo la porta e mettendosi in ginocchio. Paris fece scorrere la lingua ruvida sul suo viso, trovando ogni fessura, orecchie comprese, guaendo senza sosta.

Josh gli arruffò il collo e lo spinse via. «Come va il nostro soggetto?» Si diresse alla porta della camera degli ospiti e bussò. Nessuna risposta. La aprì silenziosamente e trovò Michael che russava dolcemente, le lenzuola aggrovigliate intorno alle gambe. L'elastico di un paio di slip neri Calvin Klein faceva capolino appena sopra il lenzuolo.

Non era colpa sua se lo sguardo gli si soffermò un po' più a lungo del necessario sulla pelle liscia, sui bicipiti e sul grande tatuaggio tribale che correva per la larghezza della sua schiena e scompariva in quegli slip. Quando però si posò sui lividi screziati verde-blu che sbocciavano sulle costole e sui lombi di Michael, lo attraversò un'ondata inaspettata di rabbia e preoccupazione.

Aveva preso ben più di un paio di calci pesanti. Sicuramente sentiva molto dolore, e vedere quel promemoria in colori vivaci lo fece ribollire di nuovo. Aveva trascorso la maggior parte della notte metaforicamente seduto sulle mani per non infastidire Mark chiedendo aggiornamenti per sapere se avessero già arrestato gli stronzi. Il suo amico di certo glielo avrebbe fatto sapere. Josh chiuse la porta e lasciò l'uomo addormentato mentre combatteva contro le proprie emozioni. Quella era più che semplice attrazione fisica, e lo sapeva. Non che cambiasse qualcosa.

Sorrise a Paris che aspettava pazientemente al suo fianco. Come sempre, la presenza del cane lo calmò. «Bene, Tonto, caffè, e anche parecchio.» Aprì la porta a vetri per consentirgli di andare e venire, vuotò un paio di ibuprofene e un antibiotico sul bancone con un bicchiere pronto per Michael e si mise a preparare la colazione. Era una sua responsabilità mentre era lì, e Katie lo avrebbe bollito nel diluente per vernici se non fosse stato un buon ospite.

Il pane era nel tostapane quando Michael apparve sulla soglia, passandosi le mani tra i capelli arruffati. Il respiro di Josh si bloccò. *Buon Dio.* A torso nudo e fresco di letto, quella visione sexy fece evaporare ogni suo pensiero razionale. Il dannato tatuaggio con il kiwi attirò immediatamente la sua attenzione proprio sul cuore di Michael, in mezzo a una morbida distesa di peli color cioccolato che curvava in un'allettante scia verso il gran tesoro. E non c'era modo di non notare quello che sembrava un pacco notevole dietro quei calzoni del camice ospedaliero che gli pendevano bassi sui fianchi, abbastanza bassi da permettere a Josh di chiedersi cosa fosse successo agli slip. L'allacciatura era annodata in modo troppo approssimativo, non ci sarebbe voluto molto.... *Oh, ma che cazzo.*

«Oliver. Sei sveglio,» disse, con lo sguardo che aleggiava su quei dannati lividi. *Merda.* Si stava comportando come uno stronzo. A sbavare sul corpo di quel pover'uomo che aveva passato l'inferno la sera prima. «Vieni qui.»

Lo sguardo di Michael si assottigliò, i lividi intorno a un occhio sembravano messi male, ma non gli chiudevano la palpebra.

Josh sollevò gli occhi al cielo. «Voglio solo controllare le ferite.» *Ovvio che sì.* Oliver si avvicinò e Josh lo fece voltare, poi gli fece trarre alcuni respiri profondi, notando come sussultasse a ciascuno di essi. «Quanto fa male?»

«Va meglio di quanto sembri.»

«E la testa?» Josh si sporse e gli scrutò gli occhi. «Che giorno è? Ti ricordi cosa è successo...» Allungò la mano verso il taglio sopra l'occhio, ma Michael gli afferrò il polso e il calore del suo tocco quasi scottò il braccio di Josh.

«Sto benissimo... mamma.»

Josh fece un passo indietro e affilò lo sguardo. «Conoscendoti, mi sarei aspettato che fossi un bravo bugiardo. E invece si scopre che non lo sei così tanto.»

Gli occhi di Michael rimasero su di lui. «Di solito lo sono. Perché, sei preoccupato per me?»

«Sì.» L'altro sembrò sorpreso, e Josh si rese conto di averlo detto ad alta voce. *Merda.*

Michael sorrise maliziosamente. «Buono a sapersi.»

Nessuno dei due distolse lo sguardo mentre un caldo silenzio si alzava goffamente tra loro.

Michael lo spezzò per primo. «E poi penso che tu abbia invertito le nostre professioni,» commentò seccamente. «Sono dolorante, sì, ma le cose sembrano funzionare come dovrebbero sotto le chiazze arcobaleno. E per la cronaca, non sai niente di me, Josh. Non per mancanza di tentativi da parte mia. Giusto per dire.»

Josh sbuffò e scosse la testa.

«E un'altra cosa. Possiamo fare a meno della cosa dell'*Oliver*? Mi chiamo Michael, come ben sai.»

Josh sospirò. «Lo so, è che... io...» *voglio tenerti a distanza di braccio, non voglio il tuo nome sulle mie labbra, non...*

«So esattamente perché lo fai.» Michael sembrava quasi deluso. «Ma in un certo senso lo abbiamo superato, non credi?»

Josh sbatté le palpebre lentamente. Aveva ragione. Si stava comportando da stronzo. Di nuovo. «Certo... Michael.»

L'altro fece un ampio sorriso. «Ecco, era così difficile?» Allungò una mano dietro di sé e la fece scivolare sotto la cintura dei pantaloni per grattarsi la parte bassa della schiena, trascinando il materiale ancora più in basso sui fianchi, e Josh...

Merda. Gli si seccò la bocca e il suo cazzo si gonfiò mentre ogni goccia di sangue precipitava a sud. Il tostapane gli scattò accanto e lui vi si precipitò, il profumo del pane bruciato che riempiva la cucina. *Dannazione.* Quando riuscì a sollevare lo sguardo e a intrecciare un paio di pensieri intelligenti, non trovò solo divertimento nell'espressione dell'altro uomo.

«Vedi qualcosa che ti piace?» lo stuzzicò Michael.

Ed ecco che era tornato quello di prima. Josh ignorò la domanda. Gettò il pane incenerito nel cestino e riprovò con un paio di fette fresche. «Il caffè è pronto. Le tue pillole sono lì. Prendile.» Indicò i farmaci sul bancone e si voltò per esaminare il tostapane, dando al suo uccello la possibilità di placarsi. Poteva solo sperare che lo facesse.

«Ci sarebbe potuta essere mia sorella qui, stronzo,» borbottò. «Non credi che avresti potuto essere un po' in ordine, almeno?»

Michael apparve alle sue spalle, allungandosi per riempire il bicchiere dal rubinetto. Le loro spalle si sfiorarono, il contatto durò appena pochi secondi, ma abbastanza a lungo perché Josh registrasse il delizioso calore che si irradiava da lui.

«Tua sorella sa che sono gay,» ribatté Michael. «È carina, comunque.» Si versò del caffè. «E poi mi ha detto che se ne sarebbe andata alle sette e mezzo.»

Josh roteò gli occhi. «Allora tutto questo è stato a mio vantaggio, immagino?»

Michael sbuffò. «Non sentirti troppo importante. Pensavo di avere la casa tutta per me. Non mi aspettavo di trovarti qui a preparare la colazione, per quanto sia romantico. Sei fortunato che non sono uscito nudo.»

L'immagine andò dritta al cazzo di Josh... di nuovo. *Fanculo.* Il tostapane scattò, e perché all'improvviso era una cosa così erotica?

«Vado a fare la doccia con il mio caffè,» disse Michael. «Cercherò di eliminare alcuni dolori.»

Se ne andò, e Josh gettò il canovaccio contro il muro. Perché permetteva a quell'uomo di turbarlo? Perché era stupendo, era esattamente il suo tipo, e lui era arrapato da morire dopo un periodo di secca di due anni, ecco perché. Non era scienza missilistica. L'universo lo stava decisamente prendendo per il culo.

Sentì cantare nella doccia e colse il testo di apertura di *Do Ya Think I'm Sexy* di Rod Stewart. *Bastardo.*

Trenta minuti dopo erano seduti l'uno di fronte all'altro e finivano di fare colazione. Michael era stato insolitamente silenzioso da quando era riapparso dalla doccia. Indossava ancora lo stesso camice ospedaliero, sopra e sotto questa volta, grazie a Dio. Paris si era immediatamente raggomitolato in una palla ai suoi piedi, ignorando accuratamente ogni colpetto di Josh per farlo muovere.

«Lascia in pace quel povero animale,» disse Michael, finendo la sua terza tazza di caffè. «Ti irrita davvero che io gli piaccia, eh?»

Sì. «Ovviamente no. Semplicemente non gli è permesso mendicare il cibo.» Josh raccolse i piatti e andò in cucina.

«Non lo sta facendo. Sta dormendo, per l'amor del cielo.»

Josh lasciò perdere. «Ti senti meglio dopo la doccia? I farmaci stanno facendo effetto?»

Michael si passò piano una mano sulle costole e sulla zona dei reni. «Mi sento ancora come se qualcuno stesse correndo una maratona sulla mia schiena. E non farmi dire niente della testa, ma sì, va meglio di prima. Grazie per avermelo chiesto.»

Josh annuì. «Almeno non hai niente di rotto, giusto? O peggio?»

«Grazie a Dio. L'ultima cosa di cui ho bisogno è un ricovero nel mio dannato ospedale.» Allungò le braccia sopra la testa, sussultando per la trazione.

Josh lo studiò in silenzio dalla cucina.

«Cosa c'è?» chiese Michael.

«Stavo solo pensando che deve essere stato terribile.»

L'altro si bloccò e per un minuto non disse nulla. Poi si lasciò cadere sulla sedia e il suo sguardo scivolò da Josh al caffè. «Lo è stato. Alla fine, mi sono semplicemente spento. Sai quando hai la sensazione che qualcosa sia inevitabile e il meglio che puoi fare è smettere di combattere e arrenderti?»

Josh annuì.

«È stato proprio così. Mi sono accovacciato e ho pregato, per quanto codardo potesse farmi apparire. Fino a quando ho visto quella dannata bottiglia rotta davanti alla mia faccia. Lì sono andato nel panico.» Le sue guance si arrossarono quando il suo sguardo incontrò di nuovo quello di Josh. «Stupido, eh? Ero quasi più inorridito di vivere segnato per tutta la vita, che di morire sul tappeto.»

Lui sostenne il suo sguardo. «Non è per niente stupido. Sarei stato altrettanto terrorizzato. Sei stato molto coraggioso. Hai mantenuto la lucidità e hai fatto quello che dovevi fare. Chissà cosa sarebbe successo se avessi provato a forzare le cose. E grazie a quello sei sopravvissuto.»

Lo stesso silenzio imbarazzante di poco prima si ricostruì quando la verità di quelle parole si sedimentò tra loro.

Fu Michael a romperlo ancora una volta, dimenandosi sulla sedia e facendogli un sorrisetto. «Beh, dovresti essere felice.»

«Perché?» Josh mise in moto la lavastoviglie. «Altro caffè?»

«Nah. I miei reni sono stati puniti abbastanza.»

Josh si sedette al tavolo. «Perché dovrei essere felice?»

L'altro fece un sorriso furbo. «Perché non andrò a rimorchiare per un po' conciato così, vero?»

Josh non poté fare a meno di ricambiare il sorriso e decise di prendere quella distrazione per ciò che era: Michael che ricostruiva il muro che aveva appena abbassato. «Immagino di no. Anche se i gusti sono gusti, no?»

Michael ridacchiò. «È umorismo questo, agente Rawlins? Devi stare attento. Le persone potrebbero scoprire che non sei così stronzo.»

Lui roteò gli occhi. «Non potrei permetterlo.» Prese un sorso di caffè. «Comunque, non è così male, il tuo occhio. Non scoraggerebbe molti.»

Michael lo guardò con curiosità.

«Cosa c'è?» chiese Josh.

Michael distolse lo sguardo. «Niente. Allora, qual è il piano?»

«Ti lascio in ospedale per farti controllare. Dopodiché, ti dirigerai verso pascoli più verdi e più sicuri finché non ti diamo il via libera.»

«Posso cambiare le mie serrature e installare un allarme oggi, o i vostri ragazzi sono ancora lì?»

«Avranno finito per mezzogiorno. Fai pure.»

«Hanno trovato qualcosa?» Michael allungò la mano per accarezzare la testa del pastore e Paris la inclinò di lato per assicurarsi che le sue dita raggiungessero il punto giusto. «Sei proprio una zoccola,» disse all'animale.

Josh sorrise suo malgrado. «Ancora niente,» rispose. «Dobbiamo aspettare le impronte digitali e la scientifica, a meno che non si faccia avanti un testimone oculare. Puntiamo sulla bottiglia rotta. C'era sangue sul collo. Dato che non hanno avuto la possibilità di usarla, il sangue o era schizzato da te o era il loro. Mark pensa che indossassero i guanti, ma non si sa mai.»

Michael sedeva teso e tranquillo, evitando il suo sguardo. Il ricordo era chiaramente snervante, e ciò lo convinse che l'altro era rimasto molto più colpito dall'intero incidente di quanto avesse lasciato a intendere.

Dopo un momento, Michael disse: «Tua sorella vuole che rimanga qui... per un po', o per tutto il tempo necessario, comunque.» Lanciò un'occhiata di lato a Josh.

Il caffè oltrepassò il bordo della tazza di Josh, scottandogli la mano. «Merda!» Prese un panno. «Lei cosa?»

«Sì. Sospettavo che non te ne avesse parlato. Non preoccuparti, posso restare in ospedale se ci sono problemi, com'è chiaro che ci siano.» Si alzò e si diresse verso la porta.

Josh cercò una risposta. Katie non aveva detto niente al telefono riguardo al farlo restare. Perché avesse fatto una cosa del genere senza dirglielo, proprio non lo sapeva. «Aspetta,» sbottò. «Ehm, aspetta un minuto, va bene? Io, ah, ho bisogno di parlare con lei.» Uscì per avere un po' di privacy.

Sua sorella rispose al terzo squillo. «Mi chiedevo quanto tempo ti ci sarebbe voluto,» disse, e lui immaginò il sorriso compiaciuto sul suo viso.

«Ma che diavolo, sorellina? Gli hai detto che poteva restare?»

«Sì, l'ho fatto. Ha senso. Nessuno sa dove sia, ed è proprio lungo la strada, così lo puoi tenere d'occhio. Resterò con te finché non sarà finita e mi occuperò di Sasha. Vedi? Facile.»

«No, non ha alcun senso e non è facile. E se qualcuno lo trovasse? Sì, è proprio in fondo alla strada e può portare un sacco di guai fino alla tua porta. Per non dire anche da me.»

«Aspetta. Ma che diavolo, Josh? Sembra un bravo ragazzo, e ho già detto che è sexy? Pensavo saresti stato felice che fosse gay. Prendersi cura della tribù e tutto il resto. E poi è la cosa giusta da fare.»

«Non è la mia tribù, e non ho bisogno che tu mi dica cosa fare.»
Silenzio.

Dannazione. «Scusa. Ma questo è proprio l'effetto che mi fa: mi incasina la testa. Ci ha provato con me mentre stavo lavorando su una scena del crimine, per l'amor di Dio.»

«Oh, beh, questo cambia tutto,» lo prese in giro lei. «Sei gay ed eri in un locale gay, idiota. E immagino che all'inizio non sapesse esattamente chi fossi e cosa stesse accadendo davvero, giusto? Il tizio dev'essere un vero idiota. Ovviamente ha bisogno di farsi controllare la testa e di procurarsi un paio di occhiali migliori, se ci ha provato con te.

Oh, e poi ha pure salvato la vita di un tuo amico. Come ha osato. Ha chiaramente bisogno di essere arrestato.»

Josh fece un respiro profondo. «Va bene, quando lo dici in questo modo suona stupido.»

«Beh, ma dai?» La sua voce si abbassò. «Ti piace, vero? Ti piace e non sopporti che sia così. Ehi, ho un'idea. Che ne dici di dare una possibilità al pover'uomo? Che cavolo.»

Dio, amava sua sorella. «Hai parlato con Mark,» sbuffò.

Lei lo ignorò. «Ho fatto come mi hai chiesto, a proposito, e non gli ho mai parlato di Sasha,» disse.

«Grazie. È solo che non lo voglio nei miei affari più di quanto debba essere. E puoi smetterla di preoccuparti per me. Ti ho davvero ascoltato, e sabato mi vedrò con un ragazzo per un caffè.» Poté quasi sentire la mascella di sua sorella colpire il pavimento.

«Davvero? Che diavolo, Josh? E quando esattamente me ne avresti parlato?»

«Te lo sto dicendo adesso, ed è solo un caffè. Ora, possiamo tornare a parlare di Michael? Sicura di volerlo fare?»

Katie sospirò. «Non è per molto, giusto?»

«Pochi giorni, una settimana al massimo. Se riesce a identificare con certezza qualcuno, allora possiamo probabilmente trovare una soluzione ufficiale. Se non potrà, allora smetterà di essere una minaccia e dovrebbero lasciarlo in pace. In tal caso, potrà tornare al suo appartamento.»

«Bene. Allora siamo d'accordo?»

Lui gemette forte. «Sì, va bene. Lui resta qui e tu stai con me. Contenta?»

«Come una vongola. Le vongole sono felici? Vabbè. Sei un brav'uomo, Charlie Brown.»

«Ciao, Katie.»

«Ma...»

Lui riattaccò e raggiunse Michael, che era impegnato al telefono con un fabbro. Quando ebbe finito, si appoggiò con la schiena al muro e fissò Josh.

«Verdetto?»

Josh sospirò e sospettò di avere anche il broncio. Vabbè. «Puoi restare, ma Katie starà a casa mia. È più sicuro così.»

«Davvero?» Michael era chiaramente sorpreso. «E a te sta bene?»

Josh si accigliò. *No. Sì. Può essere.* «Non importa. Ha senso ed è quello che vuole Katie.»

Un lampo di quella che sembrava delusione attraversò il viso di Michael, scivolando rapidamente nell'indifferenza ben rodata. «Giusto. Beh, di' a Katie che apprezzo l'offerta, ma risolverò la cosa con l'ospedale.» Si staccò dal muro per andarsene.

«Non fare lo stronzo,» sbottò Josh. «Ho detto che puoi restare.»

Michael lo inchiodò con uno sguardo arrabbiato. «Senti, raggio di sole, non resto dove metto le persone a disagio, e non sarò responsabile di un problema tra te e tua sorella. È stata fantastica. Starò perfettamente bene in una delle stanze dei medici all'Auckland Med.» Si voltò.

«Fermati.» Josh attraversò la stanza prima ancora di rendersene conto e mise una mano sulla spalla di Michael, facendolo girare lentamente. «Non essere stupido. Sei più al sicuro qui.» L'altro si bloccò sul posto, gli occhi cobalto pieni di rabbia, e Josh non voleva altro che tuffarsi dentro di essi.

«Toglimi le tue cazzo di mani di dosso,» sputò fuori Michael.

Paris apparve dal nulla, attratto dalla tensione. Si piantò accanto a Josh, lo sguardo fisso su Michael.

«Scusa.» Josh allentò la presa e fece un passo indietro. Gesù, cosa stava facendo? «Paris, resta.» Fece un paio di respiri lenti. «Senti, sto facendo lo stronzo. Accetta l'offerta. Katie mi ucciderà se non sarai qui quando tornerà.»

Michael inarcò un sopracciglio. «E questo è un mio problema perché...?»

L'atteggiamento incazzato dell'uomo era un mix potente, e sì, troppo sexy. Josh alzò le mani in segno di sconfitta. «Che cazzo ne so. E hai ragione. Non è un tuo problema. Fa' quello che vuoi. Ho finito.»

Michael lo fissò, il silenzio aleggiava spesso tra loro.

«Hai proprio un problema con me, vero?» disse. «Cos'è, qualcuno tipo me ti ha sputtanato quando eri un adolescente arrapato pieno di angoscia, quindi da allora odi quelli come me? Perché, sai cosa? È stato divertente per un po', ma ho chiuso con l'essere trattato come la merda sotto le tue scarpe. La scorsa notte mi ha spaventato a morte, e questo tuo atteggiamento strano...» fece scorrere il dito indice avanti e indietro tra di loro, «... semplicemente non va più bene.»

Paris ringhiò leggermente, sintonizzato sulla minaccia presente nella rabbia di Michael, che gli lanciò uno sguardo nervoso, ma tenne duro. Josh calmò di nuovo il cane e lo mandò alla sua stuoia, incapace di trovare una sola risposta. Era arrivato dannatamente troppo vicino alla verità.

Michael sbuffò, disgustato. «Come pensavo. Fanculo. Qualcuno deve averti fregato per bene. Non preoccuparti, vado in ospedale. È stato un vero spasso.» Si voltò sui talloni.

Senza pensare, Josh chiuse la distanza tra loro in un secondo, scivolando di fronte a Michael, che sgranò gli occhi per la sorpresa e poi li assottigliò per l'irritazione. «Cosa diavolo pensi di...» Ma non finì mai la frase, come se improvvisamente avesse letto l'intento nell'espressione di Josh, intento che neanche lui era sicuro di aver capito.

Michael esitò solo per un secondo, il suo sguardo si abbassò sulle labbra di Josh, poi salì di nuovo agli occhi, leggendo la domanda a malapena formata. Poi il calore divampò, e si fece avanti sibilando: «Sì,» prima di schiantare la bocca su quella di Josh, tirandolo a sé finché non si trovò tra lui e il muro.

Josh ebbe appena il tempo di chiedersi che cazzo stesse facendo prima di sentirsi travolto, ricordandosi di mantenere il peso lontano dalle lesioni più gravi di Michael. Quell'inspiegabile bisogno che aveva portato dentro di sé da quando aveva posato gli occhi sull'altro per la prima volta gli sorse dentro, il disperato desiderio di assaggiare e sentire ciò che aveva bramato più dell'aria nell'ultima settimana.

Bloccato contro il muro, Michael gli afferrò i bicipiti, le sue dita affondarono con forza, tenendolo in posizione, prolungando il bacio, ma con le labbra ancora chiuse, come se non avesse del tutto deciso cosa voleva. Josh fece scorrere timidamente la lingua nel mezzo, leccando, mordicchiando, chiedendo, e pochi secondi dopo sentì il cambiamento. Le spalle di Michael si rilassarono, le sue labbra cedettero e Josh fu dentro.

Il sapore di Michael Oliver gli esplose sulla lingua mentre le loro bocche si intrecciavano, il bacio rude e quasi brutale. Josh gli succhiò la lingua, sondò e assaggiò ogni centimetro. Le braccia dell'altro gli circondarono la schiena, tirandolo vicino, mentre la lingua di Josh veniva accarezzata, mordicchiata e trascinata di nuovo nella bocca di Michael. Josh gli posò le mani sulla vita, premendo i loro fianchi insieme, incoraggiato dall'erezione solida come una roccia premuta contro la propria.

Cercando di rimanere consapevole delle ferite di Michael, Josh non riuscì a contenere l'impulso di strofinarsi delicatamente contro di lui, creando un delizioso attrito, contando sul fatto che l'altro l'avrebbe spinto via se necessario. A quanto pareva non c'era alcuna possibilità che lo facesse, visto che rispose con un gemito e si inarcò contro quella pressione. Gesù, l'odore e il sapore di quell'uomo erano buoni come Josh aveva immaginato. Arancia legnosa del gel doccia mescolata con caffè e qualcosa di dolce. Josh non ne aveva mai abbastanza. Una voce fastidiosa risuonò nella sua testa, insistendo che era una cattiva, cattiva idea, ma non c'era modo che facesse un passo indietro in quel momento.

Affamati l'uno dell'altro, nessuno dei due sembrava disposto a interrompere il bacio. Josh sospettava che fosse dovuto alla paura che un qualsiasi spazio tra loro potesse porre fine alle cose. Invece c'era un costante riallineamento di labbra e fianchi e richieste schiaccianti. Mordicchiare, mordere, succhiare, prendere il più possibile dall'altro.

Josh insinuò una mano tra loro, appoggiando il palmo contro l'erezione di Michael attraverso il tessuto dei pantaloni, sentendone il peso e aggiungendo alcune carezze brusche. *Cazzo.* Gemette nella bocca dell'uomo. Non indossava la biancheria. Michael rispose immediatamente, premendo forte il suo cazzo nel pugno di Josh, poi gli morse il labbro inferiore per mostrare il suo dispiacere quando lui ritirò la mano.

Josh sorrise contro la sua bocca. «Aspetta, bello. Ti ci porto io.»

Fece scivolare la mano all'interno della cintura e gli strinse l'erezione, pelle contro pelle. *Oh, cazzo.* Non era circonciso. Era setoso e grosso, ma la sensazione di toccarlo non gli bastava. Josh aveva un disperato bisogno di guardare e assaggiare, ma era andato troppo oltre. Fece scorrere il pollice sulla grossa punta di Michael, muovendo avanti e indietro il prepuzio. Quindi si passò il liquido preseminale sulla mano e iniziò un lento movimento su e giù per la lunghezza.

Michael mormorò di piacere contro la sua bocca, e ancora nessuno dei due ruppe il contatto. Con una mano aggrovigliata nei capelli sulla nuca di Josh e l'altra sotto la sua maglietta, intenta a trafficare con il primo bottone dei suoi jeans, Michael lo tenne stretto. Sfiorò l'erezione di Josh e lui quasi venne sul posto. *Cazzo.*

Alla fine, il bottone si aprì e le dita di Michael passarono subito sulla punta bagnata del suo uccello e poi dietro, al suo culo, dove gli afferrò una natica, tirando i loro corpi vicini. La posizione intrappolò la mano di Josh, ancora avvolta intorno al cazzo di Michael, che si muoveva veloce. Poi quelle dita lunghe e sottili trovarono la strada verso la fessura di Josh e la morbida increspatura del suo ingresso con precisione chirurgica. Stuzzicarono le delicate pieghe, e Josh quasi non riconobbe il gemito bisognoso che gli sfuggì dalla bocca. Era abbastanza sicuro che fosse la prima volta.

Come se stesse aspettando quel suono, Michael spinse immediatamente una gamba tra le sue, amplificando l'attrito, e proprio così, Josh si ritrovò al limite come un cazzo di adolescente. Lavorò l'uccello di Michael più velocemente, sfregando nel frattempo la mano contro la propria erezione. E poi il polpastrello di Michael scivolò dentro di lui, e il mondo si inclinò sul suo asse. Il respiro di Josh si bloccò e lui spinse indietro, cercando quell'intrusione più in profondità.

«Cazzo, io...»

«Anch'io,» disse Michael roco, inarcandosi con forza contro la sua mano.

Le loro labbra si fermarono, ma rimasero premute insieme. Le sensazioni erano troppo intense perché Josh potesse concentrarsi su qualcosa che non fosse quello che stava accadendo più a sud. Le sue palle si contrassero, sentì le spinte urgenti di Michael e poi si lasciò andare, cavalcando la squisita ondata di piacere con un gemito profondo.

Pochi secondi dopo, il pulsante godimento di Michael gli riempì la mano, e si sostennero a vicenda finché l'ondata non si placò. Poi l'altro reclamò la sua bocca in un bacio profondo e ribaltò le posizioni, bloccandolo contro il muro. Ritirò la mano dai suoi jeans e gli diede un calcio ai piedi, allargandoli, in modo da essere alla stessa altezza. Poi, per la prima volta da quando si erano toccati, allontanò la bocca da quella di Josh e premette le loro fronti insieme.

«Dannazione, quanto mi ecciti,» gli sbuffò contro la guancia. «Cristo, non venivo nelle mutande da quando avevo dodici anni.»

Josh emise uno sbuffo dal naso, la mano ancora intrappolata nel camice di Michael. Gli diede un'ultima strizzata solo perché poteva. «Idem.»

L'uomo sussultò e ridacchiò leggermente. «Beh, cazzo, Josh. Ce ne hai messo di tempo.» Si abbassò un po' e gli succhiò il labbro inferiore, mordendolo, lenendolo poi con una leccata e posando una scia di baci lungo la mascella, fino all'orecchio. La sua lingua scattò dentro e poi mordicchiò il lobo di Josh.

«Sei così sexy, uomo-lupo,» gli sussurrò all'orecchio. «Ma siamo troppo vestiti... se hai voglia di un altro round, ovvio.»

Josh girò la testa e morse il collo di Michael. L'idea di marcarlo era eccitante da matti. «Non sei male nemmeno tu.»

«Occhio nero e tutto il resto?» Michael strofinò il naso contro il suo collo.

Merda. Josh si tirò indietro e passò gli occhi su di lui. «Stai bene? Se ti ho fatto male...»

«Sta' zitto.» Gli catturò le labbra in un bacio rude. «Ho amato ogni dannato secondo. Sono perfettamente in grado di badare a me stesso.»

Josh si rilassò contro l'altro, chiedendosi se avrebbe dovuto rimpiangere quello che avevano appena fatto, ma non riusciva a trovare un cazzo di motivo da nessuna parte. Inclinò il collo per dargli un accesso migliore, e rimasero così per un minuto, Michael che mordicchiava e leccava un sentiero intorno al suo collo, e lui che cercava di non mettersi in imbarazzo mugolando troppo forte.

Poi si ricordò. «Uomo-lupo? Sul serio?»

«Stai al gioco e basta,» mormorò Michael contro la sua pelle, dopodiché si tirò indietro e lo osservò con un'espressione seria. «Allora, solo per curiosità, che cazzo stiamo facendo, agente? Non che io non sia riconoscente, ma due minuti fa non potevi sopportare la mia vista e ora eccoti qui con le tue dita ancora avvolte intorno al mio uccello molle.» Guardò in basso di proposito, dove come accennato si trovava la mano di Josh, ancora sepolta nei pantaloni della divisa da ospedale.

Il rossore risalì lungo il collo di Josh, e lui inarcò un sopracciglio. «Vuoi che lo lasci andare?»

«Penso che quello che vogliamo entrambi sia chiarissimo.» Michael guardò l'orologio sul forno. «Ma immagino che oggi non succederà.»

Josh lo liberò, togliendo con riluttanza la mano da dove l'aveva infilata. «Niente biancheria, eh?»

Michael scrollò le spalle. «Non è che mi aspettassi visitatori.»

Josh alzò lentamente la mano e sostenne lo sguardo dell'altro mentre si leccava le dita.

Le pupille di Michael esplosero, diventando profondi buchi scuri. «Dannazione,» sibilò, attirando Josh per un bacio dolce, facendo scivolare la lingua dentro la sua bocca per un assaggio.

Josh gli strinse i pugni sulla casacca. Rischiava di perdersi. Michael era stupendo, senza dubbio. Splendido e dannatamente pericoloso per il suo cuore. Non era sicuro di cosa avrebbe dovuto volere da lui, e così si allontanò. «Dobbiamo parlare.»

La testa di Michael cadde in avanti come una pietra. «Cazzo, lo sapevo.»

«Penso solo che dovremmo chiarire le cose. Metterle sul tavolo.»

Michael inarcò le sopracciglia. «Veramente? Abbiamo condiviso un'ottimo sega e una strusciata. Non era una proposta di matrimonio.»

Lui alzò gli occhi al cielo mentre si sedeva. «Io non avevo intenzione che accadesse *nulla*.»

Michael prese una sedia e si sedette a sua volta, la sua espressione in parti uguali frustrata e diffidente.

Josh immaginava di meritarselo. «Penso solo che sarebbe utile chiarire la nostra posizione.»

«A che punto siamo, eh?» Michael annuì e strinse le labbra. Il suo sguardo scivolò via con un sospiro e Josh sentì lo sbattere delle pareti che tornavano al loro posto.

«Guarda, abbiamo condiviso una strusciata davvero eccitante contro il muro,» disse. «Inaspettato, ma ehi, a me sta bene. E a te?»

Josh sentì lo stomaco contorcersi. Beh, l'aveva voluto lui.

Michael continuò: «Detto questo, mi piacerebbe pensare che potremmo andare oltre. Un letto sarebbe carino. Forse anche esplorare la rimozione di alcuni vestiti. Forse un po' di gioco di ruolo medico/paziente. Sono aperto a suggerimenti.» Osservò Josh sbattendo le lunghe ciglia.

A lui non importava di essere preso in giro, ma stava cominciando a pensare che avrebbe dovuto tenere le sue fottute mani per sé. Per un solo secondo, aveva creduto di aver sentito qualcosa di più da parte di Michael, quando si erano baciati. Si era sbagliato. Spinse indietro la sedia e si alzò.

«Beh, direi che questo rende le cose abbastanza chiare,» disse. «Allora è meglio che la stronchiamo sul nascere. Ti lascerò all'ospedale quando sarai pronto.»

Michael si alzò per bloccare l'uscita di Josh. «Whoa, rallenta, stronzo. Hai iniziato tu tutto questo. Mi hai baciato, ricordi? Sto cercando di non analizzarlo troppo seriamente, e di certo non cerco una relazione. Mi sono divertito. Mi è sembrato che ti divertissi anche tu. E sì, ti scoperei subito visto che sei davvero sexy, ma lo sai già. E anche se so da fonti anonime che sei un bravo ragazzo e tutto il resto, non sto cercando di più. Ma c'è un po' di intesa sessuale bollente tra noi, nel caso non l'avessi notato. È un peccato non esplorarla.» Fissò Josh, in attesa.

Lui sentì il calore di quello sguardo andargli dritto all'uccello. Non si potevano negare quelle ultime parole. Voleva quell'uomo come nessun altro prima, nemmeno Jase. Andavano bene a letto, certo, ma non era niente di così bollente come l'elettricità che sentiva con Michael. E non si erano ancora tolti i vestiti.

Poteva non essere saggio, ma cazzo, Josh si rese improvvisamente conto di averne bisogno; aveva bisogno di qualcosa per far ripartire la sua vita. Farsi scopare epicamente un paio di volte senza legami da un tizio sexy stava iniziando a suonare come un buon inizio. Doveva solo stare attento. Tenere sotto controllo le emozioni. Nulla di serio. Ma scopamici a breve termine? Sì, pensava di poterlo fare, questa volta. Deglutì a fatica.

«Okay,» concesse. «Certo, potrei essere pronto per una sessione prolungata o due.» Si passò la lingua sul labbro inferiore, e Michael seguì il movimento con occhi affamati. «Nessun vincolo, nessuna aspettativa. E lo teniamo per noi. Io posso non essere coinvolto direttamente nelle indagini o elencato come testimone, ma tu sì. Sarebbe più furbo se non lo facessimo, ma...»

Michael si avvicinò e premette le sue labbra su quelle di Josh, immergendosi dentro per un rapido assaggio, e proprio così, a lui venne di nuovo duro come la roccia.

«Non sono noto per essere il più furbo...» disse. «E niente legami è perfetto.» Fece un passo indietro e sostenne lo sguardo di Josh con quegli occhi color zaffiro. «Che ne dici di stasera?»

Porca puttana. Josh lo stava facendo davvero. «Sono di turno alle quattro,» disse.

Michael si accigliò. «E prima?» Esigente.

Josh si ritrovò ad annuire. «Ti riporterò a casa dopo il controllo.»

«Aggiudicato.» Michael fece l'occhiolino. «Porta un pranzo al sacco. Non ci saranno intervalli. E, ehm, è meglio che abbia il tuo numero per ogni evenienza, sì?»

Si scambiarono i numeri di cellulare e Michael si voltò e si diresse verso la camera da letto, parlando da sopra la spalla. «Sarò pronto in un secondo. Cam ci farà il culo se arrivo in ritardo, e questo potrebbe seriamente rovinare i nostri piani.»

Josh rilasciò il respiro che non sapeva di aver trattenuto e venne percorso da un brivido. Perché sentiva di aver appena afferrato un serpente per la coda? Aveva già le pulsazioni a mille al pensiero di portare a letto quel maledetto uomo. Fanculo. Era nei guai.

CAPITOLO CINQUE

Michael passò tutto il viaggio verso l'ospedale con una mezza erezione per via della tensione sessuale che intasava il pick-up di Josh. In un certo senso ne era grato, dal momento che dietro l'eccitazione c'erano un mucchio di nervi tremanti al pensiero di uscire per la prima volta dall'aggressione; qualunque cosa facesse, non riusciva a impedire che gli occhi gli guizzassero da una parte all'altra per controllare i veicoli nelle vicinanze. Josh dovette averlo notato, perché a metà del tragitto gli appoggiò una mano calda sulla coscia e la lasciò lì, stringendola dolcemente ogni tanto, rassicurandolo. I nervi non svanirono, ma si smorzarono sotto il suo tocco.

Allo stesso tempo, però, era anche sfiancante. Michael non riusciva a ricordare di aver sentito quel tipo di intensità con un altro uomo negli ultimi anni, se mai era successo. Quel bacio era stato inaspettato e brillante. Amava baciare, anche se non permetteva mai a chi rimorchiava di farlo: l'intimità implicita complicava solo le cose. E quella era un'altra cosa strana. A Michael piaceva essere quello che iniziava e controllava come andava il tutto. Simon era stato un passivo felice, più che disposto a seguirlo, ed era proprio così che a lui di solito interessava.

A volte si erano scambiati i ruoli. Simon era stato sopra, ma era successo più per soddisfare il raro bisogno del compagno. Michael non si divertiva molto a stare sotto, e di solito riusciva comunque a essere attivo anche dal basso. Ma quando Josh lo aveva bloccato contro quel muro, divorandogli la bocca, lui aveva combattuto solo per pochi secondi. Il suo corpo era stato fuori controllo in modo imbarazzante, rispondendo al dominio dell'altro uomo con un bisogno lamentoso che non era stato né bello né gradito.

Chi avrebbe mai immaginato che Josh fosse così? Erano sempre quelli tranquilli... E dire che Michael non vedeva l'ora di scoprire come fosse a letto, senza restrizioni, era l'eufemismo del secolo. *Dannazione.*

Il pronto soccorso era tranquillo, e ottenne l'autorizzazione dal neurologo a uscire in meno di un'ora. Nel frattempo, Josh andò a prendere un caffè alla caffetteria, e lui sospettò che avesse bisogno di un po' di distanza. A essere onesti, era grato di quello. Ogni volta che i loro occhi si incontravano, ci vedeva riflessa la propria lussuria, e ciò gli stava giocando brutti scherzi.

Erano come ragazzini arrapati; era oltre il ridicolo. Cam aveva passato i primi minuti a lanciare loro occhiate. Tanto per essere discreto. Ora che erano soli, si appollaiò sul lavandino mentre Michael infilava una divisa pulita. Josh per fortuna si era offerto di passare dal suo appartamento per prendere parte delle sue cose sulla via del ritorno.

«Allora, da quanto tempo scopate voi due?» chiese Cam con naturalezza.

Lui si bloccò. L'infermiere sfoggiava un eyeliner rosso, un arcobaleno nel lobo e un braccialetto in pelle abbinato. «Non scopiamo. Ora vorresti voltarti e darmi un po' di privacy?»

Cam scivolò giù dal lavandino e gli diede le spalle, muovendo il suo bel sedere.

Michael ridacchiò. «Veramente? Per quanto sia carino quel culo, non ti dirò niente.»

«Non so di cosa tu stia parlando,» sbuffò l'altro, e scosse il sedere una seconda volta. «Ho la schiena stanca, ecco tutto. Pensi che sia carino, eh?»

«Delizioso.»

«Ci puoi giurare.» Cam si raddrizzò e gli si mise di nuovo davanti, ignorando il suo sospiro esasperato. «Beh, se non lo stai scopando, dovresti farlo. L'aria tra voi due è pesante come il cazzo di una porno star. Avevo bisogno di una doccia solo per aver passato cinque minuti in vostra compagnia.»

«Non scopiamo. Non ancora, comunque. E non puoi dire niente. Potrei dover testimoniare.»

«Ma davvero. Beh, è meglio che ti eserciti con la tua faccia da poker, perché quella attuale fa schifo.»

«Hai ragione.»

L'infermiere inarcò un sopracciglio. «E poi pensavo che odiassi il nostro giovane impiegato statale, e viceversa.»

«Per essere più precisi, era lui che odiava me.»

Cam sorrise, porgendogli le scarpe. «A quanto pare, ha cambiato idea.»

Michael inchiodò Cam con un sorrisetto. «Mi ha baciato – beh, mi ha proprio schiacciato al muro – ed ero pienamente d'accordo.»

La mascella dell'altro uomo colpì il pavimento. Non capitava spesso di scioccare Cameron Wano.

«Ha fatto la prima mossa?»

Michael annuì.

«E che cazzo. Nella nostra piccola comunità si dice che il nostro sexy cinofilo sia piuttosto scostante. Nessuno in ospedale è riuscito ad avere un appuntamento con lui, e non perché non ci abbia provato. Ho sentito che ha avuto un compagno per un po', nessuno che conoscevo, però.»

Un compagno? Ah. «Mica ci frequentiamo. È solo scopare. E deve ancora succedere.»

«Vedo e rilancio.»

Michael rise. «Sei incorreggibile. E come fai a farla franca con questa roba?» Agitò una mano verso il trucco e i gioielli di Cam.

L'infermiere si mise in posa. «Perché sono bravo nel mio lavoro, ecco come.» Ruotò sui tacchi e se ne andò, e Michael sorrise da un orecchio all'altro.

Come promesso, Josh andò all'appartamento di Michael in modo che lui potesse cambiarsi, recuperare alcuni vestiti e articoli da toeletta e prendere la sua auto. Prese anche una pizza surgelata, dato che c'era.

«Sostentamento,» spiegò, sollevandola mentre tornava al parcheggio dove Josh aspettava. L'altro alzò gli occhi al cielo.

Di ritorno da Katie, Josh parcheggiò dietro a Michael nel vialetto, ma sembrava riluttante a scendere dalla macchina. Michael sospirò. E adesso? Aveva cambiato idea? Sperava davvero di no.

Si abbassò accanto al finestrino aperto. «Vieni dentro, agente?» *Per favore.* Non lo avrebbe detto, però. Se lo avesse lasciato con le palle blu, sarebbe stato un incubo. Era già pronto a esplodere nei jeans. Due volte in un giorno e avrebbe dovuto restituire la tessera di uomo.

Il viso di Josh si offuscò per la preoccupazione. «Sei sicuro di volerlo?»

Michael allargò le braccia. «Sto bene, se si escludono i lividi, e ti farò sapere al momento se ho un problema. Cam mi ha dato una dose di roba più forte, quindi in realtà non sento troppo male adesso. Sei sicuro di essere preoccupato per me?» Inarcò un sopracciglio.

Lo sguardo di Josh si spostò. Controllò l'orologio, e Michael si chiese cosa diavolo stesse succedendo in quella graziosa testolina, i suoi capelli biondo miele tutti attaccati in ciuffi ribelli come se fosse appena rotolato fuori dal letto. E quei lineamenti perfetti, controllati e seri. Non c'era traccia dell'uomo feroce che lo aveva inchiodato al muro e baciato fin quasi a fargli perdere i sensi meno di tre ore prima. Era semplicemente adorabile. *Adorabile?*

Sospirò. «Andiamo, Josh. Giochiamo un po'. Sei la cosa più eccitante che abbia mai visto da sempre, e nel caso fossi preoccupato, mi hanno detto che non sono male a letto.»

L'altro si voltò e incontrò il suo sguardo, un leggero rossore gli colorava le guance, e aveva un accenno di sorriso sotto quegli occhi color cioccolato. «Che tu ci creda o no, dottore, quella particolare preoccupazione non mi è mai passata per la mente.»

E proprio così, l'uomo attivo era tornato. L'uomo frizzante che Michael aveva incontrato quella mattina. *Cazzo sì.* Non riuscì a trattenersi. Si sporse nel finestrino aperto e catturò le labbra carnose di Josh in un bacio gentile, facendoci passare la lingua in mezzo, e il suo sapore gli spedì il cazzo verso il cielo. Si tirò indietro e si permise di fissarlo. «Dannazione, sei bellissimo. Porta dentro il tuo culo.»

Josh fece un enorme sorriso, e sebbene Michael lo avesse visto sorridere prima, non lo aveva mai rivolto nella sua direzione. Gli risucchiò il fiato dal petto, e qualcosa che fece del suo meglio per ignorare gli svolazzò nello stomaco. Una parte di lui voleva essere responsabile di tutti quei sorrisi. *Merda.* Conosceva quel tizio da due minuti ed era già nei guai.

Si trasferirono all'interno e Josh rinchiuse Paris nel cortile di Katie, lanciando al pastore alcuni biscottini per tenerlo occupato. Michael sorrise. Gli piaceva l'animale più di quanto si aspettasse, e sembrava che il sentimento fosse reciproco. Paris aveva trovato un posto nel suo cuore neutrale agli animali, ma Michael non si prendeva in giro. Sapeva che sarebbe stato cibo per cani in un attimo, se Paris avesse dovuto scegliere tra loro due.

Dandogli le spalle, Josh rimase a guardare il pastore attraverso il vetro, e lui si chiese di nuovo se stesse per tirarsi indietro. Una cosa era certa, però: non sarebbe stato lui a insistere. La palla era saldamente nel campo di Josh. Non voleva dubbi su quello, lungo la strada.

Stava per suggerire di bere qualcosa per dare il via alle azioni quando Josh gettò bruscamente la giacca sulla sedia e scalciò via le scarpe. *Beh, allora va bene.*

L'altro gli rivolse uno sguardo ardente, l'espressione di pura lussuria predatoria. *Porca troia.* Il respiro di Michael si bloccò nel petto, e il suo cazzo semiduro balzò alla massima attenzione. Un inaspettato volo di nervi gli si riversò nello stomaco mentre sopportava il pieno impatto di quell'attenzione, e il pensiero più ridicolo del mondo gli attraversò la mente: *Sono all'altezza?*

Poi Josh si mosse e lui, aspettandosi un replay della mattina, si preparò all'impatto, al bacio duro e allo scontro dei corpi. Fu quindi un po' sorpreso quando l'altro gli passò accanto sfiorandolo, trascinando leggermente una mano sul suo inguine, mandandogli una scossa di desiderio ardente lungo il corpo. *Dio santissimo.*

«Lo facciamo o no?» lo stuzzicò da sopra la spalla, camminando verso la camera da letto di Michael, sfilandosi la maglietta da sopra la testa mentre andava. La lasciò cadere sul pavimento fuori dalla porta della stanza, esponendo una schiena soda e muscolosa con una generosa manciata di peli biondi e una vita sottile. Michael era paralizzato sul posto. Josh si sbottonò i jeans e uscì da quelli e anche dai boxer, mostrando un bell'uccello e altri ciuffi di peli biondi su un culo delizioso. Poi scomparve nella camera da letto.

Dannazione. La bocca di Michael era spalancata e forse stava sbavando. Sì, confermato. Nessuno lo aveva mai guidato tirandolo per il cazzo in quel modo, e dannazione se detto cazzo non lo adorava.

Josh batté contro il muro. «Vieni qui.»

Michael obbedì subito, con propria mortificazione, scavalcando gli indumenti scartati per unirsi a Josh il più velocemente possibile per un essere umano. Non appena oltre la soglia, fu immediatamente afferrato per la camicia e tirato dentro per un lungo bacio. E quando la lingua di Josh premette per entrare, lui aprì le labbra senza pensarci due volte, gli avvolse le braccia attorno alla vita e si spinse forte contro il suo corpo nudo. Scavarono a fondo l'uno nella bocca dell'altro: assaggiando, succhiando, sondando, esplorando.

I muscoli facevano male e protestavano, e la pelle bruciava per i lividi che aveva in vita, ma Michael ignorò ogni dannata cosa tranne la travolgente sensazione del tocco di Josh. Un'ondata di bisogno pulsò attraverso il suo corpo mentre l'altro gli mordicchiava il labbro inferiore, poi lo leniva con una leccata e un bacio. Seguirono altri baci lungo la mascella, fino all'orecchio.

Michael inclinò la testa per dargli un accesso migliore, invitando un'altra successione di baci dalla mascella alla spalla prima che Josh si impossessasse ancora una volta della sua bocca e le sue mani gli muovessero il capo esattamente dove voleva. Michael, a quanto sembrava, seguiva la corrente. Chi diavolo era questo amante così sicuro di sé e aggressivo? E dov'era l'uomo teso e pudico che aveva sostituito? Dio, stava volando ai confini della realtà.

Lasciando una mano avvolta intorno al collo di Michael, Josh spostò l'altra sotto la sua maglietta, sfiorandogli leggermente gli addominali e la spolverata di peli sul petto. La punta delle dita scivolò su un capezzolo, poi sull'altro – tirando leggermente i piercing a barretta – e Josh mormorò in apprezzamento a ogni gemito che Michael gli riversava nella bocca aperta. Era eccitato oltre ogni immaginazione, e quando l'altro alla fine si ritrasse, non poté trattenere una protesta piagnucolosa. Si sentì mortificato.

Josh guardò Michael dall'alto in basso, l'espressione era pensierosa. «Ero serio. Non voglio farti male.»

Lui annuì con impazienza. «Sì, sì, bene. Come vuoi. Riporta quelle tue labbra su di me subito, capito?»

Josh sorrise. «Capito.»

E con quello, sigillò ancora una volta la bocca su quella di Michael e diedero il via ai giochi. Ci fu un solo momento di inquietante razionalizzazione, quando Michael si rese conto che le cose non stavano andando proprio come aveva programmato, prima che si arrendesse e decidesse di cavalcare l'onda.

Una scopata veloce e sporca era stata ciò che aveva in programma, ma Josh non sembrava avere fretta, e lui era sorprendentemente a proprio agio nel lasciare che lo guidasse. Per non parlare del suo cazzo, che sembrava amare ogni minuto. In una parte recondita della mente, tuttavia, una voce leggermente in preda al panico lo esortò a prendere il controllo e rimettere la testa in gioco. Ma il suo corpo a quanto pareva non recepiva il messaggio.

La mano sotto la sua maglietta seguì il suo stomaco fino alla cintura dei jeans, mentre Josh continuava l'assalto di baci che tenevano Michael senza fiato e al limite. Rabbrividì quando dita maliziose lo stuzzicarono da sopra i jeans, prima che il palmo si appoggiasse alle sue palle e scivolasse lungo la rigida lunghezza della sua erezione. Ci era già dannatamente vicino, ed era ancora del tutto vestito.

Grazie a Dio, la mano si ritirò e gli si posò sul viso, mentre la lingua di Josh scorreva leggermente lungo le sue labbra. Per tutto il tempo, lui era rimasto fermo, un giocattolo con cui l'altro faceva ciò che voleva. Michael non aveva nemmeno racimolato abbastanza capacità mentali per toccare a sua volta Josh.

«Mmm. Hai addosso troppi vestiti, dottor Oliver,» sussurrò Josh contro la sua bocca. «Sbarazzatene.» Si allontanò e aspettò.

Michael aveva una rispostaccia pronta a scivolargli fuori dalle labbra, ma si ritrovò invece ad aprire il bottone dei jeans. Prima di rimuoverli, infilò la mano in tasca e gettò sul letto alcuni pacchetti di preservativi e lubrificante che aveva preso dal suo appartamento.

Gli angoli della bocca di Josh si sollevarono in segno di apprezzamento.

Michael scrollò le spalle. «Sembrava la cosa giusta da fare.»

Poi, sotto lo sguardo lussurioso di Josh, continuò ad ammassare lentamente i vestiti sul pavimento. Fece del proprio meglio per mettere in scena un po' di spettacolo, anche se lo stato del suo corpo era un po' meno che stellare. Ma nonostante tutti i lividi che sapeva di avere, lo sguardo ammirato di Josh non vacillò mai, e si accarezzava lentamente mentre lo guardava. Era un sacco sexy.

Finalmente nudo, Michael si fece da parte e aspettò. Era strano, ma si stava divertendo con quella strana cosa del dominante e sottomesso, e voleva vedere dove Josh sarebbe andato a parare. Consegnare il controllo era una cosa nuova per lui, come una novità appena sfornata, ed era liberatorio e terrificante allo stesso tempo. Ma per qualche ragione, si fidava abbastanza dell'altro da correre il rischio.

Rimase immobile mentre Josh gli guardava il corpo dalla testa ai piedi: la sua espressione era ipnotizzante. La lussuria, la preoccupazione quando i suoi occhi videro tutti i lividi, il bisogno e l'intensità magnetica erano la cosa più sexy che Michael pensava di aver mai visto. Non per chi era Josh, ma per come lo faceva sentire, come se fosse un'opera d'arte da assaporare, il centro del suo universo. Era inebriante.

Lo sguardo di Josh indugiò sull'erezione di Michael, il labbro inferiore stretto tra i denti, la mano che continuava il suo lento movimento. Michael non sarebbe mai stato accusato di essere timido – si trovava a proprio agio nel suo corpo – ma avere quegli occhi che lo apprezzavano e un'evidente eccitazione concentrati così acutamente su di sé, beh, gli dava alla testa, e non ce l'aveva mai avuto così duro.

Lo sguardo di Josh si spostò sulla sorprendente serie di lividi che gli avvolgevano la vita e il petto, e le sue dita ne sfiorarono i contorni. Trattenne un sussulto, non volendo farlo preoccupare. Non avrebbe permesso che alcuni lividi gli rovinassero quel momento.

«Lascia che me ne preoccupi io, uomo lupo,» disse. «Ti farò sapere.»

«Assicurati di farlo. Il tuo tatuaggio è sexy, comunque.» Josh fece scorrere un dito sul kiwi stilizzato. «Nuovo?»

«Volevo un promemoria.» Michael aveva finito di aspettare ed entrò nello spazio dell'altro.

«No, non farlo.» Josh lo tenne fermo. «Voglio darti una lunga occhiata.»

Il cazzo di Michael sparò ancora più a nord a quelle parole. Tanto valeva seppellire il suo patetico culo. Il suo cervello poteva anche voler porre fine a quella dannata presa in giro e andare avanti con la scopata, ma il suo corpo chiaramente non ne era disturbato. Quindi non disse una parola, fece come gli era stato detto, e lasciò che il suo sguardo vagasse in cambio sulla dura carne di Josh.

L'uomo era stato benedetto con un corpo pari al suo bel viso. Senza tatuaggi, liscio e solido ma non eccessivamente muscoloso. Michael voleva far scorrere la lingua e i denti su ogni centimetro, e prima era, meglio era. Non era sicuro che il suo stesso corpo fosse all'altezza, a essere onesti, ma non aveva intenzione di lasciarsi turbare. Josh aveva fitti e morbidi peli biondi come la seta lungo tutto il busto ben delineato. Sicuramente più di quanto li preferisse di solito: gli piacevano uomini ben curati. Tuttavia, avrebbe potuto cambiare idea dopo quel giorno.

Il suo sguardo scese verso il basso e, come se gli leggesse nella mente, Josh lasciò cadere la mano con cui si accarezzava, rivelando un grosso uccello arrossato e che colava liquido dalla punta spessa. Michael rispose afferrandosi il proprio e dandogli alcuni colpi bruschi, convinto che, se non avesse avuto presto un assaggio di quell'uomo, sarebbe esploso.

«Hai finito di testare le gomme?» ironizzò. «Mi piacerebbe continuare con il test drive, se per te è lo stesso.» Si avvicinò al viso di Josh e premette le labbra sulle sue. L'attimo dopo si trovò seduto sul letto con Josh che incombeva su di lui, un sorriso malvagio sul viso. *Ah. Vabbè*. A Michael non interessava più. Josh poteva fare qualunque cosa volesse purché le cose iniziassero a muoversi in fretta. Il fatto che i suoi occhi ora gli puntassero il cazzo significava che le cose stavano decisamente migliorando.

A Michael piaceva succhiare, anche se non lo pubblicizzava nelle sue avventure di una notte, ma Simon lo aveva sempre apprezzato. E, senza riflesso faringeo, sapeva di essere una bella esperienza. Avvolse entrambe le mani attorno al sedere di Josh e lo tirò vicino, abbassò il viso e fece scorrere la lingua dalle sue palle pesanti su per l'uccello fino alla punta, spingendola nella sua fessura in cima.

Un basso gemito rimbombò da qualche parte sopra di lui, e Michael abbassò la testa per prendere in bocca le palle di Josh, prima una e poi l'altra. Le tirò delicatamente, massaggiandole e aggiungendo un mormorio per inviare un fremito di sensazione attraverso di esse. Le dita di Josh gli si infilarono nei capelli e lo tennero fermo, ma Michael si liberò e si alzò leggermente per ottenere un'angolazione migliore. E poi prese Josh fino in fondo.

«C-cazzo,» balbettò l'altro, riaffermando la presa tra i suoi capelli.

Aveva un sapore incredibile, salato ed erbaceo, con un pizzico di cocco dal bagnoschiuma che aveva usato. Michael alzò gli occhi e fu contento di trovare uno sguardo vitreo di piacere sul viso di Josh, e con il cazzo dell'uomo conficcato in profondità nella sua gola, continuò a lavorarlo a un ritmo lento. Mosse una mano per avvolgerla intorno alla base, tenendolo fermo, mentre con l'altra gli smuoveva lentamente i testicoli. Poi passò dietro per stuzzicare il suo ingresso.

«Mmm.» Josh si dondolò lentamente, scivolando dentro e fuori dalla sua bocca.

Michael portò due dita alle labbra di Josh, che le succhiò, coprendole di saliva. Pensò che fosse un permesso valido come un altro. Liberò le dita e le fece scivolare nell'apertura di Josh, prima uno, poi due, scopandolo così mentre continuava a succhiare senza sosta. Josh si spinse indietro, incoraggiandolo ad andare più a fondo. Poi si inarcò con un gemito e gli strinse forte i capelli, e Michael seppe di aver centrato il punto.

Lasciò che la mascella si allentasse e rimase immobile quando Josh iniziò a spingere, prima piano e poi sempre più forte, prendendo aria quando poteva. Continuò a lavorargli il culo con le dita, ma lasciò che fosse l'altro a stabilire il ritmo. Era rozzo e sporco, ed era esattamente quello che Michael amava. Simon aveva sempre avuto troppa paura di fargli male per lasciarsi andare davvero, ma lui si fidava di Josh: sembrava optare per la profondità piuttosto che per la velocità, mantenendola gestibile.

Non passò molto tempo prima che percepisse Josh avvicinarsi al limite, e quando si sfilò dalla sua bocca, Michael ritrasse immediatamente le dita e gli strinse la base dell'uccello per farlo calmare. C'erano alcune cose che non era disposto a lasciare al controllo di Josh. Di certo non l'avrebbe lasciato venire prima che fosse pronto per lui. Alzandosi in piedi, incontrò quegli occhi di cioccolato e gli fece un sorrisetto.

«Cazzo, sei bravo,» sussurrò Josh, sorprendendolo quando lo tirò in un morbido abbraccio, posando una serie di dolci baci sul suo occhio nero. Strinse il labbro inferiore di Michael tra i denti e lo mordicchiò delicatamente, stuzzicandolo, leccandolo e baciandolo come se volesse ringraziarlo per gli sforzi.

Dopo un pompino come quello che Michael aveva appena fatto, Josh doveva essere pronto a esplodere, e lui si aspettava di essere nel bel mezzo di una scopata rude proprio in quel momento. Invece c'era quella tenera, inebriante dimostrazione di affetto. *Beh, cazzo.* E Michael non avrebbe rifiutato.

Alla fine, Josh si staccò e lo spinse di schiena sul letto, cadendovi sopra e strisciando su per il suo corpo al rallentatore. Il suo sguardo era concentrato mentre si fermava per baciare la punta del suo naso, e un brivido gli scivolò sulla pelle.

«Credo che sia il mio turno,» sussurrò Josh, con l'aria di uno che era a due secondi dal divorarlo vivo.

Fatti sotto. Michael gli prese il mento e gli sorrise. «Quanto tempo è passato da quando hai scopato, hai detto?»

Josh gli succhiò il pollice, arrotolandovi attorno la lingua un paio di volte prima di lasciarlo andare. «Non l'ho fatto.» Sorrise. «Ma sì, è passato un po' di tempo.»

«Lo immaginavo. Bene, assicurati di lasciarmi attivo e funzionante quando avrai finito, okay?»

Josh fece un sorrisone. «Non posso promettertelo.»

«Fottimi.» Michael gettò la testa all'indietro sul letto.

«Oh, sì.» L'uomo gli afferrò entrambi i polsi e glieli bloccò sopra la testa.

Porca puttana. Non ci andava piano. «Ah, Joshua?» Michael si dimenò per liberarsi, di certo non troppo disperatamente, dal momento che il suo cazzo di cazzo traditore perdeva come un dannato rubinetto. Josh si limitò a serrare la presa e si sedette a cavalcioni su di lui, guardandolo negli occhi.

«Ti fiderai di me?» Si chinò per premergli un bacio sulle labbra.

No. Sì. Forse. Si fissarono l'un l'altro per alcuni secondi. *Fanculo. Sì.* Michael annuì. Quella era una cosa che non aveva mai permesso a nessuno, né con cui si sentiva a suo agio, ma sì, okay, era pronto a vedere dove andava a parare. Prese mentalmente nota di essere meno arrogante nel trarre conclusioni sugli uomini tranquilli. Sebbene Josh fosse più alto e di corporatura più grossa, Michael l'aveva etichettato come passivo, o uno che occasionalmente stava sopra. *Sbagliato,* rifletté nervosamente. In quel momento, non c'era nient'altro che "sono un top prepotente" scritto ovunque su di lui. Quello destava un po' di preoccupazione, visto che era più o meno il ruolo che Michael assumeva senza eccezioni, e non aveva intenzione di rinunciarci. Sarebbe stato interessante.

«Ho bisogno di una parola di sicurezza?» Inarcò un sopracciglio.

«Che ne dici di *fermati*?» rispose Josh impassibile.

Michael rise e si rilassò subito.

E con ciò, Josh iniziò un'esplorazione da cima a fondo, lasciando una scia di baci e leccate, fermandosi a succhiargli e mordicchiargli i capezzoli, facendo rotolare i piercing sulla lingua e facendolo inarcare e gemere per il sovraccarico di sensazioni che sparava dritto al suo cazzo. Tracciò le linee di ogni tatuaggio con interesse, e ogni volta che scopriva un punto sensibile vi si soffermava, mordicchiando, leccando e stuzzicando fino a quando Michael si dimenava per la frustrazione, imprecando e gridando vendetta perché Josh si desse una mossa, oppure avrebbe affrontato delle terribili conseguenze.

«Mi stai uccidendo,» sibilò Michael. «Il mio cazzo supererà la data di scadenza se non ti muovi.» Josh gli lasciò andare le mani con l'ordine di "restare fermo" e lui sbuffò incredulo. Perché diavolo avrebbe dovuto muoversi quando il paradiso era proprio lì? Ogni assaggio, ogni carezza, ogni bacio e morso facevano crescere il desiderio e la frustrazione allo stesso modo. Era al massimo a due leccate dall'autocombustione, e non gliene poteva fregare di meno. Resistere finché non avesse avuto il suo uccello dentro di sé era un tentativo disperato.

A proposito di cazzi, la lingua di Josh sfiorò quello di Michael, con sua grande frustrazione, ma si fermò sulle sue palle, prestando attenzione prima di proseguire verso sud. Lingua, denti e labbra tracciarono l'interno delle sue cosce fino alla punta dei piedi, dove l'altro gli leccò e succhiò le dita prima di tornare verso l'alto.

Cristo in croce. Michael era sul punto di schizzare fuori dalla propria pelle per il bisogno, ed era pronto ad aggredire fisicamente Josh, quando l'uomo improvvisamente glielo prese in bocca in profondità in un colpo solo.

«Grazie a Dio!» gridò, sgroppando nella bocca di Josh e suscitando quello che poteva solo presumere fosse uno sbuffo soffocato di
risate dal bastardo. Josh si staccò, poi glielo prese di nuovo fino in
fondo, deglutendo quando l'erezione gli colpì la gola, vicino a strappargli un orgasmo in un attimo. Il formicolio di avvertimento alla base
della spina dorsale lo costrinse ad afferrargli la testa e spingerlo via.

«Troppo v-vicino,» sbuffò.

Josh scivolò in ginocchio, gli afferrò i fianchi e lo fece girare come
un pancake, ma in modo significativamente più lento, prima di farlo
mettere con delicatezza a quattro zampe. Michael sussultò ancora.
«Ahi e ahi.»

«Merda, scusa.» Josh gli baciò la nuca. «Vuoi che ci fermiamo?»

«Non osare, cazzo. Sto bene,» sibilò lui, trattenendo il respiro
contro il lampo di dolore. «Va tutto bene.» Non era vero, ma prima o
poi sarebbe stato così. E comunque, che diavolo? Non ricordava di
essere mai stato portato in giro a letto prima. *Cristo.* Avrebbe avuto
bisogno di terapia, se fosse sopravvissuto a quel pomeriggio. Ma
comunque, aveva fatto trenta... Fino a quel momento era stato il
miglior sesso di sempre, ma per quanto divertente, era davvero tempo
di chiarire come dovevano andare le cose da lì in avanti.

Tese un braccio all'indietro e si tenne alla spalla di Josh. «Ehi.
Ehm, non sono solito fare il passivo... in realtà non lo sono mai,»
dichiarò. «Non è il mio stile, mi dispiace. Avrei dovuto dirlo, ma ho
pensato... beh, mi sbagliavo su di te, o almeno così sembra.» Dietro di
lui, Josh si era bloccato, e lui sperava davvero di non aver rovinato le
cose. Pochi secondi dopo, un bacio fu premuto all'interno del suo
polso. *Ah.*

«Ho preso nota.» Josh gli diede un secondo bacio, questo al
sedere. «Allora mi assicurerò di farlo piano piano.» Un ulteriore bacio
all'altra natica e uno alla base della spina dorsale. «Sei così dannatamente bello, non vedo l'ora di entrarti dentro.»

Aspetta. Cosa? Michael gli schiaffeggiò la spalla, e in risposta ricevette una sculacciata sul sedere. *Coglione.* «Non mi hai sentito?»
chiese.

Josh leccò una scia lungo la fessura tra le sue natiche e sopra la sua apertura, e Michael fece il possibile per non dissolversi nel letto e dirgli di fare quel cazzo che voleva, che gli sarebbe stato semplicemente grato.

«Sì, ho sentito ogni parola, ma...» La mano di Josh si allungò e tirò il cazzo incredibilmente duro di Michael, che al momento stava sgocciolando su tutto il lenzuolo. «... questo racconta un'altra storia, dottor Oliver. Penso che tu voglia essere scopato di brutto, ma hai paura.»

Sì. No! «Non essere ridicolo.»

«Continuo a non sentire la parola di sicurezza.»

Dilla. Dilla. «Vabbè.» *No, non era quella.* «Allora, te ne stai seduto lì o lo facciamo, uomo lupo?»

Josh gli morsicò il culo e Michael gridò. Imbarazzante. E... *merda, merda, merda.* Stava per fare il passivo. Non era nei suoi programmi, proprio per niente. Anche con Simon, si era offerto di farlo solo poche volte, l'ultima più di due anni prima. Ora però doveva smetterla con quelle sciocchezze. Si fece forza sulle mani per scrollarsi di dosso Josh, ma prima che potesse farlo, la lingua languida dell'altro s'infilò tra le sue natiche e premette scivolosa e tesa nella sua apertura, cancellando ogni intenzione.

«Dannazione,» mormorò, piantando la faccia contro il materasso e mordendo le lenzuola, sciogliendosi in sensazioni deliziose. *Sono fottutamente fottuto. E sì, letteralmente.*

La lingua traditrice di Josh scivolò su e giù contro il suo ingresso, immergendosi di tanto in tanto per assaggiare e stuzzicare, e Michael assaporò il leggero bruciore dei baffi, e di sicuro avrebbe avuto uno sfogo che glieli avrebbe ricordati.

Il rimming era un'altra cosa che non si era permesso di godere da troppo tempo. Troppo intimo per una scopata occasionale. Richiedeva fiducia, tanto per cominciare. Era come se Josh avesse una mappa stradale per il posto felice di Michael e fosse intento a spuntare tutte le caselle lungo il percorso, e ogni pensiero di scrollarselo di dosso si dissolse in una pozza di gioia. Quando Josh infilò la lingua e la spinse dentro con forza, scopandolo con rapidi affondi, lui sprofondò ancora di più nel materasso, digrignando i denti per la disperata frustrazione. *Sì, dannazione.* Diavolo, se non voleva fuori quella lingua e il suo cazzo dentro in breve tempo. Non che glielo avrebbe detto.

«Pazienza,» rispose lo stronzo, come se Michael avesse espresso il pensiero ad alta voce. *Cazzo, forse l'aveva fatto.* Dopodiché Josh aggiunse un dito, e poi due, e quella combinazione era dannatamente vicina a spingere Michael oltre il limite per l'ennesima volta. Percependolo, Josh si fermò e lo fece girare sulla schiena ancora una volta, un po' più attentamente di prima, sistemandosi tra le sue gambe.

«Vuoi smettere di farlo?» Michael si acciglò, ricevendo in risposta un sorrisetto malvagio, prima che le labbra di Josh premessero contro le sue ancora una volta. Dio, quell'uomo sapeva baciare.

Impotente contro l'assalto e disperatamente bisognoso di venire, fece scivolare le braccia attorno a Josh, gli strinse il sedere e incollò insieme i loro corpi, avvolgendogli le gambe intorno alla vita. Poteva essere più ovvio? Quel tizio doveva davvero continuare prima che Michael se la facesse sotto o il suo cazzo diventasse incandescente.

Josh prese i preservativi e il lubrificante gettati sul letto prima. Porse un pacchetto a Michael, le cui mani si mossero con una volontà propria, poiché il suo cervello si era preso un anno sabbatico, e gli permisero di srotolare il preservativo e posizionarlo. Aggiunse un paio di strattoni leggeri a quel grosso cazzo per spronare l'uomo. Dio, gliel'avrebbe davvero permesso? Josh spruzzò un po' di lubrificante sulla punta delle loro erezioni e le ricoprì entrambe.

Michael respinse la sua mano. «Basta. Se non mi scopi subito, esploderò, e non ci sarà più divertimento per te,» disse irritato.

Josh gli posò un bacio sulla punta dell'uccello. «O per te,» rispose. Ma aveva ricevuto il messaggio, perché gli sollevò le gambe per appoggiarle sulle proprie spalle.

Merda. «Missionario? Veramente?» Michael cercò di rendere la faccenda leggera, ma l'idea di trovarsi faccia a faccia con lui lo spaventava.

Josh lo studiò. «Sì, davvero. Voglio vedere la tua bellissima faccia ogni cazzo di minuto. Non voglio perdermi niente.»

Oh. «Ehm, va bene.»

Michael non poteva credere che lo stesse facendo. Si sentiva così dannatamente esposto. In tutta la sua vita, si era fidato solo di un paio di uomini per fare il passivo, e non sapeva praticamente nulla di Josh, a parte che lo aveva odiato a prima vista. Poteva essere più stupido? Eppure, si fidava di lui. Non c'era niente di più sicuro.

Josh era sospeso sopra di lui, e lo guardava attentamente. In equilibrio su una mano mentre l'altra faceva scivolare il suo uccello su e giù lungo la piega di Michael, aspettava. Era chiaro che gli stesse offrendo un'ultima opportunità per tirarsi indietro, e quello era tutto ciò che Michael aveva bisogno di sapere.

Annuì. «Fallo, cazzo,» borbottò, non riuscendo a suonare altro che disperato.

Josh sorrise e si spinse in avanti, infrangendo lo stretto anello di muscoli in una singola spinta lenta prima di fermarsi all'interno. Spolverando le sue *Elementi di sesso anale 1.0*, Michael si abbassò un po' per rendere più facile l'ingresso, chiudendo gli occhi per i pochi secondi che gli ci vollero perché il bruciore si alleviasse. Era passato molto, molto tempo, e lui era strettissimo.

Il morso del dolore si dissolse rapidamente e Michael aprì gli occhi, e notò che Josh lo osservava costantemente. Gli fece un piccolo cenno del capo e trovò le sue labbra. Si scambiarono un bacio profondo mentre Josh dava un'altra leggera spinta, scivolando finché Michael non capì che era sepolto fino in fondo.

«Cazzo, sei così maledettamente stretto,» disse Josh con voce bassa. Restò fermo, lasciandogli il tempo di adattarsi. «E così eccitante.»

Michael si dimenò un po' sotto di lui, sentendosi pieno e strano, e sì, era assolutamente fantastico. «Sono contento per te. Ora muoviti, bastardo, prima di mettere radici.»

Josh sbuffò ironicamente dal naso e iniziò a spingere, prima lentamente e poi aumentando la velocità. Cambiò l'angolazione un paio di volte, fino a quando non trovò la prostata di Michael. Il brivido elettrico esplose attraverso di lui, inghiottendolo in ondate di caldo piacere che crescevano di secondo in secondo. La gloriosa sensazione di essere riempito, osservato e curato, ogni parte del suo corpo rivendicata nel processo. *Dio.* Si era sempre chiesto cosa ci vedessero i ragazzi nello stare sotto. Come poteva mai essere paragonato a quello che sentiva stando sopra. *Che idiota.*

L'intensità dell'esperienza e le sensazioni potenti lo lasciarono senza fiato. Non più o meno di quando stava sopra, ma in modo incredibilmente diverso, e sapeva, senza dubbio, che dipendeva da Josh. Per la prima volta veniva adeguatamente scopato. Simon non era mai stato del tutto a suo agio in quel ruolo. Un lampo di preoccupazione gli attraversò la mente. Era stato un buon attivo per i suoi partner? Il pensiero arrivò e se ne andò prima che potesse preoccuparsene troppo.

«Scopami,» mormorò, avvolgendo il lenzuolo nella mano per tenersi, mentre Josh si spingeva inesorabilmente dentro di lui, portandolo più vicino al limite.

«Sì, lo faccio,» sibilò l'altro, lo sguardo fisso sul proprio cazzo che si muoveva dentro e fuori da Michael. «Vorrei che tu potessi vederlo.»

«Ehm... sono un po'... occupato,» annaspò, facendo scorrere una mano tra di loro per lavorare la propria erezione allo stesso ritmo. Sussultò un po' quando si sfiorò le costole doloranti, ma lo ignorò. Non si sarebbe fermato.

Josh avvolse la sua mano attorno a quella di Michael. «Vieni per me.» Si chinò per prendere la sua bocca ancora una volta, e Michael gli afferrò la testa con la mano libera, tenendolo stretto contro le proprie labbra. Quell'uomo baciava in modo incredibile, e non era sicuro di cosa lo stesse spingendo più vicino al limite, il suo cazzo nel culo o la sua lingua che gli fotteva la bocca.

«Sono vicino,» mormorò Josh contro le sue labbra, raddrizzandosi e allontanando la mano di Michael dal suo uccello in modo che potesse prendere il sopravvento, pompando rapidamente. La testa di Josh ricadde all'indietro, e l'espressione di piacere che aveva sul viso mentre stava per sciogliersi fece contrarre le palle di Michael, e il suo cazzo eruttò nastri di sperma tra loro. Inseguendo le onde del piacere, strinse i muscoli per aumentare la sensazione per Josh, sapendo quanto fosse bello dall'altra parte. L'uomo gemette, rabbrividì e si liberò dentro di lui. *Sì.* Entrambi si immobilizzarono, rilassandosi dopo il piacere, fissandosi l'un l'altro finché Josh finalmente gli crollò sul petto, respirando affannosamente.

«Ahi, merda.» Michael lo spinse giù dal proprio busto malconcio e su un fianco. Spalancò le braccia, tutto il corpo floscio, e aspettò che il cervello tornasse nella sua testa prima del secolo successivo.

«Scusa.» Josh gli si accoccolò accanto, legando il preservativo e gettandolo a terra. Poi si appoggiò su un gomito, si sporse in avanti e ripulì l'uccello e lo stomaco di Michael con lunghe leccate sensuali.

Lui fece appello a tutta la propria forza per alzare la testa e guardarlo a bocca aperta. «Cazzo,» sussurrò, arricciandogli le dita nei capelli biondi, accarezzandoli delicatamente. In genere era tutto incentrato sul cazzo e una rapida asciugatura dopo per sbarazzarsi del fattore "schifoso", non una cosa come quella. Quello era intimo. Ma diavolo se non si stava godendo ogni minuto.

Non capiva quell'uomo. Era stato maledettamente riluttante a entrare a letto, ma una volta lì, era diventato una macchina del sesso dominante con tutti gli extra opzionali. Michael non riusciva a ricordare l'ultima volta che aveva ricevuto il servizio completo, se mai era successo.

Quando Josh ebbe finito, gli premette un bacio sulle labbra, facendo scorrere la lingua all'interno per condividere il suo sapore, prima di allungarsi come un gatto accanto a lui. Mise un braccio sul petto di Michael, attento a evitare i lividi, e gli si rannicchiò vicino. *Ah.* Nessun salto fuori dal letto per mantenere le cose informali. Nessun controllo per chiedere se lui fosse d'accordo riguardo all'intimità. Nessun imbarazzante "lo faccio?", "va bene?". No. Fondamentalmente, si era messo pelle contro pelle e chiedeva una coccola, come se lo facessero ogni giorno.

Quindi sì. Michael Oliver stava ufficialmente facendo le coccole con qualcuno, ed era sicuro che violasse ogni comandamento degli scopamici di cui era a conoscenza. E sì, la sua mano teneva saldamente in posizione il braccio di Josh. Scosse la testa. Era chiaro che fosse in una sorta di shock. Probabilmente perché aveva sperimentato il miglior sesso della sua vita come passivo.

«Merda, uomo lupo, fottimi,» sospirò, accarezzando il braccio di Josh, godendosi il muscolo sodo che si contraeva sotto.

L'altro gli seppellì il viso contro il petto e inspirò profondamente. «Mmm. Hai un odore davvero buono, ma penso che potrei aver bisogno di qualche minuto in più.» La sua lingua guizzò sul capezzolo di Michael.

Lui si contorse e lo colpì. «Smettila.» Avvolse l'altro braccio intorno a Josh, seppellendo le dita in quelle punte bionde.

In risposta, l'uomo fece le fusa. «Potrei dormire un po'.» E Michael resistette all'impulso di ribattere per farglielo fare.

Rimasero in silenzio un minuto o giù di lì, e Josh si fece più vicino, se mai fosse possibile. Il modo in cui un uomo così alto riuscisse a rannicchiarsi dentro e intorno a Michael come una morbida palla di muscoli era sconcertante. Non c'era più il prepotente, burbero agente ma, al suo posto, quel gattino morbido e flessibile. Michael non avrebbe potuto dire quale preferiva, ma era più che felice di accogliere entrambi.

«Allora,» borbottò Josh contro la sua pelle. «Qual è il verdetto, signor "non sto sotto"?»

Michael sorrise tra sé. «Andava... bene.»

Josh emise uno sbuffo dal naso. «Bene?» Gli morse il capezzolo, forte.

«Ahi. Dacci un taglio. Okay, potrei aver minimizzato un po'.» Michael lo tirò su finché non furono faccia a faccia. «Direi... bello. È meglio che bene, vero? Sì, diciamo bello.»

L'altro ringhiò e allungò la mano per afferrargli il membro morbido. Gli diede qualche leggero strattone, e dannazione se quella cosa non si rianimò immediatamente. Certamente era bravo con quella parte dell'anatomia.

Sollevandosi su un gomito, Josh lo osservò. «Sembra che tu abbia bisogno di un po' più di convincimento. Pronto per un altro round?» La sua mano scivolò dietro le palle di Michael per picchiettare contro la sua apertura. «Visto che sei così bello rilassato.»

Il culo di Michael pulsò in segno di protesta al solo pensiero. Il suo cazzo traditore, d'altra parte, non aveva recepito il messaggio ed era sempre speranzoso a mezz'asta. Josh era l'uomo che sussurrava ai cazzi.

Josh abbassò lo sguardo. «Qualcuno è d'accordo con me.»

Michael gli sollevò il mento con le dita e gli posò un bacio leggero sulle labbra. «Sta pensando che sarà il suo turno, ecco perché,» gli sussurrò contro la bocca. «Perché non è possibile che quel tuo mostro si avvicini di nuovo al mio culo malconcio per il prossimo futuro.»

Josh sorrise. «Mostro, eh? Per quanto riguarda il resto, beh, sono per le pari opportunità.» Restituì il bacio, poi accarezzò il petto di Michael. «Ma sfortunatamente, non oggi.» Tracciò lenti cerchi intorno al suo capezzolo con un dito. «Ho bisogno di una doccia, cibo e tempo per preparare Paris per il nostro turno.»

Josh fece oscillare le gambe oltre il lato del letto, e la perdita di calore fu uno shock per Michael. Resistette all'impulso di ritirarlo indietro sotto le coperte e baciarlo per farlo arrendere, accontentandosi di ritardare la sua partenza con una mano sul braccio.

«In risposta alla tua domanda precedente,» disse a bassa voce, «il vero verdetto? È stato fottutamente fantastico. Magari potrei non laurearmi come passivo profondamente credente tanto da avere la tessera fedeltà,» lo stuzzicò, «ma sono decisamente disposto a frequentare i corsi di aggiornamento.»

Un sorriso di pura gioia si aprì sul viso di Josh, e un'ondata di calore attraversò Michael, colpendolo con assoluta chiarezza. Voleva compiacere quell'uomo. Voleva vedere quel sorriso. Voleva esserne responsabile, e quella consapevolezza lo terrorizzò. Doveva tenere sotto controllo qualsiasi cosa stesse provando.

Josh gli piantò un bacio sulla fronte e si diresse verso la doccia. Rimasto solo, Michael iniziò a riflettere sui rischi che l'uomo poneva per la sua vita semplice. L'acqua della doccia si aprì, e per un attimo si chiese se dovesse unirsi a lui, ma ignorò il pensiero. Un po' di distanza era la cosa migliore in quel momento.

Una testa spuntò dalla porta. «Ti unisci a me?» Josh sorrideva da un orecchio all'altro.

Michael balzò fuori dal letto e lo seguì senza pensarci due volte. Quella cazzata della distanza poteva iniziare il giorno dopo.

CAPITOLO SEI

Josh non riusciva a ricordare di essersi sentito così eccitato da molto tempo. Mark aveva ragione. Aveva bisogno di scopare. Davvero, davvero bisogno di scopare. Più di un pompino veloce o di un'anonima sega. Non che Michael fosse molto più di quello, ma non era nemmeno una scopata di passaggio. Era abile tra le lenzuola e non c'erano dubbi che funzionassero bene insieme a letto, forse era il migliore che Josh avesse mai avuto.

Era stupendo, vero, ma aveva anche un senso dell'umorismo pronto e brillante che lo divertiva, e ribatteva per le rime. Josh amava il sesso, ma non era un fan delle scopate veloci e sporche. Gli piaceva la combustione lenta quasi quanto il botto alla fine, ed era stato contento di vedere che Michael la pensava come lui.

Sorrise. Stargli sopra era stato bellissimo. Josh lo faceva in entrambi i modi e di solito non insisteva, ma c'era qualcosa in Michael che lo aveva stuzzicato. Nonostante tutta la sua postura e la sua baldanza, aveva intravisto nell'altro un lato più morbido e vulnerabile, uno che valeva la pena esplorare. Michael che accettava il suo cazzo era stata una delle cose più erotiche che avesse mai sperimentato.

Quel dottore era un puzzle. Anche prima che arrivassero in camera da letto, aveva deciso che avrebbe insistito per stare sopra, specialmente quando aveva appreso che Michael di solito non lo faceva. L'espressione sul suo viso era stata esilarante, e quindi era stato più che sorpreso quando si era adattato con relativa facilità. Quello aveva fatto sì che Josh si sentisse determinato a prendersi cura di lui.

Non era preparato, però, a quanto fosse rilassante stare poi tra le sue braccia. Anche i lavoretti di mano condivisi sotto la doccia si erano conclusi con entrambi sul pavimento della doccia, lui che teneva Michael tra le braccia, mentre si scambiavano chiacchiere su softball e rugby e, alla fine, sull'aggressione. Josh aveva fatto un po' di spugnature al corpo ammaccato e malconcio dell'altro, premendogli baci sul collo e sulle spalle mentre parlava. Era la cosa giusta da fare, si rassicurò, niente di più.

Il pomeriggio aveva solo evidenziato quanto gli mancasse Jase nella sua vita e nel suo letto. Non voleva indietro lo stronzo, ma le coccole erano una cosa da loro, o perlomeno da Josh. Forse era quello che gli mancava di più, e il motivo principale per cui non frequentava locali per rimorchiare. Almeno Michael non lo aveva cacciato dal letto subito dopo. Era già qualcosa.

Pensò al suo imminente appuntamento per un caffè con Brent e meditò se annullarlo. Il ragazzo era gentile, ma niente di lui lo scatenava nello stesso modo in cui lo faceva Michael, ma il dottore era stato molto chiaro sul fatto che non voleva una relazione. E dopo quel pomeriggio, Josh sapeva che, almeno lui, era pronto per quello. Ed era un peccato che Oliver non fosse della stessa idea.

Scarabocchiò un biglietto per Katie, scusandosi di essere stato un tale coglione quella mattina. Poi, in procinto di uscire per il suo turno, notò la spia lampeggiante di un messaggio sul telefono di casa. Era la preside della scuola di Sasha, che voleva parlare con lui quando aveva tempo. *Merda.* Richiamò e, dopo i convenevoli, Erin passò a esporgli le sue preoccupazioni.

«Sasha ha menzionato il progetto di famiglia a cui sta lavorando la sua classe?» chiese.

Quando Josh chiarì che non l'aveva fatto, la donna continuò: «Va bene, beh, si focalizza sui nonni.»

Lo stomaco di Josh si contrasse. Non ci voleva uno scienziato per capire dove stesse andando a parare. «Vada avanti.»

«Chiediamo ai bambini di intervistare i nonni sulle loro esperienze d'infanzia. Per vedere come sono diverse oggi le cose per i bambini, in meglio o in peggio. L'obiettivo è parlare del cambiamento nella comprensione generazionale, niente di pesante o controverso.»

«Sento un ma,» azzardò Josh, e colse il sospiro dall'altra parte del telefono.

«Ma,» ripeté Erin, «Sasha sta avendo delle difficoltà.»

Josh fu cauto nel non saltare alle conclusioni. «A causa mia?»

«No,» Erin respinse subito l'idea. «Beh, non direttamente.»

Lui cercò di tenere a freno il suo carattere. «Sono sicuro che non sia l'unica con una situazione familiare diversa, Erin,» commentò seccamente. «Con tassi di divorzio, problemi di affidamento e così via, avere un padre gay non può essere l'unico argomento delicato.»

«Josh, per favore.» Erin sospirò. «Ha poco a che fare con il fatto che lei sia gay, in quanto tale. In effetti, abbiamo detto a Sasha che non aveva nemmeno bisogno di menzionarlo. Dopotutto, non ci aspettiamo che altri bambini parlino della sessualità dei propri genitori con i loro nonni.»

Grazie a Dio. Josh si rilassò un po'. La donna ci stava davvero provando. «Bene. Allora qual è il problema? «

«Sasha non vuole affatto coinvolgere i suoi genitori. È felice di parlare con quelli di Anna, ma è irremovibile riguardo al non parlare con i suoi. In questo senso, oggi c'è stata una piccola discussione in classe, e lei si è arrabbiata molto. Ora, so che ci sono state difficoltà e sono abbastanza pronta a fare un'eccezione per lei, se è quello che vuole, ma sospettavo che non le avesse effettivamente parlato, ecco il perché della telefonata. Pensavo solo che dovesse saperlo.»

Josh sospirò. «Ha ragione. Non lo sapevo. Le parlerò e la ricontatterò. Grazie, Erin.» *Dannazione.*

Josh si chiese come recuperare il buon umore, quello che si era appena volatilizzato in vortici di fumo schifoso. Per un ridicolo secondo, prese davvero in considerazione l'idea di parlare con Michael. Certo. L'altro non sapeva nemmeno che aveva una figlia. Controllò l'orologio. Dovevano arrivare alla Dog Base di lì a quarantacinque minuti.

Il briefing congiunto durò circa un'ora. Josh passò il resto del turno ad archiviare documenti, eseguire esercizi di addestramento con i cani e con una chiamata di due ore per rintracciare e perseguire un minorenne sospettato di violazione di domicilio a New Lynn. Un altro cane poliziotto, Rage, era stato quello che aveva effettivamente inchiodato il ragazzo nel retro del parcheggio di un teatro. Il giovane era in ginocchio per la stanchezza, a malapena in grado di parlare, figuriamoci opporre resistenza. Il conduttore di Rage, Colin Hardy, aveva ammanettato e sbattuto il ragazzo al fresco in un attimo. Josh e Paris erano necessari solo come rinforzi. Mark era stato il detective sulla scena, e ciò aveva dato a Josh l'opportunità di controllare i progressi nel caso di aggressione di Michael.

«Il dottore arriverà domani dopo il funerale, per finire di esaminare i file con le fotografie,» disse Mark. «La bottiglia ha dato un riscontro parziale, ma non sufficiente per un'identificazione utile.»

«Merda.» Josh aveva sperato in notizie migliori.

«Già.» Mark grattò le orecchie di Paris, guadagnandosi una linguata. «Ma siamo stati fortunati con l'auto.»

Le orecchie di Josh si drizzarono.

«Un adolescente che sorvegliava la pisciatina serale del cane di famiglia ha visto uscire il veicolo e ci ha procurato una targa parziale e una marca: Subaru, blu scuro o nera. Questo, più la targa parziale, ha dato tre possibili riscontri, ma solo uno ha fatto sollevare le bandiere. Grandi fottute bandiere rosse fluttuanti.»

Josh inarcò un sopracciglio. «Ma davvero.»

Sebbene non fossero vicini, Mark lo trascinò più lontano da Hardy, che era impegnato a scrivere appunti nella sua auto. «Un ragazzo di diciotto anni di nome Bradley Keenan,» spiegò Mark. «Con qualche precedente per ubriachezza e disturbo della quiete pubblica, comportamenti minacciosi e arresti per taccheggio, ma nell'ultimo anno è stato visto in giro con membri degli Hell Spinners. Un aspirante. E guarda caso, per coincidenza, si dice che ci sia un nuovo/vecchio volto in città con profondi legami con quel branco di coglioni. Denton Cruz.»

Cruz. Josh si accigliò. Aveva riconosciuto subito il cognome. «Tipo Sampson Cruz, la testa di cazzo degli Hell Spinners?»

Mark annuì. «Il solo e unico. Suo figlio.»

Josh emise un fischio sommesso. «Pesce grosso, allora.»

«Beh, il papà lo è. Il più grande fornitore di P a nord di Taupo. Un cattivo figlio di puttana. Si dice che suo figlio sia ansioso di mettersi alla prova. A quanto pare, il buon vecchio papà ha una malattia ai reni e sta cercando di cedere alcune delle sue responsabilità. Denton ha solo vent'anni, più muscoli che cervello, ma è cattivo, proprio come suo padre.

«Il fratello maggiore Kane ha appena preso dieci anni per furto d'auto e furto con scasso, quindi è fuori dai giochi per un po'. Sampson ha un luogotenente, però. Un cugino che ha un cervello decente e che sarebbe stato la prima scelta, se non fosse stato per l'improvvisa ricomparsa di Denton. A quanto pare è incazzato da morire per questo. Denton, nel frattempo, ha cercato di dimostrare il suo valore gestendo la scena sulla strada negli ultimi mesi. Potrebbe benissimo essere il nostro uomo al Downtown G e dal tuo ragazzo.»

Josh si accigliò. «Sì, non è un gran che. E non è il mio ragazzo, testa di cazzo.»

Merda. Era proprio ciò di cui Auckland non aveva bisogno. Una cazzo di lotta per il potere nella sua già instabile rete di droga controllata principalmente dalle bande. La P – cristallo, metanfetamina, ghiaccio, come la si voleva chiamare – era il problema principale nel giro della droga in Nuova Zelanda, e rappresentava una percentuale significativa dei profitti anche per i fornitori meno potenti.

Il Paese aveva uno dei peggiori problemi di metanfetamina pro capite al mondo, secondo solo, insieme all'Australia, alla Thailandia. Il tre virgola quattro percento della popolazione usava quella dannata droga. Le ricadute sociali erano enormi, specialmente nei sobborghi a basso reddito di Auckland, e Josh aveva visto tutto di prima mano, durante i raid con Paris.

«Allora com'è che non ho mai sentito parlare di questo ragazzo?» chiese perplesso.

Mark alzò le spalle. «Sampson lo ha nascosto con la sua ex a Wellington negli ultimi anni. Apparentemente, la sua nuova signora in quel momento non voleva alcuna progenie precedente in giro. Poi papà si è ammalato e ha chiamato a casa il figliol prodigo.»

Josh annuì. «Quindi essere ingabbiato per aver ucciso Cory e pugnalato Jackson sarebbe stato un bel problema per la sua possibilità di conquistare l'impero di papà. Una motivazione più che sufficiente per correre qualche rischio per mettere a tacere un testimone.»

Mark annuì. «Più che sufficiente.» Agitò una mano mentre un altro detective lo chiamava. «Devo andare, raggio di sole. Ti terrò informato.» Gli rivolse un sorriso furbo. «Allora come sta il testimone?»

Josh sentì le guance scaldarsi. *Fanculo. Dovrebbero esserci pillole per questa merda.* «Bene. Katie lo fa restare per tutto il tempo che vuole.»

Gli occhi di Mark brillarono. «Dai? Ricordami di ringraziarla. Se non altro, dovrebbe essere divertente.»

«Coglione.»

Mark ridacchiò e lasciò Josh a pugnalare il terreno con la scarpa.

Un'ora dopo era riuscito a uscire in tempo, per una volta, ed era seduto nel suo vialetto. La casa era al buio a parte la finestra della cucina, quindi non ci sarebbe stata alcuna possibilità di parlare con

Sasha fino al mattino. Controllò il telefono. Tre messaggi di Oliver nell'ultima ora.

Michael: *Mi brucia ancora. Ho bisogno di un bacio curativo.*

Josh sbuffò. Quel tizio era un coglione.

Michael: *Rivincita domani?*

Michael: *È il mio turno.*

Il cazzo di Josh si contrasse. Ovvio. Quella dannata cosa era affamata di attenzioni da un secolo. Lanciò un'occhiata alla strada, verso la casa di Katie. Una luce soffusa risplendeva dalla sua camera da letto sul davanti. Digitò una risposta.

Josh: *Ti chiamo io.*

Sorrise. Il saluto standard da "mattina dopo" non sarebbe passato inosservato.

La risposta arrivò immediatamente.

Michael: *Stuzzicaca**i*

Josh sorrise ed entrò per dormire un po'.

La mattina dopo si alzò alle sette. Aveva intenzione di parlare con Sasha del progetto famigliare prima che lei andasse a scuola. Katie era già in piedi e stava finendo la colazione a tavola. Ascoltò in silenzio mentre lui la aggiornava.

«Sapevi che sarebbe successo, giusto?» gli chiese schiettamente. «Sasha sta diventando sempre più riluttante a vederli. L'ultima volta che l'hai lasciata con loro, mi ha chiamato ogni due ore mentre eri al lavoro, implorandomi di andarla a prendere prima.»

Josh inclinò indietro la testa e chiuse gli occhi. «Sì, lo so.» Abbassò di nuovo lo sguardo sul suo, sapendo che Katie aveva faticato tanto quanto lui con l'intera faccenda del disastro dei genitori. Aggiunse: «Ma quando provo a parlarne con lei, si limita a chiudersi. Non so cos'altro posso fare. Con te parla?»

Katie scosse la testa. «Non proprio. Ma penso che sia perché sa che te lo direi, e non vuole complicarti le cose. Penso che ti stia proteggendo.»

«Proprio quello di cui ho bisogno,» borbottò. «Mia figlia si dispiace per me. Che ne pensi di loro? Hanno detto qualcosa?»

«Nah, solo le solite stronzate, che non la vedono abbastanza e incolpano te e le tue "scelte di vita", e tutte quelle cazzate.»

«Quindi, niente di nuovo,» commentò lui, facendo un pessimo lavoro nel tenere fuori l'amarezza dalla voce. «Parlerò con Sasha questa mattina, ma davvero, a meno che non si apra e mi dia una buona ragione, penso che dovrà accettarlo. Sono i suoi nonni, e lei ha quasi dodici anni. Potrà decidere da sola abbastanza presto.»

«Lo so.» Katie mise la mano sulla sua. «E per quello che vale, penso che sia la risposta giusta. Fa schifo essere un genitore, eh?»

«Non me lo dire.» Andò a prendere il suo toast e le arruffò i capelli al ritorno. Lei si appoggiò allo schienale e gli lanciò uno sguardo critico.

Josh si accigliò. «Cosa c'è?»

Katie gli prese il mento e gli girò il viso prima da una parte, poi dall'altra. «Anche con questa cosa di Sasha, sembri... non so... diverso.»

«Ho dormito bene per una volta,» rispose lui, allontanandosi per spalmare la marmellata sul pane tostato. Ma quando sua sorella non disse altro, alzò lo sguardo.

«Nah,» disse lei, sorridendo. «Hai scopato, vero?»

«Sei ridicola.» Spezzò il pane tostato a metà, masticando rumorosamente. Katie era sempre riuscita a leggerlo come un dannato libro.

Lei strillò. «Chi era? Mr. Caffè?»

«Katie,» la avvertì lui.

«Oh, andiamo. Sono due lunghi anni che aspetto che tu ti dia da fare. Dammi qualcosa, sto morendo di curiosità.»

Josh lanciò un'occhiata al salone e al corridoio.

Katie gli toccò la mano. «È sotto la doccia.»

«Uff.» L'ultima cosa di cui aveva bisogno era che lei sapesse di Michael, soprattutto dal momento che era a casa sua, che cazzo. Forse non la decisione migliore, col senno di poi. Ma con la fortuna che aveva, Michael avrebbe spifferato tutto. Probabilmente l'avrebbe fatto anche lui se le loro situazioni fossero state invertite.

Sospirò. «No, non era il ragazzo dell'allenamento.»

«Allora chi... oh.» Il sorriso di Katie si allargò. «Michael.» Non era nemmeno una domanda.

Lui emise un suono sarcastico. «Non conosci tutti nella mia vita.»

«Continua a ripetertelo.» Lei rise. «Josh, non sei tipo da avventure di una notte. Ci sono voluti due anni per avere un maledetto appuntamento con qualcuno per un caffè. Quindi l'unico altro nuovo ragazzo gay nella tua vita è Michael. È caldo come l'Ade, a proposito, e sembra sia comodamente alloggiato a poche porte di distanza in casa mia.» La sua espressione si congelò e gli diede un pugno sul braccio. «Ah, dannazione. L'hai fatto a casa mia, non è vero, pezzo di merda di pollo.»

Josh sorrise. «Può essere. Devi solo incolpare te stessa. Sei tu quella che gli ha chiesto di restare.»

Lei si acccigliò. «Lava le tue dannate lenzuola e pulisci ogni "fuoriuscita".» Gli puntò contro il cucchiaio. «E tieniti alla larga dal mio nuovo divano.» Si fermò, guardandolo di traverso. «Presumo che non sia una cosa da una volta sola.»

Josh alzò le spalle. «È stato... inaspettato.» Accostò i loro piatti al lavandino, chiamando Sasha perché si sbrigasse. Prima fosse arrivata sua figlia, prima quella conversazione sarebbe finita, e lui ci teneva davvero molto.

Katie lo abbracciò da dietro. «Va bene, sto zitta. Ma se vuoi la mia opinione, penso che dovresti buttarti.»

Josh si voltò e la afferrò per le spalle. La guardò e il suo fastidio svanì. Poteva essere irritante e ficcanaso, ma lui l'amava follemente. «Era solo sesso. Non renderlo più di quello che è. Non ho intenzione di uscire con lui.»

«Ma che mi dici di Mr. Caffè?»

Già, e lui? «Vedremo. È più... normale, se capisci cosa intendo.»

Katie arricciò il naso come se avesse mangiato qualcosa di cattivo. «Normale, eh? Come affidabile, comodo, noioso...»

Josh chiuse lo sportello della lavastoviglie con un calcio.

Lei gettò le mani in aria. «Okay, messaggio ricevuto. Me ne vado.» Afferrò la borsetta e uscì dalla porta, lasciandolo che scuoteva la testa. Sorelle. Ti facevano impazzire senza nemmeno provarci.

Josh mise i cereali e il latte di Sasha sul tavolo prima che lei apparisse, e il suo pranzo era già pronto sulla panca.

«Ciao, papà.» Sasha si sedette e iniziò a fare colazione.

Josh le baciò la testa e le si mise di fronte, esaminando i titoli dei giornali finché lei non ebbe finito. Poi mise una mano sulle sue quando fece per alzarsi da tavola.

«Dobbiamo parlare.»

Sasha chiuse gli occhi e si accasciò sulla sedia. «Te l'hanno detto, eh? Della signora Leland che si arrabbia con me.»

Le strinse la mano. «Più precisamente, mi hanno detto che ti sei arrabbiata con lei.»

Sasha fece il drammatico sospiro che solo una ragazzina di undici anni poteva fare. «Non vedo perché devo farlo,» sbuffò, spingendo via il piatto e togliendo la mano dalla sua. «Sai come sono la nonna e il nonno. Diventerà solo un discorso su come tutto andasse meglio quando erano piccoli loro. Come le persone avessero più rispetto, bla, bla, bla. Perché non posso parlare con Nana e Pappy John?»

Josh le prese di nuovo la mano e unì le loro dita. Dopo pochi secondi, lei si rilassò nella presa. «È questo l'unico motivo?» le chiese, osservandola attentamente. «Sembra una cosa a cui dovresti essere abituata, ormai. Non c'è nient'altro?»

I suoi occhi scivolarono via, ma il movimento della sua testa fu abbastanza deciso.

«Niente,» rispose.

Josh sospirò. Non c'era molto altro che potesse fare. «In tal caso dovrò insistere per includerli nel progetto...»

Sasha gemette forte. «Ma...»

«No, non questa volta. Ci sono molti altri bambini che hanno a che fare con lo stesso genere di cose con i loro nonni. Le persone anziane a volte sono più rigide, ecco tutto. Considerati fortunata che i tuoi altri nonni non sono così. Almeno avrai un contrasto, giusto?»

Lei alzò gli occhi al cielo. «Suppongo di sì. Semplicemente, non vedo perché devo farlo se davvero non voglio. Non lo saprebbero nemmeno. Posso almeno fare le domande al telefono?»

Josh inarcò le sopracciglia, senza dire nulla.

L'espressione di Sasha rifletteva il suo disgusto. «Okay, okay. Ma non rimango più di una notte. Mi verrai a prendere domenica prima di pranzo, giusto?»

Josh puntò lo sguardo su di lei. «Domani ti lascerò da loro dopo il netball e ti verrò a riprendere domenica alla fine degli allenamenti di softball. Non posso prometterti che arriverò prima di pranzo, però.»

Sospirò. «Va bene.» Poi i suoi occhi si spalancarono. «Ma la festa è domani. Hai detto che potevo andare.»

Merda. Si era dimenticato della dannata festa. «Non ho detto niente del genere. E questo è un compito di scuola, tesoro. La festa deve arrivare dopo, mi dispiace. Ci saranno altre opportunità.»

Il suo sguardo di delusione era epico, e lui sospettava che fosse qualcosa di più di una semplice festa.

Le fece scorrere il pollice sulla guancia. «Se gli piaci abbastanza, gli piacerai ancora lunedì, che tu vada alla sua festa o no.»

Sasha lo fissò, incredula. «No, non è vero! Penserà che sono solo una bambina.»

Josh sospirò. «Beh, se lo pensa, allora non ne vale la pena, giusto?»

Lei staccò la mano dalla sua e si fece strada verso la lavastoviglie, scuotendo la testa come per dire "sei davvero così idiota?". «Non capisci niente!» gridò poi, scappando nella sua camera da letto.

Josh rimase a tavola e si sforzò di bere un sorso di caffè freddo. Sua figlia aveva ragione al cento percento. Di ragazze preadolescenti, lui non capiva nulla.

$\cdot \ \cdot \ \cdot$

Incubi ansiosi e un sacco di muscoli doloranti annebbiarono il sonno di Michael. Lottò per ignorare la voglia di uno o due sorsi dal bar ben fornito di Katie. Invece, rifletté su come la sua vita ben ordinata fosse precipitata in un tale caos nel giro di una settimana. Naturalmente, quello includeva Josh. Lo sconcertava come diventasse un uomo patetico e bisognoso ogni volta che l'altro era nei paraggi. Non stava mai sotto, e non faceva cose dolci e carine. Non più, da molto tempo. Fine. Della. Storia.

Si era agitato fino alle quattro del mattino, quando finalmente era riuscito a sprofondare in qualcosa di simile al sonno. Al risveglio, il livido era al suo peggio, cinquanta sfumature di verde e blu. Tutte le ossa e le articolazioni del suo corpo protestavano per l'aggressione, per non parlare dell'allenamento fisico a cui Josh lo aveva sottoposto tra le lenzuola. Combatté contro un sorriso al pensiero e perse.

Il suo culo sussultava ancora al pensiero della tensione subita, ma a Michael non importava quel particolare bruciore quanto avrebbe dovuto. Non che l'avrebbe ammesso, e non aveva intenzione di rivisitare quello scenario fino a quando non avessero invertito i ruoli. Josh aveva un bel culo, meritava ogni tipo di esame più attento, e lui era proprio l'uomo giusto per farlo.

Josh gli mandò un messaggio alle otto e mezzo per dirgli che sarebbe arrivato da Katie alle nove, ma niente di più. Michael sperava segretamente che sarebbero stati in orizzontale per le nove e un quarto, e decise di optare per la cautela. Fece doccia e colazione nel tempo record di quindici minuti, un po' disturbato dal proprio entusiasmo, ma disposto a ignorarlo per motivi di efficienza.

Aveva intenzione di andare in ospedale più tardi quella mattina: magari non era idoneo per essere operativo, ma poteva lavorare sull'arretrato di scartoffie che si riversava sulla sua scrivania. Poi doveva incontrare Mark e finire di guardare le foto. Avrebbe mentito se avesse detto che non era un po' nervoso al pensiero, ma col cavolo che si sarebbe fatto spaventare.

I graffi alla porta sul retro lasciarono rapidamente il posto al picchiettare sulle piastrelle dell'ingresso mentre Paris entrava in casa e gli si lanciava contro. Almeno qualcuno era contento di vederlo. Michael si lasciò cadere a terra, ignorando le articolazioni doloranti, per permettere che il cane gli girasse intorno.

«Ciao anche a te, stupendo,» disse, strattonando il collo del pastore tedesco e piantandogli un bacio sulla fronte. «Sì, ti amo anche io.»

Percepì l'istante in cui Josh entrò in cucina, la sua colonia di agrumi e spezie gli incasinò subito l'uccello. Non disse nulla, però, non c'era bisogno di sembrare troppo eccitato di vederlo, e invece portò il cane nel cortile sul retro.

«C'è un regalo là fuori, se riesci a trovarlo,» disse all'animale chiudendo la porta a vetri, e sorrise mentre Paris piantava il naso a terra e se ne andava. «Cane intelligente.»

Un respiro caldo gli si aprì a ventaglio sul collo e due braccia gli strinsero la vita. *Dannazione.* Quel tizio aveva l'abilità di un ninja.

«Lo sente a un miglio di distanza,» mormorò Josh dietro di lui. «Lo vizierai.»

Michael gli si appoggiò contro. «Mi piace viziare i miei uomini.» *Argh. Da dov'era venuta quella roba melensa?*

Un paio di labbra si premettero contro la sua spalla, mordicchiando e strofinando una scia di baci fino alla mascella, e una mano gli scivolò sotto la camicia. Il cazzo di Michael divenne granito in un istante. *Cristo.* Non aveva controllo quando stava vicino a quell'uomo.

Si dondolò all'indietro, assaporando l'inconfondibile interesse che sentì nell'inguine di Josh, e l'altro gli serrò i denti sulla spalla in risposta. La sensazione andò dritta all'uccello di Michael. «Non abbiamo fatto colazione, vero?» lo prese in giro, inclinando il collo per dargli un accesso migliore.

Le dita di Josh trovarono un capezzolo mentre l'altra mano gli si avvolse attorno al cazzo e... merda. Se non si fosse allontanato in fretta, sarebbe finito tutto prima che iniziassero.

Si girò per guardare Josh, le mani sul suo petto. «Aspetta, mister. Ho una reputazione da difendere che non include venire in dieci seconti netti. Stronzo arrogante, ricordi?» Gli piantò un bacio deciso sulle labbra.

Josh sorrise. «Ricordo.»

Michael rubò un altro bacio, poi un altro. «E buongiorno anche a te.»

Josh gli afferrò i fianchi e sbatté i loro inguini l'uno contro l'altro, la sua lingua scivolò attraverso le labbra di Michael per reclamare la sua bocca. *Va bene allora.* Era chiaramente in missione, e Michael non aveva problemi.

«Mmm,» fece le fusa, un po' imbarazzato dal suono. Poi spinse via Josh quel tanto che bastava per mettere un po' di spazio tra i loro corpi, anche se le fronti erano unite. Il caldo torrido nello sguardo dell'altro lo fece rabbrividire.

«Freddo?» Josh sorrise, muovendo i fianchi per strofinarsi contro di lui.

Michael era così vicino a mollare il carico che dovette contare alla rovescia da cinquanta, e poi spinse via Josh ancora una volta, piantando le mani su quelle spalle larghe per tenerlo fermo.

«Time out,» disse. «O mi metterò di nuovo in imbarazzo.»

Josh inarcò un sopracciglio, il suo sguardo si abbassò sui pantaloni della tuta di Michael, tesi. «Potrei aiutarti con quello. Siamo addestrati a servire, dopotutto.»

Porca puttana. Tutta la lussuriosa attenzione avrebbe dovuto fare in modo che Michael si sentisse come a casa, avrebbe dovuto farlo giocare con il desiderio palese di Josh, ma per qualche motivo si sentiva più vulnerabile di quanto non gli capitava da parecchio tempo.

Si precipitò in cucina, tenendo il bancone della colazione tra loro per buona misura. Josh sorrise, scaltro e delizioso, e Michael gemette. *Oh, per l'amor del cielo.* Sollevò una mano.

«Credimi,» disse, «non vedo l'ora di essere "servito". Davvero. Ma forse potremmo prima discutere i nostri piani per il resto della giornata?»

«Abbiamo problemi a tenere il passo, eh?» Josh sorrise.

Michael alzò gli occhi al cielo.

«Okay, messaggio ricevuto.» Josh stava chiaramente cercando di mantenere l'espressione seria con scarsi risultati. «I nostri piani, allora.» Appoggiò i gomiti sul bancone della colazione, e il suo sguardo sbatté su quello di Michael con un chiaro intento. «Beh, il mio piano è di avere il tuo culo nudo in meno di un minuto e averti scopato tanto da non farti ricordare il tuo nome poco dopo. Ne hai uno migliore?»

Porca di quella puttana. La mascella di Michael si allentò e il suo cervello fece le valigie e si diresse a sud per andare a trovare suo cugino. Come cazzo faceva quell'uomo a possederlo così facilmente senza un briciolo di fatica? Bastava che condividessero lo stesso spazio solo per pochi minuti, e lui era rannicchiato dietro un maledetto bancone con un'erezione furiosa. Era una brutta cosa da streghe, di sicuro. Quel tipo aveva rovinato l'equilibrio di Michael. Consapevole che lo stava ancora fissando, chiuse la bocca e cercò di mettere insieme alcuni pensieri.

«Ah... sì...» *Gesù, riprendi il controllo.* Si schiarì la gola e tirò fuori il suo miglior sorriso. «Beh, dato che la metti in questo modo... sarei ovviamente felice di seguire il consiglio di uno dei nostri "ragazzi in blu". O almeno una versione di quel consiglio.»

Josh inarcò un sopracciglio. «Una versione?»

Michael rispose con un sorrisetto. «Mi hai sentito. Una versione. Ma devo essere in ospedale per le dieci e mezza.»

Josh si accigliò. «Sei sicuro che andare a lavorare sia una buona idea? Come vanno i lividi? Bell'occhio, comunque.»

Michael si mostrò spazientito. «I lividi vanno bene.» Poi si incupì e lo punzecchiò con un dito. «Non che ieri sembrassi eccessivamente preoccupato. Sembra che io possa essere scopato senza problemi, ma compilare un po' di scartoffie è una cattiva idea?»

Josh arrossì e, oh mio Signore, era delizioso.

«Punto per te,» rispose, e un lampo di senso di colpa gli attraversò il viso.

«Andava bene,» lo rassicurò Michael. «Più che bene, come ben sai. Ma non mi limiterò a restare seduto qui a girarmi i pollici. Volevo andare al funerale, ma immagino che diresti che non sarebbe una mossa furba.»

«Esatto,» concordò Josh.

«Lo immaginavo. E poi ci sono dei documenti di cui mi posso occupare anche se non copro il turno. E devo incontrarmi con Mark per esaminare quelle foto segnaletiche.»

Josh si irrigidì. «Beh, fossi in te non mi aspetterei di vederlo, sono piuttosto occupati.» Tirò su con il naso. «Avrà trovato qualcun altro che ti tenga la mano.» Si spinse via dal bancone e si voltò per controllare Paris.

Ah. Michael sorrise, percependo un sottile cambiamento nel delicato equilibrio di potere tra loro. «Nah,» rispose con fare innocente. «Ha detto di mandargli un messaggio quando arrivo, e che prima avremmo preso un caffè, forse un pranzo tardivo.» Non proprio quello che aveva detto, ma che diavolo. La cosa si stava dimostrando divertente. Guardò Josh mordersi il labbro inferiore, fingendo ancora di guardare il suo cane.

Michael aggiunse: «È un bravo ragazzo. Piuttosto carino, in realtà.»

Lo sguardo di Josh tornò su di lui, i suoi occhi erano scuri. «Non avrei mai pensato che fosse il tuo tipo.»

Michael mantenne una faccia seria. «Non avrei detto nemmeno che lo fossi tu.» *Bugiardo.* «Eppure eccoci qui...» Non riuscì a finire la frase che Josh lo aveva spinto contro la panca, ingabbiandolo come una preda.

«Basta parlare.» La sua voce era roca.

Un brivido percorse Michael. Il solo fatto di essere a distanza di bacio dall'altro lo accese da dentro. Quell'uomo era come un cazzo di diapason con cui il suo corpo si allineava immediatamente.

Josh premette le labbra sulle sue, la lingua che guizzava tra di esse. «Allora, lo facciamo?» sospirò, mordicchiandogli il labbro inferiore. «O lo pianificheremo per tutta la mattina?»

Michael abbassò una mano tra i loro corpi e gli appoggiò il palmo contro i testicoli, e lui si inarcò con un gemito. «Beh, sai cosa si dice, agente,» disse facendo le fusa, «non riuscire a pianificare è pianificare di fallire.» Slacciò il primo bottone dei jeans e fece scivolare la mano all'interno per avvolgerla intorno al suo grosso uccello.

«Mmm,» mormorò Josh felice. «Sai cos'altro dicono?» Pronunciò la domanda nella bocca di Michael. «La pianificazione eccessiva uccide la magia. Allora, che ne dici di cominciare a fare un po' di magia?» La sua lingua divenne più esigente, i denti che mordevano le labbra di Michael, le mani che lo tenevano esattamente dove lo voleva. Gli baciò la gola fino all'incavo, dove si fermò qualche secondo per mordicchiare.

«Mmm,» gemette Michael, invitandolo a fare di più, molto, molto di più. «Non per essere fastidioso,» mormorò, «ma le dieci e mezza, ricordi?»

Josh annuì mentre continuava a mordicchiare.

«E riguardo al tuo piano,» Michael gli sollevò il mento con un sorriso malizioso, «ho un piccolo emendamento da apportare.»

Le sopracciglia di Josh si contrassero per il divertimento. «Un emendamento?»

Lui sorrise. «Sì. Credo, secondo il nostro contratto, che sia il mio turno di scoparti fino a farti perdere i sensi, agente.»

Le pupille di Josh si fecero enormi, e i suoi occhi diventarono scuri come il cioccolato. Catturò le labbra di Michael e lo baciò con forza. «Allora, devo ricordarti, dottore, che sei in servizio.» Fece un passo indietro e allargò le mani. «Provaci.»

Michael non aveva bisogno di ulteriore incoraggiamento. Spinse l'altro in sala da pranzo e contro il tavolo, strattonandogli i jeans. «Toglili, uomo lupo. Adesso,» ringhiò.

Josh obbedì in un secondo, scalciando i calzoni da un lato prima di trascinare Michael più vicino, attento a evitare le sue ferite. Afferrò l'orlo della maglietta e gliela sfilò altrettanto velocemente, facendogli scorrere le mani sul petto e sfiorandogli i capezzoli, uno alla volta. Catturò ciascuno di essi in bocca e tirò delicatamente mentre l'altra mano scivolava verso il basso.

«Cazzo,» sibilò Michael, gettando indietro la testa. In qualche modo, Josh stava gestendo quella dannata cosa... di nuovo.

«Sei troppo vestito,» mormorò Josh, trascinando giù i pantaloni della tuta di Michael per avvolgere una mano attorno al suo cazzo. «Dannazione.» Fece scorrere il pollice sulla punta. «Indossi mai la biancheria intima?» Tese il dito bagnato di liquido preseminale e lui lo prese in bocca, tenendo gli occhi fissi su Josh mentre succhiava e assaggiava se stesso.

Le pupille di Josh si allargarono. «Scopami.»

Michael sorrise. «L'idea è quella.» Spinse via Josh e si tolse la tuta prima di sfilare anche a lui la maglietta da sopra la sua testa.

Impiegarono alcuni secondi per apprezzarsi l'un l'altro per poi riunirsi di nuovo; Josh gli avvolse il braccio intorno ai fianchi, ruotando per invertire le loro posizioni e intrappolarlo contro il tavolo. Poi unì le loro erezioni per uno strofinamento rude, le dita che sfioravano il culo di Michael, scivolando nella piega. Quell'uomo era un cazzo di polpo. Michael spostò il peso e li fece girare entrambi, tornando al punto di partenza.

«Quale parte del "mio turno" non ti è chiara, uomo lupo?» Gli succhiò il labbro inferiore prima di dargli un morso netto.

Josh sibilò in un respiro. «Ahi.»

«Bene. Ora, fai attenzione.» Si lasciò cadere in ginocchio, ignorando la breve fitta di dolore, e prese il cazzo di Josh in un solo colpo, consegnandolo con forza alla parte posteriore della gola.

«Ahh.» Josh chiuse il pugno sui suoi capelli e oscillò leggermente nella sua bocca.

No no, raggio di sole. A Michael piaceva farsi scopare la faccia dal ragazzo giusto, ma non aveva ancora intenzione di cedere la fragile presa sul controllo. Afferrò Josh per i fianchi e lo tenne fermo mentre faceva scorrere la lingua su e giù per la lunghezza dell'asta e sulla punta. Quindi si dedicò alle palle, tirando delicatamente e strofinando il naso contro l'inguine. Mormorava mentre lavorava, e la vibrazione correva lungo l'erezione di Josh.

Suoni incomprensibili lo rassicurarono che era sulla buona strada, e Josh si dimenò sotto la raffica di sensazioni. Le sue mani erano ora sciolte intorno alla testa di Michael, e gli passavano tra i capelli. Poi una gli scivolò sotto il mento, sollevandolo finché non si fissarono negli occhi.

Josh gli sorrise. «Dannazione, che spettacolo glorioso.»

Michael si tirò un po' indietro, in modo che l'altro avesse una visione migliore, e Josh osservò ogni movimento, apparentemente estasiato. *Diavolo, sì.* Michael era soddisfatto di se stesso. Aveva così tanto bisogno di essere dentro quel corpo...

Merda. Si alzò, lasciando il cazzo di Josh a ballonzolare. «Dove sono?» sussurrò, alzandosi in piedi.

Josh lo spinse delicatamente verso il basso. «Jeans, tasca posteriore, fenomeno.»

Il cipiglio di Michael si trasformò in un sorriso. «Ma che bravo ragazzo che sei.»

Josh agitò le sopracciglia. «C'è anche il lubrificante.»

«Hai guadagnato altri punti,» ridacchiò lui. Recuperò entrambi gli oggetti e si ritrovò tra le braccia di Josh per un ulteriore attacco alla sua bocca. Quell'uomo sicuramente amava baciare. Michael preferiva tenere gli scopamici a debita distanza, ma sospettava che qualsiasi conversazione con l'altro a tal fine sarebbe stata una totale perdita di fiato. Invece, abbassò la bocca sulla sua spalla e morse forte, sapendo che avrebbe lasciato un bel segno.

«Stronzo,» borbottò Josh, ma non fece alcun tentativo di allontanarsi.

Michael baciò quello stesso punto. «Sì, la vendetta è una stronza, giusto?» Cercò di metterlo come meglio poteva, considerando le costole doloranti, e gli calciò i piedi per distanziarli. «Devi rimpicciolirti di un paio di centimetri,» si lamentò.

«Che ne dici di crescere tu?» Josh premette il culo contro l'inguine di Michael.

«Che ne dici se ti do qualcos'altro a cui pensare?» Michael lo spinse sopra il tavolo e gli premette una mano sulla schiena. «Non muoverti,» ordinò, un po' sorpreso quando Josh effettivamente obbedì. Miracolo. Si infilò il preservativo e si ricoprì di lubrificante freddo prima di versarne un po' nella fessura di Josh.

L'altro sibilò e strinse le natiche. «Stronzo.»

Michael ridacchiò. «Date un premio a quest'uomo.» Fece scorrere le dita scivolose sulla sua apertura, poi davanti, per avvolgerle al suo uccello duro, dando qualche colpo brusco prima di tornare all'obiettivo principale. Per sua stessa ammissione, Josh non veniva scopato da un po' e lui voleva che fosse ben preparato.

La mano di Josh scivolò verso il basso per afferrare la propria erezione, ma Michael la spinse via. «No no,» lo mise in guardia. «Quello è mio.»

«Bene, allora procedi. Sono pronto.»

Michael sorrise, continuando a farlo aprire. Era strettissimo. «Chi ti dice che lo faccio per te?» disse. «Mi piace tenerle dentro il tuo culo.» Si spinse un po' più in su, piegò le dita e... ecco.

«Bastardo.» Josh inarcò i fianchi e si impalò sulle sue dita.

Michael per poco non venne sul posto, la sensazione e la visuale erano così eccitanti. Controllare Josh era come cercare di trovare il proverbiale ago nel pagliaio. Gli schiaffeggiò il culo con la mano libera e cadde in ginocchio, allargandogli poi le natiche.

«Spingi di nuovo indietro,» ordinò, e quando Josh lo fece, Michael guidò la lingua lungo le sue dita.

«Gesù Cristo. Scopami.»

Michael si tirò indietro e gli morse la natica. «Chiedilo gentilmente.»

Josh ringhiò.

Lo morse di nuovo, poi si alzò e si mise tra le sue gambe, una mano sulla sua schiena, e con l'altra si sosteneva l'uccello. Sentì il respiro di Josh sussultare e capì di averlo in pugno. «Sì, tesoro, così.» *Merda.* Gli era scappato. Vabbè. Josh non se ne sarebbe ricordato.

Dall'altro lato della porta scorrevole, Paris osservava il procedimento con uno sguardo incerto negli occhi. Grazie a Dio la porta era chiusa. Michael spinse di nuovo il suo cazzo contro Josh. «Andiamo, uomo lupo. Ti ho preso. Cos'hai da dire?»

Le spalle di Josh si rilassarono, e la parola venne sospirata, così silenziosa che Michael quasi se la perse.

«Per favore?»

Grazie a Dio. «Hai capito.» Gli baciò la spalla e si spinse in avanti con un movimento fluido e lento. *Porca di quella puttana.* Era stretto e caldo, rilassato al punto giusto per prenderlo fino in fondo al primo movimento. Era così liscio e aderente che quasi lo spinse oltre il limite. Alla faccia del fatto che Josh non lo faceva da un po'.

Michael afferrò la base del suo uccello e respirò, contando i segni sul tavolo, gli alberi nel prato, qualsiasi dannata cosa per evitare di essere sepolto per l'imbarazzo mollando il carico in appena un secondo. *Avanti, uomo lupo.* Josh strinse e poi sciolse le mani mentre si adattava alla pienezza.

«Hai detto che è passato un po' di tempo?» Michael respirò contro la sua schiena. «Quindi, o sei dotato anatomicamente... o hai dei seri problemi con i giocattoli su cui dobbiamo indagare ulteriormente.»

Josh sbuffò e Michael pensò di aver intuito la parola "dotato". *Hai ragione.* Si ricordò del giorno prima, di com'era stato stare sotto per lui, e provò un brivido di nervosismo. Doveva essere all'altezza di una seria competizione.

«Muoviti,» gli ordinò Josh.

E alla faccia della sottomissione. Michael spinse in modo lento e costante all'inizio, regolando l'angolazione fino a quando, dai gemiti di Josh, non fu sicuro che stesse colpendo il punto giusto.

«Più forte.» Josh gettò indietro un braccio per afferrargli la coscia e tirarlo più a fondo.

Un bastardo attivo anche da passivo. Michael accelerò e prese un ritmo punitivo, andando a fondo e velocemente, trascinando Josh contro il proprio petto come meglio poteva, un braccio sulla sua spalla e uno intorno alla sua vita per tenerlo fermo. Allo stesso tempo, gli seppellì leggermente i denti nel collo per ancorarsi.

«Toccati. Non ci vorrà molto,» lo avvertì.

Josh gemette, afferrandosi l'erezione. «Nemmeno a te,» disse in un soffio. Poi spinse indietro con forza, stringendo la presa intorno a Michael e spedendolo oltre il limite, strappandogli l'orgasmo, costringendolo a venire per primo.

Michael si scaricò nel preservativo, tremando mentre cavalcava l'onda del piacere, continuando a spingere finché Josh non iniziò a contrarsi. In quel momento, si tirò fuori e lo fece girare per guardarlo, tenendolo leggermente per la gola e prendendo con forza il controllo della masturbazione.

«Voglio vederti perdere il controllo, uomo lupo.»

Josh gemette. La sua testa ricadde all'indietro e Michael guardò, inchiodato sul posto, mentre si lasciava andare. Una miriade di emozioni attraversò il suo viso in concerto con quelle che percepiva nel corpo. Era così dannatamente espressivo. Fiotti di sperma volarono a ricoprire entrambi i loro stomaci mentre rabbrividiva e si accasciava contro di lui, contorcendosi quando l'ultimo brivido dell'orgasmo lasciò il suo corpo.

«Cazzo, è stato fantastico,» gli mormorò Michael contro il collo.

Si tennero ancora per qualche secondo, poi scivolarono sul pavimento come un corpo solo, viscido di sudore e sperma. Josh si stese sulle piastrelle fredde, le braccia sopra la testa, respirando affannosamente. «Fottimi,» sbuffò.

Michael allungò la mano e gli diede una pacca sul petto. «Già fatto. Ma sì, dovremmo brevettarlo. Potremmo fare una fortuna.»

Quando non ottenne risposta, Michael rotolò su un fianco e lo fissò, colpendogli la fronte con il dito. «Posso sentire gli ingranaggi che stridono da qui. Sputa il rospo.»

Josh sbuffò dal naso. *«Di' per favore? Dovevi proprio dirlo?»*

«Ehi, dovevo fare qualcosa. Tu dai un nuovo significato al termine passivo aggressivo.»

Il viso di Josh divenne rosso vivo. *Dannazione.* Riusciva a essere un porco un attimo prima, e carino da morire quello successivo.

«Allora, ieri...» Josh era esitante, un sorriso rilassato e sensuale sul viso. «È stato fantastico, non fraintendermi. Ma mi chiedevo se fossi solo io, sai, il fatto che stavo... beh, per non dirlo troppo... ma ero un po' affamato, suppongo. Ma oggi mi ha lasciato senza fiato, scherzi a parte. Fare sesso con te... è piuttosto... intenso, vero? Però in effetti ho meno metri di paragone di te, immagino.»

Michael aspettò, chiedendosi come rispondere. Sapeva cosa intendeva Josh, e sì, lo sentiva anche lui, ma non sembrava minimamente sicuro dirlo ora. «Diciamo solo che stiamo andando alla grande, uomo lupo,» disse scherzando. «E cercherò di non offendermi se mi dai della zoccola.»

«Cazzo, non intendevo...»

Michael rise. «Era una battuta. Rilassati. Forse è perché siamo due stronzi arroganti che andiamo così bene.»

«Può essere.» Josh fissò il soffitto, l'espressione ora più guardinga.

Merda. Bel modo per chiudere la conversazione, testa di cazzo.

Josh sospirò. «O forse la chimica sessuale ha in parte a che fare con il fatto che non andiamo oltre, semplicemente ci godiamo il viaggio. Senza aspettative.»

Michael cercò di ignorare la fitta di qualcosa come il rimpianto nel suo petto. «Sì. Probabilmente è quello.»

Il cambiamento d'umore di Michael era difficile da non notare, e Josh era curioso. Sembrava quasi... deluso. Ma non poteva essere così. Quella era una scopata casuale, niente di più. Il dottore era stato irremovibile su quello, anche più di lui.

Erano perfetti a letto, senza dubbio. Prendevano fuoco in un attimo, ma ciò non cambiava per niente il modo in cui erano diametralmente opposti su cose che erano importanti per Josh, come l'impegno, la famiglia e, oh sì, la monogamia. Aveva visto Michael in azione. Sarebbe stato stupido pensare che l'altro potesse volere qualcosa di più serio. Sarebbe stata una cattiva idea, una *pessima* idea.

Si erano fatti la doccia e ora stavano condividendo un caffè al tavolo, con Paris che si lamentava intorno alle loro gambe.

Josh sbuffò sarcastico. «Sente l'odore del sesso.»

Gli occhi di Michael si spalancarono. «Veramente? È... piuttosto disgustoso, a essere onesti. Ci stava guardando attraverso la porta quando ti stavo scopando. Per un attimo mi ha spaventato.»

«Un attimo, eh?»

«Beh, avevo cose migliori su cui concentrarmi.» Gli occhi color zaffiro di Michael brillarono.

Josh gemette. Michael era lì seduto, con indosso dei jeans puliti e una camicia bianca abbottonata, odorava di arancia, spezie e caffè, e lui non voleva fare altro che iniziare dall'alto e farsi strada verso il basso a leccate. Si dimenò sulla sedia e si aggiustò tra le gambe.

Michael fece un sorrisetto.

Josh gli mostrò il dito medio. «Comportati bene.» Paris alzò la testa. «Non tu, amico. Diventa piuttosto protettivo.»

«Ho notato. Non vorrei mai che nessuna parte del mio corpo penzolasse se avesse deciso che ero un po' troppo duro con te per i suoi gusti.»

Josh scoppiò a ridere. «Lo terrò a mente.» Guardò l'orologio. Le dieci. «Pensavo volessi essere all'ospedale per le dieci e mezzo.»

«Più o meno.» Michael sorseggiò il suo caffè, senza sembrare particolarmente di fretta, e rimasero seduti in un confortevole silenzio per un po'.

Era quasi troppo dannatamente confortevole, era quello il problema. Josh aveva bisogno di porvi fine. Invece disse: «Vuoi venire a vedere mia figlia giocare a netball domani?» *Che diavolo?*

La tazza di Michael si bloccò a metà strada verso le sue labbra, un guizzo di panico gli illuminò gli occhi. «Ah...»

Merda. «Lascia perdere,» balbettò Josh. «Idea stupida. Non avrei dovuto chiedere. Non fa davvero parte della nostra... ehm... cosa... vero?» Si agitò mentre l'altro fissava il suo caffè. Ma quando Michael finalmente alzò lo sguardo, gli fece un sorriso e poi fu il torno di Josh di farsi prendere dal panico.

«Sì, perché no?» rispose. «Anche se non ho la più pallida idea di come funziona il gioco, a essere onesto.»

Sembrava diffidente, però, e lui inarcò un sopracciglio. «Sei sicuro? È solo un gruppo di ragazzini. Non mi sembri troppo convinto.»

Michael prese un sorso di caffè e lo studiò con un'espressione perplessa. «È solo che non hai mai accennato di avere una figlia, ecco tutto.»

Perché non ho mai voluto che tu la incontrassi. Il che supplicava solo di porre l'ovvia domanda, che Josh ignorò. Bevve un sorso di caffè e si calmò. «Oh, sì, beh...»

«Un po' troppo personale per degli scopamici, giusto?»

Il calore sbocciò sulle guance di Josh, lo poteva sentire. «Può essere.»

Michael fece un ampio sorriso e alzò le mani. «Ehi, lo capisco. Ma allora, perché invitarmi adesso?»

Paris spinse la testa in grembo a Josh, e lui fece scivolare la mano intorno alle orecchie del cane, coprendosi. «Ho solo pensato che dovevi annoiarti a morte rintanato qui,» mentì. «Ma non devi...» Incontrò gli occhi dell'altro uomo.

«No, hai ragione, è così. E lo apprezzo.» Michael allungò la mano per stropicciare le orecchie di Paris. «Allora, quanti anni ha tua figlia?»

«Undici. Si chiama Sasha.»

Michael alzò lo sguardo. «Bel nome.»

«Bella ragazzina, ma negli anni della preadolescenza e irritabile. Non sono affatto sicuro di essere equipaggiato per quello che succederà, se capisci cosa intendo.»

Michael guardò in cortile, facendo girare lentamente la tazza di caffè vuota sul tavolo. Pronunciò le parole successive a bassa voce. «Questo significa che eri sposato? Con una donna?»

Josh sbuffò dal naso. «Nah. Ho vissuto con una per un po', però.»

L'altro si accigliò. «Quindi sei bisessuale o solo una fioritura tardiva?»

Josh portò le loro tazze di caffè al lavandino, prendendosi il tempo per decidere quanto voleva dire. «Sicuramente non bisessuale,» rispose alla fine, tornando a sedersi. «Sapevo di essere gay da quando avevo circa quindici anni. Sono andato con un paio di ragazze, ma poi una volta con un ragazzo è bastato. Fantastico contro più o meno.» Sorrise. «Non significava che fossi dichiarato, però. I miei genitori sono una specie di incubo, e quindici anni fa la polizia era meno gay friendly, chiedi a Mark. All'inizio era difficile. Lo ammirerò sempre per aver avuto il coraggio di fare coming out con tutta la merda che si è preso. Io non sono stato così coraggioso.» Lanciò un'occhiata a Michael, che si limitò ad annuire.

«Ma hai una figlia?»

«Sì. Il che prova che una volta è sufficiente. Un disastro a tutto tondo, ma amo tantissimo Sasha. Ero ancora chiuso nel mio armadio e sua madre, Anna, aveva la capacità di attenzione di una pulce, priva di un solo gene materno in tutto il DNA. Se n'è andata dopo il primo anno, lasciandoci entrambi.»

Gli occhi di Michael si spalancarono. «Wow. Mi dispiace.»

«Non preoccuparti. Non cambierei niente, visto che ho Sasha nella mia vita. Mi ha fatto crescere velocemente, però. Mi ha trasformato nella delizia noiosa, moralista, ordinaria e arrogante che vedi davanti a te. Indipendentemente da ciò, Sasha è la cosa migliore che mi sia mai capitata.»

Michael inarcò le sopracciglia ma rimase in silenzio. Alcuni uomini gay semplicemente non sentivano l'attrazione verso i bambini. Altri vedevano l'intera faccenda della famiglia/matrimonio come parte di uno stile di vita eteronormativo che rifiutavano di accettare. Josh si chiedeva dove fosse situato Michael, non che avesse importanza. Lui stesso non era sicuro che avrebbe intrapreso la strada di avere figli se non gli fosse stato imposto.

«Sì, lo vedo,» concordò Michael con voce tranquilla, anche se il suo tono sembrava meno convinto. «Anna si è tenuta in contatto?»

Josh spiegò il recente contatto e i sentimenti contrastanti che aveva al riguardo.

«Deve essere una cosa buona per Sasha, però, giusto?» commentò Michael.

«Così verrebbe da pensare.»

Michael inarcò un sopracciglio con fare interrogativo.

«Certo che lo è,» concordò poi Josh. «È che sono ancora così arrabbiato con lei. Voglio dire, chi cazzo fa una cosa del genere? Chi abbandona i propri figli e li butta via come la spazzatura?»

Le lacrime gli pizzicarono gli occhi, e la mano di Michael coprì immediatamente la sua. *Merda.* L'ultima cosa di cui aveva bisogno era la sua pietà. Liberò la mano e se la lasciò cadere in grembo.

Michael si incupì ma non fece commenti. «Dev'essere stata dura,» disse.

Josh sospirò. «Sì. Sasha non ne parla molto, ma ho sempre pensato che sia stata una benedizione che fosse solo una bambina quando Anna se n'è andata. E non avrei potuto farcela senza Katie. Una mamma surrogata, immagino.»

Ci fu un momento di silenzio, e poi Michael appoggiò il palmo alla mascella di Josh, costringendolo a incontrare i suoi occhi. «Intendevo per te, in realtà. Dura per te. Dev'essere stata una brutta partita da giocare. Però scommetterei la vita sul fatto che tu sia un ottimo papà.» Premette delicatamente le labbra su quelle di Josh, poi si tirò indietro.

Quelle parole gentili lo scossero più di quanto fosse disposto ad ammettere. *Cristo.* Aveva pensato di aver superato quella merda. Deglutì a fatica. «Non sono sicuro che tu mi conosca abbastanza bene per esserne così certo, ma grazie comunque.»

Michael gli diede scherzosamente un colpetto sul braccio. «Ne so più che abbastanza, uomo lupo. Quello che vedo è un uomo appassionato, che lavora duramente, onesto e con un grande cuore, un sacco di amici, una sorella che lo ama e un eccellente rilevatore di cazzate per i finocchi in cerca di sesso come il sottoscritto. Anche se detto uomo è leggermente troppo veloce nel giudicare.» Michael si sporse e gli sfiorò le labbra con il tocco lieve di una piuma. «Ne so abbastanza.»

Che cazzo. Josh sentì il rossore crescergli sulle guance. «Messaggio recepito, li ho recepiti tutti in effetti... e grazie.»

«Prego.» Michael si appoggiò allo schienale della sedia. «Allora, hai più avuto nessuno da allora?»

«Alcuni. Un ragazzo serio. Abbiamo vissuto insieme. Pensavo fosse quello giusto, finché non lo è stato più.» Josh non era disposto ad andare oltre.

Michael non insistette. Invece ammiccò maliziosamente. «Beh, io per primo vedo benissimo l'intera faccenda del paparino trasformarsi in uno spaccaculi.»

Josh quasi si strozzò con il caffè, e fu costretto a chinarsi sul tavolo per fermare le gocce che gli colavano sulla camicia. «Quella frase non dovrà mai più uscire dalle tue labbra,» lo avvertì, tamponandosi i pantaloni.

«O cosa?» insistette Michael. «Promettimi che ci saranno delle conseguenze. Molte, molte conseguenze.» Il calore nel suo sguardo aumentò.

«Non ne hai idea,» rispose lui, il suo cazzo che reagiva con uno spasmo interessato. «Preparati per le nove e mezza di domani. È all'aperto, quindi porta una giacca.»

Gli angoli della bocca di Michael si sollevarono. «Ti rivedrò prima di allora?»

Josh sbuffò. «Può essere. Ti mando un messaggio.» Il sorriso sexy del dottore lo fece rabbrividire. E quando si chinò e mise le labbra accanto al suo orecchio, Josh avrebbe voluto arrampicarsi su di lui come se fosse un albero.

«Ti aspetterò nudo, per ogni evenienza,» sussurrò Michael.

Josh non riuscì a fermare il gemito che gli sfuggì dalle labbra. «Fallo,» disse. «Ma ricorda, è il mio turno.»

Michael fece scorrere le mani verso il basso per prendere le palle di Josh e dar loro una leggera stretta. «Se mi avverti in tempo, metterò anche il plug. Farò il bravo e mi preparerò per te.» Sigillò l'accordo con un bacio ardente. «Ora esci di qui prima che trascini il tuo culo in quella camera da letto e ti scopi finché non riuscirai più a camminare, e Paris dovrà portarti fino a fine turno.»

Era un pensiero che piacque moltissimo a Josh, e che lo avrebbe aiutato a superare il funerale di Cory Bryant quel pomeriggio.

CAPITOLO SETTE

Migliori intenzioni a parte, una rapina a un minimarket nel centro della città dopo il funerale fece evaporare i piani di Josh. Lui e Paris finirono per inseguire l'idiota per cinque chilometri attraverso il cimitero di Symonds Street e Auckland Domain fino all'una di notte.

Il funerale era stato straziante, e Josh non vedeva l'ora di sfogare un po' di nervosismo. Vedere la giovane famiglia dell'agente di ventitré anni ucciso andare in pezzi per la perdita era stata una delle cose più difficili a cui avesse mai assistito. E sebbene l'uomo fosse relativamente nuovo alla stazione di Auckland, la sua morte sottolineava la realtà dei rischi del lavoro nel peggior modo possibile.

Gestire un turno subito dopo il funerale era stato molto arduo, ma quando era arrivata la chiamata per rapina la prima volta, Josh aveva telefonato con riluttanza a Michael e si era preso un minuto per condividere la sua giornata di merda con lui. Inoltre, voleva sapere se Michael fosse stato in grado di giungere a un'identificazione. Risposta: non ci era riuscito. Quando più tardi aveva sentito Mark, il detective gli aveva detto che il dottore si era soffermato sull'immagine di Denton Cruz, un fatto che li aveva entusiasmati, ma avevano solo una foto di tre anni prima. Meno tatuaggi, gioielli e cicatrici. Alla fine, Michael l'aveva scartata.

Era una brutta notizia per la speranza di un arresto imminente, ma il lato positivo era che Mark aveva già trasmesso la notizia della mancata identificazione ai ragazzi sotto copertura, che si sarebbero assicurati che arrivasse alle gang. Entro il giorno successivo, la minaccia contro Michael avrebbe dovuto attenuarsi, se non allontanarlo del tutto dai loro radar. Non aveva senso per loro stargli addosso e rischiare di rimanere coinvolti con la polizia se Michael non fosse riuscito a identificarli. Per Josh era una vittoria, e significava che il dottore poteva tornare a casa sua prima del previsto.

Michael era sembrato ugualmente deluso dalla chiamata con cui aveva cancellato l'appuntamento. «Quel suono che senti,» aveva borbottato, «è il plug che colpisce il lavandino.» E dannazione se quell'immagine non era rimasta impressa nella mente di Josh per il resto della sera. Gli aveva assicurato una semierezione per le due ore di ricerca.

Non era riuscito a infilarsi nel letto prima delle tre. Era freddo, bagnato e senza la bella vibrazione, data da un arresto riuscito, ad alleviare il dolore profondo alle ossa e nei muscoli. Non c'era da meravigliarsi che la sveglia delle sette fosse un brutto shock. E fu accompagnata da colpi alla porta della camera da letto.

«Papà, alzati o arriveremo in ritardo.»

«Non c'è nessuno con quel nome qui.» Josh gemette. «Sono abbastanza sicuro che sia morto di allergia alle ragazzine di undici anni.»

«Papà! Alzati o lascio entrare Paris.»

«Vattene, progenie del demonio,» borbottò, trascinandosi le coperte sopra la testa. «La mia vera figlia non sarebbe mai così crudele.»

La porta si spalancò e Paris atterrò sul letto, facendo piegare Josh in due con una zampata all'inguine. «Merda... guarda dove atterri, amico.»

«Barattolo delle parolacce, papà,» lo rimproverò Sasha con un sorriso, piantandosi accanto a lui. «È ora di alzarsi, bel ragazzo. Devo vincere una partita di netball.»

Josh si rotolò su un fianco, avvolgendo la figlia in un feroce abbraccio da orso. «Come mi hai chiamato?»

Sasha ridacchiò. «Bel ragazzo, bel ragazzo, bel ragazzo.»

Le solleticò i fianchi finché lei non strillò e si dimenò come una medusa, le lacrime che le rigavano il viso. Quando finalmente la lasciò andare, Sasha crollò accanto a lui, sorridendo luminosa. Un secondo dopo si alzò e gli scostò i capelli dagli occhi. Non pensava di poterla amare di più in quel momento.

«Bel ragazzo, eh?» disse con uno sguardo beffardo.

Sasha gli prese il viso tra le mani, girandolo da un lato all'altro, esaminandolo. «La mamma di Janice ha detto che sei un bel ragazzo in un pacchetto di Action Man. Ha detto che molti bei ragazzi sono gay, ma che trovarli belli e muscolosi insieme era insolito, quindi è più difficile da capire.»

Che diavolo...? Josh quasi inghiottì la lingua. «E lei ti ha detto questo?»

Sasha rise. «No, sciocco. Stava parlando con la mamma di Holly in biblioteca. Ho origliato. Comunque, penso che sia un po' sciocco, perché Jase era gay, ma non era bello...»

Oh, era bello, certo. Un bello stronzo. Josh tenne la bocca chiusa.

Lei continuò: «E non era gay in modo ovvio.»

Josh inarcò le sopracciglia.

Sasha sbiancò. «Non che ci sia qualcosa di sbagliato nell'essere gay in modo ovvio...» si agitò.

Lui sorrise. «Vai avanti.»

Lei mantenne un occhio diffidente fisso sul suo viso. «Volevo solo dire che se non ti conoscessero, nessuno lo penserebbe, giusto? La mamma non aveva capito che eri gay... o non etero,» ridacchiò.

Dolce Gesù. In quale tana del coniglio era caduto quella mattina? Non riusciva nemmeno a pensare a una risposta sensata. «Allora, stai dicendo che è meglio non essere ovviamente gay?» La verità era che gli interessava sapere come vedeva le cose, soprattutto riguardo all'avere un padre gay.

Lei si accigliò, riflettendo chiaramente sulla domanda. «So che non dovrebbe importare, ma penso che sarà più facile quando cresci. Molte persone faranno comunque le merde, come Nonna e Pop.»

Josh sussultò interiormente. La saggezza dell'infanzia. Non la risposta che avrebbe desiderato in un mondo ideale, ma sincera per come la vedeva lei, e l'avrebbe presa così com'era. *Oddio*. Avrebbe dovuto rivisitare di nuovo l'intera faccenda dei discorsi sul sesso, vero? Quelle conversazioni equivalevano a stimolare un nido di vipere.

Josh le toccò il petto con il dito. «Merde? Tecnicamente non una parolaccia, ma non ci va lontano. Bene, questa conversazione è finita, signorina. *Vamos*.»

La guardò allontanarsi, desiderando di poter cancellare gli ultimi cinque minuti dalla sua memoria.

Katie aveva lasciato un messaggio in cui diceva che aveva optato per una dormita e di non svegliarla. Josh si chiese brevemente se stesse vedendo qualcuno, ma non era da lei essere riservata al riguardo. Un piccolo ficcanasare fraterno era chiaramente all'orizzonte. La vendetta era una stronza.

Quindi erano rimasti solo loro due quando aveva chiamato per andare a prendere Michael per la partita. Sua figlia non aveva nemmeno alzato un sopracciglio nel sentire che l'uomo si sarebbe unito a loro. «Fantastico,» aveva detto, sollevando appena gli occhi dal suo gioco *Candy Crush*.

Michael aspettava fuori, fresco di doccia e con un'aria deliziosa. Il livido all'occhio aggiungeva un certo elemento da ragazzaccio al mix che era già piuttosto sexy. Indossava un paio di jeans skinny chiari, Vans nere e un bomber di lana sempre nero aperto su una maglietta bianca, e rivolse a Josh un enorme sorriso seguito da un occhiolino che gli spedì il sangue direttamente all'inguine.

Michael salutò Sasha in modo abbastanza amichevole, e lei rispose. Non fece commenti sulla sua faccia ammaccata, di cui Josh si era scordato di avvertirla. E tutte le preoccupazioni che avrebbe potuto avere sul fatto che andassero d'accordo si rivelarono fuori luogo, poiché intrapresero immediatamente una discussione contorta sul netball, la squadra di Sasha, i meriti della squadra rivale e le loro relative possibilità di vittoria. Michael doveva aver studiato le regole del gioco, e il pensiero fece cose strane allo stomaco di Josh.

Al campo, Sasha tirò giù Josh per un abbraccio, sussurrandogli all'orecchio: «È, tipo, assolutamente carino, papà.» Gli diede un pugno sul braccio, poi corse via per unirsi alla sua squadra. Alzandosi in piedi, Josh trovò Michael al proprio fianco, con un sorrisetto sul viso che suggeriva avesse colto lo scambio.

«Ragazzina carina.» Michael gli diede una pacca sulla spalla. «Mi piace, assolutamente carina.» Sorrise e si diresse verso le gradinate, senza lasciargli altra scelta che seguirlo. Sì, certo. Michael era assolutamente carino, come era carino uno squalo bianco.

Nonostante le sue preoccupazioni, quando il gioco iniziò, Michael sembrò davvero divertirsi. Fece molte domande, esultava quando la squadra di Sasha andava bene e si lamentava delle chiamate degli arbitri contro di loro. L'intera cosa mise Josh assurdamente di buon umore. Poi la squadra di Sasha segnò una vittoria nella prima partita e Michael balzò in piedi, con il pugno in aria, gridando *sì* e batté il cinque con Josh. Sasha li sentì e li guardò dal campo con un sorriso deliziato. Josh fece tutto ciò che era in suo potere per non buttarlo a terra e baciarlo.

Ci fu una pausa di trenta minuti tra una partita e l'altra, e Josh trascorse la prima parte rispondendo a tutte le domande di Michael su regole e contatti. L'uomo aveva capito che, per essere uno sport teoricamente senza contatto, sembravano esserci un sacco di manovre abbastanza aggressive nel cerchio della porta, dove Sasha giocava in difesa. Ascoltò attentamente, una coscia premuta con forza contro la sua, il contatto acceso che faceva cose strane alle viscere di Josh.

L'intera mattinata stava andando così bene, che Josh non riusciva a ricordare perché si fosse preoccupato che potesse non essere una buona idea. Poi gli arrivò addosso un'immagine come un secchio d'acqua fredda sul viso. Mentre spiegava una regola sul tiro, alzò lo sguardo e vide Jase. Lo stronzo stava parlando con Sasha alla panchina della sua squadra, e lei stava sorridendo alla donnola, bevendo sia l'acqua che chiaramente qualsiasi stronzata sdolcinata le stava dicendo. Il buonumore di Josh svanì immediatamente.

«Merda.»

Michael colse l'imprecazione e seguì il suo sguardo. «Chi è quello?»

Josh sospirò. «L'ex. Jason.»

«Cioè, l'ex convivente?»

Josh annuì.

Ah. Michael studiò l'uomo con interesse. Jason stava chiacchierando animatamente con Sasha con una disinvoltura che parlava di lunghi periodi di tempo trascorsi insieme. Era una stretta familiarità, per la quale Michael poté o meno aver sentito una leggera punta di gelosia. *Okay. Questo è inaspettato.*

Dopotutto, gli ci era voluto un bel po' per non scappare urlando alla prima vista di Sasha. Il confronto con Marcia era inevitabile. C'era l'età, i capelli biondo rame, la pelle olivastra, gli occhi azzurri. Niente di tutto ciò era resistito a un esame più attento, ma la somiglianza passeggera si era comunque aggiunta a un attacco di panico quasi istantaneo. Michael l'aveva tenuto sotto controllo abbastanza bene, tutto sommato. E più studiava Sasha, più vedeva le differenze. Era abbastanza per calmare il suo cuore e permettergli di respirare.

Diede un colpetto a Josh con la spalla. «Problemi?»

«Cosa?» rispose l'altro, senza staccare gli occhi da sua figlia.

Michael fece un cenno verso l'ex. «È un problema?» ripeté.

Josh sospirò, con un cipiglio profondo inciso sulla fronte. «Nah. È solo un idiota. Non mi aspettavo di vederlo qui oggi, ecco tutto.»

Michael continuò a osservare mentre la figlia di Josh chiacchierava con l'altro uomo: i due ridevano per qualcosa. Poi Sasha indicò verso di loro, e vide lo sguardo di Jason concentrarsi su Josh prima di scivolare di lato su di lui. Il coglione lo fissò per qualche momento di troppo, poi diede il cinque alla ragazzina e si diresse verso le gradinate. Sarebbe stato interessante.

Jason era un uomo di bell'aspetto e camminava con la sicurezza di chi sapeva di attirare l'attenzione di entrambi i sessi, ne era consapevole e lo usava. In altre parole, pieno di sé, e Michael lo odiò a prima vista. C'erano somiglianze fisiche tra loro, forse abbastanza per confermare che Josh aveva un tipo, e se questo ex aveva fatto cazzate con lui, come l'istinto gli stava dicendo, allora non c'era da meravigliarsi che Josh l'avesse trattato male all'inizio. E se Josh avesse mai saputo della storia di Michael con Simon, avrebbe solo cementato quell'impressione.

Senza dirgli una parola, Josh lasciò il suo posto e si diresse verso il suo ex. Michael roteò gli occhi. *Ehi, nessun problema. Certo, aspetterò qui.* Si prese a calci per essere stato infantile e tenne gli occhi fissi sui due uomini.

L'ex vide Josh arrivare e gli lanciò un enorme sorriso che fece accapponare la pelle di Michael. Strinse Josh in un forte abbraccio che, Michael capì, non era gradito: Josh dava un nuovo significato alla parola rigido. Gettando uno sguardo a Sasha, vide che stava osservando lo scambio con attenzione, forse anche con speranza. *Merda.* A Sasha poteva anche piacere l'ex, ma, guardando i due uomini insieme, era facile capire che Josh non lo sopportava. Michael poteva non conoscerlo, né sapere cosa fosse successo tra i due, ma tendeva a condividere quel sentimento. Non aiutava il fatto che l'uomo era troppo, troppo mano lesta per i suoi gusti, e toccava ripetutamente le braccia e la schiena di Josh mentre parlava.

La loro discussione sembrava abbastanza amichevole, con molti sguardi verso Sasha e verso l'altra squadra, mentre discutevano chiaramente del gioco. In un'occasione, l'ex indicò dietro di sé un giovane appoggiato a un'auto nel parcheggio, e le mani di Josh si chiusero a pugno lungo i fianchi. Poi, in quella che era chiaramente una mossa deliberata per farlo incazzare, Jason mandò un bacio al tizio. *Bastardo.*

Non che il tipo sembrasse a sua volta troppo entusiasta delle cose. Era sexy, in quel modo giovane, freddo e distaccato, le mani in tasca, le gambe incrociate, lo sguardo torvo. L'ultimo fidanzato da sfoggiare, se Michael doveva tirare a indovinare. Quindi a quello stronzo piaceva giocare, eh? Michael non poté fare a meno di chiedersi cosa diavolo Josh ci avesse visto in lui. Poi ripensò al suo comportamento con Simon. *Sì, bue, asino.*

Ebbe un pensiero allarmante. E se Josh avesse invitato il cazzone a sedersi con loro? Non pensava di poter essere cortese con lui per più di pochi secondi, e di certo non poteva semplicemente sedersi lì e guardarlo palpeggiare il suo ragazzo. *Il suo ragazzo? Gesù.* Da quando aveva cominciato a pensare a Josh come suo?

E perché diavolo Josh stava lì, lasciando che succedesse? L'ex testardo stava flirtando in quel modo paternalistico che diceva "So di essere sexy e sono abbastanza sicuro che non mi hai dimenticato," bla, bla, bla. *Merda.* Forse Josh si sentiva obbligato a lasciare Michael per sedersi con quell'idiota?

Il solo pensiero gli fece ribollire il sangue e, pochi secondi dopo, quando l'ex allungò una mano e infilò una ciocca di capelli dietro l'orecchio di Josh, Michael decise che era ora di finirla con quello stronzo. Josh tirò di nuovo i capelli in avanti, ma Michael non aveva idea del perché non avesse semplicemente detto al coglione di tenere le mani a posto. Poi capì. Sasha. Stava sopportando perché a sua figlia piaceva ancora quel tipo. *Beh, fanculo.*

Michael scattò in piedi, poi si fermò. Non è che poteva semplicemente presentarsi e interrompere senza invito. Se Josh avesse voluto che si conoscessero, avrebbe fatto andare da lui quel tizio. Aveva bisogno di una scusa, e gliene venne in mente una. Pochi minuti dopo, si avvicinò ai due uomini con due caffè in mano.

«Ecco qua, tesoro.» Ne porse uno a Josh. «Proprio come piace a te.»

Lo shock sulla faccia della testa di cazzo valeva una foto. *Beccati questo, stronzo. È troppo in gamba per te. Anche per me, se è per quello. Ora tieni le tue cazzo di mani lontane da lui.*

Le sopracciglia di Josh si inarcarono per la sorpresa e gli angoli della bocca si sollevarono, mentre soffocava una risata. «Ah, grazie... piccolo.» Accettò il caffè e si lasciò baciare sulla guancia, addirittura arrossendo.

Ben fatto! Michael fece scorrere una mano lungo la schiena di Josh, lasciandola poi nella parte bassa, un gesto territoriale che non passò inosservato alla testa di cazzo. Ma era il modo in cui Josh si appoggiava alla sua pressione che fece sorridere Michael. «Ci presenti, tesoro?» chiese innocentemente, come se l'ex di Josh non fosse mai stato menzionato tra loro prima di allora.

Josh sbuffò leggermente dal naso. «Sicuro. Michael Oliver, questo è il mio ex, Jason Clarke. Michael è un medico di pronto soccorso.»

«Oh.» Jase gli offrì la mano, un po' riluttante, pensò Michael. Lui la accettò, assicurandosi di aggiungere una buona pressione alla stretta, poi sorseggiò il caffè, e il silenzio che ne seguì divenne un po' imbarazzante. Studiò il bicchiere.

«Non male questa miscela,» commentò. «Scusa, Jason, te ne avrei portato uno se l'avessi saputo.»

Josh sputacchiò, quasi soffocando con il suo stesso caffè.

Jason passò lo sguardo tra loro due, a dir poco scettico. «Grazie, ma, ah, noi non resteremo a lungo.»

«Noi?» Michael fece finta di guardarsi intorno.

«Sì, il mio ragazzo.» Jason indicò verso il parcheggio.

Michael lanciò un'occhiata. «Oh, beh, siete entrambi i benvenuti a unirvi a noi.» *Ahi.* La mano di Josh si chiuse intorno alla sua in una stretta schiacciante. *Ops.*

Jason fece una smorfia. «Forse un'altra volta.»

Sì, come no. Dubitava che il ragazzo potesse mettere insieme più di poche parole da adulti. *Lo nasconderei anch'io,* pensò Michael. E lo sapeva: si era scopato più che a sufficienza tizi come quello negli ultimi due anni.

«Sei americano, mi pare di capire?» C'era una leggera sfida nello sguardo di Jason.

Michael alzò una mano. «Colpevole.»

Il sorriso di Jason non raggiunse i suoi occhi. «In vacanza, allora?»

Ti piacerebbe. «No. Lavoro qui, in realtà. Auckland Med.»

«Oh.» Lo sguardo di Jason si assottigliò. «Ti stai godendo il soggiorno?»

«Di più, di recente.» Michael lanciò un'occhiata a Josh, e lo tirò più vicino.

«Allora starai qui per un po'?» Lo sguardo di Jason scivolò sulla tribuna.

Certo che sì, faccia di merda. Sapeva che l'altro stava cercando di capire quanto fossero serie le cose tra loro. Michael era felice di metterlo in guardia. «Sì. Non vado da nessuna parte.»

Jason inarcò un sopracciglio. «Ti sei fatto un livido al lavoro?»

Bastardo subdolo. Michael sorrise. «Cliente scontento. Rischio professionale. Però attira molto affetto.» Posò un altro bacio sulla guancia di Josh, guadagnandosi una seconda presa mortale sulla mano. Con una rapida occhiata in direzione di Sasha, colse la ragazzina che li fissava. Forse aveva oltrepassato il limite.

Ci fu un fischio e le squadre tornarono in campo. «Beh, è stato un piacere conoscerti, Jason.» Michael fece scivolare un braccio intorno alle spalle di Josh. «Andiamo, piccolo, è meglio che torniamo ai nostri posti.»

Josh fece un cenno a Jason. «È stato gentile da parte tua venire, Jase. Sono sicuro che Sasha lo apprezza.»

Jason mise una mano sul braccio di Josh, e Michael fece tutto ciò che era in suo potere per non colpirlo lì su due piedi. Si accontentò di un ringhio basso, che gli altri due non mancarono di notare. Josh si morse il labbro, facendo chiaramente del suo meglio per non scoppiare a ridere.

Lo sguardo di Jason scivolò su Michael, controllando se Josh fosse d'accordo con il suo atteggiamento.

Non deludermi, uomo lupo.

E proprio in quel momento, Josh tolse il braccio dalla mano di Jason e prese invece quella di Michael. *Brav'uomo.*

Jason lasciò cadere il braccio lungo il fianco e continuò con un altro stratagemma, dicendo: «Pensavo di passare la prossima settimana per venire a trovare Sasha.»

Cazzo. Per quanto Michael volesse dirgliene quattro, non aveva altra scelta che lasciare che se ne occupasse Josh, che esitò solo un secondo prima di rispondere: «Sai che Sasha è sempre felice di vederti, Jase, ma avrò bisogno che mi avvisi prima.» Lanciò un'occhiata a Michael. «Sai com'è.»

Bravo ragazzo. Non avrebbe potuto essere più orgoglioso, e l'espressione acida sul viso di Jason indicava che aveva ricevuto il messaggio forte e chiaro.

«Sicuro.» Il tono era irritato, e per un secondo Michael pensò che avrebbe costretto Josh a un altro abbraccio. *Non finché ci sono io, coglione.* Michael tirò la mano di Josh e lui non batté ciglio. Voltò le spalle a Jason e seguì Michael ai loro posti, tenendogli la mano per tutto il percorso.

Jason rimase in giro per il campo un altro minuto circa, poi se ne andò con il suo ragazzo. Missione fottutamente compiuta. Detto questo, Michael non era del tutto sicuro di come Josh avrebbe reagito alle sue buone intenzioni. Gli lanciò uno sguardo di traverso, ma la sua espressione non rivelò nulla. *Troppo tardi, adesso.*

Si mise a guardare la seconda partita e cercò di ignorare il silenzio che si era stabilito tra loro. Passarono dieci minuti prima che sentisse la coscia di Josh premere contro la sua e sistemarsi lì. Lo prese come un buon segno, e si rese conto solo allora di quanto fosse preoccupato.

«*Tesoro?* Veramente?» Josh ridacchiò piano. «Non potevi inventare qualcosa di più virile?»

Michael lasciò andare il respiro che aveva trattenuto da quando avevano lasciato Jason. «Beh, avevo una voglia matta di muffin. Avrei dovuto chiamarti così?»

Risero abbastanza forte da attirare alcuni sguardi ficcanaso dagli altri genitori.

Michael abbassò la voce. «Il caffè è stato un bel colpo, non credi? E a proposito di nomi... *piccolo*? Non mi sono mai visto come *piccolo*... giusto per dire.»

Josh lo fissò con un sorriso pieno di affettuoso calore. «Mi permetto di dissentire. Sei assolutamente, al cento percento, un *piccolo*.»

Qualcosa saltò nel petto di Michael, e le sue guance si riscaldarono in modo allarmante. Lui. Non. Arrossiva. Il suo sguardo scivolò su Sasha in campo. Si schiarì la gola ma sembrava che non riuscisse a trovare nessuna parola.

Anche Josh si zittì e rimasero così per qualche minuto prima che Michael ritrovasse la voce. «Allora.» Parlò piano, avvicinandosi. «Mi vuoi spiegare un po'? Magari dirmi perché ti lasci trattare così da quel coglione?»

Josh si irrigidì e lui pensò: *troppo, troppo presto.* Poi l'altro si rilassò.

«È sempre stato così,» rispose poi, guardandosi intorno. «Andiamo, muoviamoci.» Trovarono un posto più privato dove sedersi, e Josh dipinse il quadro sulla sua relazione con Jase.

«Merda,» simpatizzò Michael. «Ha visto altri ragazzi per tutto il tempo in cui voi due vivevate insieme?»

Josh fece una smorfia. «Probabilmente più a lungo. Eravamo usciti insieme per quasi un anno prima che si trasferisse. Mi fidavo di lui, cazzo, non ho fatto le domande che avrei dovuto fare. Stupido, eh? Ero così stupido, cazzo.» Pugnalò ripetutamente il sedile di cemento davanti con la scarpa.

Michael gli appoggiò una mano sul ginocchio e lo strinse delicatamente. «Nah, eri solo un uomo che si fidava, e sei stato preso in giro da uno stronzo. Non significa che dovresti rinunciare ad avere fiducia. Significa solo che non se lo meritava.»

Josh non incontrò i suoi occhi. «Può essere. Ma avrei dovuto notare qualcosa. Un cazzo di poliziotto, e sono stato colto di sorpresa? Ti rovina l'autostima. Non sono più sicuro di fidarmi del mio giudizio. E poi non riguardava solo me, ha fatto del male anche a Sasha, ed è colpa mia.» Alla fine, alzò lo sguardo su Michael. «Hai mai avuto un ragazzo che lo faceva? Tradire te, tradire la tua fiducia? Incasinarti la testa.»

Non chiederlo. Cazzo. Non chiederlo. La lingua di Michael gli riempì la gola e i suoi pensieri fuggirono a Simon. Non aveva mai considerato, non proprio, quanto le sue azioni avessero potuto influenzarlo. A quel tempo, voleva solo essere lasciato in pace e sapeva che il ragazzo sarebbe stato molto meglio senza di lui. Ma Simon era pronto per una relazione lunga. Non se ne sarebbe mai andato, non senza combattere. E lui, tenendo a malapena la testa sopra la bottiglia, non aveva la forza per un altro combattimento. Quindi aveva fatto l'unica cosa che sapeva avrebbe posto fine alle cose tra loro, senza tentativi estenuanti da parte di Simon di risolvere le cose.

Sollevò la mano dal ginocchio di Josh e la rimise sul proprio. «Non così. Una volta ho avuto una relazione lunga, ma è esplosa, si potrebbe dire. Colpa mia. Non sono molto bravo in quelle cose, come sai. Si chiamava Simon, un gastroenterologo dell'ospedale dove lavoravo. Era uno dei bravi ragazzi, come te.»

Non era del tutto una bugia. Ma come diavolo faceva a dire a Josh che era stato lui a essere infedele, che aveva distrutto la fiducia di un altro uomo e gli aveva rovinato la vita? Ciò avrebbe confermato tutte le paure e le ipotesi di Josh su di lui sin dall'inizio. E poi non è che stessero cercando qualcosa a lungo termine.

Josh sembrò sorpreso. «Sì? Non ti ho mai classificato come un tipo da relazioni.»

Michael scrollò le spalle. «Beh, avevi ragione. È stata una cosa unica. È il motivo per cui non ne ho più avute.»

Josh annuì. «Beh, sei fortunato. Trovare uno dei bravi ragazzi, voglio dire. È bello sapere che esistono ancora.»

«Da qui il tuo radar per stronzi finemente sintonizzato?»

Josh ridacchiò. «Esatto. Immagino che non mi deluda sempre.»

Ahia. Ottima intuizione, Josh, ottima intuizione. «Sì, lo vedo. E il fatto che a Sasha piaccia quell'uomo è il motivo per cui gli hai permesso di comportarsi così adesso? Lasciando che ti toccasse, che passasse quando vuole, quel genere di cose? Non le hai mai detto di lui, cosa è successo veramente, giusto?»

Josh abbassò la testa. «La stavo proteggendo, ed ero così imbarazzato. Non volevo che sapesse quale enorme errore aveva fatto suo padre. Che idiota sono stato. Ho pensato che avrebbe potuto credere che non la proteggessi, che non proteggessi entrambi. Potrebbe non fidarsi del prossimo ragazzo. Gesù Cristo, era già stata abbandonata da sua madre.» Si strofinò una mano sul viso. «Ho solo detto che non eravamo più innamorati. Che mi aveva ferito, ma che saremmo rimasti amici e lei avrebbe potuto ancora trascorrere del tempo con lui. Cerco di far sembrare che siamo in buoni rapporti, per lei.»

Michael sospirò. «Lo sai che lui ti vuole ancora, vero? Che se glielo chiedessi, tornerebbe in un baleno, anche se probabilmente non è più degno di fiducia.»

La testa di Josh si alzò di scatto. Sembrava sinceramente scioccato. «Che cosa? No. Mi sta solo incasinando la testa. Ha fatto la sua scelta.»

«Non proprio la sua scelta. L'hai buttato fuori.»

«Sì, ma io non gli ho mai dato, né mai gli darei, quello che vuole, e cioè una relazione aperta. Lo sa. Inoltre, non potrei mai più fidarmi di lui.»

«Lo ami ancora?»

L'esitazione fu breve ma evidente, e il cuore di Michael sussultò. Ma poi Josh si irrigidì.

«No. Credo di amare l'idea di quello che pensavo avessimo, ma non lui, non più.»

Il sollievo che Michael provò a quelle poche parole lo sorprese a morte. Poi Josh continuò: «Penso di aver paura. Ha tradito il mio sogno, sai? Il mio e quello di Sasha. E temo che forse sia perché era un sogno stupido e irraggiungibile.»

Michael ridacchiò. «Sei un romantico.»

L'altro arrossì e scrollò le spalle. «Suppongo di sì. Immagino che tu non lo sia.»

Lo disse più come un'affermazione che come una domanda, e a lui fece male. Lasciò perdere. «Ti rendi conto,» azzardò, «che non dicendo a Sasha la verità, lei potrebbe benissimo credere, o sperare, che tornerete insieme?»

Gli occhi di Josh si spalancarono. «No. Non è così, non può...»

Michael diede una piccola scrollata di spalle. «Stavo guardando mentre parlavi con Jase. I suoi occhi non vi hanno mai lasciati. E Jase lo sa, lo sa e ci sta giocando.» Non lo sapeva per certo, ma non avrebbe scommesso il contrario.

«Cazzo. Dio, sarebbe un disastro.»

«So solo quello che ho visto,» commentò lui. «Ma so per certo che Jase pensa di avere ancora una possibilità. C'è una ragione per cui potrebbe pensarlo?» Sospettava ma non era sicuro della risposta che avrebbe ottenuto, ma il rossore che balenò sulle guance di Josh rimosse ogni dubbio. *Merda.* «Sei andato a letto con lui, vero? Dopo la rottura?»

La testa di Josh ricadde all'indietro, gli occhi chiusi. «Una volta. Una volta. Erano passati pochi mesi da quando era successo. Era passato per vedere Sasha, ma lei era fuori con Katie. Non so nemmeno perché l'ho fatto, ma gli ho offerto da bere. Abbiamo bevuto un po' e le cose sono sfuggite di mano e, beh... ho capito subito che era stato un errore enorme. Sasha non l'ha mai saputo.»

Michael fu attento a mantenere l'espressione neutra, ignorando l'impulso di strapparsi ciuffi di capelli per la frustrazione. «Quindi,» disse con cautela, «si può dire che nutre una speranza legittima, almeno per quanto riguarda scopare con te.»

La testa di Josh si alzò di scatto, gli occhi ardenti.

Lui alzò le mani. «Ehi, non sto giudicando. Sto solo dicendo.»

Josh si sgonfiò, il piede che pugnalava ancora una volta il sedile. «Sì, forse. Ma non succederà mai più.» Si mordicchiò il labbro inferiore e tutto ciò che Michael voleva fare era baciarlo fino a farlo svenire e alleviare il bruciore. Invece, gli prese semplicemente la mano.

«Beh, forse non sarà così presuntuoso dopo oggi,» disse. «Gli abbiamo dato qualcosa a cui pensare... *tesoro*.» Gli strinse la mano.

Josh si rilassò con una risatina. «Sì, grazie a te... *piccolo*. E parlerò con Sasha. Sai, è stato proprio bello vederlo agitarsi per un po', anche se era una bugia.»

Forse non tanto una bugia. Il cuore di Michael fece di nuovo quel tuffo strano.

Sasha restò in silenzio durante il viaggio verso i suoi nonni, fornendo poco più di una risposta a monosillabi a qualsiasi cosa Josh chiedesse. Era preoccupato che avesse notato la faccenda del faccia a faccia tra Michael e Jason al campo, ma quando aveva cercato di chiederglielo, lei era ammutolita. Andava bene così. C'era già abbastanza da gestire con l'intera faccenda del progetto scolastico senza cercare altri guai.

A casa dei suoi genitori, Michael aspettò in macchina mentre lui accompagnava Sasha alla porta d'ingresso. Prima che avesse la possibilità di salire le scale, lei lo tirò giù al livello degli occhi e gli diede una pacca sulla guancia. «Tornerai il più presto possibile domani, papà, non è vero?»

Lui annuì. «Lo prometto. Ora sii gentile, e ricorda che sono vecchi e il cambiamento è difficile. Ti vogliono bene e, sebbene sia sorprendente, credo che vogliano bene anche a me, pure se non riescono ad accettarmi. A volte devi prendere quello che puoi, e non devi combattere le mie battaglie per me, principessa.»

«Lo so, papà. È che...» Emise un sospiro. «Niente, non importa.» Gli baciò la guancia, esitando un attimo prima di tirarsi indietro. «L'ho visto baciarti,» disse piano.

Merda. La gola di Josh si strinse. Fissò sua figlia, cercando di leggere la sua espressione, ma non lasciava trasparire nulla. «Vuoi dire Michael?»

Lei annuì. «Ti ha baciato e ti ha tenuto la mano.»

Josh fu per un attimo preso dal panico, poi si tirò su ed emise un sospiro. *Affrontalo.* Fece scorrere una mano tra i capelli di sua figlia.

«Sì, l'ha fatto. Non volevo che lo vedessi, zucchina. Mi dispiace se ti ha turbato.»

Lei lo studiò, cercando qualcosa. Qualunque cosa fosse, sembrò averla trovata e annuì. «Va bene, sai. È solo che è stata una sorpresa. Non sapevo che voi due foste...»

«Non lo siamo,» la interruppe, prendendole le mani. «L'ho appena conosciuto, tesoro. Mi piace, ma non sono sicuro che siamo una buona accoppiata. Ci stiamo ancora conoscendo. In questo momento, è solo un amico.»

Lei aggrottò la fronte. «Ma lui ti ha baciato, e tu dici sempre di baciare qualcuno solo se ti piace davvero.»

Argh. Uno scopamico vale? Doveva uscire velocemente da quella conversazione. «A volte è un po' più complicato di così,» rispose. «Ma lui mi piace.»

Lei sembrò pensarci. «Questo significa che tu e Jase...?» Non finì la domanda.

Dannazione. Michael aveva ragione. Le sollevò il mento. «Capisci che io e Jase non torneremo mai più insieme, giusto?»

Il suo sguardo scivolò via.

Fanculo. «Ti manca ancora, eh?»

«A volte,» rispose calma. «Era bravissimo con *The Sims* e mi ha insegnato tutti i trucchi.» Giocherellava con l'orlo della maglietta. «Ma ha fatto qualcosa di brutto, vero?»

Josh annuì. «Sì. Mi ha fatto male. Ma ora stiamo tutti bene.» La strinse forte al petto.

Sasha alzò gli occhi verso i suoi. «Non ti dispiace che venga a trovarmi?»

Lo odio, cazzo. Josh avrebbe preferito che Jason avesse portato quella brutta faccia da traditore il più lontano possibile dalla sua famiglia, ma Sasha gli aveva voluto bene, e lui non aveva intenzione di rovinare la fiducia della figlia in un altro adulto. Inoltre, erano passati due anni, e anche Josh poteva avere una conversazione civile con lui ora, almeno per il bene di Sasha.

«Non mi importa, se tu sei felice. Ma non torneremo più insieme, okay?»

Lei annuì con aria saggia. «Va bene. Ma se Michael *fosse* il tuo ragazzo, o qualcun altro, non mi dispiacerebbe, sai, fintanto che me lo dici. Non sono più una bambina, papà. Voglio sapere queste cose. Dici sempre che siamo una squadra, giusto?»

«Giusto.» Josh le gettò le braccia al collo e la tenne stretta. «Grazie, zucchina. E ti prometto che ti dirò se le cose si fanno serie tra me e Michael. Croce sul cuore. Ma non sto facendo le cose di fretta. Stiamo bene da soli, no?»

Lei annuì, ricambiando l'abbraccio.

«Me lo prometti?»

La baciò sulla guancia. «Lo prometto.»

«Va bene.» Lo lasciò andare e si diresse verso la porta d'ingresso, con Josh che sperava contro ogni possibilità che i suoi genitori gli sarebbero andati incontro per una volta e non rovinassero tutto quel weekend.

Tornando in città, Josh era fin troppo consapevole della serata libera che si stava avvicinando. Niente figlia, niente sorella, una casa vuota e un certo dottore sexy vicino. *Fantastico.* Fece scivolare una mano sulla coscia di Michael, che la coprì subito con la propria.

«Hai programmi per stasera, Doc?» chiese. «Un appuntamento sexy, forse?»

Michael si voltò per studiarlo. «Forse,» disse con un sorrisetto. «C'è questo ragazzo, eccitante da morire ma un po' difficile da definire, se capisci cosa intendo. Tipo inaffidabile.»

Josh sorrise. «So esattamente cosa intendi. Beh, se dovesse fallire e avessi bisogno di ah... *riempire il buco*, per così dire, potrei essere disponibile.»

Michael rise, stringendogli la mano. «*Riempire il buco,* davvero? Dovevi proprio dirlo?»

Josh fece un'alzata di spalle innocente. «Non ho idea di cosa tu stia parlando. Ti stavo solo offrendo un'alternativa se l'avessi... preso in quel posto.»

Michael sbuffò. «Gesù Cristo, fermati o non sarò ritenuto responsabile delle mie azioni.» Il suo sguardo percorse la lunghezza del corpo di Josh, dannatamente vicino a incendiargli i peli sulla pelle. «Mi stai chiedendo un appuntamento, agente?»

«Che cosa? No, ah...» *Dannazione*. Josh sapeva che le sue guance erano diventate di un rosso acceso.

Michael ridacchiò. «Rilassati. Stavo scherzando. A che ora?»

«Potremmo mangiare una pizza prima, se vuoi?» *Non è un appuntamento*. Dovevano mangiare comunque. «E c'è una partita di rugby verso le quattro, quindi che ne dici di venire per quell'ora?»

«Sicuro.» Michael sembrava soddisfatto. «Raccogliamo le forze.» Sorrise.

Poi a Josh tornò in mente una cosa. «Ah, merda.» Sbatté la mano aperta sul volante.

Michael gli lanciò uno sguardo curioso.

Lui sentì le guance ricominciare a brillare. Accidenti. «Mi sono appena ricordato. Uhm, dovrei incontrare qualcuno, alle tre.»

Michael si zittì.

«È un ragazzo... solo per un caffè. Non dovrei metterci troppo.»

«Nessun problema,» disse Michael, con un po' troppa naturalezza per i gusti di Josh. «Possiamo vederci un'altra volta. Devo comunque controllare il mio appartamento.»

Josh voleva prendersi a calci. Aveva fatto un casino. «È solo un caffè.»

«Con un ragazzo,» concluse Michael categoricamente.

Josh sospirò. «Sì. Brent.»

«Brent.» Michael si fece rotolare il nome in bocca come un cattivo gusto e tolse la mano da quella di Josh.

Josh si agitò. «È solo una cosa per la prima volta, sai come va.» Oddio, perché si sentiva un tale idiota? *Lo sai perché, cazzo*.

Mantenne il tono leggero. «È davvero solo un caffè. Ho detto di sì prima che... iniziassimo... questo. Torno per le cinque... se sei ancora interessato.»

Michael non disse niente. *Fanculo.* Josh prese lo svincolo e cercò di concentrarsi sul traffico mentre l'intera conversazione si svolgeva in tondo nella sua testa. Non stavano uscendo insieme, non erano fidanzati, quindi perché l'intera cosa sembrava così dannatamente strana? Ma non si sarebbe arrabbiato se Michael gli avesse detto che stava andando a un appuntamento, no? *Cazzo, sì.*

«Certo,» rispose alla fine l'altro, anche se ancora non lo guardava. «Ordinerò la pizza.»

Josh rilasciò il respiro che non sapeva di aver trattenuto. «Grande.»

Michael sospirò. «Sì, grandioso.»

CAPITOLO OTTO

Michael si diresse a casa di Josh poco prima delle cinque, dopo aver passato la maggior parte del pomeriggio a chiedersi perché cazzo fosse così dannatamente irritato per lo stupido "appuntamento" dell'altro per il caffè. Era stato a malapena in grado di pensare ad altro da quando si erano separati, passeggiando per le stanze della casa di Katie, bevendo troppi caffè e persino gettando uno sguardo lussurioso al suo armadietto dei liquori, un temporaneo intervallo di concentrazione che serviva solo a evidenziare esattamente quanto fosse teso.

Si era ritrovato a voler sapere chi cazzo fosse quel ragazzo, da dove fosse apparso all'improvviso e cosa diavolo stessero facendo i due proprio in quel momento. Per sua stessa ammissione, Josh era riluttante a uscire con qualcuno, quindi che cazzo? Ora, all'improvviso non lo era? E Michael che ruolo aveva?

Era irrazionale e puzzava di gelosia. Michael non poteva fingere il contrario e non ci provò nemmeno. Ma non importava quello che diceva a se stesso su come non avesse alcun diritto, il non sapere lo divorava dentro. Era persino riuscito a far incazzare Cameron, chiamandolo quando era di turno, apparentemente per vedere come stava, ma in realtà alla disperata ricerca di distrazioni. Era un punto che era stato acutamente notato dall'infermiere, che gli aveva virtualmente staccato un orecchio per averlo distolto dal suo lavoro, e poi aveva riattaccato. *Chi ha bisogno di amici del cazzo, comunque?*

Si stava comportando come un idiota. Dopotutto, era stato lui a spingere Josh ad accettare un po' di divertimento senza legami. Lo aveva rassicurato che non cercava altro. Ma il fatto era che non si aspettava che quell'uomo gli piacesse davvero. Forse lussuria, desiderio, certo. Ma che gli piacesse *davvero*? Nel senso di voler passare un po' di tempo con lui fuori dalle lenzuola, conoscerlo, sapere quali erano i suoi cibi preferiti, dove gli piaceva andare in vacanza, guardare che ottimo papà era e chiedersi se lui sarebbe mai stato in grado di essere all'altezza? *Diavolo, no.* Non era quello che si era prefisso. Eppure, eccolo lì, a sognare su un uomo che al momento era uscito per un "appuntamento" con un altro. *Merda.*

Era stupido sotto tutti gli aspetti. Quel tipo di attaccamento lo aveva sempre spaventato a morte, anche con Simon. La necessità di tenere conto di qualcun altro, i suoi sentimenti, i suoi desideri, le sue speranze. No, gli piaceva stare da solo. E aveva funzionato benissimo, no? Dopotutto, si era trascinato via dalla strada del suicidio tutto da solo dopo la morte di Marcia, e ora aveva un lavoro che amava, si faceva scopare ogni volta che voleva ed era più che felice. Feriva solo le persone che cercavano di avvicinarsi. Lo aveva dimostrato. Brave persone, come Simon.

Simon. Quella era un'altra storia problematica, e lui non era stato in grado di togliersi le parole di Josh dal cervello. Di come il tradimento di Jason lo avesse ferito profondamente. Ora, Michael non era Jase, grazie a Dio. Il suo tradimento era stato con un ragazzo, una volta, non di più. E lo aveva fatto per costringere Simon a lasciarlo, per proteggerlo. *Sì, raccontala giusta.* Ma la verità era che aveva lasciato credere a Simon che ce ne fossero stati altri. Solo per chiudere alla grande. *Sì.* La parola stronzo non iniziava nemmeno a definirlo.

Aveva fatto una cosa simile a un uomo che lo amava. E Simon lo aveva amato profondamente. Abbastanza da sopportare tutta la merda che era successa dopo la morte di Marcia. Tutte le stronzate che Michael aveva portato con sé: la rabbia, la depressione, il bere. Michael aveva creduto davvero, nel suo modo incasinato, di liberarlo da se stesso. Ovviamente, nella sobria luce del giorno e con una prospettiva in più, aveva finalmente capito che coglione, codardo ed egoista era stato davvero. Aveva solo voluto che Simon prendesse la decisione per lui.

E ora, dopo aver ascoltato Josh... *Cristo*. Il tradimento di Michael aveva fatto dubitare Simon di se stesso, del suo giudizio e della sua autostima allo stesso modo? Quella non era mai stata la sua intenzione, eppure da qualche parte nel suo cervello incasinato doveva ammettere che probabilmente sapeva che sarebbe andata così. In quel momento, non gli era importato abbastanza da fermarsi. Comunque, a quel punto non era che la loro relazione fosse piena di gioia. Ma ora, l'idea che potesse aver lasciato cicatrici a lungo termine sul suo ex, beh, gli faceva davvero schifo e sapeva che avrebbe avuto bisogno di occuparsene e parlare con lui.

Arrivato a casa di Josh, notò la sua macchina davanti e parte della tensione scivolò via. Significava che forse il suo "appuntamento" non gli era piaciuto così tanto da essere in ritardo. Certo, probabilmente si stava solo comportando in modo educato e stava facendo quello che aveva detto che avrebbe fatto. Tuttavia, Michael non aveva intenzione di lasciare che il suo atteggiamento incasinato rovinasse la serata.

Josh aprì la porta con Paris alle calcagna, il pastore tedesco che salutava Michael come un amico perduto da tempo. Lui si lasciò andare a terra e attutì un assalto frontale, pelo, lingua e naso bagnato.

«Ehi, comportati bene,» lo rimproverò Josh. Poi si rivolse a Michael: «Non dovrebbe farlo. Cattive abitudini.»

Lui arruffò il collo del cane. «Hai sentito, amico mio?» Teneva la testa dell'animale, guardandolo profondamente negli occhi. «Ti sto dando cattive abitudini. Cosa ne pensi?»

Una lunga lingua bagnata percorse la lunghezza del viso di Michael, che a sua volta premette un bacio sulla fronte di Paris.

«Esattamente come la penso io. Il mondo ha fin troppe regole così com'è.» Agitò le sopracciglia verso Josh, che alzò gli occhi al cielo.

«Mi arrendo,» disse questi, e si avviò lungo il corridoio, lasciando che lui lo seguisse. «Tra te e Sasha, è più probabile che quel cane controlli il prossimo cattivo in cerca di dolcetti invece di strappargli il braccio. Ricordalo quando verrai al mio funerale.»

«Ops,» sussurrò Michael ad alta voce al cane. «Andiamo, ragazzo, quell'uomo ha bisogno di una birra.» Colse la risatina di Josh mentre lo seguiva in cucina.

«Il frigo con la birra è lì.» Josh indicò una porta, che si rivelò essere la lavanderia. «Metto in moto la lavastoviglie, così avremo qualcosa di pulito in cui mangiare. Per me una Mac's Ale e scegli pure quello che preferisci.»

«Grazie.» Michael si diresse al frigorifero. La cucina aveva uno stile vecchio e in qualche modo necessitava di un rinnovamento, con i ripiani in formica e gli armadietti datati color avocado. Ma nonostante tutto, era immacolata, ordinata e funzionale. Gli elettrodomestici in acciaio inossidabile erano tutti nuovi, notò, immaginando che fossero stati acquistati pensando a una cucina diversa, una che doveva ancora realizzarsi. Il frigorifero era grande, moderno e in lavanderia poiché chiaramente non si adattava al minuscolo posto assegnatogli in cucina.

«Hai una Coca cola?» chiese.

«Dovrebbe esserci della Pepsi lì dentro, se va bene. Katie è a una specie di barbecue e si ferma per la notte, quindi siamo solo noi.»

«La Pepsi va bene.» Michael aprì una birra e la passò a Josh prima di fare lo stesso con la propria bibita. «Allora, solo noi, eh?»

Josh prese una lunga sorsata e si leccò le labbra, con Michael che seguiva ogni movimento. Colse il suo sguardo. *Beccato.*

Sorrise. «Devi davvero amare fissare un uomo.» Diede un pugno scherzoso a Michael sul braccio. «Accomodati in salotto. Sarò lì tra un secondo.»

Michael fece come gli era stato detto, apprezzando gli arredi funzionali ma confortevoli in stile domestico, decorati in blu scuro e verde adatto ai bambini e disposti di fronte all'enorme televisore sulla parete opposta. Chiaramente uno spirito affine.

Un tappeto di pelle di pecora davanti all'ampio divano cosparso di cuscini mostrava le prove pelose di un'appropriazione canina di lunga data, e il tavolino da caffè supportava ogni controller di gioco noto all'umanità. In un angolo era ammucchiata una selezione di giochi da tavolo, gli angoli morbidi e sgualciti dall'uso frequente. Accanto, c'erano due mazzi di carte e una selezione di sottobicchieri con segni ad anello sopra. L'intera scena sapeva di famiglia, divertimento e disgustosa domesticità. E Michael la amò subito.

Fece una deviazione per controllare le foto sulla parete più lontana. La maggior parte erano di Josh, sua figlia e talvolta Katie. Ma c'erano anche una coppia con un'attraente giovane donna che Michael presumeva fosse Anna. Alcune di Josh in uniforme con Paris al suo fianco, e una o due di una coppia di anziani in piedi accanto a Josh e Katie, probabilmente i genitori. Infine, alcune con Mark e persino una con Jase, loro due più Sasha, che ridevano, abbracciati l'uno all'altro, e Josh che sorrideva a Jason come un uomo innamorato. Stava ancora aggrottando la fronte quando Josh gli si avvicinò, e il suo bagnoschiuma al cocco gli diede di nuovo alla testa.

«Questa è stata fatta subito dopo che Jase si era trasferito qui,» spiegò. «Ero così felice.» Allungò una mano e raddrizzò la cornice, poi esitò prima di rimuoverla del tutto dal muro. «Andare avanti, no?» disse. «Sasha può tenerle nella sua stanza, se vuole.»

Michael alzò la Pepsi. «Al lasciare andare,» disse.

Josh sollevò la birra. «Al lasciar andare.»

Tra loro cadde un silenzio imbarazzato che Michael non sapeva bene come rompere. Si diresse verso il divano e ne reclamò un'estremità, togliendosi le scarpe e alzando i piedi per posarli su un mucchio di giornali sul tavolino da caffè. «Va bene?» Indicò i piedi.

Josh scacciò la sua preoccupazione con un gesto della mano. «Certo.»

Michael si schiarì la gola. Era stupido ignorare l'elefante nella stanza. «Allora, com'è andato l'appuntamento?» Cercò di mantenere il tono leggero e disinvolto, ma sì... forse non così tanto. «Vale la pena ripeterlo?»

Josh gli lanciò uno sguardo curioso, poi bevve una lunga sorsata di birra prima di sedersi all'altro capo del divano, senza rispondere.

Merda. «Scusa, sono un ficcanaso.»

Le spalle di Josh rilassarono un po'. «Va bene. Io, ehm, ho annullato.»

Lui sgranò gli occhi. «Veramente?» *Cazzo,* sembrava fin troppo felice per quello. Si schiarì la gola. «Come mai?»

Ancora una volta, Josh non rispose per un secondo, tenendo lo sguardo fisso su di lui. Poi sospirò pesantemente. «Non so davvero come rispondere. Sembrava... sbagliato. Non la cosa giusta da fare, a Brent o... a te, immagino. Non mentre tu e io... beh... non mentre facciamo quello che stiamo facendo, comunque.»

Merda. Josh stava dicendo che aveva cancellato l'appuntamento per lui? Il petto di Michael si strinse, sia per il piacere che per la preoccupazione. «Io, ehm... sai, non voglio che ti perdi niente, o nessuno, a causa mia. Se vuoi smettere...»

«Non... voglio smettere. Almeno non adesso.» Josh risucchiò la birra, e il suo sguardo vagò per la stanza.

Era... nervoso?

«Insomma, sì, immagino non mi piaccia creare complicazioni, e non mi sembrava giusto per nessuno,» concluse. «Ora, possiamo passare oltre?»

Michael lo fissò per un momento, ma non riuscì a leggere altro dalla sua espressione, ora attentamente guardinga. «Sì, certo. E, ehm... grazie.»

Josh sorrise. «Prego. Quando sarà il momento per uno di noi di chiuderla lo diremo, va bene?» Alzò la birra in un brindisi.

Michael rispose con la Pepsi. «D'accordo.»

«Immagino che io stia solo cercando di comportarmi in modo diverso questa volta.» Josh parlò a bassa voce. «Se c'è una cosa che mi ha insegnato l'intero fiasco con Jason, è che a volte ciò che pensi di volere non è ciò che va bene per te, a lungo termine.»

Michael si chiese se stesse facendo il punto su loro due.

Josh continuò: «Non è una novità che mi piacciano i ragazzi spigolosi e sexy che scopano come soldati ma che hanno un fattore di impegno pari a zero.» Spedì a Michael un mezzo sorriso.

Ahia. Eccolo lì.

«E poi devo tenere presente che c'è Sasha, quindi la stabilità è piuttosto importante per me, per noi, in questo momento. E se il mio cazzo non è così preso da un ragazzo stabile, beh, forse non è la cosa più importante in una relazione, forse non occupa nemmeno uno tra i primi tre posti. Ma ora non sono del tutto disposto a rinunciare al sesso fantastico che stiamo facendo, non ancora.»

Ma. Che. Cazzo. Michael non sapeva bene come rispondere. Bevve un altro sorso e pensò un minuto prima di farlo. «Non credi di poter avere entrambe le cose?» chiese finalmente a bassa voce. «Un ragazzo che ti eccita e che è anche stabile? Capisco l'intera regola "evita chi ti prende in giro e gli stronzi", ma accontentarsi di qualcuno che non fa per te sembra altrettanto... non lo so... rischioso? Per non parlare della noia.»

Josh sbuffò. «Sarebbe bello, ma è difficile. Non c'è esattamente un gran numero di ragazzi che possano essere entrambe le cose e che siano in attesa di qualcuno come me, con un'undicenne e un lavoro con orari di merda a carico.»

Michael alzò lo sguardo su di lui. «Mi prendi in giro? Chiunque sarebbe fortunato ad avere il tuo culo meraviglioso nel proprio letto e nella propria vita. Non osare sminuirti.»

Josh sostenne la sua occhiata. «Sì, beh, conosci ragazzi così che vogliono sistemarsi?»

Michael sentì il calore nelle guance e abbassò gli occhi. «Ne troverai uno.»

Dopodiché, la conversazione morì di una morte deprimente, e Josh si rese conto di aver avuto abbastanza angoscia per la giornata. Passò lo sguardo su Michael sdraiato sul divano, e decise che aveva finito di perdere tempo. *Siano dannate le relazioni.* Aveva un ragazzo straordinario seduto a poca distanza che pensava che lui fosse una cosa piuttosto sexy, e poteva sicuramente farselo andare bene.

«Allora, dottor Oliver.» Mise la birra sul tavolo e si avvicinò un po'. «Abbiamo una casa tutta per noi e un'intera notte da riempire. Cosa dovremmo fare?»

Michael incontrò il suo sguardo. «Sono aperto ai suggerimenti.»

Il cazzo di Josh si contrasse.

Michael continuò: «E intendo "aperto" nel significato più ampio possibile della parola.» Allargò le gambe per chiarire il punto.

Cazzo. Significava quello che pensava lui? Spinse Michael sul divano e gli si arrampicò sopra, amando la leggera peluria dei baffi e la mascella affilata sotto le sue labbra. «Mmh. Mi stai dicendo che sei disponibile, bello?» gli mormorò contro la gola.

Michael si voltò verso di lui, chiedendo un bacio. «Può essere.»

Il cuore di Josh si librò e il suo uccello balzò sull'attenti. «Sarai la mia morte, lo sai?»

Michael rise, tirandosi indietro per osservarlo. «Allora, niente pizza, immagino?»

«Fanculo la pizza,» ringhiò lui, facendo scorrere la lingua sul labbro inferiore di Michael e mordicchiandolo delicatamente. «O meglio, prima ti scopo e poi pizza, se stai dicendo quello che penso.» Coprì il suo corpo dalla testa ai piedi, facendo del proprio meglio per andarci piano con i lividi che sapeva creavano una mappa sul busto di Michael. Si adattavano così bene.

«Questo sarebbe svelare il segreto,» disse Michael con voce roca.

Josh fissò quell'uomo sexy pronto per essere preso. «Cazzo, sei bellissimo,» sussurrò, sorpreso di vedere un minimo accenno di rossore sulla sua gola. *Adorabile.* Era quasi impossibile conciliare quella timida reazione con il tizio arrogante che aveva incontrato la prima volta al club. Michael Oliver era un mistero, uno che al momento gli faceva venire l'acquolina in bocca.

«Spogliati,» ordinò.

Gli occhi di Michael si oscurarono, e obbedì all'istante. Poi arretrò sul divano, se lo prese in mano e iniziò a toccarsi languido mentre guardava Josh fare del suo meglio per mettersi nudo a sua volta, i piedi incastrati in fondo ai jeans. Finalmente libero, puntò un dito verso di lui.

«Non muoverti. Non un cazzo di centimetro.» Corse in camera e tornò, lanciando lubrificante e preservativi accanto al divano.

Michael lo guardò timidamente. «Posso muovermi ora... signore?»

Josh non pensava che il suo cazzo potesse diventare più duro. «No. E via le mani,» rantolò.

Michael fece come gli era stato detto.

Dannazione. Josh era così eccitato che non riusciva a pensare chiaramente. Non sapeva nemmeno di avere un debole per quel particolare aspetto, ma cavolo se gli dava alla testa, anche perché giungeva proprio inaspettato da quello stronzo fissato con lo stare sopra. Michael attirò la sua attenzione e ammiccò come se gli avesse letto nel pensiero.

«Aprile.»

Michael si portò entrambe le gambe al petto, esponendo quel delizioso culo in tutta la sua gloria, e, wow, un butt plug a stelle e strisce era piantato in piena vista.

«Dacci dentro, uomo lupo. Dimmi come mi vuoi.»

Porca puttana. Porca, porca puttana. Le gambe di Josh cedettero, e per poco non venne lì sul posto. Se avesse avuto la minima idea che il dottore avesse dentro un plug, non sarebbe riuscito a entrare di mezzo metro nella porta d'ingresso perché lui lo avrebbe inchiodato al muro. *Gesù Cristo.* Racchiudeva tutto ciò su cui aveva fantasticato di trovare in un amante, il che serviva solo a dimostrare che l'universo era incredibilmente incasinato a volte.

Forse non avrebbe potuto avere una relazione a lungo termine con quell'uomo in particolare, ma il suo corpo poteva di certo godersi ogni secondo, nel frattempo. A caval donato... Catturò le labbra di Michael in un bacio ardente mentre la sua mano viaggiava verso sud, sfiorando il suo cazzo rigido prima di scavare in profondità tra le sue cosce per afferrare il plug. Lo strinse saldamente e iniziò una leggera scivolata dentro e fuori da quel delizioso culo.

Un rombo bisognoso vibrò in profondità nella gola di Michael mentre Josh affondava la lingua a ritmo con gli altri sforzi. Un paio di braccia circondò le spalle di Josh e lo tennero fermo, facendogli capire che Michael era coinvolto tanto quanto lui. Poi si tirò indietro e posò baci morbidi lungo la mascella di Michael, assaporando il suo inebriante profumo maschile.

«Adoro i suoni che fai,» gli mormorò contro il collo, mordicchiando e succhiandogli la gola e poi più in basso, leccando e soffiandogli aria fresca sui capezzoli pur mantenendo il lento movimento del plug anale. Sapeva di colpire la prostata di Michael, visti i brividi e la schiena inarcata. «Tutto a suo tempo, piccolo,» gli mormorò contro la pancia tesa. «Mi godrò ogni minuto.»

«Non posso... aspettare.» Michael lo tirò sopra di sé, facendogli mollare la presa sul butt plug. «Ho bisogno di te dentro di me, uomo lupo,» gli ringhiò in faccia. «A meno che tu non voglia che finisca prima del previsto.» Tirò i fianchi di Josh contro i propri, allineando i loro cazzi lisci e iniziando un sensuale strofinamento.

Josh fece tutto ciò che era in suo potere per resistere, le sue palle che si sollevavano mentre si avvicinava a perdere il controllo. Era forte la tentazione di finire così, ma non era quello che voleva per nessuno dei due. Quindi, con una determinazione da medaglia d'oro, strappò la mente dal proprio cazzo e si divincolò, abbastanza da sistemarsi a cavalcioni di Michael e mettere un po' di aria fresca tra di loro.

L'altro lo fissò da sotto le ciglia scure, pupille dilatate e labbra gonfie. Sembrava completamente dissoluto, e la cosa più sexy che Josh avesse mai visto.

«Dannazione,» mormorò Michael, il tono che gocciolava sesso ovunque.

Josh gli schiaffeggiò il sedere, facendolo sussultare per la sorpresa e rilasciare un brontolio di apprezzamento. *Ah.* Mise da parte quel gustoso boccone di informazioni per un'altra volta.

«Per quanto fosse bello,» ringhiò dolcemente, «questo è il mio spettacolo.» Aggiunse uno schiaffo sull'altra natica solo perché

poteva, e il corpo di Michael rabbrividì e si fermò sotto di lui...
aspettando.

Michael sorrise. «Sì, ho ricevuto il messaggio.» Reclinò la testa
all'indietro, mostrando la gola arrossata e il battito cardiaco tremo-
lante. «Allora, mi scoperai, uomo lupo, o cazzeggerai tutta la notte?»
Prese l'uccello di Josh, facendo scorrere il pollice sulla punta lucida.

Lui rispose attaccandosi alla sua gola, impartendogli un solido
morso prima di succhiare e leccare via il dolore. Quando si tirò
indietro per osservare il marchio rosso, il suo petto si infiammò.
Buona fortuna a nasconderlo, bello.

Cazzo. Era davvero *quel* tipo d'uomo adesso? Aveva sempre liqui-
dato il marchio come una cosa infantile, rifiutandosi di indulgervi.
Ma con Michael, sì, sembrava che fosse quel tipo d'uomo, e con
entusiasmo.

Michael o non si accorse del morso o non gliene importava, e si
dimenò per riallineare i loro cazzi, costringendolo a riportare l'attenzione dove la voleva. Josh lo accontentò e scese lungo il suo corpo con
una striscia di baci che terminò al suo membro, dove passò la lingua
su e giù per tutta la lunghezza un paio di volte prima di prendere l'intera asta in gola in un colpo solo.

«Oh. Mio. Dio. Cazzo!» sibilò Michael, gettando indietro la testa
e sollevando i fianchi.

Josh si staccò.

Michael gli fece passare le dita tra i capelli corti nel tentativo di
riportarlo dov'era, ma lui resistette. «Tieni le mani lungo i fianchi.»

«Stronzo,» borbottò Michael, ma obbedì immediatamente e Josh
tornò al lavoro.

L'uccello del dottore era una cosa bellissima, e lui amava
succhiare quasi quanto amava scopare. Vi prestava attenzione, godendosi Michael che si dimenava di piacere e frustrazione sotto il suo
corpo. Poi lasciò che le sue dita gli vagassero dietro le palle, premette
il plug, e l'altro sgroppò in risposta.

«Dannazione, se non mi scopi ora, Rawlins, sparerò il carico nella
tua bella bocca, e tutto sarà finito.»

Josh lasciò che il cazzo di Michael gli scivolasse via dalle labbra. «Non credo.» Diede uno strattone deciso al plug, trascinandolo sulla prostata dell'uomo, guardando gli occhi di Michael che si spalancavano. Con la mascella serrata e le mani strette a pugno attorno al cuscino del divano, stava chiaramente cercando di resistere, e Josh si prese un secondo per godere della vista.

L'aveva fatto lui. *Lui* aveva messo in ginocchio quell'uomo sexy, facendogli implorare di essere scopato. Il suo petto si gonfiò e posò un bacio sull'inguine di Michael. «Nah, non lo farai, perché vuoi il mio cazzo nel profondo del tuo culo in questo momento, più di quanto vuoi respirare, giusto?»

Michael borbottò qualcosa di incomprensibile.

«Usa le parole.»

«Forse,» sibilò l'altro a denti stretti.

«Forse cosa?»

Michael gli lanciò uno sguardo omicida. «*Forse* voglio il tuo cazzo nel mio culo più che respirare, uomo lupo. Ma mi ricorderei di chi è il prossimo turno, signore. Vendetta e tutto il resto. Giusto per dire.»

Aveva ragione. Josh tirò indietro il plug, lasciandolo appena dentro mentre faceva scorrere le dita sulle palle di Michael.

«Andiamo, sto morendo qui,» gemette l'altro.

Josh lo capiva. Stava lottando per non venirgli addosso in quel preciso istante. Fece un respiro tremante e si posizionò tra le sue gambe, sollevando entrambe le ginocchia. «Portale in alto,» disse. «Voglio un posto in prima fila.»

«Pervertito,» borbottò Michael, ma si afferrò le cosce e le tirò su fino al petto, esponendosi completamente.

Gesù Cristo e tutto l'alleluia. Josh fu costretto ad afferrarsi la base dell'uccello per impedirsi di schizzare oltre il limite alla sola vista. Quell'uomo sexy e intelligente si era sparpagliato come un dannato negozio di caramelle solo per il piacere di Josh. E davanti e al centro, un plug anale rosso, bianco e blu che pulsava dolcemente, mezzo appeso fuori da quel buco stretto e dolce.

Fece un respiro affannoso e lo sfilò.

Michael sibilò. «Finalmente.»

Josh afferrò il preservativo e il lubrificante, poi fece scivolare due dita inzuppate in quel foro tremante e le guardò muoversi dentro e fuori.

Michael piagnucolò. «Basta... con la cazzo di preparazione.»

«Shh,» lo tranquillizzò Josh. «Non è preparazione. Adoro stare nel tuo culo. È una dannata fornace.» Fece scivolare fuori le dita, si mise le gambe di Michael intorno alla vita ed entrò delicatamente in lui, richiamando a sé tutto il suo autocontrollo per non segnare meta al primo colpo.

Michael gemette. «Grazie. Cazzo. Dio.» Fece scorrere la mano attorno al collo di Josh e lo tirò giù per un bacio rude mentre entrambi impiegavano un minuto per adattarsi. «Ce ne hai messo di tempo.» Quindi lo spinse via e afferrò i cuscini del divano. «Adesso scopami sul serio.»

Con piacere. Josh non aveva bisogno che glielo dicesse due volte. Sollevò le gambe di Michael sulle spalle, prendendo rapidamente un ritmo impegnativo.

«Così. Cazzo. Lì.» Michael balbettò. «Ci sono così vicino...»

Grazie a Dio. Josh stesso si teneva a malapena appeso per le unghie. Strinse i fianchi di Michael in una presa punitiva che sicuramente avrebbe lasciato lividi e si lasciò andare, forte e veloce, nel suo calore stretto. Non passò molto tempo prima che le sue palle si contraessero e quel formicolio familiare e promettente si diffondesse dalla base della sua spina dorsale.

«Dai, dolcezza, vieni per me,» lo incoraggiò, trattenendosi, aspettando un segno di quella tensione rivelatrice nel corpo di Michael. Quel sussulto che gli faceva sapere che stava per esplodere. E... eccolo lì.

Con la testa gettata all'indietro, la bocca aperta e gli occhi chiusi, era un dannato spettacolo da vedere mentre si lasciava andare. E così lo fece anche Josh, permettendo al proprio orgasmo di esplodere in un'ondata di piacere, continuando un lento scivolare dentro e fuori fino a quando non ebbero cavalcato l'ultimo dei loro tremiti fino alla quiete. E per alcuni secondi tutto tacque.

«Porca puttana,» ansimò Josh, facendo del suo meglio per non crollare sulle ferite di Michael, anche se al momento l'altro non sembrava cosciente: giaceva immobile, gli occhi chiusi e i respiri rapidi e superficiali erano l'unico segno di vita. Josh gli lasciò le gambe ma non uscì da lui mentre il sesso gli si afflosciava e lui leccava gli schizzi di sperma dal suo petto.

Alla fine, Michael alzò la testa per guardare, e Josh si allungò per catturare le sue labbra con le proprie, condividendo il gusto. Le braccia di Michael si strinsero intorno a lui mentre il bacio indugiava e diventava tenero. Le sue dita tracciarono linee morbide lungo la spina dorsale di Josh, aggiungendo vortici e pennellate delicate. Sembrava altrettanto riluttante a terminare l'abbraccio, e il petto di Josh si strinse al pensiero. Sembrava molto più che semplice sesso tra loro. Ma lì stava la speranza degli sciocchi, ed era di gran lunga troppo pericolosa per il suo cuore.

Il pensiero fu sufficiente per rompere l'incantesimo e far alzare le labbra da Michael e anche alcuni muri. «Mmm,» strofinò il naso sulla sua mascella, «adoro il tuo odore. Sei terribilmente sexy.»

«Davvero?» Michael gli mordicchiò il lobo dell'orecchio. «Beh, anche tu non sei male.» Si tirò indietro e lanciò uno sguardo significativo verso il punto in cui Josh era ancora dentro di lui.

«Stai pensando di firmare un contratto di locazione?»

Josh fece un ampio sorriso. «È un'idea eccellente.» Si ritirò e legò il preservativo prima di farlo cadere a terra. Poi si spostò di lato e si schiacciò accanto a Michael sullo stretto divano, gettandogli la gamba sulle cosce.

«Sto pensando di appendere un'insegna con scritto *Casa dolce casa* su quel bel pezzo di...» Si bloccò. *Cazzo.* «Mi dispiace, suonava... voglio dire... so che non siamo...»

Michael gli mise un dito sulle labbra e gli avvolse le spalle. «Va tutto bene, uomo lupo. Ci stiamo solo divertendo, no?»

Josh esitò solo un secondo. «Esattamente. Divertimento.» Qualcosa gli si agitò nello stomaco a quelle parole.

Michael lo tirò vicino. «Devo ammettere che è stata una bella corsa.» Giocherellò con un ricciolo dei suoi capelli. «E la prima volta per me.»

Josh alzò la testa e lo fissò. «Di che *prima volta* stiamo parlando esattamente? La parte in cui ti dico cosa fare o la parte in cui ti sculaccio?»

Un rossore rubò spazio sulle guance di Michael e gli scivolò giù per la gola, e Josh non desiderò altro che seguire quel percorso e crogiolarsi nell'inaspettata innocenza.

«Penso che mi appellerò al Quinto emendamento.» Michael sorrise dolcemente. «Diciamo solo che non mi piace cedere le redini.»

Josh rimase a bocca aperta. «No, dimmi che non è così.»

Michael gli diede un pugno sulla spalla. «Sì, sì, ridici su. Non è che tu non abbia problemi di controllo.»

«Vero,» ammise Josh. Prese la mano libera di Michael e si prese cura di ogni dito con un bacio, acutamente consapevole dello scrutinio dell'uomo. «Ma ti va bene, vero?» Colse quegli occhi color zaffiro e li tenne agganciati ai propri.

Michael sorrise. «Se per te bene vuole dire "magnificamente, cazzo".» Il rossore si diffuse verso nord.

Fottutamente adorabile. Josh gli piantò un bacio sul petto, strofinandogli il capezzolo con la lingua, godendosi il sussulto sorpreso che suscitò in risposta.

«Però ho una cosa da rimproverarti.» Michael avvolse una ciocca di capelli di Josh in un ricciolo stretto e gli diede uno strattone.

«Ahi.»

Assottigliò lo sguardo. «Perché dici quella roba carina? Voglio dire, *dolcezza*? Davvero? Ho già perso abbastanza del mio mojo maschile stasera, arrendendomi come ho fatto, senza bisogno di ore di terapia extra, grazie mille.»

Josh fece scivolare il braccio intorno alla vita di Michael e lo tirò più vicino. «Affare fatto... belle chiappe.» Rise fino a finire con il sedere sul pavimento, con Michael a cavalcioni sul petto, al contrario, che gli si tuffò dritto verso le ginocchia.

Josh arretrò per difendersi. «No, ah... fermati... per favore... niente... segni... fermati,» lo supplicò, mentre l'altro lo riduceva a un ammasso di carne che si dimenava. Pochi secondi di squisita tortura dopo, Michael si fermò, le mani sopra le sue ginocchia.

«Ti arrendi?»

Josh alzò la testa per far scorrere la lingua nella fessura tra le natiche di Michael.

«Ehi.» Michael le strinse.

Josh rise. «Arrendermi? Mai nella vita, tesorino.»

«Bastardo.» Michael strinse le ginocchia e Josh sgroppò, aggrappandosi alle sue braccia. «Okay, okay, okay. Mi arrendo... Gesù.»

Michael lo guardò, gli occhi scintillanti. «Di' che ti dispiace.»

Josh roteò gli occhi. «Mi stai prendendo in giro.» Liberò le braccia e cercò di tirare indietro Michael per un bacio mentre tentava di palpare quel culo delizioso che lo fissava dritto in faccia.

«Non imbrogliare.» Michael si contorse in un debole tentativo di scappare finché Josh non fece scivolare un dito in quel buco ancora scivoloso, e poi un secondo. Michael si bloccò all'istante. «Cazzo.» I suoi occhi si rovesciarono all'indietro. «Forse baro un po'.» Spinse indietro, prendendo le dita di Josh più a fondo.

«In tal caso,» mormorò lui, facendo scorrere le dita dentro e fuori, «sono più che felice di scusarmi.» Fece torcere Michael e lo tirò in basso, catturando poi le sue labbra. «Che ne dici di spostare tutto questo sotto la doccia?»

Michael annuì immediatamente. «Vai.»

Un'ora dopo ordinarono la pizza, alla fine di una lunga doccia e di un dibattito apparentemente ancora più lungo sui condimenti. La risoluzione prevedeva di ordinare tre pizze completamente diverse, solo una delle quali poteva essere condivisa.

Michael ben presto decise che Josh era un idiota. Non c'era modo che le cozze, e qualunque cosa fosse il kumara, dovessero mai essere permesse entro un miglio da una crosta di pizza di New York. Era pazzo? Che cazzo c'era di sbagliato in quel Paese?

Stava ancora riflettendo su quell'abominio mentre era avvolto tra le sue braccia e guardava la fine della partita di rugby che Josh aveva sospettosamente avuto l'accortezza di registrare. Si dimenò per farsi più vicino. Josh era una maledetta fornace, che irradiava calore contro la pelle della sua schiena, pelle che gli era stato proibito di coprire dopo la doccia, rendendolo anche un pervertito di prim'ordine.

Nascosto agli occhi di Josh, Michael era libero di ignorare il gioco e pensare. Gli aveva fatto la stessa richiesta relativa all'abbigliamento, quindi non aveva davvero motivo di lamentarsi. Spostandosi sul cuscino, si strofinò deliziosamente contro il suo petto nudo e quasi fece le fusa. *Cristo.* Riconosceva a malapena quella versione di se stesso, troppo vicina a sbavare su un pezzo di culo, anche se splendido. Va bene, non era solo il culo, non era stupido. Josh era un bravissimo ragazzo. Ma nessuno dei due voleva di più. *Sì, come no.* Michael ci credeva davvero ancora? Avrebbe voluto dire di sì, ma ora sapeva che era una bugia, almeno da parte sua. Non che saperlo cambiasse qualcosa. Dubitava ancora che Josh l'avrebbe visto come uno con cui fidanzarsi.

La chimica tra loro lo aveva gettato in una sorta di riorganizzazione della propria vita. Non solo aveva ceduto il controllo, ma l'aveva quasi lanciato addosso a Josh avvolto in un grosso fiocco rosso. Per uno che stava sotto raramente e malvolentieri, gli aveva permesso di dominarlo e dargli ordini, e aveva amato ogni secondo appetitoso e stupefacente. Il. Migliore. Sesso. Di. Sempre.

Quella cosa lo spaventava a morte. Ma mentre la sua mente gridava "che cazzo", il suo uccello era interessato a ogni ordine e sculacciata. Oh, e comunque... le sculacciate... erano dannatamente sexy, chi l'avrebbe mai detto? Peggio ancora, per quanto avesse sventolato la bandiera del "il prossimo turno è mio", tutto ciò che voleva davvero fare era mettersi in ginocchio e implorare per il bis.

Alla faccia dell'essere scopamici. Lanciò un'occhiata all'indietro e Josh gli baciò il naso. La roba coccolosa e il toccare, baci sul naso inclusi, erano semplicemente da Josh, giusto? E anche se, e quello era un grande se, l'altro avrebbe potuto prendere in considerazione di fare qualcosa di più con Michael, non sapeva ancora tutto del suo passato di scarsa fedeltà, o del suo problema con il bere, o di qualsiasi altra cosa, e lui non si illudeva che, quando avrebbe appreso tutto, le cose sarebbero andate bene. Non come con qualcuno come Brent, l'opzione "solida". *Beh, cazzo.*

Quando la pizza arrivò, Michael eluse l'offerta di una birra a favore di una Pepsi ottenendo poco più di uno sguardo curioso da parte di Josh. Mangiarono sul divano, poi pulirono la cucina perlopiù in silenzio, muovendosi l'uno intorno all'altro in una danza domestica stranamente confortevole. A metà, Josh ricevette una chiamata da Sasha. Michael lo mandò via per farlo parlare con lei e finì di pulire. Ma tenendolo d'occhio, vide le sue sopracciglia aggrottate, poco compiaciute per quello che gli veniva detto. Josh poi vagò nel soggiorno e lui non riuscì più a sentirlo. Si scrollò di dosso la cosa. Non erano affari suoi.

«Va tutto bene?» azzardò quando l'altro fu di ritorno.

Josh si diresse verso il frigo e prese un'altra birra, senza incontrare i suoi occhi. «Era Sasha.»

Ah, beh. Michael capiva le cose al volo. Ma poi Josh lo sorprese andando da lui e sfiorandogli le labbra con le proprie. «Problemi con i nonni. Loro, ehm, non apprezzano il mio "stile di vita". Niente a cui voglio pensare in questo momento.»

Era una spiegazione che non aveva bisogno di dare e Michael si chiese di nuovo se forse Josh avesse preso in considerazione che potesse esserci qualcosa di più tra loro. Forse valeva la pena parlarne. E se Josh lo avesse rifiutato? Michael era un ragazzo grande. L'avrebbe affrontato.

Josh gli prese la mano e lo condusse di nuovo al divano, scavalcando Paris e facendolo sistemare sui cuscini a un'estremità mentre lui prendeva posizione dall'altra. Sembrava avesse qualcosa da dire, e Michael si irrigidì, un'altra ondata di nervosismo gli attraversò la pancia.

Paris si allungò sui suoi piedi e si mise a russare. Michael arricciò le dita nella pelliccia del pastore, in cerca di una distrazione, e il cane gemette in apprezzamento. Se Josh voleva parlare, lui avrebbe aspettato.

«Gli piaci,» commentò Josh.

Michael sbuffò dal naso. «Vuoi dire che mi vede come un bersaglio debole.»

Josh rise. «Anche. Però i cani poliziotto di regola sono piuttosto scostanti con gli estranei, ma fin dal primo giorno è stato bravo con te.»

«Allora dovrei prenderlo come un complimento?»

«Assolutamente.»

Michael affondò le dita dei piedi più in profondità nel collo dell'animale. C'era qualcosa di stranamente rassicurante in quel calore fiducioso, che lo accettava così, senza domande, senza giudicare. Pensò a Scout. Sì, forse era il momento di prendere un animale. Il cane rotolò sulla schiena, reindirizzando l'attenzione di Michael sulla pancia. Lui rise. «Dio, vorrei avere questo effetto su tutti.»

Josh gli fece l'occhiolino. «Ne hai bisogno solo con coloro che contano.»

Ok, forse non è niente di brutto, allora. «E tu saresti uno di quelli, immagino?» tentò.

Josh rispose con un enorme sorriso. «Sì, mi girerei e ti offrirei la mia pancia ogni giorno.» Poi percorse lo spazio tra loro e premette le labbra su quelle di Michael. Il bacio fu tenero, morbido e persistente, con un semplice tocco di lingua. Accarezzava, sussurrava e svolazzava con cento promesse desiderate. E riempiva tutti i suoi spazi profondamente vuoti.

Michael non capiva perché, con tutto il sesso che avevano fatto, fu quel bacio a far crollare le sue mura. Ma il perché non aveva importanza. Quello che importava era che non poteva più negare che quella "cosa" tra loro fosse volata a un milione di anni luce oltre il solo sesso, almeno per lui. Sì, voleva il sesso. Ma voleva anche le coccole, le chiacchiere, gli appuntamenti, i film e le passeggiate e scopare,

scopare, scopare. E quello non era per niente, per niente nei suoi piani.

Si ritrasse e abbassò lo sguardo, scegliendo di concentrarsi su Paris, qualsiasi cosa per evitare l'uomo che stava distruggendo le sue difese in modo così sistematico e spietato. «Sì, beh, io sono più un uomo da culo.» Si rifiutò di alzare lo sguardo.

Josh rise, gli baciò il collo e tornò alla sua estremità del divano, apparentemente ignaro della devastazione che aveva appena provocato nel cuore di Michael.

«Allora,» disse poi, «sai un bel po' del mio coming out e della mia vita incasinata. Che ne dici di livellare il campo da gioco?»

No. Non voglio nemmeno un po'. Michael sospirò. Voleva dire a Josh tutto, Dio come voleva, ma se l'avesse presa male, e se avesse significato che quella sarebbe stata l'ultima volta che si vedevano? Doveva rischiare? O sarebbe stato meglio godersi la serata e poi fare marcia indietro con un po' di dignità, prima che qualcuno si facesse male, cioè Michael? *Fanculo.*

Alla fine, rispose: «Va bene, ma vacci piano con me.»

E, detto ciò, passarono un paio d'ore tranquille a parlare, con Michael che raccontava della sua famiglia e della sua epifania da adolescente gay derivante da un po' troppo interesse per un certo membro sexy della squadra di basket del liceo. Il ragazzo era totalmente etero e non l'aveva mai capito, ma ciò che Michael aveva affrontato in una foschia di lussuria pur di partecipare alle stesse feste, lezioni e condividere spazi per il pranzo era stato sufficienti per confermargli senza ombra di dubbio che preferiva gli uccelli.

La sua famiglia l'aveva accettato abbastanza, una volta che lo shock iniziale era scemato, quindi, tutto sommato, era stato fortunato.

Josh riuscì a inchiodarlo una volta su Simon, Dio solo sapeva come era successo, ma lui mantenne i dettagli al minimo, omettendo l'intera brutta verità sulla sua parte nella rottura, alludendo semplicemente alla pressione lavorativa di due medici che cercavano di avere una relazione. Offrì volontariamente dettagli sulla sua formazione, sul perché l'aveva scelta: suo padre era un medico e gli piaceva sinceramente la scarica di adrenalina del pronto soccorso. Ma dopo ciò, la conversazione divenne complicata.

«Allora, ho notato che non bevi,» disse Josh di punto in bianco.

Michael si bloccò. «Oh, sì, vero?» rispose secco.

Josh alzò i palmi. «Ehi, va bene. Non sono affari miei.»

Michael sospirò. Quel ragazzo era un poliziotto, per l'amor di Dio, era ovvio che l'avesse notato. «Hai ragione,» disse, «non sono affari tuoi.» Lo inchiodò con uno sguardo che si addolcì. «Ma sì, non bevo. C'è un gran carico di stress al pronto soccorso e un sacco di quella merda ti segue a casa. Diciamo solo che ho imparato per esperienza che usare l'alcol per affrontarla è meno che intelligente, quindi ho smesso del tutto.» Volò abbastanza vicino alla verità, e Josh fece semplicemente un breve cenno del capo, poi la conversazione proseguì.

Michael rilasciò il respiro che aveva trattenuto. Era il massimo che aveva detto a chiunque sul suo breve disastro ferroviario con l'alcol, oltre a coloro che dovevano sapere. Ma quello era Josh, e in qualche modo lo stronzo aveva tirato fuori quella merda da lui come pus da una ferita. Tuttavia, era andata meglio di quanto si aspettasse, quindi forse avrebbe potuto rischiare di raccontargli l'intera storia. L'indomani, se si fosse ancora sentito così, lo avrebbe fatto.

Josh studiò la gamma di emozioni che si manifestarono sul viso di Michael mentre parlava dei rischi del bere come medico al pronto soccorso e sapeva che non era l'intera storia, ma non gliene faceva una colpa. Non erano fidanzati. Diavolo, non era nemmeno sicuro che fossero buoni amici, non proprio, anche se sperava che le cose andassero in quella direzione. Erano solo... beh, merda, non aveva più idea di cosa cazzo fossero.

Di sicuro sembrava che qualcosa fosse cambiato, però. E a giudicare dalle strane occhiate che gli aveva lanciato Michael, sembrava che anche lui fosse ugualmente perplesso su ciò che stava accadendo tra loro. Josh non riusciva a stare nello stesso spazio di Michael senza toccarlo, e non solo per il sesso, per il comfort, per la connessione, anche per il calore. Ma Michael era anche un doloroso promemoria di tutte le cose che a Josh mancavano nell'avere un partner, quindi forse non si trattava davvero di lui ma più di ciò che Josh desiderava ardentemente. Sapeva soltanto che era sempre più confuso su ciò che stavano facendo e su quello che voleva ancora.

Cercò di concentrarsi sulla storia che il dottore era impegnato a raccontare – qualcosa sull'occuparsi di un famoso musicista che era stato ricoverato al pronto soccorso dopo essere caduto nudo dall'insegna di Hollywood – ma la sua mente aveva preso a vagare. Tutto ciò che vedeva era il movimento delle labbra di Michael, la punta della lingua, il modo in cui i suoi occhi si increspavano agli angoli quando sorrideva, e la luce blu che brillava in essi a ogni risata. Michael doveva a malapena dare un'occhiata a Josh, e lui si ritrovava a combattere contro l'impulso di allargare le gambe e dargli una tonnellata di lubrificante.

Eppure, Michael era stato così chiaro sul non volersi sistemare, qualcosa che Josh stava cercando disperatamente: creare una famiglia, l'intera staccionata bianca. Cosa diceva sempre Katie? Esci con la zoccola ma sposa il nerd. Forse c'era del vero in quello. Michael era davvero sexy, ma anche seriamente fobico quando si trattava di impegnarsi. Eppure, attirava la sua attenzione come una insegna al neon.

E che dire dell'idea di monogamia? Quello era stato un motivo di rottura per Josh, e non era sicuro di cosa ne pensasse Michael. Sembrava sinceramente incazzato per quello che Jase gli aveva fatto, eppure sembrava allo stesso tempo disinteressato a qualsiasi relazione. Sarebbe stata una scommessa enorme, e ogni volta che si ritrovava a chiedersi come sarebbe stato uscire seriamente con l'altro, gli veniva il mal di testa a causa del megaton di campanelli d'allarme che gli suonavano in testa. Da solo avrebbe corso il rischio... forse. Ma Sasha doveva venire per prima, e quel rischio sembrava troppo grande per mettere sua figlia nel mezzo, di nuovo.

Una cosa era certa: Josh si stava davvero stufando dei se e dei forse. Avevano bisogno di parlare. Aveva bisogno di sapere cosa pensasse Michael, e poi avrebbe valutato. Se parlare significava che sarebbe tutto finito, meglio prima che poi. Josh era passato oltre l'essere uno scopamico da un po'. Troppo tardi per non farsi male. *Domani.* Il giorno seguente avrebbe forzato una conversazione.

«Resti stanotte, per favore?» Josh interruppe la fine della storia di Michael, e gli occhi dell'altro si spalancarono per la sorpresa. *Merda. Sembrava troppo bisognoso.* Abbassò una mano per grattare la testa di Paris. «È piuttosto tardi e... beh, non vorrei che tu perdessi il turno.» Lanciò un'occhiata timida.

Michael non rispose immediatamente, cosa che mandò Josh un po' nel panico. «Era solo un pensiero,» disse. «Lascia stare.»

«No. Voglio dire, sì,» rispose piano Michael. «Sì, potrei farlo. Non pensi che... complicherà le cose?»

Cazzo, lo farà assolutamente. Ma Josh aveva bisogno di Michael accanto quella sera. E aveva bisogno di parlargli l'indomani. «Non vedo perché. Siamo adulti, giusto?»

Michael annuì. «Nei giorni buoni.»

CAPITOLO NOVE

«Dannazione, no!» gridò Michael. Perché nessuno stava prestando attenzione? Si allungò verso la barella, le braccia che si muovevano come blocchi di cemento nel fango incrostato. Le sue dita si allungarono verso la mano pallida e flaccida solo per avvolgere invece l'aria. «Aiutatela.» Ma nessuno si muoveva. Perché nessuno si muoveva? Rimanevano in piedi, a fissarlo, gli occhi piatti e le labbra in una linea tesa. Lei respirava, ma il suono non portava speranza, e lui fu attratto dal suo sguardo dolce, giovane, implorante. Incapace di distogliere il proprio, colse l'ultimo barlume di vita in quei bellissimi occhi marroni, lo guardò svanire nel nulla. Cadde in ginocchio su un pavimento viscido di sangue e un paio di braccia calde si strinsero intorno a lui.

Michael lottò contro la presa, la faccia piena di lacrime. «Lasciami andare.» Ma le braccia si strinsero.

«Shh, va tutto bene,» gli mormorò una voce rassicurante nell'orecchio. «Ci sono io. Shh.»

I suoi occhi si spalancarono. La voce era familiare, sicura. *Josh.* Il suo corpo iniziò a rilassarsi. Un bacio dolce fu premuto contro il suo collo, i suoi capelli e la sua spalla, e ognuno di essi abbatté il panico di

Michael di una tacca o due. E con l'ultimo bacio, le braccia intorno a lui si allentarono appena. Abbastanza per farlo respirare, finalmente.

«Va tutto bene, piccolo. Ci sono io,» sussurrò Josh.

Michael si appoggiò contro il suo petto caldo e lasciò che il cuore si calmasse dal galoppo nauseante. I ricordi tornarono. Era a casa di Josh, nel suo letto, tra le sue braccia, e stava bene. Aveva bisogno di riprendersi. *Non perdere completamente il controllo davanti a lui, idiota.* Era stato solo un breve tuffo nella piscina della pazzia. Solo un promemoria, ma.... *Cazzo. Perché stasera?*

Le dita di Josh gli passavano sulla pancia e sui fianchi, rilasciando i nodi del panico. Lui inspirò profondamente e si ritrovò trattenuto e cullato, confortato come un bambino, mentre baci leggeri gli venivano premuti sulla nuca. Dio onnipotente, era davvero bello. Così si lasciò andare alla deriva, felice in quel momento di non andare via da quel bozzolo di carne dove tutto sembrava giusto.

Dopo un po', Josh rallentò il dondolio e rimasero in silenzio. Michael si girò tra le sue braccia per guardarlo, baciandolo leggermente sulle labbra. I ricordi andarono alla sera prima, i pigri pompini a letto prima che lui si rannicchiasse contro Josh, di schiena.

«Grazie,» gli sussurrò contro la bocca, non riuscendo a trasmettere neanche lontanamente la gratitudine che provava per la silenziosa accettazione da parte di Josh della sua follia.

«Incubo?» L'altro inarcò un sopracciglio.

«Sì.»

«Ti capita spesso?»

«Di tanto in tanto.» Michael sentì la fitta di imbarazzo arrossargli le guance. Quella non era una conversazione che voleva avere, non in quel momento, non ancora. E soprattutto non con quell'uomo che scivolava così facilmente sotto e intorno a ogni muro che lui aveva installato con cura al suo posto.

«Vuoi parlarne?» insistette Josh con delicatezza. «So per certo che può aiutare.»

Michael sorrise suo malgrado, ma aveva evitato di aprirsi con Simon per diciotto mesi e non aveva intenzione di buttare fuori tutto così facilmente con uno che conosceva da poco più di due settimane. Ma non era esattamente ciò che aveva avuto intenzione di fare il giorno dopo?

«No, non proprio,» rispose, pronto per una discussione, ma non ottenne nient'altro che uno sguardo preoccupato. *Dannazione.*

E così gli diede qualcosa. «Il lavoro che faccio, la merda che vedo, lascia cicatrici, ecco tutto. Non è molto diverso dal tuo lavoro, immagino. Non riusciamo a salvare tutti, e a volte il "quasi, ma non del tutto" torna a mordermi il culo.» Strofinò il naso contro il collo di Josh. «Mi dispiace di averti svegliato. Prendo un bicchiere d'acqua e mi sdraio un po' in salotto, così potrai riaddormentarti. Non c'è bisogno che entrambi abbiamo gli occhi rossi e irritati al mattino.»

Fece per spingere via le coperte, ma la presa di Josh lo tenne fermo. «Ho un suggerimento migliore,» mormorò, prendendogli a coppa il mento e voltandolo per un bacio, la lingua calda e morbida contro le sue labbra. Michael le aprì e Josh entrò dolcemente, una mossa sensuale e lenta che glielo fece diventare duro come una roccia in pochi secondi, facendogli pensare che fosse del tutto possibile che potesse venire solo per un bacio.

Le mani si trascinavano sulla sua schiena, lasciando vortici ardenti di calore e desiderio nella loro scia. Michael riusciva a malapena a respirare, figuriamoci a muoversi, la sua mente era una pozzanghera di adrenalina, stanchezza e sensibilità. Non aveva altra scelta che arrendersi e lasciare che quell'uomo straordinario possedesse ancora una volta il suo corpo, questa volta in un percorso più tenero ed erotico verso l'eccitazione.

Non aveva idea per quanto tempo si baciarono, le mani di Josh che gli scivolavano sul corpo accompagnate da gemiti e mormorii, tradendo la sua stessa eccitazione mentre assaggiava delicatamente ogni centimetro quadrato della pelle di Michael. La lenta seduzione stimolò zone erogene che lui non sapeva nemmeno di avere: i gomiti, la parte inferiore dei bicipiti, la parte inferiore delle costole, chi lo sapeva? A un certo punto, pensò che avrebbe dovuto fare la sua parte, ma Josh gli scostò la mano.

«Shh,» lo tranquillizzò, spingendolo di nuovo al suo posto, che apparentemente era ovunque Josh volesse che fosse. «Vediamo se riesco a riportare indietro i coniglietti del sonno.»

Michael rise dal naso. «Coniglietti del sonno?» Gli leccò il collo solo perché poteva, e ciò richiese più energia di quanta poteva radunarne al momento. «Le parolacce potrebbero funzionare, uomo lupo.»

Josh lo fece girare sul fianco e lo abbracciò da dietro. «Oh, uomo di poca fede,» gli sussurrò all'orecchio, facendo scivolare un cazzo molto eretto e molto esigente contro la sua fessura. «Ora rilassati e lasciami scacciare i brutti sogni.»

Va bene, allora. Va bene. E con ciò, Michael cedette e si arrese a un atto di sesso che gli toccò l'anima, come niente che avesse mai conosciuto. La bocca di Josh possedeva la sua pelle. Toccava, baciava, leccava, succhiava, mordicchiava, accarezzava, tutto morbido e languido, seta su cotone. La mente di Michael girava pigramente intorno alla domanda su come potesse essere così rilassato eppure così follemente eccitato. Era un mistero che alla fine lasciò da parte, quando fu a un soffio dall'auto-combustione e dal portare con sé la maggior parte dell'universo conosciuto.

I baci si confusero in morsi gentili e mormorii rilassanti, mentre dita scivolose trovavano i suoi interruttori segreti e quelli non così segreti. Le palle rotolavano delicatamente, il suo uccello trattato con lente carezze ipnotizzanti, il suo corpo bruciava sempre più. E infine, dita perfide e scivolose dietro le sue palle gli sfiorarono l'apertura, immergendosi all'interno, scivolando dentro e fuori, le labbra che gli accarezzavano la spina dorsale. La sua coscia venne spinta in avanti, in modo che fosse più aperto, e due dita si mossero in circolo, sondando.

Continuò così fino a quando Michael fu convinto che le sue ossa si fossero dissolte nella stessa fibra delle lenzuola, insieme al suo cervello. Poi le labbra e le dita si ritirarono, e una carne solida e ardente premette contro di lui dalla spalla alla coscia. Josh gli gettò un braccio intorno al petto, scivolò dentro di lui lentamente, molto lentamente, arrivando in fondo in una spinta allettante. Poi sospirò tremante, caldo e umido contro il collo di Michael.

«Non ci vorrà molto, mi dispiace.»

Michael gemette e si spinse indietro, mugolando dal bisogno. «Non è un problema.»

«Cazzo,» gemette Josh. «Dammi un secondo, sì.»

Da qualche pianeta lontano, Michael lo sentì fare alcuni respiri profondi, e poi arrivarono le prime spinte gentili. E proprio come la seduzione, la scopata fu lenta e rovente. Lunghi colpi di quel grosso cazzo che scivolava contro la sua prostata ripetutamente, spingendolo sempre più vicino al limite dell'orgasmo.

Avrebbe dovuto essere frustrante, quella lenta planata esasperante, invece era meravigliosa. Deliziosa e sontuosa, come una colata di cioccolato fuso, e Michael non poteva fare altro che abbandonarsi all' ipnotica promessa, confidando che Josh lo avrebbe condotto al culmine. E poi, quasi troppo presto, sentì iniziare l'ondata di piacere.

«Vicino,» sibilò, sorprendendosi per la capacità di formare anche solo una parola.

«Anch'io.» Josh gli fece scivolare una mano sull'erezione.

Lui gemette e si inarcò nella presa.

«Sì, tesoro,» mormorò Josh. «Lasciati andare. Ci sono io.»

Fu tutto ciò che servì a Michael per precipitare oltre il limite, cavalcando un'onda squisita, vagamente consapevole del corpo di Josh che tremava alle sue spalle, il gonfiore e lo sfogo del suo cazzo dentro di sé. *Porca puttana.*

Nessuno dei due si mosse per quelli che sembrarono minuti, persi nel semplice bisogno di respirare e tenersi stretti l'uno all'altro. Poi alla fine Josh scivolò fuori da lui, riportandolo indietro da dove il suo cervello era migrato per riprendersi.

«Gesù Cristo, uomo lupo,» mormorò Michael, abbassando la gamba per alleviare un crampo, mentre scivolava contro il petto bollente di Josh. «Dove diavolo l'hai imparato?»

«Se te lo dicessi, dovrei ucciderti.» Josh gli mordicchiò la nuca, poi gli diede un morso più deciso.

«Ahi,» gridò Michael, un po' troppo acuto per i suoi gusti. «Per cos'era questo?»

«Perché hai un sapore dannatamente buono. Ora mettiti a dormire.»

Michael voleva protestare, voleva inchiodarlo sul letto e farlo cedere a qualcosa... qualsiasi cosa pur di non sentirsi così, così grato, ma non lo fece. Invece si sistemò tra le braccia di Josh, di nuovo in quella cazzo di posizione a cucchiaio, avvolto nella tenerezza dell'uomo come se fosse qualcosa di prezioso di cui fare tesoro, e poi... beh, poi pianse: grosse, grasse, silenziose, brutte lacrime nel cuscino. Restò comunque immobile, il più silenzioso possibile, pregando che l'altro non se ne accorgesse.

Nessuno aveva assistito a una delle sue crisi in piena regola nel cuore della notte, tranne una persona: Simon. Dopodiché, Michael si era alzato dal loro letto e aveva seppellito gli incubi nell'alcol e nell'isolamento, e nessuno lo aveva mai più visto in quel modo, fino a quella sera, e a Josh. Dolce, determinato Josh. Non gli aveva chiesto nulla, l'aveva semplicemente portato in un posto sicuro e l'aveva tenuto lì. E non era quello un miracolo?

Il braccio di Josh si strinse attorno a lui. Era ancora sveglio. *Merda.*

«Stai bene?»

Sì. No. Fanculo. Ah, dannazione. «Si chiamava Marcia.» Pronunciò le parole ancora prima di rendersene conto.

Josh si fermò ma non disse nulla.

Cavolo. L'avrebbe fatto davvero? Credo di sì.

E lo fece. «È arrivata al mio pronto soccorso quasi due anni fa,» iniziò, e poi continuò a raccontare a Josh tutto il disastro, il più grande casino della sua carriera, mentre l'uomo alle sue spalle semplicemente lo teneva stretto e ascoltava senza mai interromperlo. L'unico segno che era ancora sveglio era il dolce respiro vicino all'orecchio di Michael e la presa che teneva intorno al suo petto.

Era più facile parlare senza dover guardare quegli occhi: non doveva nascondere la vergogna o vedere l'inevitabile pietà o giudizio quando Josh finalmente avrebbe capito che casino fosse veramente Michael. Sarebbe stato contento di averlo tenuto a distanza, allora. Josh meritava di meglio.

Quando finalmente ebbe finito, rimasero in silenzio per un po', e lui provò uno strano senso di pace. Poi Josh gli tirò le spalle, facendolo girare così che potessero guardarsi. Gli prese il mento e unì le loro labbra in un bacio dolce, senza calore, solo conforto e accettazione. Poi si tirò indietro e gli baciò la punta del naso e le palpebre. Non poteva non aver sentito l'odore delle lacrime, ma non disse nulla al riguardo.

«Da qui la questione dell'alcol,» affermò con un tono che non parlava di giudizio.

Michael sospirò. «Da qui la questione dell'alcol. Solita storia stupida. Una fuga che funziona, finché non funziona più. Mi è quasi costato il lavoro. Ho fatto un periodo in riabilitazione e poi ho colto questa opportunità per una pausa in Nuova Zelanda.»

Josh gli fece scorrere le dita tra i capelli, e lui si crogiolò nella carezza. «Ma aspetta, c'è di più,» disse sarcastico.

Josh aspettò, le dita che continuavano a scivolare tra i suoi capelli, creando una fetta di pace nella sua mente.

«Quella cosa di me che non mi impegno in relazioni,» azzardò Michael, sentendo l'esitazione urlare nella sua stessa voce.

Le dita di Josh si fermarono per un momento, poi continuarono la loro missione.

Michael sospirò. «Stavo con Simon quando è capitato, e non per annoiarti con i dettagli, ma il risultato è stato un disastro completo. Non per colpa sua,» si affrettò a sottolineare. In quei giorni si sentiva piuttosto protettivo nei confronti degli sforzi di Simon per salvarli, anche se quella sensazione era arrivata troppo tardi.

«No. La colpa di tutto quel fiasco è proprio del qui presente. Simon è un bravo ragazzo, davvero un bravo ragazzo, e ha cercato di aiutarmi, ma io in cambio sono stato il proverbiale stronzo, e il bere non ha aiutato. Diciamo solo che, quando mi ha mollato, la decisione era assolutamente giusta.»

Josh lo guardò di traverso, assottigliando lo sguardo. «Vuoi dire che si è arreso...»

«No,» lo interruppe Michael. *Va bene, eccoci qua. È stato bello conoscerti.* «È stata tutta colpa mia. Sono arrivato al punto in cui non sopportavo più tutta la sua gentilezza, il suo "provarci così tanto". Ero troppo occupato a crogiolarmi nell'autocommiserazione. Così, quando mi ha portato in un bar per il nostro anniversario di due anni di "convivenza", io... ah, mi sono ubriacato e ho deliberatamente scopato un tizio a caso nella stanza sul retro. Sapevo che probabilmente Simon mi avrebbe seguito per controllarmi. L'ha fatto. Ora lo sai.»

Josh si bloccò e le sue sopracciglia corsero all'attaccatura dei capelli ma, a suo merito, tenne a bada qualsiasi commento immediato. Non in grado di sostenere a lungo il suo sguardo sbalordito, Michael gli seppellì invece la testa contro il petto. «Quindi avevi praticamente ragione la prima volta che mi hai incontrato. Sono uno stronzo. È stata una mossa da coglione,» disse. *Così come il resto.*

Il silenzio continuò per alcuni istanti, e poi Michael sentì la pressione delle labbra di Josh sulla testa. «Allora perché?»

Sbuffò. «Perché sono un totale bastardo, idiota, coglione.»

Josh chinò la testa per catturare lo sguardo di Michael. «Sì, okay, non ci credo.»

«Questo perché hai l'impressione errata che ci sia un bravo ragazzo sepolto da qualche parte in profondità sotto tutta questa merda,» lo schernì Michael. «E questo ti rende ingenuo, non uno che ha ragione.» Abbassò la testa sul cuscino e lasciò vagare lo sguardo sulla rete di morbidi peli che copriva il petto di Josh. Alzò la mano e vi passò pigramente le dita.

«Ero troppo codardo per rompere con lui, quindi l'ho costretto a farlo per me. L'ho messo in una posizione impossibile e l'ho ferito così gravemente, ma continuavo a ripetermi che stava meglio senza di me.» Fece un respiro profondo e si azzardò a sbirciare. L'espressione di Josh non tradiva altro che preoccupazione e affetto.

«Era una scusa di merda,» continuò. «E hai colpito nel segno quando hai detto di come il tradimento di Jase ti abbia influenzato. Non avevo nemmeno considerato la parte di Simon, non proprio. Non avevo pensato che per lui sarebbe stato molto più di una "liberazione". Ed è per questo che non ho relazioni. Sono la definizione di *merce danneggiata*. Solo relazioni casuali. Forse un giorno questo cambierà, ma per ora sto solo cercando di tenere la testa dritta e tornare in pista. La maggior parte dei giorni posso persino credere di farcela. Ammetto che tu hai un po' a che fare con quel pensiero.» *Ecco fatto.*

Michael si fermò e aspettò che Josh si allontanasse, ma invece lo tirò forte contro il suo petto e iniziò di nuovo il dondolio. *Dannazione.* Quel ragazzo era un tesoro e probabilmente voleva salvarlo da se stesso, proprio come Simon. Ma cazzo se era una bella sensazione, e con quel pensiero gli seppellì la faccia nel collo e lasciò che il suo dolore andasse alla deriva.

«Sei un brav'uomo, Michael Oliver.» Josh soffiò dolcemente le parole nell'orecchio. «Nessuno di noi fa le cose perfette né ci si avvicina nel novantanove percento delle volte. Penso che tu sia stato uno stronzo con Simon? Probabilmente sì. Capisco perché l'hai fatto? Credo di sì. Stavi soffrendo molto, e nuotavi in una piscina di dolore folle, cercando di affrontare ciò che era successo. Non c'erano molte possibilità che avresti ottenuto qualcosa in quel momento.»

Michael fece un piccolissimo cenno con il capo. Josh stava prendendo le cose troppo facilmente. Lo apprezzava, ma sapeva che la verità era molto più dura.

«Allora, sì, hai fatto un casino,» continuò Josh. «Ma non dovrebbe definirti. Vorrei che tu potessi vedere quello che vedo io. Un uomo forte, sexy, intelligente e di talento che indossa una fottuta armatura per nascondere qualcosa di speciale dentro.»

Sì, un altro aspirante salvatore. Era certamente pazzo, se era ciò che vedeva. «Beh, confido che tu mantenga segrete quelle intuizioni fuorvianti,» scherzò debolmente. «Non sarebbe positivo per la mia reputazione, no?»

Josh ridacchiò. «Va bene, bel ragazzo. Ho capito. Ma non pensare che non abbia sentito quando hai detto che io ho qualcosa a che vedere nel tuo modo di pensare.»

Michael seppellì il viso nella spalla di Josh. «Oddio. Mi dispiace. Non avrei dovuto dire niente. Solo che... beh, in questo momento sono un po' confuso... su di noi... ma immagino che tu abbia capito, eh? Io, ehm... non so più cosa provo per te, solo che questa cosa tra noi è...»

«Più che essere solo scopamici?» Josh gli tirò indietro la testa e lo guardò profondamente negli occhi. «Hai ragione, è fonte di confusione. Lo capisco, Michael. È così anche per me. È solo che... non so bene cosa dovremmo fare al riguardo. Per non parlare del fatto che tecnicamente non vivi nemmeno in Nuova Zelanda. Cosa succederà quando il tuo tempo sarà scaduto?»

Michael tirò un sospiro di sollievo. «Neanche io. Allora non sono solo io, eh?»

Josh gli baciò la punta del naso. «No. Non sei solo tu. Ma... possiamo affrontarlo un giorno alla volta? Devo pensare a Sasha e... non voglio saltare in qualcosa di più serio finché non sarò... non ne saremo sicuri.»

Michael gli premette un bacio dolce sulle labbra. «Mi hai letto nel pensiero. Sapere che siamo entrambi confusi e sentiamo la stessa cosa per ora è sufficiente.»

Michael si svegliò a pochi gradi dall'autocombustione per via della carne bollente incollata alla sua schiena, insieme a una seria erezione premuta contro il culo. Guardò l'orologio: 7:00. Cinque ore di sonno. Non male, considerando che un incubo di solito metteva uno stop definitivo al suo riposo. Josh aveva davvero evocato quegli sfuggenti coniglietti del sonno come promesso.

Sorrise tra sé. Quell'uomo era un idiota nel miglior modo possibile. Sesso zen. E chi se l'immaginava? E Michael aveva tutte le intenzioni di proteggerlo con il copyright. Era mozzafiato. La parte migliore? Nessun bisogno di un bicchiere di Jack per affrontare l'incubo.

Josh si mosse dietro di lui, spingendogli addosso ancora una volta quello splendido uccello, anche se il ronzio di un leggero russare indicava che era tutt'altro che sveglio. Michael si chiese cosa stesse passando in quella bella testa addormentata; sperava la stessa cosa che al momento faceva contrarre il suo, di uccello, mezzo duro contro la coscia.

La camera da letto di Josh era stata una specie di sorpresa. Era ben arredata in un tema spiaggia shabby chic. Arredi azzurri e marroni, foto di famiglia con cornici di legno, un morbido piumino color crema e abbastanza legno invecchiato per mantenere una sensazione maschile. I libri tascabili erano accatastati in pile storte sui comodini bianchi, e le ante a specchio dell'armadio dal pavimento al soffitto rubavano miglia di luce dall'esterno, mantenendo l'interno luminoso e fresco. L'intera stanza sembrava vivace e invitante, come se il suo occupante non lo fosse abbastanza da solo per attirarti lì dentro.

Erano state ventiquattr'ore da pazzi, comprese alcune condivisioni decisamente bizzarre e inspiegabili da parte sua. Eppure, dopotutto, Josh a quanto sembrava lo voleva ancora nel suo letto. Michael non avrebbe dovuto sentirsi così stupidamente felice, ma quel treno aveva già lasciato la stazione. Dio, conosceva quell'uomo solo da un paio di settimane? Era folle.

Per non parlare del fatto che lui non era più del tutto sicuro di cosa fossero. Non solo scopamici, a quanto pareva. Ma non proprio fidanzati. La stavano prendendo con calma. Quella parte l'aveva capita. Michael aveva ancora una buona possibilità di rovinare tutto, e nessun diritto di farlo pesare su Josh e Sasha. Perfino lui sapeva di essere una scommessa scadente. Andare piano era l'unico modo per proseguire. Se fosse stato amico di Josh, gli avrebbe consigliato di procedere con la massima calma. Non c'erano garanzie, e Michael non era ancora sicuro di ciò che voleva con Josh, solo che voleva... di più. Ma poi c'era Sasha da considerare. Non poteva permettersi di giocare con i sentimenti di nessuno.

Ricordò a se stesso che si era goduto la vita prima di Josh. Non era così? Aveva assaporato l'eccitazione del sesso occasionale, la caccia, l'ebbrezza, l'allontanamento? Nessun legame, niente discorsi profondi, nessuna responsabilità. Scopa e molla aveva molto da offrire. Se le cose fossero finite con Josh, tornare a quello non sarebbe stato poi così male, no?

Le ciglia di Josh gli accarezzarono la spalla, e labbra premettero contro il suo collo. «Buongiorno, splendore.»

Michael rabbrividì suo malgrado e il suo cazzo balzò sull'attenti. Sì, come no. Non in un milione di anni.

Josh lanciò un'occhiata all'orologio da sopra la spalla di Michael: 7:20. Fu un po' sorpreso di trovarlo ancora tra le sue braccia: si era aspettato che scappasse via prima dell'alba, dopo le confessioni di mezzanotte. Sapeva che non era il suo solito modus operandi, e lui si sentiva in un certo modo orgoglioso che l'uomo si fosse fidato abbastanza da lasciarlo entrare in quello che doveva essere stato un momento davvero terribile nella sua vita.

Spiegava molto su di lui. La morte della ragazzina era uno di quegli eventi orribili per i quali non puoi pianificare o prevedere la tua reazione. Non c'era nulla di cui Michael dovesse incolparsi, secondo Josh, ma spesso quello significava sentirsi comunque di merda, e lui lo sapeva bene.

Tirò Michael con forza contro il proprio petto, appoggiandogli il mento sulla spalla. Il movimento all'inguine confermò che era sveglio e interessato. Josh sorrise, ma non era di quello che si trattava, non ancora.

«Circa un anno fa, dovevamo sgomberare una casa in cui si produceva metanfetamina, una fabbrica di P sulla North Shore,» esordì. Michael girò leggermente la testa per indicare che stava ascoltando. «Un paio di squadre di cani avevano il compito di aiutare, noi eravamo una di quelle. La moglie di uno dei due *cuochi* li aveva denunciati, incazzata perché il marito la tradiva. È stato un bel colpo, era una produzione enorme. Ha rallentato il mercato per un po'.

«Comunque, quando siamo arrivati, l'altra squadra aveva sorpreso uno dei cuochi a fare una pausa e si era messa a inseguirlo. Non era il marito dell'informatrice, anche se la sua macchina era parcheggiata nel vialetto. Così, mentre l'altra squadra era fuori, io e Paris abbiamo perquisito il posto, tre volte, da cima a fondo. Non abbiamo trovato traccia del secondo cuoco, del marito, quello che possedeva l'auto. Alla fine, abbiamo pensato di averlo mancato e ci siamo accontentati di ciò che avevamo.

«Più tardi quella sera, il cuoco/marito scomparso ha fatto visita alla moglie e ha sparato a lei e alla figlia di due anni mentre guardavano la televisione. La bambina non era sua. Alla fine, l'abbiamo beccato mentre tentava di raggiungere l'Australia. Ci ha detto che era in casa il giorno della perquisizione, in un ritaglio del soffitto sopra la cucina. Non l'avevo trovato e per questo sono morte due persone innocenti.»

Michael si contorse tra le sue braccia e lo baciò dolcemente sulle labbra.

«Merda, uomo lupo. A volte l'universo è proprio uno schifo, vero? Ti direi che sei pazzo a lasciare che una cosa del genere ti tocchi, perché hai fatto del tuo meglio, ma non sono il tipo giusto per quel consiglio, come sai. Il che immagino sia il motivo per cui me l'hai detto.»

Michael si accoccolò, e Josh seppellì le labbra nei suoi capelli. Odorava di acqua di colonia, pizza e sesso. Sorrise. Diavolo, avrebbe potuto odorare di vecchi pneumatici da trattore e non gliene sarebbe fregato nulla.

«Stai bene riguardo alla notte scorsa?» chiese. «Per quello di cui abbiamo parlato?»

Michael annuì. «Sì. Tu?»

«Bene.»

Michael si spostò e lanciò uno sguardo ardente nella sua direzione. «Quindi, dopo questa conversazione imbarazzante, mi offrirei di prendere quella tua dolce erezione che attualmente mi sbatte sulla coscia e mostrarle un posto da chiamare casa,» scherzò, «ma tre volte in dodici ore sono un po' troppe, se ho intenzione di camminare nel prossimo anno.»

Josh rise. «Gesù, sono contento che tu l'abbia detto. Ho pensato che se avessi voluto fare un altro giro avrei potuto perdere la mia qualifica di uomo. Di certo non ho più vent'anni.»

Michael roteò gli occhi. «Dillo a me. Allora, che ne dici di fare a gara per andare sotto la doccia? Il vincitore starà sopra la prossima volta.»

«Ci sto.» Josh balzò giù dal letto e si fecero strada verso il bagno, sgomitando.

Katie tornò mentre ripulivano dopo aver fatto colazione, e non tentò di nascondere la propria sorpresa nel trovare Michael che sembrava molto a suo agio nella cucina di Josh. Lui sapeva che gli avrebbe fatto il terzo grado per avere tutti i dettagli, una volta che fossero stati soli. Al momento, si limitò a far scorrere per alcuni secondi lo sguardo assottigliato tra loro due prima di mettersi al tavolo.

«Allora, voi due, qui insieme,» disse.

Michael sorrise, facendo segno a Josh che toccava a lui parlare, e lui gli lanciò un'occhiataccia. «Sì.»

Silenzio.

«È tutto?» insistette lei.

«Fammi pensare. Ah, sì, sì, lo è.» Le fece un sorriso sfacciato. «Com'è andata la serata, sorellina? È passato un po' di tempo dall'ultima volta che hai fatto la camminata della vergogna.»

Il rossore intenso che volò dal collo di Katie alla fronte lo sorprese a morte. *Oh, beh... dannazione.* L'aveva detto solo per scherzo. Katie non aveva un ragazzo serio da un po', e non era tipo da avventura di una notte.

«Smettila,» lo mise in guardia. «So cosa stai facendo. È un gioco che si può fare in due.»

«Dacci dentro, sorellina.»

«Certo,» rispose lei con un sorriso malizioso, e poi aggiunse: «Sei un malvagio figlio di puttana, Josh Dudley Rawlins.»

Uno sbuffo di risate scoppiò dall'altra parte della cucina, seguito da colpi di tosse soffocati.

Josh guardò Katie accigliato. «Stronza.»

Gli occhi di lei si spalancarono, innocenti. «Oh, scusa. Non gli avevi detto il tuo secondo nome?»

Michael apparve accanto a lui, un sorriso da Stregatto stampato sul viso. «Dudley, eh?»

Katie scoppiò a ridere e Michael continuò con quel ghigno esasperante.

Josh lo perforò con un'occhiataccia. «È un nome di famiglia, e Oliver, giuro, se mai mi chiamerai così, farò personalmente in modo che le tue palle vengano date in pasto agli squali, ancora attaccate al tuo corpo.»

Michael mise il broncio e si chinò per dargli un bacio sulla guancia. «Come se faresti mai una cosa del genere.»

Josh alzò gli occhi al cielo ma non riuscì a trattenere l'accenno di sorriso che gli arricciò gli angoli della bocca. «Certo.»

Michael sostenne il suo sguardo e si morse il labbro inferiore, cosa che non mancava mai di fare cose strane alle sue viscere, e poi si rivolse a Katie. «Ehi, adorabile signora,» disse. «Grazie per avermi permesso di stare a casa tua, ma non disturberò oltre. Mark mi ha dato il via libera per tornare al mio appartamento, quindi prendo le mie cose e mi levo dai piedi.»

Josh si accigliò. «Hai parlato con Mark?»

«Ha chiamato mentre eri fuori con Paris. Sembra pensare che sia abbastanza sicuro. Le nuove serrature e il sistema di sicurezza sono a posto e, a quanto pare, la notizia del fallimento dell'identificazione si è diffusa abbastanza bene da allontanarmi dal pericolo. Non ha senso per loro rischiare un altro attacco per niente. Mi ha solo detto di stare attento. Gli ho risposto che è il mio secondo nome.»

Josh roteò gli occhi.

Michael arruffò i capelli di Katie. «Butto quelle fastidiose lenzuola in lavatrice per te prima di andare.»

Lei gli schiaffeggiò il sedere. «Assicurati di farlo. Non voglio nessun germe gay in giro.»

«Dio, no!» La salutò e si diresse verso la porta sul retro, dando di gomito a Josh mentre passava. «Ci vediamo tra un'ora, all'allenamento.» Gli sfiorò le labbra con le proprie e uscì, lasciandolo a desiderare di più.

Katie diede un pugno sul braccio al fratello, dirigendosi verso il frigorifero. «Dobbiamo fare quel discorso.»

Lui sospirò. *Merda.*

Josh trovò il momento di mettere all'angolo Mark agli allenamenti di softball e controllare l'opinione del detective sul ritorno di Michael al suo appartamento. Non che non si fidasse di Michael, ma sospettava che potesse essere un po' un cane sciolto.

Mark lo rassicurò. «Il nostro informatore si è avvicinato a quel ragazzo, Bradley Kennan, l'autista. È a un passo dal fare un viaggio tutto pagato alla prigione di Paremoremo. Un piccolo stronzo di bell'aspetto e magro come quello non durerebbe mezza giornata, prima di essere venduto a qualche membro di gang di alto rango. Non ci è voluto molto per convincerlo a spargere la voce, e sembra che la pressione sul tuo uomo si sia allentata, almeno per ora.»

«Non è il mio uomo.»

Mark lo fissò. «Sì, come no. Così come io non vorrei che Tom Daley fosse nel mio appartamento a spogliarsi per me.»

Le sopracciglia di Josh si alzarono per l'incredulità. «Hai un debole per Tom Daley?»

Mark alzò le spalle. «Non ce l'hanno tutti?»

«No?»

Mark roteò gli occhi. «*Pfft.* E ti definisci gay.»

Josh scosse la testa. «Dici un sacco di cazzate.»

Il detective lo trascinò sul campo e lo scaricò in prima base. «Andiamo,» mormorò. «Devi ammetterlo, è proprio carino.»

Josh non riuscì più a contenere la sua risata, guadagnandosi il dito medio di Mark. In seguito, rimase a bere una birra con la squadra, attento a mantenere un po' di distanza tra lui e Michael. Non andava bene farsi venire un'erezione ogni volta che lui guardava nella sua direzione. Non che Michael fosse di aiuto. Ogni volta che Josh si girava verso di lui, ci trovava abbastanza calore per alimentare una piccola città dell'Alaska.

Dopo una birra, andò a prendere Sasha dai nonni, e fu allora che la sua giornata andò a puttane.

La telefonata che Josh aveva ricevuto la sera prima veniva da una Sasha molto turbata. Così, quando andò a prendere la figlia, la spedì in macchina in modo da poter fare una piccola chiacchierata con i suoi genitori, da solo. Il problema che aveva portato Sasha a chiamarlo riguardava un commento dei suoi genitori su di lui che frequentava qualcuno, non che Josh lo stesse facendo. Ma era spuntato per via dell'intervista sul background familiare, e Sasha aveva detto che voleva che Josh si innamorasse e si sposasse come tutti gli altri.

I suoi genitori si erano immediatamente fatti beffe dell'idea, e non c'era da sorprendersi. Le parole "innaturale" e "sciocchezze gay" erano poi entrate nella conversazione, e ovviamente sua figlia non aveva lasciato correre. Parte di lui si era gonfiata d'orgoglio per il modo in cui l'aveva difeso, ma un'altra parte, esausta, aveva desiderato solo che lasciasse perdere. L'aveva calmata durante la chiamata, ma non era qualcosa che poteva ignorare, ed ecco il perché della chiacchierata. Proprio quello di cui aveva bisogno.

Ciò che era stato detto era imperdonabile, e non c'era spazio di discussione per quanto riguardava Josh, e così glielo disse. O smettevano con i commenti sprezzanti riguardo al suo essere gay o non avrebbero più visto Sasha, a meno che lui non fosse presente. Andò come ci si poteva aspettare: malissimo.

Loro sostenevano il diritto di qualsiasi nonno di "correggere" eventuali carenze genitoriali nei confronti dei loro nipoti, inclusa, a loro avviso, la ridicola nozione che l'omosessualità fosse in qualche modo "normale". Era una scelta di vita, non diversa dall'essere un "hippie o un drogato". La conversazione degenerò da lì in poi.

Il confronto era così irrazionale e bizzarro che lasciò Josh momentaneamente senza parole, e servì solo a evidenziare quanto i suoi genitori fossero lontani da un qualsiasi reale progresso sulla questione. Si ribellò per un po', rispondendo colpo su colpo doloroso, ma poi tornò in sé. Non c'era davvero altro che potesse fare, se non mettere in atto la sua minaccia.

I suoi genitori sembrarono intuire che forse erano andati troppo oltre e tentarono di tranquillizzarlo verso la fine, accettando di evitare qualsiasi discussione futura con Sasha sulla "questione gay", come la chiamavano. Non che la loro accondiscendenza implicasse approvazione, si affrettarono ad aggiungere. *Vabbè*.

Josh era solo felice che l'intera faccenda potesse essere accantonata per un altro giorno, anche se notando la postura rigida di sua figlia e la rabbia a malapena contenuta durante il viaggio verso casa, sapeva che la pazienza di Sasha con il bigottismo dei suoi genitori si era ridotta al lumicino. E chi poteva biasimarla?

Quando Michael passò come promesso, più tardi nel pomeriggio, Josh fu contento per la distrazione. Sasha lo aveva battuto sul tempo per arrivare alla porta, salutando Michael come un amico perduto da tempo prima di trascinarlo nella sua camera da letto per un vorticoso indottrinamento nel terrificante mondo di libri, giocattoli, reality show e netball di una ragazzina di undici anni. Josh non provò nemmeno a intervenire. Il dottore era da solo, affondare o nuotare.

Trenta minuti dopo, il poveretto ricomparve tenendo la mano di Sasha e con un'espressione un po' perplessa. I due requisirono il divano, chiacchierando ad alta voce e animatamente dell'ultimo film di Star Trek, dei meriti dei popcorn al burro salati o, buon Dio, zuccherati, e se la Sony PlayStation fosse migliore della Xbox. Osservandoli dalla cucina, Josh non poté fare a meno di sentire uno strattone al cuore. Ricordava le battute che Sasha si scambiava con Jase, qualcosa che doveva esserle mancato quando l'uomo se n'era andato.

Avevano condiviso dei toast per la cena, seguiti da una turbolenta partita di Monopoli, vinta da sua figlia in quella che Josh considerava una palese mancanza di rispetto per lo spirito del gioco. Lei e

Michael si erano uniti in una partnership di successo per mandarlo in bancarotta e impedirgli di vincere.

Tuttavia, il dottore imparò una lezione preziosa riguardo alla mente femminile preadolescenziale. Valeva a dire che erano astute come volpi, con il fascino di una sirena e la determinazione di un tasso. Potevano sentire l'odore del sangue nell'acqua a distanza di anni luce e avevano una straordinaria capacità di individuare qualsiasi debolezza nei loro avversari con spietata precisione.

Dopo aver scotennato suo padre, Sasha non aveva mostrato alcun rimorso nel rivoltarsi contro il suo partner, eliminando il buon dottore in breve tempo. Josh aveva osservato con malcelato piacere. L'espressione di Michael si era trasformata da shock a riluttante rispetto mentre riconosceva prontamente la superiorità di Sasha nel gioco.

Se ne andò subito dopo e, anche se per tutta la serata si erano appena sfiorati le spalle, Josh si sentiva spensierato e contento. Più tardi quella notte, mentre giaceva a pensare nell'oscurità della sua camera da letto, arrivò anche una riluttante accettazione che il tipo di pace che il dottore gli aveva indotto con tanta disinvoltura non fosse facilmente reperibile.

A tale proposito, solo per incasinarlo ulteriormente, il suo telefono ronzò sul comodino. Brent, che gli chiedeva se avrebbe ancora preso in considerazione di incontrarlo per un caffè. Sospirò e decise che avrebbe risposto a quel sacco di serpenti l'indomani. Si rotolò su un fianco e lasciò che il sonno lo prendesse.

CAPITOLO DIECI

TRE SETTIMANE DOPO.

Michael sedeva nella sala pausa e teneva d'occhio Lucinda, che era impegnata al telefono. Guardando il proprio, vide il messaggio inviato da Josh a cui non aveva risposto che lo fissava. Era una faccia felice con la lingua fuori e poche parole taglienti.

Josh: *Lingua in condizioni eccellenti cerca casa. Deve essere un posto con riscaldamento centralizzato e un buon impianto idraulico. Disposto a lavorare per pagare l'affitto.*

Michael fece una rumorosa risata nasale. Lucinda gli lanciò un'occhiata, si accigliò, prese il caffè e se ne andò. *Meglio così.* Fissò il telefono. Le tre settimane precedenti erano passate in un lampo. I suoi lividi erano quasi svaniti, era tornato a casa, nessun rapinatore era ricomparso. E, quando i loro momenti liberi coincidevano, lui e Josh trascorrevano quasi ogni dannato minuto insieme. Sì, avevano gettato al vento tutta quella faccenda dello scopamico. Anche se non è che avessero consolidato ciò che stava accadendo. Diavolo, no. Avrebbe avuto troppo senso, giusto?

Se il loro tempo libero insieme cadeva tra le nove e le tre in un giorno feriale, si incontravano presto e scopavano come coniglietti sotto steroidi, e poi Josh mostrava a Michael uno dei suoi luoghi preferiti o cose da fare a Auckland. Era impegnato in una seria missione per condividere il suo amore per la città, e lui aveva accettato il pacchetto completo. Anche se quello poteva avere qualcosa a che fare con chi glielo vendeva.

Michael amava il suo Paese d'origine, davvero, ma c'era qualcosa di inebriante nella Nuova Zelanda. Quella combinazione di atteggiamento rilassato e risoluto andava ben oltre il peso che la nazione aveva a livello internazionale, l'incredibile ambiente incontaminato e la scarsità di persone che lo intasavano.

Finora, nell'educazione neozelandese di Michael, avevano coperto il "Josh Rawlins Tour dei musei" ufficiale, che equivaleva a tutte le mostre d'infanzia preferite di Josh. Includeva anche tutti i luoghi oscuri in cui lo aveva succhiato o se l'era fatto succhiare da adolescente quando aveva avuto una breve cotta per un liceale gay che lavorava il sabato al museo.

A seguire c'era stato un viaggio in traghetto verso l'affascinante isola bohémien di Waiheke, con pranzo in una splendida cantina. E, proprio il giorno prima, erano andati in barca a vela con un amico detective sul suo catamarano nei pressi di Auckland Harbour. Il tempo era stato spettacolare, e per la prima volta Michael si era trovato a prendere seriamente in considerazione l'idea di rimanere a lungo termine. Tuttavia, non era sicuro che fosse semplicemente colpa di Josh, e cosa sarebbe successo se tutto fosse finito?

Se i loro momenti liberi capitavano di sera o nei fine settimana, Michael andava a cena da Josh e Sasha, cena a cui seguiva un gioco da tavolo o un'ora trascorsa a giocare a The Sims con lei. Sasha gli aveva insegnato come crearsi una famiglia ed era impegnata a cercare di far sposare un avatar con uno dei suoi. Michael faceva finta di niente. Lei aveva preso a chiamarlo Mickey, e sebbene lui borbottasse all'infinito con chiunque ascoltasse che il soprannome femminile rovinava il suo fattore cool e lo rendeva infrequentabile, segretamente lo adorava.

Quando lei andava a letto, lui e Josh si rannicchiavano sul divano e pomiciavano, lentamente e deliziosamente anche se sempre vestiti, e senza fare davvero sesso. Michael era sorprendentemente d'accordo. Sapeva che Josh non avrebbe voluto con Sasha in casa. A parte quell'unico bacio a cui aveva assistito sui campi di netball, erano stati attenti a non mostrare ulteriore affetto di fronte a lei, mantenendo l'etichetta di "solo buoni amici" che la ragazzina sembrava accettare abbastanza facilmente.

Michael capiva, davvero, e temeva molto di deludere Sasha. Amava il tempo che passava con quella ragazzina esuberante. Era intelligente, impertinente e sveglia. Fare casini con suo padre avrebbe ferito anche lei, non c'era dubbio.

In aggiunta a ciò, era ancora preoccupato se lui fosse davvero ciò di cui Josh aveva bisogno. Josh voleva un partner. Voleva la staccionata bianca, il per sempre, e Michael continuava a contorcersi al pensiero, anche se sempre meno. Non si poteva negare la chimica tra loro, il sesso era stratosferico e andavano molto d'accordo, ma una cosa a lungo termine, solo loro due, stabilirsi e coltivare verdure? Non era una cosa che si era figurato nel suo futuro, anche quando stava con Simon. E il fatto che ora lo stesse prendendo in considerazione con Josh e sua figlia? Beh, era semplicemente terrificante.

Sorrise e mandò una risposta al messaggio di Josh.

Michael: *Casa a due piani disponibile. Finiture di lusso, paesaggio spettacolare e impianti idraulici garantiti. Piano sopra preso. Disponibile solo quello sotto.*

Premette Invia e prese una lunga sorsata dalla sua Coca-Cola. Due secondi dopo, il suo telefono squillò con una risposta.

Josh: *Ho sentito che il proprietario del piano di sopra è aperto a uno scambio. Ho sentito che preferisce la vista dal basso.*

Sfacciato bastardo, ma sì, esatto. Michael era infatti stato sopra durante un paio delle loro sessioni più recenti, ma anche lui doveva ammettere che si trattava più che altro di mantenere le apparenze.

C'era qualcosa nel fare il passivo per quell'uomo meraviglioso che lo metteva a dura prova. Una cazzo di sorpresa per tutti gli interessati.

Paris per poco non dovette trascinare Josh al furgone della polizia, tanto lui era distrutto. Il giovane ladro li aveva guidati in un allegro ballo attraverso un paio dei sobborghi più agiati della North Shore, dopo aver derubato gli incassi di una paninoteca. Circa diciassette anni, il ragazzo era in forma e veloce e, senza Paris, Josh non avrebbe avuto la possibilità di placcarlo. Il cane l'aveva puntato, e alla fine aveva spinto l'idiota in un piccolo parcheggio di una chiesa dove Colin e Rage erano in attesa di prenderlo. Correva come un cane posseduto e Josh intendeva assolutamente premiare quegli sforzi con il suo cuore di manzo preferito a cena. Quando lo disse al pastore, avrebbe potuto giurare che il cane avesse fatto un sorrisetto.

«Se questo è il tuo modo di commentare la mia età, amico,» si lamentò con l'animale, «inizierò a comprare quei biscotti per cani economici che odi così tanto.» Arruffò il collo del pastore e si ritrasse per lasciarlo bere.

Colin apparve al suo fianco, i capelli rossi attaccati alla testa, le lentiggini che gli danzavano sul naso. Schiaffeggiò la schiena di Josh. «Lavoro da sballo da parte del tuo amico lì,» commentò. «Cavolo, è veloce. Tu, meh, non così tanto.»

Josh sbuffò. «Forse perché alcuni di noi correvano mentre altri se ne stavano solo in piedi ad aspettare che il pezzo di merda gli cadesse in grembo. Giusto per dire.»

Colin ridacchiò e per un minuto guardarono Paris bere in silenzio.

«Allora, ho sentito che Brent ti ha chiesto di uscire dopo l'allenamento il mese scorso,» chiese l'uomo con un sorriso.

Per un secondo, Josh dovette pensare a chi si stesse riferendo. Poi ci arrivò. «Ah, sì, ho cancellato, però. Troppo, ehm, occupato al momento.»

Brent. Era... gentile, e la loro conversazione era fluita abbastanza facilmente durante l'allenamento. Gli piacevano molte delle stesse cose, film, band, ma rispetto a Michael? Non c'era paragone, e Josh era contento di non essere mai andato a bere quel caffè. Michael eclissava tutto ciò che Brent gli offriva. Fine.

Avere Michael in giro spediva tutti gli altri ai margini. Non avrebbe dovuto funzionare tra loro, ma lo faceva. Eppure, Josh stava ancora tergiversando nell'intraprendere una conversazione con lui sul dare un nome a ciò che avevano, spostandolo nella sezione fidanzato. E non capiva perché. Sasha e Michael andavano d'accordo. Diavolo, era abbastanza sicuro che lei lo adorasse. Allora, cos'era? Aveva davvero bisogno di darsi una mossa e fare il grande passo prima che l'altro si stancasse e guardasse altrove. Non che l'avrebbe fatto. Quella era un'altra cosa strana. Josh si fidava di Michael, a quanto pareva. E non era un miracolo?

Josh arrivò a casa per le cinque e mezza, ed entrò in una casa che odorava di... diavolo, sì... spaghetti alla bolognese. Andò in cucina e trovò Katie ai fornelli, che mescolava distrattamente. Non alzò lo sguardo.

«Terra chiama Katie.» Le piantò un bacio sulla guancia. «Smetti di pensare alle parti basse di quel tipo, sorellina. Vista la quantità di tempo che avete passato insieme, dev'essere praticamente scorticato.»

«Hai una mente sporca, fratello,» rispose lei, alzando un cucchiaio per fargli assaggiare. «C'è bisogno di più aglio, giusto?»

Lui fece scorrere la lingua sul cucchiaio. «Solo un po',» concordò. «Sporca ma ci azzecca, immagino.»

Lei sorrise. «Può essere.»

Il tizio in questione era Kevin Hodder, l'ultimo e apparentemente affascinante ragazzo/fidanzato di Katie; Josh non era ancora riuscito a strapparle la definizione corretta. I due erano praticamente vissuti l'una a casa dell'altro nelle ultime settimane, non diversamente da lui e Michael. Sì, l'ironia non gli era sfuggita. Josh lo aveva persino incontrato una volta. Aveva finito le crocchette di cane ed era andato da

Katie per prendere quelle di scorta che aveva lasciato lì. Kevin aveva aperto la porta con un paio di slip Calvin Klein rosso vivo e nient'altro.

Aveva un bel corpo, bisognava ammetterlo, non che Josh stesse guardando. Ma quando era arrivata sua sorella, con addosso niente altro che un asciugamano e rossore, era quasi rimasto soffocato dalla sua lingua. Aveva chiaramente interrotto qualcosa. C'erano alcune cose che un fratello maggiore avrebbe dovuto sapere solo in teoria.

Il giorno seguente, dopo qualche sottile suggerimento e una corruzione non altrettanto sottile, sotto forma di un paio di stecche di cioccolato Whittaker, aveva ottenuto la versione riassunta. Secondo Katie, Kevin era: sexy – Josh lo sapeva già; rispettoso – ancora da decidere, considerando che si scopava la sua sorellina dopo meno di due settimane, e ok, forse c'era un piccolo caso di due pesi e due misure; un avvocato di trentacinque anni – Josh poteva conviverci; e infine, sembrava davvero che Katie gli piacesse. Quell'ultimo fattore era ottimale, dato che Katie era la presidente del suo fan club.

Josh era orgoglioso di se stesso per aver ingoiato gli avvertimenti che stavano per rotolargli fuori dalla lingua riguardo al prenderla con calma, al non sperarci troppo, bla bla bla. La verità era che non vedeva sua sorella così entusiasta di un ragazzo da anni, ed era davvero felice per lei. Allo stesso tempo, si chiedeva se ciò avrebbe cambiato le cose per lui e Sasha. La risposta breve era: ovvio che sì. Se Katie e Kevin si fossero impegnati in una relazione a lungo termine, non poteva aspettarsi che lei fosse disponibile nello stesso modo in cui lo era adesso. *Merda.*

Katie portò la pentola più grande al lavandino e rovesciò la pasta in uno scolapasta. «Sasha mi ha detto che domani andrà di nuovo da mamma e papà.» Gli lanciò un'occhiataccia.

Josh si guardò alle spalle.

«È tutto a posto. È nella sua camera da letto ad ascoltare musica.» Katie versò un po' di olio sulla pasta per non farla incollare, poiché doveva riposare per un po'. «Non ne è molto contenta, nel caso non te l'avesse detto.»

Lui sospirò e si accasciò su una sedia vicino al tavolo. «Come se avesse intenzione di tenerlo segreto. Pensavo che l'intera faccenda della strega adolescente imbronciata e lunatica non sarebbe iniziata prima di un altro paio d'anni.»

Katie sbuffò. «Cosa ti ha dato questa idea? Allaccia le cinture, raggio di sole, la tua vita da genitore sta per andare a puttane d'ora in poi, con un raggio occasionale di stupore sbalordito buttato nel mezzo solo per farti resistere.»

Josh lasciò ricadere la testa. «Cazzo, grazie.» Premette i palmi contro gli occhi stanchi. «Comunque, non c'era altra scelta. Deve finire questo dannato compito di famiglia.»

Katie inclinò la testa. «Ci sono sempre delle scelte, Josh. Si sono comportati da stronzi con lei l'ultima volta, e lo sai bene.»

Lui sospirò. «Lo so, lo so. Solo che... Non darmi del filo da torcere, per favore. È già abbastanza brutto vivere con la disapprovazione di mia figlia di undici anni. A quanti anni vi insegnano quella freddezza, comunque?»

Katie gli si sedette accanto e gli prese la mano. «C'è qualcos'altro. Quando sono andata a prenderla oggi, la sua insegnante ha detto che stava facendo un po' i capricci in classe.»

«Ah, merda,» gemette Josh, e lasciò cadere la testa sul tavolo, sbattendola due volte per buona misura. «Che cazzo, Katie? Non è quel tipo di ragazzina. Non lo è mai stata.»

«Lo so. E non è niente di grave,» spiegò. «A quanto pare, non ascolta, distrae gli altri bambini, e i suoi ultimi due risultati in matematica non sono stati i migliori. La sua insegnante ha detto che con qualsiasi altro bambino non si sarebbero preoccupati, ma come hai detto tu, lei non è mai stata così. Le sta succedendo qualcosa, tesoro, e dovrai parlarle.»

Josh sospirò. «Proprio quello che mi serve. È questa merda con mamma e papà, non è vero?»

Lei gli lanciò uno sguardo. «Date un premio a quest'uomo.»

«Cazzo, cazzo, cazzo. Beh, non ne parlo prima di domenica. Non voglio che andare dai nostri genitori diventi più difficile di quanto non sia già. E forse posso addolcire domani, accettando di farle prendere una pausa dai nonni per un po'. Immagino sia ora.»

Lei gli strizzò la mano. «Questa è una buona idea.»

Josh si sporse in avanti sui gomiti e si prese la testa tra le mani. «Cristo, questo aprirà un fottuto nido di vespe. Ma forse apprezzeranno di più quello che hanno, se non la vedono regolarmente. Impareranno a tenere per sé i loro commenti bigotti.»

Katie gli posò un bacio sulla guancia. «Si spera. Ora prepara la tavola e mangiamo, mi vedo con Kevin tra un'ora.»

La mattina successiva, Josh lasciò Sasha dai suoi genitori e lo sguardo aspro che lei gli lanciò senza un bacio di saluto gli fece capire esattamente come si sentiva al riguardo. Lasciò perdere, scegliendo di tenere a freno la lingua fino a quando quella maledetta abitudine di passare la notte da loro non fosse passata. Se i suoi genitori fossero riusciti a tenere per sé il loro fanatismo per una notte, Josh poteva avere la possibilità di salvare qualcosa.

Con niente in programma finché non fosse andato a prendere Sasha a mezzogiorno del giorno successivo, Josh finalmente si rilassò. Guardò l'orologio e si rese conto che aveva appena il tempo di prendere un caffè prima di incontrarsi con Michael per il loro appuntamento. Appuntamento. Eh. *Come cambiano i tempi.*

Il clima di inizio estate, una mite ventina di gradi, aveva deciso la destinazione di quel giorno. Piha Beach, sulla costa occidentale a nord di Auckland, era una popolare distesa di sabbia nera, drammatico terreno roccioso e grandi onde. Josh aveva organizzato per loro una lezione di surf. Michael non sapeva nulla di quella parte...

«Noi stiamo per fare cosa?» Michael si voltò sulla sedia, a bocca aperta, quando Josh gli diede la notizia.

«Mh, sì. Sai quella cosa con la muta, la tavola, ti alzi, cavalchi un'onda, ti diverti.»

Michael alzò gli occhi al cielo così forte che rischiò un colpo di frusta. «Ti rendi conto che quella è la spiaggia di quel vostro reality show, quella in cui tutti. Sempre. Devono. Essere. Salvati,» si lamentò. «Ci sono quelle cose, il dumping, le buche e... come si chiamano... Oh sì, riptide... e i buchi, e altro... e riptide... e altro ancora.»

«Proprio quello,» disse Josh impassibile, godendosi Michael che dava di matto. «Oh, andiamo, vieni dalla California. Non puoi dirmi che hai paura di un po' di onde. Il surf è un tuo diritto di nascita, non è così?»

Michael lo fulminò. «Per tua informazione sono nato nel Montana, molto lontano dall'oceano. La montagna e lo sci sono il mio diritto di nascita, non fare surf e soprattutto non annegare.»

Josh rise. «Non fare il bambino. Ho controllato con il ragazzo che insegna surf con cui andiamo, e ha detto che le onde sono piuttosto piccole oggi. Sai nuotare, vero?»

Michael roteò gli occhi. «Sì, mamma, so nuotare. Tu sai surfare?»

«No. Ma so nuotare, e piuttosto bene. Da ragazzino ero un Clubbie.»

«Un cosa? È una roba perversa da adolescente gay Kiwi?»

Josh sbuffò dal naso. «No, idiota. Un clubbie è qualcuno che appartiene a un club salvavita di surf. È una cosa abbastanza importante in Nuova Zelanda e Australia. I bambini si allenano e gareggiano dappertutto in attività legate al salvataggio.»

«Eh, come in *Baywatch*?»

Josh fece un sorrisone. «Qualcosa del genere. Era fantastico come adolescente gay. Un sacco di carne soda e uccelli impressionanti in mostra in quei minuscoli costumi e, amico, quando tiravano su la parte dietro di quei cosi ed esponevano quelle chiappe paffute per avere una presa migliore sui sedili IRB – imbarcazioni di salvataggio gonfiabili – beh, diciamo che sono quasi venuto nei miei in più di un'occasione.»

Michael scoppiò a ridere. «Quindi, meno Pamela Anderson e più...»

«Hasselhof.» Risero all'unisono.

«Sì, dopo quello elaborare la mia sessualità è stato un gioco da ragazzi,» ammise Josh seccamente. «Con masse di carne in mostra di entrambi i sessi e hai occhi solo per il cazzo, non c'è molto spazio per il dibattito.»

«Per non parlare della difficoltà di nascondere tutte quelle rigidità adolescenziali,» scherzò Michael.

«Abbastanza. Spiega anche perché ho rinunciato verso i sedici anni. Avevo una cotta per questo ragazzo più grande della stessa squadra IRB. Si è seduto davanti a me e, santo cielo, aveva un culo favoloso. Quell'anno ho passato più tempo in bagno a farmi seghe che ad allenarmi.»

Michael scoppiò a ridere. «Quindi facciamo surf, eh?»

«Sì, pollo, surf. Perciò, mettiti i pantaloni da adulto e facciamolo.»

«Oh, per l'amor di Dio, va bene.» Michael alla fine cedette. «Ma voglio che sia messo agli atti che mi devi molto per la perdita di dignità che sto per subire. E so esattamente come mi ripagherai.»

Josh gli mise una mano sulla coscia. «E in che modo questo dovrebbe essere una punizione?»

Michael posò la mano sulla sua. «Taci e guida, uomo lupo.»

Josh si avvolse intorno a Michael, il suo cazzo ancora sepolto fino alle palle dentro di lui, e tremava per via di un altro fantastico round di sesso. Amava quel momento in cui smaltivano il tutto, con i nervi che formicolavano, la mente vuota di tutto tranne che dello sballo intenso, e ancora circondato dal calore interiore dell'altro uomo. Questa sua stranezza sembrava divertire molto Michael, eppure non se ne lamentava, abbastanza felice da assecondarlo.

Tra di loro, ora Josh stava sopra quasi esclusivamente, anche se offriva sempre a Michael la possibilità di farlo, per ogni evenienza. Una o due volte aveva accettato, ma soprattutto sembrava felice di stare sotto. Era stata una svolta netta, ma Josh non osava farne menzione. Non che il dottore fosse un partner passivo, diavolo no, ma sembrava che gli piacesse un po' essere strapazzato, e lui era più che felice di accontentarlo. Avrebbe fatto quasi qualsiasi cosa per vedere quell'espressione beata sul viso di Michael quando si scioglieva per mano sua.

Josh infine scivolò via dall'altro, il finale perfetto di una grande giornata. Le lezioni di surf erano state divertenti e Michael aveva fatto meglio del previsto, anche se non così bene come Josh, che aveva alle spalle una certa esperienza sulla tavola. Erano scoppiati a ridere fino alle lacrime più di una volta, avevano preso del polpettone e l'avevano mangiato in stile picnic su una coperta sulla sabbia, e poi erano rimasti intrappolati nel traffico sulla strada di casa. Avevano riempito il tempo scambiandosi storie divertenti sulle loro famiglie e sugli anni di gioventù.

Erano arrivati a casa alle sei per una pizza e un film, anche se il film non era andato oltre i titoli di testa e la pizza giaceva mezza mangiata sul pavimento insieme alla maggior parte dei loro vestiti. Il secondo round li aveva almeno portati in camera da letto, dove erano rimasti.

Michael mormorò soddisfatto, trascinandosi il braccio di Josh sul petto. «Hai finito con il pigiama party laggiù?» Ridacchiò.

Josh gli strofinò il naso sul collo. «Ti dispiace? Immagino di non aver mai veramente verificato cosa pensi di me che... ah, mi prendo del tempo, immagino.»

Michael si voltò tra le braccia di Josh e gli baciò il naso. «È carino. Sei... beh, sei tu. Ed è una specie di complimento. Mi fa sentire troppo bene per andarmene. Meglio che filarsela, giusto?»

Josh si sentì bruciare le guance, grato di aver lasciato le luci spente per una volta. «Forse è così,» disse piano, «perché anch'io sto troppo bene perché tu te ne vada.» Michael si immobilizzò tra le sue braccia e Josh non andò avanti.

Ma poi si rilassò rapidamente e sfiorò le sue calde labbra in un gesto tenero. Josh le aprì istintivamente. Amava baciarlo; era quasi la cosa che preferiva in assoluto. Quello che c'era tra loro era andato talmente oltre il "solo sesso" che Josh non riusciva nemmeno a ricordare di aver passato il segno. Facevano l'amore, più e più volte, giorno dopo giorno, e lui non poteva più fingere il contrario. Non poteva essere in nessun altro modo.

Michael catturò con la bocca un suo piccolo gemito e lo tirò più vicino, premendogli baci gentili lungo la mascella mentre riempiva la testa di Josh di desideri crudeli e di speranza.

«Mmm,» mormorò soddisfatto contro la sua gola. «Che cosa devo fare con te, Joshua Rawlins?»

Josh pensò: *qualsiasi cosa, tutto*. Ma ancora più importante, pensava, che cazzo avrebbe mai fatto senza Michael? Non riusciva nemmeno a immaginarlo. Ma anche se avessero optato per l'etichetta del fidanzato, il vero problema era "ma lui vive negli Stati Uniti". *Argh.*

Josh si svegliò più o meno come era andato a dormire: avvolto intorno a Michael, che giaceva scomposto sullo stomaco, le lenzuola spostate, con un didietro piuttosto allettante in mostra. Trascinò leggermente le dita sul suo fianco e lungo la fessura tra le natiche, conscio che la propria erezione mattutina si stava trasformando in qualcosa che esigeva un po' più di attenzione. Era perso per quell'uomo.

Fece scivolare il dito più in basso, gli sfiorò delicatamente l'apertura e Michael si contrasse. *Sì, così, tesoro. Svegliati.* Controllando i suoi occhi ancora chiusi, Josh prese il lubrificante sotto il cuscino e se lo passò sulle dita prima di tornare alla sua apertura. Quello gli valse un mormorio decisamente interessato. Immerse il dito fino alla prima nocca e Michael spinse all'indietro, facendolo scivolare dentro di sé.

Josh si abbassò e gli baciò l'orecchio. «Buongiorno, raggio di sole.» Aggiunse delicatamente un secondo dito e iniziò una lenta scopata.

Michael si dimenò e sollevò il culo in aria. «Farai giochetti come all'asilo lì, o ti decidi a tirare fuori i pezzi grossi?»

Josh gli mordicchiò l'orecchio. «Non voglio farti male.»

Michael si dimenò, stringendo il sedere intorno alle sue dita. «Beh, considerando che ti sei guadagnato una tessera di utilizzatore abituale laggiù nell'ultimo mese, ormai ti basta solo guardarmi di traverso e il mio culo sembra spalancare la porta tutto da solo.»

Josh rise. «Quindi immagino che tu sia pronto.»

«Diamo un premio a quest'uomo. Adesso scopami, uomo lupo. E bello forte, così che non mi possa alzare per colazione. A proposito, avrò bisogno dei pancake... a letto... nel caso ti sia perso quella parte.»

Josh fece una risata nasale. No, Michael non avrebbe mai potuto essere descritto come passivo. Ma Josh non prendeva ordini nemmeno dai migliori.

Si erano ripuliti ed erano rannicchiati nel letto, uno di fronte all'altro, e Josh rideva della pietosa valutazione di Michael della sua capacità di camminare, un triste stratagemma per quella colazione a letto a cui lui stava ancora opponendo resistenza, quando la porta d'ingresso si aprì e un grido angosciato frantumò la loro calma postcoitale.

«Papà!»

Sasha.

«Joshua.»

Cazzo. Sua madre. E quel tono nervoso che annunciava che era sul sentiero di guerra.

Josh balzò sul bordo del letto, trascinando via il lenzuolo da Michael mentre si affannava a recuperare i boxer. Ma tutto si rivelò troppo lento per battere sua figlia, che irruppe nella stanza e si fermò immediatamente, con gli occhi spalancati. *Merda. Fanculo. Merda.* Dietro di lui, Michael imprecò e si trascinò il piumone addosso per coprirsi.

«Papà? Mickey,» balbettò Sasha, e la sua espressione si trasformò in un cipiglio arrabbiato con non poca quantità di senso di tradimento e dolore.

Dannazione.

«Ma, papà, hai promesso...»

Colse l'incrinarsi della sua voce. *Oddio. Oddio.* «Sasha, io...»

Marie Rawlins entrò con impeto nella stanza e quasi sbatté contro la schiena della nipote. Vedendo Josh e Michael a letto si bloccò a bocca aperta. Josh avrebbe potuto persino trovarlo divertente, se non fosse stato così mortificante.

«Che diavolo sta succedendo qui?» sibilò la donna, spostando lo sguardo tra Josh e Michael, che stava facendo un tentativo di prim'ordine di strisciare sotto le coperte e scomparire. Sua madre strinse il braccio di Sasha. «Vattene da qui, piccola, adesso.»

Ma Sasha continuava a fissarlo.

Pat Rawlins apparve alle spalle della moglie, diede un'occhiata e fuggì al sicuro nel corridoio. A essere onesti, Josh non poteva biasimarlo. C'erano troppe persone nella sua camera da letto così com'era. E fu allora che si rese conto. Era la sua cazzo di camera da letto, non la loro. E a parte il fatto di non essere stato sincero con Sasha riguardo a Michael, non aveva nulla di cui vergognarsi.

Prese fiato e si irrigidì. «Mamma, basta...»

«Zitto,» ringhiò lei, lanciando strali a Michael mentre spingeva rudemente Sasha verso la porta.

«Mamma, lasciala andare. Me ne occuperò io.» Sostenne lo sguardo arrabbiato di sua figlia.

Marie Rawlins diventò rosso vivo. «No, Joshua. Quando è troppo, è troppo. Non permetterò a mia nipote di vedere suo padre e un... uno sporco...»

Sasha si voltò verso sua nonna. «Non osare parlargli in questo modo.»

«Tu sta' zitta,» scattò sua madre.

E quella fu la goccia che fece traboccare il vaso.

«Basta!» abbaiò Josh. La bocca di sua madre si aprì come se volesse discutere ulteriormente, e lui tese una mano in avanti. «Dico sul serio, mamma. Ancora una parola e sbatto te e papà fuori di qui.» La guardò lottare per ingoiare qualunque veleno stesse per sputare, vibrando di una furia ipocrita. *Peccato.* «Voi due potete aspettare nell'ingresso. Uscirò dopo aver parlato con mia figlia.»

Sua madre lo guardò negli occhi, il suo disgusto e la sua incredulità erano scritti in ogni linea contratta e di disapprovazione sul suo viso. Ma Josh la fissò finché lei non girò sui tacchi e se ne andò, dopodiché raggiunse immediatamente Sasha e cadde in ginocchio. La strinse in un abbraccio.

«Mi dispiace tanto di non avertelo detto,» disse, accarezzandole i capelli. «Io e Michael, beh... non ho mentito, Sasha, non siamo ancora fidanzati, non proprio. Non è una cosa così seria. Ecco perché non te l'ho detto.» Fece una smorfia alla mezza verità e lanciò un'occhiata a Michael, e fu scosso nel vedere l'evidente dolore nella sua espressione. *Dannazione a tutto.* Non c'era modo di farlo rispettando i sentimenti di Michael, non con Sasha nella stanza, non in un milione di anni. Ma non poteva preoccuparsene in quel momento.

Rivolse l'attenzione a sua figlia, la cui rabbia si era dissolta in lievi singhiozzi. «È solo che non volevo dirlo troppo presto. Non volevo che rimanessi delusa se non l'avessi più visto, quindi abbiamo mantenuto il segreto,» spiegò.

Sasha si ritrasse per guardarlo. «Ma perché non dovrei più vederlo? Gli piacciamo, non è vero?»

Josh lanciò uno sguardo implorante verso Michael e, dovette dargliene merito e per quello gliene sarebbe stato eternamente grato, Michael si unì a loro sul pavimento.

«Certo che mi piaci,» disse lui dolcemente. «E mi sto davvero divertendo a fare cose con entrambi. Tuo padre mi piace molto, ma non vivo in Nuova Zelanda, lo sai, vero?» Lanciò un'occhiata a Josh per controllare se se la stesse cavando bene. Lui annuì.

Anche Sasha annuì. «Vivi in California.»

Michael le strinse la mano. «Esatto, e dovrò tornare a casa prima o poi. Non posso restare qui. Quindi è complicato. Tuo padre stava solo cercando di proteggerti, perché non voleva che soffrissi.»

Sasha li guardò. «Ma non te ne vai ancora, no?»

Michael si rivolse a Josh, che prese le redini.

«No, tesoro,» rispose. «Non ancora, ma le cose tra noi potrebbero cambiare prima di allora. Questa è una novità anche per noi.»

Lei lo fissò e Josh colse il primo barlume di tranquillità nella sua espressione. Le sue spalle si abbassarono e sospirò. «Presumo di sì. Però lui mi piace.»

«Lo so, tesoro, anche a me. Abbastanza da voler essere più che un suo amico per un po', ed è per questo che è rimasto stanotte, ma non è ancora la stessa cosa di un fidanzato.» *Solo perché non gliL'hai ancora chiesto, testa di cazzo.*

Accanto a lui, Michael si avvicinò a Sasha. «La relazione più importante è quella tra te e tuo padre. Quella viene sempre prima.»

Sentì Sasha finalmente rilassarsi a quelle parole perfette, e Josh avrebbe potuto baciarlo.

«Va bene,» disse lei infine, poi guardò suo padre. «Ma faremo una chiacchierata.»

Josh sospirò. «Assolutamente.» Poi si alzò. Una era andata, ne mancavano due. Doveva essere forte. Baciò la guancia di sua figlia. «Ora, che ne dici di uscire con i tuoi nonni e farci vestire? Non parlerò con loro in mutande.»

Sasha si accigliò e lanciò un'occhiataccia in corridoio. «Li odio.» Come se quello spiegasse tutto.

Josh sospirò. «L'avevo capito. Ora vai, arriviamo tra un minuto.» Sasha fece come le era stato chiesto, e Josh si rivolse a Michael, che era accasciato sul pavimento, appoggiato al letto.

«Ehi.» Allungò una mano verso di lui, ma Michael si allontanò. «Mi dispiace di aver detto...»

Michael alzò i palmi. «Non devi. Capisco quello che hai detto, lo capisco. Sasha aveva bisogno di sapere che non l'avevi delusa. Non mi devi alcuna spiegazione.»

«Ma...»

«In questo momento, devi risolvere quello che è successo tra i tuoi genitori e Sasha. Dimmi solo come posso aiutarti.»

Josh lo strinse in un abbraccio, grato per la comprensione, ma Michael non ricambiò la stretta, a un milione di miglia dall'intimità che avevano condiviso meno di quindici minuti prima. Le viscere di

Josh si agitarono. *Cazzo, cazzo, cazzo.* Ma non era qualcosa che poteva appianare in quel momento.

«Potresti forse portare Sasha fuori mentre mi occupo di loro?» chiese.

Michael annuì. «Ovviamente.»

Si vestirono in fretta e in silenzio, e quando Josh entrò in soggiorno, i suoi genitori si voltarono all'unisono, guardando entrambi in cagnesco. Lui fece un cenno a Michael, che mise una mano sulla spalla di Sasha.

«Togli le tue sporche mani da mia nipote,» sibilò la madre di Josh, spostandosi dove Sasha stava lentamente arretrando contro il muro.

Josh si mise in mezzo e guardò sua madre. «Se non riesci a tenere a freno la lingua, puoi andartene ora, ma è meglio che guardi bene tua nipote perché sarà l'ultima che la vedrai per molto tempo. E quell'uomo,» indicò Michael, «è più benvenuto nella mia casa in questo momento di voi due, quindi non insisterei.»

Marie Rawlins serrò la mascella, ma non disse nulla.

Michael si accucciò davanti a Sasha e le prese le mani. «Andiamo, dolcezza. Diamo da mangiare a Paris e giochiamo a palla.»

Sasha passò lo sguardo tra Josh e i suoi nonni, chiaramente insicura se lasciarli soli, ma Michael appoggiò la fronte alla sua e la gola di Josh si strinse alla vista.

«Andiamo,» ripeté il dottore. «Tuo padre ti parlerà dopo.»

Lei diede un'altra occhiata ai tre, poi annuì. «Va bene.»

Michael le prese la mano e la condusse fuori dalla porta sul retro, chiudendola saldamente dietro di loro.

Josh sospirò e si voltò di nuovo verso i suoi genitori. «Che Dio mi aiuti, questa cosa deve andare nel modo giusto,» li mise in guardia.

Michael fece del proprio meglio per distrarre Sasha, chiacchierando e lanciando la palla tra loro mentre Paris cercava disperatamente di intercettarla, ma lo sguardo della ragazzina tornava verso la casa ogni minuto circa, e il suo cipiglio si approfondiva. Non aveva detto una parola su quello che era successo con i suoi nonni, oltre a ripetere quanto li odiava, e lui non aveva chiesto. Non era compito suo, anche se non poteva ignorare quanto il suo cuore soffrisse per lei.

La verità era che stava ancora vacillando, cercando di fare i conti con quanto erano cambiate le cose tra lui e Josh nell'arco di mezz'ora. Come una notte così grandiosa e l'inizio della mattinata si fossero trasformati in uno schifo enorme in pochi secondi. Proprio quando si era finalmente convinto che lui e Josh avrebbero potuto farlo, avrebbero potuto provare a stare insieme a lungo termine, Sasha era arrivata a casa, e in un attimo era divenuto chiaro che Josh considerava la cosa ancora in forse. Poteva anche essersi scusato, ma lui aveva capito bene. E forse quello era semplicemente il karma, dopo che aveva buttato via tutto quello che Simon gli aveva offerto come fosse spazzatura.

Era stato come una sveglia. Mentre lo ascoltava spiegare cosa erano, o meglio non erano, l'uno per l'altro, le cose erano diventate chiarissime. Josh doveva mettere Sasha al primo posto. Diavolo, Michael avrebbe fatto esattamente lo stesso. E quando aveva visto la confusione sul viso della ragazzina nel trovare lui nel letto di suo padre, gli si era spezzato qualcosa di profondo nel petto. Era stato uno stronzo egoista che aveva messo a rischio la relazione tra lei e il padre. Niente di nuovo.

Josh era un brav'uomo responsabile, con una figlia da proteggere, una vita decente. Era già stato fottuto una volta e aveva problemi con i genitori bigotti che richiedevano la sua attenzione. L'ultima cosa di cui aveva bisogno era qualcuno come Michael, con un sacco di problemi per conto proprio, e che non viveva nemmeno lì, da aggiungere alle sue preoccupazioni. No, Josh aveva bisogno di un partner stabile e degno di lui, e di certo non era Michael. Era ora che mettesse in secondo piano i propri bisogni, Dio solo sapeva che era passato molto tempo da quando l'aveva fatto. Doveva salvare ciò che poteva della sua dignità e portare a termine il lavoro.

Quando la porta anteriore sbatté e un'auto si avviò lungo la strada, Michael catturò lo sguardo di Sasha. «Dai.» Le prese la mano. «Vediamo se tuo padre è ancora vivo.»

Lo era, e stava stravaccato su una sedia del soggiorno, il viso pallido, gli occhi chiusi; sembrava completamente esausto, e il cuore di Michael gli dolse a quella vista. Josh si mosse quando entrarono e aprì le braccia a sua figlia. Sasha si lanciò contro di lui e scoppiò in lacrime. Michael si ritrovò a desiderare disperatamente di fare lo stesso.

Padre e figlia si cullarono e si abbracciarono per quello che sembrò un tempo lunghissimo, mentre Michael li guardava e sentiva una fitta di dolore al petto per l'imminente perdita di qualcosa che non aveva mai pensato di volere. Guardando loro due, si ricordò di essere stato cullato lui stesso tra quelle braccia. Gesù Cristo, quel giorno poteva andare peggio?

Josh catturò il suo sguardo oltre la spalla di Sasha e lo sostenne, il grazie non detto ma chiaro come il giorno, quelle pozze di cioccolato liquido che scavavano nel cuore di Michael, un cuore che Josh già possedeva. Sapendo cosa doveva fare, trasalì. *Sì. Questa giornata potrebbe sicuramente peggiorare.*

«Dovrei andare,» disse. «Lasciare parlare voi due.»

Josh aggrottò la fronte, ma poi sospirò. «Suppongo che abbiamo bisogno di un po' di tempo. Grazie. Ma, ah... parleremo presto, giusto?» Sembrava cotto ma anche... turbato.

Cazzo. Michael annuì, poi raccolse la sua roba dalla camera da letto. Quando tornò di là, Sasha stava passando le dita tra i capelli di suo padre, la preoccupazione stampata sul suo viso. Quella vista quasi gli spezzò il cuore. Lo sguardo di Josh si fissò sul suo, ma Michael non riuscì a sostenerlo e lo distolse.

«Bene, me ne vado,» disse.

Josh spinse la figlia di lato e si alzò. «Vai a svuotare lo zaino, dolcezza, mentre io accompagno Michael fuori.»

Sasha corse da Michael per un abbraccio e lui la accontentò, chiedendosi se quella sarebbe stata l'ultima volta che ne avrebbe avuto l'opportunità. Gli pizzicarono gli occhi.

Lei si ritrasse e lo guardò. «Non ero davvero arrabbiata stamattina,» disse. «Mi piaci davvero, Mickey.»

Gli baciò la guancia e corse via, lasciando la gola di Michael stretta e le lacrime che minacciavano di fuoriuscire. Lui si alzò in piedi, tremante, e si passò le mani sul viso nel tentativo di nascondere l'emozione. Percepì lo sguardo di Josh ardere profondamente.

«Allora,» disse, stupito di quanto sembrasse calmo mentre il suo cuore si squarciava in due, «la cosa con i tuoi genitori. Risolvibile o no?»

Josh si portò un dito alle labbra e gli fece cenno di avvicinarsi alla veranda sul retro. Michael lo seguì con le borse. Paris corse per attirare l'attenzione del suo padrone, e Josh lo accontentò con una leggera arruffata alle orecchie. Rimase in piedi a pochi passi da Michael, le mani infilate nelle tasche. Il linguaggio del corpo non poteva essere più chiaro, l'atmosfera tra loro goffa da morire.

«I miei genitori avevano degli amici ospiti da loro, ieri sera,» iniziò Josh in un sussurro, «e anche se Sasha doveva essere a letto, ha sentito una conversazione sul mio essere gay. Ora ho solo sentito la loro parte, ovviamente, quindi è probabile che l'abbiano annacquata. Sasha mi darà senza dubbio una versione diversa. Ma diciamo solo che quello che erano più che felici di ammettere di aver detto era totalmente inaccettabile, bigotto e odioso. C'erano tutte le solite cose sulle mie scelte sessuali, errori genitoriali e così via. Ma questa volta ci sono stati alcuni affascinanti insulti aggiuntivi che includevano il mio stile di vita disgustoso e irresponsabile, e che Sasha non doveva essere esposta a quella volgarità, e che le stavo facendo il lavaggio del cervello con tutti i miei amici froci.»

Michael rimase a bocca aperta. «Ma che cazzo, Josh?»

«Esatto. Loro, ovviamente, la incolpano per aver origliato.»

Michael alzò gli occhi al cielo. «Gesù Cristo. Ti hanno davvero chiamato così? Un frocio? Con i loro amici?»

«Sì. Ma non è tutto. I loro amici hanno risposto che Sasha starebbe meglio se la crescessero i nonni.»

«Porca troia. Incredibile.»

«Magari lo fosse. A ogni modo, a quel punto Sasha si è precipitata da loro e puoi immaginare il resto. Ovviamente sapevano che lei mi avrebbe riferito tutto, quindi non avevano altra scelta se non esporre almeno una parte. Non che credano che ci fosse qualcosa di sbagliato in ciò che è stato detto.»

Michael sbuffò. «Su che cazzo di pianeta si trovano? Non posso credere che abbiano detto quelle stronzate.»

Josh sospirò. «Non è niente che non abbia mai sentito prima. Ma è il fatto che ne abbiano discusso in una conversazione semipubblica con i loro amici, mentre Sasha era in casa, che mi fa ribollire il sangue. Non può andare avanti così. Sono stato chiaro. Non ho deciso esattamente cosa farò se non dirgli che non la vedranno per un po', finché non sarò pronto. E di non farsi illusioni.»

«Gesù.» Michael emise un fischio lungo e basso.

«Sì, e pensa, non ho nemmeno ancora sentito la versione di Sasha.»

Il silenzio cadde tra di loro, e con esso un imbarazzo che Michael non aveva provato da quando si erano incontrati per la prima volta.

«Allora, riguardo a quello che ho detto prima...» iniziò Josh, a disagio.

Merda. Ecco che arriva. Michael alzò una mano per interrompere. «Senti,» disse, la voce molto più tremante di quanto avrebbe voluto, «mentre eri dentro con i cani infernali...» Fece un mezzo sorriso che cadde tristemente piatto. «Ho avuto un po' di tempo per pensare... a noi...»

«Michael, non...» Josh fece un passo verso di lui.

Michael ne fece uno indietro e alzò di nuovo la mano. «Fammi finire,» implorò.

Josh si bloccò, un cipiglio profondo sulla fronte.

Michael continuò: «Sappiamo entrambi che hai molto da fare. I tuoi genitori, Sasha, hanno bisogno della tua attenzione, e non voglio incasinare tutto. Devono essere la tua prima priorità, non noi, non...» Agitò la mano tra di loro. «... non qualunque cosa siamo. All'inizio eravamo d'accordo, giusto? E abbiamo deciso di fare le cose lentamente quando sono cambiate, per vedere come andavano. È proprio come hai detto a Sasha stamattina: non siamo fidanzati, non ancora. E forse dobbiamo fermarci adesso. Devi mettere Sasha al primo posto.»

«Michael, non volevo dire...»

«No, è okay.» Michael sospirò. «Sono totalmente d'accordo. Probabilmente l'abbiamo lasciata andare troppo in là. Devo andarmene dopo questo contratto, lo sapevamo.»

«Sei d'accordo con quello?» Per un secondo, Josh sembrò confuso e Michael provò un'ondata di speranza. Ma poi le labbra dell'altro si fissarono in una linea sottile e sembrò solo... deluso. Deluso e incazzato. *Fanculo.*

Michael continuò: «Ma è stato divertente, no? Mi piaci davvero, Josh, e vorrei che potesse essere diverso.» Il dolore divampò negli occhi di Josh. «Ma è quello che ho detto a Sasha. Il tuo rapporto con lei è più importante di ogni altra cosa, sicuramente più importante di noi, di me. E forse abbiamo superato una sorta di linea che non avremmo dovuto attraversare.

«Sasha è ferita. E certo, potresti non averle parlato di noi, ma le ragioni erano quelle giuste. E va bene, davvero. Non voglio prenderla in giro, lei merita molto di più, e anche tu. Forse mi hai catalogato nel modo giusto fin dall'inizio. Non sono quel tipo d'uomo, Josh. E con tutto quello che è successo, penso che sia meglio se forse lasciamo le cose così.»

Josh scosse la testa. «Non farlo, Michael.»

Una serie di emozioni giocò sul viso di Josh. Tristezza, dolore, rabbia, ma forse anche sollievo. *Sai che ho ragione, tesoro.*

«Papà,» chiamò Sasha da qualche parte all'interno.

Lo sguardo di Josh seguì la porta. «Io... ah, merda, Michael. Gesù, non ce n'è bisogno. Possiamo aspettare e parlarne?»

Ma Michael aveva colto l'incrinatura nella sua voce, e sapeva che doveva porre fine a tutto prima di non poterlo fare più. L'impulso di avvolgerlo tra le braccia e non lasciarlo mai andare quasi lo sopraffece. Invece si ficcò entrambe le mani in tasca e distolse lo sguardo.

«Vai,» disse. «Tua figlia ha bisogno di te. Dirò alla squadra che non ci sarai agli allenamenti questa mattina.»

«Ma...»

«Papà,» gridò di nuovo Sasha.

«Vai,» ripeté Michael, gli occhi fissi su Paris, sapendo che se avesse osato guardare Josh sarebbe crollato.

L'uomo esitò solo un secondo, poi lo afferrò per la giacca, lo baciò con forza e scomparve in casa. Michael si dondolò sui piedi, il tocco caldo delle labbra di Josh scivolò troppo velocemente nella memoria, pungendogli gli occhi, frantumandogli il cuore. Afferrò la borsa e andò alla macchina, con il bisogno disperato di tenersi insieme e tornare a casa prima di perdere completamente il controllo. Non ce la fece. Dopo mezzo chilometro, lungo la strada, si fermò e crollò.

CAPITOLO UNDICI

Due settimane dopo

Michael lanciò un'occhiataccia al cercapersone che impazziva nella sua mano e lo gettò prontamente sul divano della sala relax. «Gesù Cristo, dammi tregua,» borbottò. «Sto cercando di finire il pranzo.»

La testa di Cam spuntò dalla porta. «Qualche problema, sexy?»

Michael gli lanciò un cuscino in testa. «Vaffanculo. Ho fame e sono esausto. Avrei dovuto staccare alle otto, eppure eccomi ancora qui a mezzogiorno.» Si era offerto volontario per una serie di notti nelle ultime due settimane. Era meglio che non dormire.

«Sì, sei un santo,» concordò Cam, troppo prontamente per i suoi gusti. «Il che mi ricorda...» continuò, «perché sei qui a mezzogiorno?» Scivolò dentro la stanza e chiuse la porta.

Prima che Michael potesse rispondere, il suo cercapersone iniziò a trillare di nuovo con il suo stridio infernale. Fece per prenderlo, ma Cam ci arrivò prima.

«Aspetta, bello. Tutti meritano una pausa.» L'infermiere prese il telefono a muro e digitò dei numeri. «Mary Anne? Steve è in giro? Oh, davvero? Bene, digli che il suo capo sta facendo una pausa necessaria dopo sedici ore di trotto e non mi interessa se la donna nella cinque è sesso su due gambe, deve tirare fuori il culo da quella stanza e chiamare...» Lanciò un'occhiata al cercapersone di Michael, «...la banca del sangue per conto di Michael. A meno che non voglia un turno in colonscopia la prossima settimana. Ricevuto?»

Riattaccò e si sedette sulla sedia di fronte a lui, le braccia incrociate sul petto. Michael fece scorrere lo sguardo sui suoi bei lineamenti e si ritrovò con la cosa più vicina a un sorriso in faccia in due settimane. Il colore del giorno era ovviamente verde, e le palpebre di Cam scintillavano di quel colore.

«Allora, dottor Oliver,» disse questi con voce strascicata, «mi dirai cosa ti è stato ficcato nel culo ultimamente, e non intendo in senso positivo?»

Michael inarcò un sopracciglio. «È un intervento di salvataggio?»

«Deve esserlo?» Cam si appoggiò allo schienale della sedia, le gambe allungate davanti a sé.

Michael gli schiaffeggiò la gamba. «Sai quanto sei follemente fastidioso?»

Cam fece un sorrisetto. «Sì. Adesso smettila di distrarmi. Che cosa succede? Hai quasi sbranato tutto i membri del mio staff nell'ultima settimana. Non mi importerebbe se mantenessi il tuo pessimo temperamento con i tuoi colleghi medici, perlopiù se lo meritano e mi risparmia il fastidio, ma quando inizi a prendertela con le infermiere, potrei staccarti le palle prima che tu riesca a dire *succhiacazzi*.»

Michael trasalì. «Jeanne ha detto qualcosa, eh?» Aveva aggredito l'infermiera del turno di notte per qualcosa di trascurabile, qualcosa per cui normalmente si sarebbe messo a ridere. Non se lo meritava, e lui lo sapeva.

«Mi sono trattenuto dal dire qualsiasi cosa, sperando che ti crescessero le palle e ti scusassi,» lo rimproverò l'infermiere. «Non è che non sappiamo che puoi essere un coglione.»

«Wow, grazie.» Michael roteò gli occhi.

«Prego. Ma di solito gli episodi sono giustificati in qualche modo. Un trauma, una questione di vita o di morte e cose simili. Ma fare il prepotente per cazzate come quella non è da te. Quindi, te lo chiedo di nuovo, che succede?»

Lo sguardo di Michael scivolò via. «Mi farai passare l'inferno, eh?»

«Ti brucerò il culo per tutta la prossima settimana se non sputi il rospo.»

Michael sospirò. «Va bene, ma è davvero niente. È solo che... beh, quella cosa che avevo con quel poliziotto,» disse piano. «È... beh, non è più una cosa. L'ho chiusa.» Scosse la testa. «Felice adesso?» sbottò.

Cam si sporse in avanti, gli occhi color cannella ardenti. «Ripeti un po'. Potrei giurare che hai appena detto che sei tutto sottosopra e cattivo perché hai rotto con Mister Alto, Biondo e Sexy, ma non può essere vero. Perché questo significherebbe che lui ti piaceva davvero. E questo lo renderebbe tipo una relazione, e Michael Oliver non ha relazioni, e soprattutto non crea legami.»

Michael roteò gli occhi. «Vaffanculo, Cam. Mi hai sentito la prima volta. E sono stato io a chiudere, quindi immagino che sia vero che non intraprendo relazioni né legami.»

Cam rimase mortalmente silenzioso per un momento. «Posso chiederti perché?» domandò infine.

Michael incrociò le mani dietro la testa e si appoggiò allo schienale con un sospiro. «Stava diventando incasinato. Ha una figlia, una ragazzina meravigliosa di undici anni. E sta succedendo ogni sorta di roba complicata con i suoi genitori bigotti, e gli ero solo d'intralcio e gli rendevo le cose più difficili. Eravamo scopamici, niente di più. Quindi aveva senso lasciar perdere, permettergli di sistemare le sue cose e trovare qualcuno che vuole quello che vuole lui: una casa, una famiglia e tutta il resto. Non sono quel tipo d'uomo, Cam. Tu fra tutti lo sai. Non sono il tipo da steccato bianco, da brunch del fine settimana. Stavamo diventando troppo intimi.»

Cam inarcò un sopracciglio. «Stavamo?»

«Fanculo. No. Non noi, io. Mi stavo legando troppo. E non sono neanche lontanamente pronto per una cosa del genere. Farei un casino, e non c'è solo lui. Anche Sasha ne soffrirebbe.»

Cam gli fece un sorriso comprensivo. «Oh, come sono caduti gli eroi.»

«Stronzo.»

L'infermiere mantenne lo sguardo fisso su di lui. «Ti piaceva davvero?»

Michael si alzò e si appoggiò alla panca della sala relax. «Può essere. Non fa differenza. Non saremmo andati da nessuna parte.»

Cam scosse la testa. «Non lo sai.»

Michael lo fissò. «Sì invece. Non aveva bisogno che gli complicassi le cose. «

«Gliel'hai chiesto?»

«No, non ho chiesto. Non ce n'era bisogno. Era cristallino.»

Cam trasalì. «Ahia.»

«Sì. Vabbè. A ogni modo, ha detto a sua figlia davanti a me che non facevamo le cose sul serio.» *Sai benissimo perché l'ha fatto.* «E anche se fosse interessato a qualcosa di più, ho capito che sono ancora a un milione di miglia dall'essere pronto per questo, soprattutto con una bambina di mezzo. Rovinerei tutto.»

«Così continui a ripetere, ancora e ancora. Eppure, sembra che tu ti sia innamorato di questo tizio, quindi forse pensaci. Potresti essere più pronto di quanto vuoi credere. Forse non è che non sei pronto, sei semplicemente terrorizzato.»

«Non voglio pensare a niente. Abbiamo chiuso, fine della storia. Mi dispiace di essere un bastardo così spinoso e prometto di fare di meglio. E chiederò scusa a Jeanne. Contento?»

Cam roteò gli occhi. «Come una Pasqua.»

«Allora questa conversazione è finita.» Michael andò alla porta, ma prima di arrivarci, l'altro gli mise una mano sul braccio.

«Sai che uscire e semplicemente scopare più ragazzi non ti darà quello che vuoi, giusto?»

Michael sostenne il suo sguardo. «Non sono un idiota. Potrebbe non risolvere nulla, ma è un ottimo modo per passare il tempo.»

«Vabbè. Ma se sei seriamente intenzionato a non cercare di aggiustare le cose con Josh, allora devi superarlo e andare avanti, prima che io sia costretto ad affogarti nel lavandino. Perché se devo vederti così patetico ancora a lungo, giuro che perderò la voglia di vivere. Stai intasando il mio pronto soccorso con la tua dannata autocommiserazione, e prima riavremo il vecchio, irritante Michael Oliver, meglio sarà per tutti gli interessati. E perché ciò accada devi rimetterti in sella. Quindi, e non posso credere di stare per farlo, alcuni di noi vanno a Downtown G stasera. Unisciti anche tu.»

Michael agitò le sopracciglia. «Mi stai chiedendo un appuntamento, infermiere capo?»

«Oh, per l'amor del cielo.» Cam si spinse oltre Michael e attraverso la porta.

Lui mantenne il suo sorriso finché non fu fuori vista, prima di crollare contro il muro. L'ultima cosa che si sentiva di fare era andare in giro a rimorchiare, ma forse Cam aveva ragione. Forse avrebbe migliorato un po' il suo umore, visto che non funzionava nient'altro. Due settimane nascosto nel suo appartamento, a scappare dagli incubi, cercando di non cedere e riempire di alcol il buco che aveva nel petto delle dimensioni di Chicago, certo che non avrebbe aiutato. Non era riuscito a sopportare il pensiero di altri uomini, se non quello di colui che non poteva avere. E se a volte gli passava per la mente anche una ragazza carina con i capelli biondi, beh, era comprensibile: gli piaceva abbastanza quella mocciosetta.

No. Cam aveva ragione. Michael era meglio di così. Non era uno che si mostrava così bisognoso, e di certo non era un sentimentale. Senza più lividi, il suo viso era di nuovo quasi passabile. Un po' di sesso caldo e intenso con uno splendido pezzo di culo era probabilmente quello di cui aveva bisogno. Il fatto che il suo cazzo si rifiutasse categoricamente di rianimarsi al pensiero era un punto controverso, e Michael fece del suo meglio per ignorarlo.

«Ma che cazzo, Josh,» mormorò Mark mentre gli picchiava uno stivale contro lo stinco. «Se il tuo labbro inferiore si abbassa ancora un po', puoi succhiare la birra che è fuoriuscita dal tavolo e risparmiare tempo al cameriere. Anche se sarebbe un vero peccato, perché visto gli sguardi che mi ha lanciato, beh, diciamo solo che ci sono buone probabilità che quel bel culo sia mio entro la fine della serata. Ergo, mi arrabbierò molto se rovinerai tutto.»

Josh si raddrizzò e si stampò un falso sorriso sulla faccia. «Meglio?»

Mark trasalì. «Dio, no. Ora lo spaventerai davvero.»

Josh sospirò. «Scusa. Te l'avevo detto che non ero pronto per questo.»

«Sciocchezze. È da troppo tempo che gironzoli per quella dannata casa. Avevi bisogno di tornare gay.»

Josh emise uno sbuffo dal naso. Mark era apparso a casa sua dopo essersi organizzato con Katie per farle fare da babysitter e lo aveva semplicemente trascinato al G.

L'espressione del detective si indurì. «Non mettermi alla prova, Joshua Dudley Rawlins. A volte rendi dannatamente impossibile essere tuo amico.»

Ed era la verità. Aveva evitato tutti, incluso il suo migliore amico, che lo aveva appena chiamato per sottolineare il suo livello di incazzatura. «Scusa. So di essere stato un segaiolo.»

«Un segaiolo succhiacazzi,» lo corresse Mark. «Adesso bevi. Se non vuoi scopare, puoi almeno ubriacarti. Così mi sembrerà di aver portato a termine il lavoro.»

Josh prese mezzo sorso ed esaminò il bar. Di venerdì, il Downtown G era generalmente pieno di vita, e quella sera non era diverso. Con bassi martellanti, molta pelle calda in mostra e una pista da ballo piena zeppa di uomini, alcuni dei quali non erano timidi nello spedirgli alcuni sguardi palesemente interessati, e tuttavia il suo cazzo non aveva sviluppato alcun interesse di sorta.

E perché è così, Joshua? Sì. Per quanto ci provasse, non riusciva a togliersi quel maledetto dottore dalla testa. Gli era mancato molto più di quanto si era aspettato, e la cosa l'aveva scioccato. Si erano divertiti, molto, dentro e fuori dalla camera da letto. E sì, era incazzato da morire per il fatto che se ne fosse andato e avesse lasciato... beh, qualunque cosa a cui non avevano dato un nome, perché di sicuro erano fidanzati, anche se nessuno dei due aveva usato quella dannata parola.

Ma forse Josh non avrebbe dovuto aspettarsi altro. Michael non aveva fatto segreto di quanto avesse paura di impegnarsi, e non aveva lottato per quello che avevano quando le cose si erano fatte complicate: se n'era semplicemente andato. Perché diavolo aveva anche solo pensato di iniziare qualcosa con lui?

Mark stava ancora osservando il cameriere biondo, ora occupato al tavolo accanto. Il ragazzo era in forma, abbronzato e sì, dannatamente carino. Josh colse i due che si scambiavano uno sguardo, e diede un colpetto con il piede al suo amico sotto il tavolo. «Troppo giovane e carino per te, vecchio.»

Mark gli fece un ampio sorriso. «Guarda e impara.»

Il biondo si avvicinò al loro tavolo e il detective si sedette un po' più dritto. «Hai bisogno di qualcosa?» chiese il ragazzo, mantenendo lo sguardo fisso su Mark.

Da vicino, Josh poteva apprezzarlo appieno, e osservare la reazione dell'amico era di per sé divertente. Era chiaramente affascinato e sembrava... beh, agitato. *Oh.* Mark era un ragazzo da una botta e via da molto tempo ormai. Quella reazione era... nuova.

«Altri due, tesoro,» rispose il detective, sostenendo lo sguardo del cameriere.

Il ragazzo arrossì fino alle radici dei capelli. «Arrivo subito.» Partì come se la sua vita dipendesse da quello.

Josh emise uno sbuffo divertito dal naso.

Mark si acigliò. «Cosa c'è?»

«Avrei pensato che non fosse il tuo tipo.»

L'altro alzò le spalle. «Qual è il mio tipo, coglione?»

«Alto, sexy, muscoloso, con poco nella testa, scopabile ma non frequentabile, e di solito totalmente sbagliato per te.»

Mark fece l'occhiolino. «Ma fanno come gli viene detto e tornano a casa dopo aver finito il lavoro.»

«Questo perché la maggior parte di loro non sa nemmeno leggere.» Josh rise.

Mark gli mostrò il dito medio. «Vaffanculo. Comunque, questo tizio...» Annuì in direzione del cameriere. «Josh, tesoro, è il tipo di tutti.»

Lui rise e scosse la testa. «Sei incorreggibile.»

«È una parola troppo difficile dopo questo numero di drink,» scherzò Mark. «Allora, come stanno i genitori infernali?»

Josh emise un sospiro. «Bel cambio di argomento, stronzo.»

Mark gli fece un cenno con la bottiglia. «Rilancio di due donnole bigotte invece del tuo stronzo.» Sorrise.

«Grazie,» borbottò Josh. Mark conosceva bene i suoi genitori. «La risposta breve è che non li ho chiamati e loro non hanno provato a contattarmi, il che probabilmente è meglio. Sono ancora furioso con loro. Non sono nemmeno sicuro di cosa avrei da dire a questo punto.»

«Ci credo. E Sasha?»

Josh si strinse nelle spalle. «Sta bene, immagino. La sua insegnante dice che le cose si sono sistemate a scuola, quindi è già qualcosa, giusto?»

«Non sembri convinto.»

Il cameriere tornò e mise due birre sul tavolo.

Mark gli toccò il polso. «A che ora finisci, bellissimo?»

Il ragazzo sorrise. «Tra un'ora, forse meno.»

Josh scosse la testa. «Che peccato. Dobbiamo andare, vero, Mark?»

L'altro gli lanciò un'occhiataccia e gli diede un secondo calcio.

«Ahi.» Lui soffocò una risata. «Era per dire.»

Mark lo fulminò. «Zitto, *amico*.»

Josh fece il gesto di chiudersi una lampo sulle labbra e prese un sorso di birra.

«Ti va di ballare, dopo?» chiese Mark al cameriere.

Il ragazzo esitò, poi annuì. «Sì, okay.» Allungò la mano. «Bryce.»

Mark gliela strinse. «Mark. Allora, Bryce, che ne dici se vieni a trovarmi quando hai finito, e ci facciamo quel ballo?»

Il biondo lanciò al detective un sorriso stellare. «Non vedo l'ora.»

Se ne andò e Mark allungò il collo per guardare il suo culo in ogni fase del percorso.

«Wow.» Josh ridacchiò. «Guardati, un gattino innamorato, detective.»

Mark si accigliò. «Sta' zitto. Sembra un bravo ragazzo, meraviglioso, simpatico, disponibile e con un culo stupendo. Torna a Sasha.»

Josh chiuse gli occhi e sospirò. «Sembra che stia bene. Fa tutte le sue solite cose, finisce le faccende, gioca ai suoi giochi, ma... sembra... spenta, se capisci cosa intendo. E non mi parla.»

«Non dev'essere bello sentire quelle cazzate su tuo padre dai tuoi nonni.»

Josh fece una smorfia. «Suppongo di sì. È così dannatamente frustrante, e odio che si stia allontanando, o almeno è così che sembra.» Percepì l'esitazione di Mark. «Avanti, sputa il rospo.»

L'amico gli appoggiò una mano sulla sua e gliela strinse delicatamente prima di parlare. «Pensi che le manchi Michael?»

Josh ci aveva già pensato. «Può essere. Non ne parla, quindi non lo so per certo, ma il fatto che non ne parli...»

«Già,» concordò Mark.

Josh fece roteare la bottiglia. «È arrabbiata con me e lo capisco. Pensa che io abbia mentito su Michael, e in un certo senso ha ragione. Probabilmente avrei dovuto dirle che era un po' più di un amico, ma non volevo confonderla. È già abbastanza brutto che suo padre sia gay...»

«Ehi! Non c'è niente nell'essere gay che ti renda meno bravo come papà.»

«Forse no, ma questo non le rende esattamente più facile crescere e inserirsi, vero?»

Mark increspò le labbra. «Forse no, ma inserirsi può essere altamente sopravvalutato.»

Josh sbuffò. «Non quando sei una ragazzina di undici anni.»

«Va bene.» Mark alzò le mani. «Senti, non fingo di capire le difficoltà di essere un padre gay con una figlia adolescente. Ma hai preso in considerazione il fatto che forse il suo umore non ha niente a che fare con il suo essere incazzata per voi che siete andati a letto insieme e solo con il fatto che le manca lui, un po' come ovviamente manca a *te*?»

Il suo sguardo era eloquente, per non dire altro.

«Non mi manca *lui*,» sostenne Josh. «Almeno non come stai insinuando.» *Bugiardo.* «Il sesso, forse la compagnia.»

Mark annuì saggiamente. «Sì, come no. Perché sappiamo tutti che sei una puttana superficiale.»

«Vabbè.» Josh spostò lo sguardo sulla pista da ballo. «Il punto è che questo è esattamente ciò che temevo sarebbe accaduto, perché non avrei mai dovuto iniziare niente con lui.»

Mark lo ignorò. «Ti rendi conto che tutta questa faccenda ha rovinato la nostra squadra? Si è ritirato, lo sai, vero?»

Josh si accigliò. *No, non lo sapeva. Cazzo.*

Mark prese a malapena un respiro. «E dai, sei un uomo adulto. Ti è permesso avere una vita. Non devi stare casto finché lei ha diciotto anni.»

«Lo so, credimi, lo so. Ma devo essere realistico, per il bene di Sasha. Niente più relazioni inappropriate, niente più "amici con benefici" o ragazzi che non vivono nemmeno in questo dannato Paese. Devo dare un esempio responsabile. Sasha capisce gli appuntamenti, ma è troppo giovane per essere esposta a... ad altre cose.»

Mark alzò gli occhi al cielo e batté irritato il sottobicchiere sul tavolo. «Oh, giusto, appuntamenti responsabili, come quel "criceto", come si chiama? Quello agli allenamenti. Ho sentito che ti ha chiamato.»

Josh si arrabbiò. «Si chiama Brent. E non sono uscito con lui. Ma se l'avessi fatto? Non c'era niente di sbagliato in lui. Semplicemente non era...»

«Michael. Ecco cosa non era. E non c'è niente di sbagliato in lui che un fottuto trapianto di personalità non potrebbe risolvere. Lo conosco, Josh. Rende il grigio un colore interessante.»

Josh lo fulminò. Il commento era fuori luogo.

Mark trasalì. «Scusa. Sì, è un bravo ragazzo. E no, non c'è niente di sbagliato in lui.»

«Proprio così.»

«Non è giusto... per te. Andiamo, Josh, anche tu devi ammetterlo, è noioso come una graffetta.»

«Non è vero. È solo... tranquillo. Non tutti devono scopare con uno nuovo ogni settimana per essere divertenti, sai?»

Mark sussultò. «Ahia. Touché.»

Ma Josh era partito. «Almeno così è probabile che non scapperebbe come un cazzo di coniglio al primo accenno di guai. Alla faccia della capacità di resistenza.» *Merda.*

«Pensavo che non ti importasse del dottore sexy in quel modo.» Mark lo guardò intensamente.

Josh chiuse gli occhi per un secondo, per calmare il battito cardiaco.

«Lui sa che tu... provi più che semplice attrazione per lui?» chiese Mark tranquillamente.

Josh inchiodò l'amico con uno sguardo di sfida. «No. Ma Gesù Cristo. Lo conosco solo da un mese e al primo segno di problema in una relazione, prende il volo.» Abbassò la testa, fece alcuni respiri profondi, poi si appoggiò all'indietro.

Mark gli coprì la mano con la propria. «Ti meriti il meglio, Josh. Voglio solo che tu sia felice. Sei il ragazzo più appassionato e meritevole che conosca, un papà meraviglioso, e saresti un ottimo partner.»

Josh sogghignò. «Sì, come no. Sono così tanto tutto ciò che dici che il mio ultimo partner serio, a cui stavo per chiedere di sposarmi tra l'altro...» Colse l'espressione sciocata di Mark. «Sì, non conoscevi quella parte, vero? Avevo l'anello e tutto il resto. Beh, comunque, mi ha tradito per tutto il tempo che siamo stati insieme, perché chiaramente non ero abbastanza per lui... più nello specifico, a letto.»

Questa volta Mark si alzò, quasi portando con sé entrambe le loro birre. «Basta. Ho chiuso con queste stronzate. Alzati.»

Josh era sorpreso. «Che cosa?»

«Ho detto alzati. Balliamo.»

Josh si accasciò ancora di più sulla sedia e scosse la testa. «No. Non voglio ballare. Ti avevo avvertito che non ero dell'umore giusto.»

Mark gli lanciò un'occhiataccia. «Non mi interessa quello che vuoi, Josh. Verrai su quella pista da ballo con me in questo momento, così i ragazzi potranno provarci e strofinare i loro grossi cazzi duri contro di te, e così potrai capire che stronzo sexy sei veramente. Non ho tirato fuori quelle povere chiappe e non ti ho fatto mettere quel paio di jeans attillati per niente. Ora balla con il tuo migliore amico.» Rimase lì con la mano tesa. «Per favore.»

Josh esitò, poi sospirò. Per quanto non si sentisse dell'umore giusto, Mark stava solo cercando di aiutarlo. Gli prese la mano e si lasciò tirare su. «Fottuto bastardo prepotente,» borbottò.

Mark fece un ampio sorriso. «Esatto. Adesso muoviti.»

La pista da ballo era affollata, ma il suo amico si fece strada fino al centro, trascinandoselo dietro. Trovò qualche centimetro per muoversi, lo fece girare su se stesso, gli si attaccò alla schiena e iniziò a ondeggiare. Dopo un minuto o due, Josh si ritrovò a rilassarsi al ritmo e persino, dannazione, a divertirsi. Il sovraccarico sensoriale che ribolliva dalla pista da ballo gli lasciava poco spazio nella testa per quelle interminabili conversazioni che aveva avuto con se stesso. Voltò la testa per gridare all'orecchio di Mark. «Se quel tuo cazzo scivola un po' più su per il mio sedere, ti arresterò per violenza sessuale.»

L'altro rise. «Vorrei poter dire che era sull'attenti per te, ma la verità è che Bryce mi sta guardando dal bar. Te l'avevo detto. Ci sono, dolcezza.»

Josh ridacchiò. «Vabbè. Nel frattempo, controllati laggiù, signore, o potrebbe essere la fine di una bellissima amicizia.»

Mark rispose dandogli un breve bacio sul collo, e mantenne il movimento. Josh chiuse gli occhi e si lasciò andare nelle mani dell'amico. Era bello, davvero bello perdersi nel ritmo e nell'ondeggiare sensuale dei corpi in pista. Non ballava da quando Jason se n'era andato, e Mark aveva ragione, ne aveva bisogno. Forse aveva ragione anche su Michael. Forse avrebbe dovuto dirgli cosa provava. E forse non era troppo tardi.

Dopo alcune canzoni, il simpatico cameriere arrivò eccitato, arrossato e speranzoso. Josh fece un cenno a Mark. «Vai. Prendo un taxi.»

«Sei sicuro?» Mark aveva l'aria di sentirsi un po' in colpa.

Josh sorrise. «Assolutamente.» Li guardò allontanarsi ballando finché un volto familiare dall'altra parte non catturò la sua attenzione. Michael Oliver, che ballava in modo caldo e sensuale con un ragazzo bellissimo. Le mani del tizio erano dappertutto su Michael, la sua lingua a metà della sua cazzo di gola. Poi, mentre Josh guardava, il giovane afferrò la mano di Michael e lo trascinò in direzione dei bagni.

La bile gli sgorgò in fondo alla gola e le sue ginocchia si fecero instabili. *Fanculo.* Altro che rischiare di dire al dottore cosa provava. Michael fottuto Oliver non sembrava sentire molto la sua mancanza. *Dannazione.* Josh prese la giacca e corse verso la porta.

CAPITOLO DODICI

Cam punzecchiò il petto di Michael con un dito, costringendolo a fare un passo indietro. «Ascolta bene, stronzo,» ringhiò, con il suo eyeliner zaffiro che luccicava. «Ho già abbastanza problemi a impedire al mio personale di inchiodarti il culo al muro, senza ricevere un reclamo da radiologia perché hai imprecato contro la loro receptionist per non aver risposto al telefono abbastanza velocemente, in un sabato frenetico, nondimeno. Come se non avessi abbastanza crisi legittime che richiedono la mia attenzione, devo aggiungere la crisi isterica di un dottore imbronciato. Invitarti fuori per farti scopare venerdì scorso avrebbe dovuto porre rimedio a questo tuo schifo di umore, eppure... eccoci qui.»

L'infermiere aveva convocato Michael nel proprio ufficio e aveva chiuso la porta, quindi la strigliata non era stata esattamente una sorpresa. Ma lo era la schiacciante frustrazione del suo amico nei suoi confronti, non che non la meritasse.

Il suo viso si riscaldò. «Sì, beh, forse non è andata come previsto.» Michael spinse via la mano di Cam e distolse lo sguardo dal suo scrutinio.

Gli occhi dell'altro si spalancarono. «Stai dicendo che sei andato in bianco? Il dottor Sexy ha fatto fiasco?»

Michael roteò gli occhi ma non disse nulla. Non gli importava cosa pensava Cam. Stava ancora cercando di scendere a patti con il fatto che non gli interessasse nessuno tranne Josh. Aveva permesso al ragazzo di condurlo sul retro del club, in un angolo tranquillo vicino all'uscita di emergenza. Ed eccolo lì. *Fottuto déjà vu.* Quasi nel punto esatto in cui aveva posato gli occhi per la prima volta su Josh.

Il tizio era stupendo, ma lui non era riuscito a ignorare il ribollire nel suo ventre e il suo cazzo a malapena interessato, che, a quanto sembrava, aveva deciso che nessun altro oltre a Josh valesse lo sforzo. Aveva fermato tutto, si era scusato e si era diretto a casa. Quindi sì, non veniva scopato da tre settimane, un cazzo di record.

Cam sbuffò. «Bene bene. Ti avevo visto guardare quel biondo al bar e ho pensato...»

Lo sguardo di Michael si spostò sul muro, il calendario sembrava richiedere la sua immediata attenzione. Quello fino a quando Cam non si mise in mezzo, costringendolo a chiudere gli occhi di nuovo. Fissò Michael con incrollabile attenzione fino a quando un sorriso non gli si aprì in faccia.

«Beh, cazzo,» disse. «Non stai scherzando, vero?»

«Stronzo.» Michael si avvicinò alla libreria dall'altra parte dell'ufficio e iniziò a frugarne distrattamente il contenuto.

Cam gli era alle calcagna. «Hai combinato almeno qualcosa?» insistette. «E smettila di spostare le mie cose.» Gli schiaffeggiò via le mani.

Michael ringhiò: «Non sono affari tuoi.» Scansò l'infermiere e si diresse alla porta, fermandosi solo quando sentì il fischio sommesso dell'uomo. Si voltò e Cam gli si avvicinò, mettendogli una mano sulla guancia.

«Per quello che vale,» disse dolcemente, «mi dispiace.»

E Michael si chiese se l'altro fosse dispiaciuto per Josh, o se perché lui non aveva scopato, o solo per aver interferito. Non che importasse, dato che il calore persistente della sua mano mandò immediatamente i suoi pensieri a Josh.

«Sì,» rispose alla stanza vuota. «Anche a me.»

Josh portò due sedie all'ombra del massiccio olmo nel vano tentativo di evitare il sorprendente calore del nuovo sole estivo. Era stato un lungo venerdì sera, metà del quale passato a trascinare le gambe attraverso le distese di fango della marea sotto i riflettori, il che significava che la maggior parte del sabato mattina l'aveva trascorsa a lavare suddetto fango dal pelo di Paris.

Quindi, non lo entusiasmava partecipare alla festa di compleanno di un bambino subito dopo. E sì, aveva il broncio. E no, non era molto discreto al riguardo. Ma Sasha lo aveva implorato, e lui aveva pensato che far contenta sua figlia non avrebbe fatto male, visto che si stavano rimettendo in carreggiata dopo l'intero fiasco tra i nonni e Michael.

Michael fottuto Oliver. Era passata una settimana da quando lo aveva incontrato al club, e ancora bastava il suo nome per innervosirlo e fargli ribollire l'acido dello stomaco. Quando era tornato a casa quel venerdì, dopo averlo visto pomiciare con un culo secco, era pronto a uccidere, e aveva imprecato contro se stesso per essere stato così stupido da perdere la testa per quella zoccola. Che era meglio essersi liberati di lui, e bla bla.

Un paio d'ore e cinque o sei shot di tequila dopo, aveva ammesso che forse, forse, era stato un po' duro. Dopotutto, era stato aperto a rimorchiare lui stesso quella notte. E inoltre, non aveva alcun diritto sul dottore, era un uomo libero. Ma cazzo se non lo aveva quasi fatto impazzire vederli insieme in quel modo.

Il suo primo pensiero era stato quello di spingere da parte quel bastoncino secco e infilare la lingua nella gola di Michael, ricordandogli cosa si era perso. Ma vedere che l'uomo era tornato così felicemente al suo vecchio modo di fare aveva riaffermato tutte le sue paure. Doveva andare avanti e lasciare che l'altro facesse lo stesso.

Da qui il motivo per cui aveva invitato Brent a partecipare a quella dannata festa di compleanno una settimana dopo. L'uomo gli aveva chiesto ancora una volta di uscire per un caffè e Josh aveva ceduto, ma invece del caffè aveva optato per la festa di compleanno: tanto valeva scoprire come quel tipo trattava i bambini. Brent aveva accettato l'invito, ovviamente, e lui non riusciva a decidere se fosse contento o deluso. Brent non era Michael Oliver, come Mark gli aveva detto, ma era un bravo ragazzo e meritava una possibilità.

Aveva presentato Brent a Sasha come un semplice amico che stava iniziando a conoscere, parte dell'accordo di Josh per mantenere le cose chiare con lei. All'inizio Sasha era stata fredda nei suoi confronti, ma la cosa si era rapidamente attenuata in qualcosa di più simile all'indifferenza, e a Josh stava bene. E fino a quel momento Brent era sembrato, se non addirittura a proprio agio, almeno relativamente divertito dai drammi preadolescenziali. La conversazione scorreva abbastanza facilmente mentre parlavano di lavoro, film e Sasha.

Brent non aveva figli suoi e quindi poca esperienza in fatto di bambini, ma aveva fatto uno sforzo per coinvolgere Sasha nella conversazione, e in verità Josh ne era stato piacevolmente sorpreso. Se solo avesse potuto raccogliere più di un interesse passeggero per trascinarlo a letto... Sapeva già che sarebbe stato il loro primo e unico appuntamento. In quello Michael aveva avuto ragione: Josh meritava l'amico e l'amante, e così anche Brent.

Una pistola ad acqua atterrò ai suoi piedi, interrompendo il filo dei suoi pensieri. Sollevò lo sguardo e vide che sua figlia gli sorrideva come una pazza.

«Dai, papà,» lo supplicò. «Toby si è sbucciato il ginocchio e ci manca una persona. Il padre di Jessica ci sta uccidendo.»

Josh alzò un sopracciglio in direzione di Brent, che rise dicendo: «Vai. E gioca bene.»

Josh sorrise. Il padre di Jessica era un cecchino nella Armed Offenders Squad e non era troppo modesto al riguardo. Era un'ottima opportunità per battere quel fesso. Annuì con entusiasmo alla figlia. «Fammi strada.»

Un'ora e un set di vestiti fradici dopo, la festa finì e Josh e Sasha si accasciarono sull'erba ai piedi di Brent. Il padre di Jessica aveva purtroppo tenuto testa alla battaglia dei cannoni ad acqua, e alla fine avevano indetto una tregua bonaria e decretato che il combattimento era finito con un pareggio. Quello fu accolto da una serie di fischi e accuse di imbroglio da parte della polizia. Per essere una festa rumorosa per adolescenti, non era andata poi così male.

Josh arruffò i capelli umidi di Sasha. «Prendi la tua roba, piccola. Andiamo via.»

Lei lo guardò furtivamente. «Possiamo prendere la pizza?»

Josh gemette. «Hai ingurgitato un quintale di zuccheri di prodotti da forno nelle ultime tre ore. Mi aspetto che il servizio di assistenza ai minori si presenti da un momento all'altro e mi arresti per negligenza.»

Sasha fece i suoi migliori occhi da cucciolo e sbatté anche un po' le ciglia. «Per favore, papino?»

Josh roteò gli occhi. «Oh, per l'amor del cielo. Suppongo di sì.» Lanciò un'occhiata a Brent. «Ti dispiace se ci fermiamo sulla via del ritorno?»

Brent sorrise. «Stai scherzando? Sono un grande fan della pizza, tutti i gruppi alimentari radunati su una sottile crosta di prelibatezza. Come si può non amare? Niente acciughe, però.» Arricciò il naso.

Sasha tirò fuori la lingua. «*Bleah*. Sono d'accordo. I pesciolini puzzolenti non si devono avvicinare a una buona pizza.»

Josh scosse la testa. «Pagani ignoranti. Vai a prendere la tua roba e non dimenticare il piatto di Katie, quello con cui abbiamo portato i muffin.»

Sasha partì e Josh si rivolse a Brent. «Spero non sia stato troppo noioso per te. Un appuntamento strano, lo so. L'hai presa con sportività.»

Brent allungò una mano e infilò alcune ciocche di capelli dietro l'orecchio di Josh, sfiorandogli le guance con il dorso delle dita. Lui si bloccò. Il gesto affettuoso lo aveva colto di sorpresa, e si sentì stranamente in colpa, tanto che quasi si ritrasse dal contatto. Nessuno lo aveva toccato in quel modo da quando... Michael. *Dannazione*. Era riuscito a evitare di pensarci tutto il giorno. *Idiota*.

Brent sostenne il suo sguardo. «Mi sono divertito molto, ma ho la sensazione che tu non stia... provando la sensazione giusta.» Gli prese la mano, strofinandogli il pollice sul dorso. «Sasha è una brava ragazza, e anche suo padre è molto carino. Ma dopo la pizza, penso che andrò a casa e ti augurerò ogni bene. Amici, magari, un giorno?»

Il petto di Josh si contrasse. «Sapevo che eri un bravo ragazzo. Sì, amici, mi piacerebbe... E scusa.»

«Non c'è niente di cui scusarsi.» Brent sorrise calorosamente. «O funziona o non funziona, giusto? Non si può fabbricare quella roba chimica.»

Josh sospirò. «No, non si può.» Voleva che Sasha comparisse e lo salvasse da ogni ulteriore imbarazzo, e, come per magia, lo fece, piatto e borsa in mano, correndo a tutta velocità su un portico disseminato di spazzatura da festa.

«Ehi, rallenta...» gridò, ma era troppo tardi. Il piede di Sasha era atterrato su una pistola ad acqua, si era storto e aveva ceduto, mandando piatto, borsa e figlia a schiantarsi a terra.

Cam mise la testa dentro la porta di Trauma Uno proprio mentre Michael stava finendo di compilare la cartella clinica di un uomo di quarant'anni con una nota allergia alle cozze che aveva deciso, dopo alcune birre a un matrimonio di famiglia, di tentare il destino e buttare giù un paio di *paua fritters*.

«Sei libero?» chiese.

Lui chiuse la pratica e gettò gli appunti sul letto dell'uomo.

«Niente più crostacei, punto,» lo avvertì. «La prossima volta potrebbe non essere così fortunato.»

L'uomo annuì in modo colpevole. «Grazie.»

Michael seguì Cam fuori dalla porta. «Che succede?»

Le labbra dell'infermiere si incresparono, e una linea si formò tra le sopracciglia perfettamente pettinate. «Josh è nella stanza cinque, è qui con sua figlia.»

Il cuore di Michael sussultò. «Sta bene?»

Cam annuì, gli occhi fulvi che lo scrutavano in cerca di una sua reazione. «Lei sta bene. Distorsione alla caviglia. Ha bisogno di una radiografia per controllare che non sia rotta, ma questo è tutto.»

Un sibilo di sollievo lasciò il corpo di Michael. «E?»

«L'ho assegnata a Paul,» disse seccamente l'altro, sfidandolo a discutere.

Fanculo. Trattenne la sua protesta immediata. Per diritto, Sasha avrebbe dovuto essere assegnata a lui. Paul era bravo, ma era ancora giovane. Alzò un sopracciglio.

«Non guardarmi così,» ringhiò l'infermiere. «Gli ho detto di riferire tutto a me.»

Michael sospirò. «Bene. Ma avrei potuto gestirlo, lo sai. Sono un uomo adulto.»

Cam gli mise una mano sulla spalla. «So che avresti potuto farcela. Semplicemente non pensavo ne avessi bisogno.»

Okay, quindi stava facendo di nuovo il coglione. Rilassò le spalle. «Grazie.» Cam se ne andò e lui tentò di controllare le proprie emozioni, fallendo miseramente. L'uomo che riempiva la maggior parte dei suoi pensieri da sveglio era seduto a tre porte di distanza, e il petto di Michael era così oppresso che riusciva a malapena a respirare per quella vicinanza. Il pronto soccorso improvvisamente gli sembrò claustrofobico in modo schiacciante.

Diede un'occhiata all'orologio: troppo presto per la pausa. Poteva andare a parlare con gli addetti dell'ambulanza o vedere se poteva essere d'aiuto a un'altra squadra, o dirigersi a radiologia o... Oh, per l'amor del cielo. Si prese a schiaffi mentalmente. Stava facendo il cretino. Non poteva nascondersi per sempre. La polizia entrava e usciva da lì tutto il tempo. Si stava comportando come un bambino. Cam stava solo cercando di proteggerlo, ma col cavolo che lui si sarebbe nascosto così da qualcuno.

Si fermò davanti alla porta chiusa della stanza cinque e trasse un profondo respiro. Alla sua destra, si rese improvvisamente conto dello sguardo di Cam incollato su di sé dalla postazione degli infermieri. Alzò la mano e gli fece un cenno. Poteva farcela. Aprì piano la porta, infilò dentro la testa e per poco non finì in ginocchio.

Sasha era sdraiata sul letto, coperta e chiaramente assonnata per via degli antidolorifici. Josh sedeva su una sedia lì accanto, l'attenzione concentrata esclusivamente sulla figlia, la mano infilata nella sua, le linee di preoccupazione incise in profondità sul viso.

Ma non era quello che gli aveva quasi fatto cedere le gambe. No, era colpa del secondo uomo, quello seduto accanto a Josh, che gli teneva una mano sulla spalla in segno di sostegno. Quel quadretto famigliare gli rubò il respiro, perché tutto ciò che era così sicuro di non volere lo guardava in faccia e gli urlava *bugiardo*. Fece tutto ciò che era in suo potere per non dire all'altro uomo di togliere le cazzo di mani da ciò che era suo, e si rese conto che non intendeva solo Josh, ma anche Sasha.

Josh si voltò stancamente al rumore della porta che si apriva e i suoi occhi si spalancarono. «Michael?» Si alzò, e la mano dell'altro cadde di lato.

Benissimo. Michael lo odiava, chiunque fosse quel tizio, per principio. Lottò per trovare la voce, ancora congelata al suo posto. «Ah... ciao. Io, uhm... ho sentito che Sasha era stata portata qui e volevo solo controllare... sai... come stava,» balbettò goffamente.

Josh si accigliò. «Oh. Ah... certo. È caduta a una festa di compleanno. Correva senza guardare dove stava andando, sai come funziona.» Strinse la mano di sua figlia.

Michael fece una mezza risata imbarazzata. «Sì. Hai descritto metà della nostra clientela.»

Il secondo uomo si alzò e il suo sguardo passò tra Josh e Michael, curioso.

Josh si guardò alle spalle, come colto di sorpresa dal fatto che qualcuno fosse effettivamente lì. «Oh, scusa,» disse con le guance arrossate mentre si voltava. «Brent, questo è Michael. Michael è... un dottore qui,» spiegò, esitante. Poi si rivolse a Michael. «Brent è... un amico.»

Michael sentì il colpo emotivo come un calcio allo stomaco. Quindi quello era Brent. *Beh, cazzo*.

Gli offrì la mano con riluttanza, notando il disagio di Josh.

«Piacere di conoscerti,» disse, facendo del suo meglio per essere educato. Non è che il tizio avesse fatto qualcosa di sbagliato, dopotutto. A quanto pareva, Brent non sapeva nemmeno chi fosse lui. E quello gli fece ancora un po' più male.

«Piacere mio,» rispose Brent, guardandolo come se sapesse che gli mancava un'informazione vitale.

Sasha si mosse e aprì gli occhi. «Mickey!» gracchiò, poi mise il broncio e spinse in fuori il labbro inferiore. «Mi sono fatta male alla caviglia.» Tirò via la coperta per esporre un piede molto contuso e gonfio. Poi aprì le braccia per un abbraccio.

E cazzo se non era una bella sensazione. Lui fece un sorriso e prese la ragazzina tra le braccia. «Ehi, signorina.» Le baciò la guancia, poi spostò l'attenzione sulla caviglia incriminata, girandola delicatamente da una parte all'altra. Sasha sussultò, ma rimase immobile. «Com'è il dolore?» chiese piano.

«Non male,» rispose lei, coprendosi di nuovo la gamba.

«Le hanno dato della morfina,» aggiunse Josh.

Josh si era trasferito al fianco di Michael, e lui era profondamente consapevole della sua vicinanza. La familiare arancia speziata dell'acqua di colonia lo travolse, e il suo cazzo si contrasse in segno di riconoscimento. La sua testa venne inondata da un mare di ricordi e da un ridicolo rimpianto per quelli che non avrebbero mai avuto.

Una calda pressione gli premette contro il fianco mentre la mano di Josh si posava lì e le sue dita disegnavano piccoli cerchi, facendo rizzare ogni pelo sul maledetto corpo di Michael. Non riusciva a muoversi, sorrideva a Sasha e le accarezzava la mano come se il suo mondo non fosse completamente concentrato su quei pochi centimetri quadrati di connessione tra lui e l'uomo al suo fianco. Che cazzo stava combinando Josh? Michael baciò il naso di Sasha e si fece da parte, costringendo l'altro a lasciar cadere la mano. Pensò di aver percepito la parola *scusa,* ma non ne era sicuro.

Si schiarì la gola. «Bene, il dottor Paul si prenderà cura di te e non preoccuparti, ti terrò d'occhio anch'io.»

Gli occhi di Sasha si spalancarono. «Ma pensavo che ti saresti preso tu cura di me.» Il suo labbro inferiore tremò.

Michael quasi si spezzò in due. «Non posso, dolcezza. Ho altri pazienti, ma starai bene, te lo assicuro. Sei una ragazza coraggiosa. Sono così orgoglioso di te. Guarirai, e io sarò in fondo al corridoio se avrai bisogno di me.»

Sasha fece un debole sorriso. «Va bene. Ma verrai a trovarmi quando torno a casa, giusto?»

«Vedremo,» rispose, chiedendosi come diavolo avrebbe fatto a sopravvivere. «Ma in questo momento, la cosa importante è che tu stia meglio, quindi ti lascio riposare, okay?»

La fronte di Sasha si aggrottò, e la ragazzina sembrava tutt'altro che felice. «Va bene,» disse infine. «Per adesso.»

Michael si diresse verso la porta, desiderando che le sue gambe resistessero abbastanza a lungo da portarlo lì. Ma prima che potesse scappare, Josh gli mise una mano sull'avambraccio, facendolo fermare, e disse: «Grazie.»

Lui girò la testa e si ritrovò di nuovo a nuotare impotente in quegli occhi color cioccolato. Il suo petto si contrasse, e dovette sforzarsi di distogliere lo sguardo. «Sto solo facendo il mio lavoro.»

Josh sbuffò dal naso. «No, non è così. Ma grazie comunque. Sasha ne aveva bisogno.»

E tu? Invece, Michael disse: «È una brava ragazza, e Brent sembra... gentile.» E dopo averlo detto, Michael non poté rimanere un altro secondo nella stessa stanza senza tirare un pugno contro il muro o baciare Josh. Nessuna delle due era un'opzione sensata.

Si liberò dalla sua mano e si diresse verso la stanza vuota più vicina per chiudersi dentro. Mentre crollava contro il muro, le sue gambe tremavano come gelatina. Ce l'aveva fatta. Poteva non essere stata la sua migliore prestazione, ma ci era riuscito senza sembrare un completo idiota, quindi era una vittoria, giusto? La porta si aprì e Cam entrò.

«C'è un caffè in sala pausa con il tuo nome sopra. Ho chiamato e fatto un ordine a Milly in fondo alla strada. Ho pensato che potessi aver bisogno di cose forti.»

Michael fissò la manna dal cielo che era Cameron Wano e si rese conto per la prima volta di quanto avesse sottovalutato l'amicizia con lui. Quella cosa doveva cambiare.

«Potrei baciarti adesso,» disse, poi arrossì, scoprendo che probabilmente lo pensava davvero, tanto sentiva così disperatamente il bisogno di una spalla su cui appoggiarsi.

Cam sbuffò. «Nei tuoi sogni, raggio di sole.» La sua espressione si fece seria. «Non dev'essere stato facile. Hai fatto bene.»

Michael annuì.

L'infermiere gli fece un cenno con la mano. «Prenditi venti minuti. Possiamo tenere il forte al tuo posto. Ti chiamo se ho bisogno di te.»

Ci volle un po' di sforzo, ma Michael riuscì a restare concentrato abbastanza a lungo da far ricoverare altri due pazienti senza ossessionarsi troppo su chi sedeva proprio in fondo al corridoio. Ma quando l'inserviente era arrivato per portare Sasha a fare le lastre, aveva provato un improvviso interesse per la cabina dell'ambulanza, onde evitare di incrociarli. Non era sicuro di avere l'energia per un altro incontro. *Codardo? Abbastanza.*

Ma non poteva ignorare la sua promessa a Sasha di tenerla d'occhio, così chiamò radiologia per controllare i risultati e si sentì assurdamente sollevato nell'apprendere che non c'erano fratture, solo lividi. Quando li vide tornare, Josh che camminava accanto al letto di Sasha tenendole la mano, tiro fuori le palle e si avvicinò a grandi passi. La gioia evidente nell'espressione di Sasha fu una ricompensa sufficiente. Quanto a Josh, sembrava semplicemente esausto, e Michael fece tutto ciò che era in suo potere per trattenersi dal prenderlo tra le braccia e tenerlo stretto.

«Buone notizie,» disse invece. «Niente di rotto.» La preoccupazione svanì dall'espressione di Josh, e lui ricambiò il primo sorriso sincero che avesse visto quel giorno. «Una fasciatura di sostegno e un paio di stampelle per una settimana dovrebbero bastare. Paul ti spiegherà i dettagli, ma potrebbe volerci ancora un'ora o più.» Guardò Josh. «Hai mangiato?»

Josh sembrò aver bisogno di pensarci per un minuto. «No... penso. Stavamo andando a mangiare una pizza quando è successo.»

Michael si chiedeva se il plurale includesse la staccionata bianca, ma mantenne l'espressione neutra.

«Beh, allora che ne dici di prendere qualcosa dalla mensa e lasciare Brent con Sasha? Il mio turno è finito, ma sarò ancora in giro per un po', se ha bisogno di qualcosa.»

Josh lo studiò con un'espressione strana. «Ho mandato Brent a casa.»

Oh. «Beh, uhm, potrei tenere d'occhio la mezza calzetta qui, se vuoi?» *Ma guardatelo, tutto collaborativo...*

Gli occhi di Josh si spalancarono. «Sei sicuro? Sembravi piuttosto impegnato prima.»

Michael non si perse lo sguardo esplicito che accompagnò quelle parole. Lo restituì. «Ho sistemato le cose. Posso restare un po', nessun problema. Se hanno bisogno di me, qualcuno del personale può sedersi con lei.»

Josh sbatté le palpebre lentamente. «Bene, va bene, allora... ehm... grazie. Devo chiamare Katie e... ah, anche Brent, ma cercherò di tornare tra quindici o venti minuti al massimo.»

Michael scrollò le spalle. «Fai quello che devi. Andrà tutto bene.»

Josh si chinò per dare a Sasha un bacio sul naso. «A presto, piccola.»

«Niente verdure, papà.» Sasha gli sorrise. «Sto soffrendo. Devo mantenere alti i miei livelli di zucchero se voglio farcela.»

Josh rise. «Ci sono due possibilità, splendida: scarsa e nessuna.»

Michael lo guardò andarsene, annaspando nel ricordo di essere stato anche definito "splendido", ma con un tono molto diverso.

Riportando Sasha nella sua stanza, lasciò l'inserviente a manovrare il letto attraverso la porta mentre aspettava in corridoio. Delle voci attirarono la sua attenzione un paio di stanze più in là, e si avvicinò per dare un'occhiata. Adele, una giovane infermiera del pronto soccorso, stava tentando di infilare una flebo nel braccio di un uomo pesantemente tatuato mentre il ragazzo la malediceva. Ubriaco, quasi sicuramente. Il sabato sera faceva schifo.

Un secondo uomo era appoggiato al muro e dava la schiena a Michael, senza offrire alcun aiuto per calmare il suo amico ubriaco.

«Ehi,» disse Michael, catturando l'attenzione dell'uomo tatuato. «Calmati e lascia che faccia il suo lavoro, o chiamo la sicurezza.»

«Chi cazzo sei?» imprecò l'uomo, la saliva che gli volava dalle labbra. «Questa stronza è inutile. Che ospedale di merda gestite qui?»

Il secondo uomo impiegò quel momento per voltarsi, e le gambe di Michael quasi cedettero. Capelli mossi castano scuro con un tatuaggio sul lato destro del collo, una libellula, non un uccello come lui aveva pensato inizialmente. Il suo sguardo saettò sulle mani dell'uomo. La sinistra sfoggiava due dita fasciate e la destra... un bracciale d'argento. *Cazzo.* Gli occhi di Michael tornarono sul viso dell'altro in tempo per cogliere un sorrisetto. Poi il tipo gli fece l'occhiolino. Fece un cazzo di occhiolino.

Gesù Cristo. Michael cercò di tenere a bada il panico. Respirava lentamente e in modo regolare, pregando che l'occhiolino significasse che stava solo cazzeggiando con lui e non che l'avesse riconosciuto. Quello avrebbe potuto almeno dargli la possibilità di andarsene e chiamare Mark senza attirare ulteriore attenzione. Ma prima doveva allontanare Adele dal pericolo. Non l'avrebbe mai lasciata con loro.

Calmò i nervi tremanti e controllò la voce. «Adele, che ne dici di fare una pausa per qualche minuto prima di un altro tentativo?» L'infermiera lo guardò in modo strano, aggrottando le sopracciglia. Michael continuò: «Prova un approccio diverso, forse un ago più piccolo.»

Lei esitò qualche secondo, chiaramente confusa dalla strana richiesta, ma Michael sostenne il suo sguardo con un'espressione seria. *Andiamo, non discutere su questo.*

Alla fine, Adele strinse le labbra e annuì. «Buona idea,» disse con calma, anche se i suoi occhi raccontavano una storia diversa. Una che diceva "che cazzo sta succedendo qui?" Ma gli diede corda. Grazie a Dio.

«Sì, vedi di sistemare le cose, stronza,» sputò l'uomo sul letto. «E portami un cazzo di panino o qualcosa del genere, sto morendo di fame.»

Voltando le spalle al paziente, Adele alzò gli occhi al cielo con disgusto. «Certo,» rispose, superando Michael per scomparire in fondo al corridoio. Era fiducioso che avrebbe sollevato un qualche tipo di preoccupazione alla postazione degli infermieri, anche se fosse stato solo per chiedere cosa diavolo avesse fatto impazzire Michael.

Il secondo uomo non si era mosso, e continuava semplicemente a fissarlo con incrollabile interesse. Lui si staccò dallo stipite della porta e si voltò con calma per andarsene. «Torno tra un minuto,» disse da sopra la spalla e si allontanò, cercando di non voltarsi e controllare se il tizio lo stesse seguendo. Dopo aver percorso cinque metri lungo il corridoio, prese il telefono dalla tasca e si infilò nella stanza di Sasha per controllarla rapidamente prima di chiamare Mark e avvertire il personale.

«Ehi, principessa.» Le afferrò la mano e lei lo tirò giù per un abbraccio. «Ascolta, devo scappare per...» Le parole gli si seccarono in bocca quando la porta si richiuse alle sue spalle. Si voltò e vide il tipo dell'altra stanza con un sorriso malizioso: quello che aveva visto al bar quella sera, l'uomo con il coltello.

«Ohh,» disse il tizio, e il tono viscido gli fece venire la pelle d'oca. «Commovente.»

Michael si mise tra Sasha e lui. «Cosa vuoi?»

«Il tuo telefono, per cominciare.» Tese la mano.

«Vattene di qui,» ringhiò Michael.

L'uomo si avvicinò. «Non credo,» lo sfidò. «Quasi non ti avevo riconosciuto, dottor Michael Oliver. Ora dammi quel telefono.»

«Troppo tardi, ho già...» Riuscì a malapena a pronunciare le parole, prima che la sua testa scattasse all'indietro per la forza del colpo alla mascella. La vista gli si annerì e gli girò la testa, ma fu il pugno allo stomaco che lo fece piegare in due e cadere in ginocchio, ansimante. Il telefono gli fu strappato di mano, e al suo fianco apparve il luccichio di un coltello.

Sasha rimase a bocca aperta. «Mickey!»

La mano libera dell'uomo scattò in fuori e le diede un manrovescio, facendole sbattere la testa di lato contro il muro con uno schianto nauseante. E Michael non riuscì a fare altro che alzare la testa e guardarla mentre scivolava lungo il muro e crollava sul letto, immobile.

«Bastardo!» gridò, lanciandosi verso Sasha. Ma il suo equilibrio era compromesso, e si schiantò con la faccia contro il lato del letto. L'uomo gli fece lo sgambetto e lo lasciò cadere a terra. Poi si sedette sul materasso, il coltello che girava nella sua mano vicino alla gola di Sasha.

«Ti suggerisco di calmarti, Doc, a meno che tu non voglia che la ragazzina si faccia male.»

Michael si bloccò all'istante.

L'uomo sorrise. «Così va meglio. Allora, ecco cosa succederà. Verrai via con me, così possiamo andare da qualche parte in privato e fare un po' di affari, giusto? Avresti dovuto tenere la testa bassa, Doc. Avevo detto niente identificazioni. Pensavo di essere stato abbastanza chiaro. Per fortuna sei un perdente. Ma poi, questo...» Sollevò le dita fasciate. «Una sfortuna per entrambi, credo. Ho capito che sapevi chi ero nel momento in cui mi hai visto.» Scosse la testa. «Peccato. Perché in base al tuo curriculum, so che non farai come ti è stato detto, e ho troppe cose in ballo perché tu possa rovinare tutto.»

Lo sguardo di Michael passò da Sasha all'uomo e poi di nuovo a lei. Sembrava respirare, ma cazzo, era spaventosamente immobile e un rivolo di sangue le scorreva lungo la mascella partendo dall'orecchio. Non capiva quanto fosse stata ferita gravemente, ma il cervello era una cosa fragile. Non gli piaceva essere sballottato. Sapeva soltanto che doveva allontanare quel tizio da lei il prima possibile e chiamare qualcuno che potesse aiutarla.

«Verrò con te. Qualunque cosa tu voglia, ma lascia in pace la ragazzina.»

L'uomo batté la lama contro la gola di Sasha e sorrise. «Bravo ragazzo. Ora alzati e girati verso la porta.»

Michael obbedì, prendendosi un secondo per stabilizzare le gambe. Il tizio prese posizione dietro di lui, la lama premuta da qualche parte vicino al suo rene destro.

«Adesso ce ne andremo da qui, in silenzio e con calma. Non parlare, non correre, non guardare nemmeno nessuno, capito?»

Michael annuì.

«Comportati bene e forse troveranno anche la piccola in tempo.»

Michael fu preso dal panico. Josh doveva tornare dalla mensa, ma non sapeva quando. Doveva portare quell'uomo fuori dalla stanza di Sasha e farle avere un po' di aiuto subito.

Il tizio lo seguì attraverso la porta e la chiuse dietro di loro, tenendo la punta del coltello contro il suo fianco. Spinse Michael lungo il corridoio verso la sala d'attesa, fermandosi nell'altra stanza per attirare l'attenzione del suo amico ferito.

«Chiama Jeff per incontrarci fuori,» ordinò. «Motore acceso. Abbiamo finito qui.»

«Ma...» L'uomo agitò la mano ancora senza punti.

«Adesso!»

Il ragazzo si alzò e iniziò a digitare i numeri sul suo cellulare.

Erano passati solo pochi secondi, ma Michael pensava che potesse essere la sua ultima possibilità. Mentre i due uomini erano concentrati a trovare un passaggio che li portasse via da lì, si lanciò di lato e cadde, girandosi per liberarsi dalla presa. Funzionò, e quasi non riusciva a crederci, ma una volta libero fu in grado di allungare la mano e premere l'allarme per arresto cardiaco sulla parete opposta. Il pronto soccorso si accese immediatamente con una serie di tre allarmi. Le voci si alzavano e i piedi battevano sul pavimento. *Sì!*

Balzò in direzione della postazione delle infermiere, aspettandosi che il tizio con il coltello si dirigesse verso la sala d'attesa per scappare, ma il bastardo non lo fece. Fu lì che tutto andò in pezzi. Con orrore di Michael, l'altro invece tornò dritto nella stanza di Sasha, riapparendo pochi secondi dopo con la ragazzina in spalla, il coltello puntato contro la sua gola. «Stai fermo, stronzo.» Gettò il cellulare di Michael contro di lui, gli fece un segno con la mano, come a dire "ti chiamo", quindi corse fuori, seguito da vicino dal suo compare.

Michael partì all'inseguimento dietro di loro appena in tempo per vedere l'uomo lanciare Sasha sul sedile posteriore di una Toyota blu e poi raggiungerla appena prima che l'auto partisse a razzo. *Cazzo, cazzo, cazzo.* Volò di nuovo lungo il corridoio, prese il telefono dal pavimento e chiamò Mark. Poi si mise in tasca il cellulare e corse alla postazione delle infermiere.

Il posto era in subbuglio. Due carrelli d'emergenza riempivano il corridoio e il personale girava per la stanza di Sasha chiedendosi dove diavolo fossero necessari, la confusione scritta sui loro volti.

«Spegnete quel maledetto allarme,» gridò Michael, e in pochi secondi qualcuno lo fece.

Cameron apparve al suo fianco. «Che cazzo sta succedendo?»

«Michael?» Josh si unì a loro dalla stanza di Sasha, l'espressione in preda al panico. «Dov'è Sasha?»

Merda. Rivolse uno sguardo sconvolto a Cameron. «Nel tuo ufficio, adesso.» Poi a Josh. «Vieni con noi.» Gli afferrò il braccio.

Lui si divincolò. «Non vado da nessuna parte. Dov'è mia figlia, Oliver?»

Michael fece un respiro profondo. «Josh, per favore... vieni con noi.»

Cameron prese il gomito di Josh. «Dai.»

Lui lanciò uno sguardo furioso verso Michael, ma si lasciò condurre.

Nell'ufficio di Cam, Michael porse all'infermiere il suo telefono e gli disse di comporre l'ultimo numero chiamato e di metterlo in vivavoce. Non avrebbe perso tempo a raccontare la storia più di una volta. Poi si voltò verso Josh e gli afferrò le mani. Lui lo guardò con diffidenza ma non si staccò.

Quando Mark arrivò in linea, era già in viaggio, quindi Michael ripeté la storia al detective, ma con molti più dettagli. Era molto consapevole del silenzio sbalordito di Cam e Josh seduti lì accanto, in ascolto. A un certo punto, Josh tentò di liberare le mani tremanti, ma lui lo tenne forte, guardando il suo viso impallidire per lo shock e l'incredulità. Quando finì e riattaccò, incrociò il suo sguardo.

«Mi dispiace così tanto,» sbottò. «Non pensavo che sarebbe tornato da lei. Ho pensato che avrebbe colto l'occasione per scappare o rincorrermi. Volevo solo farlo uscire dalla stanza di Sasha, così avrei potuto chiedere aiuto per lei. Se me ne fossi andato come voleva lui, adesso sarebbe al sicuro. Ma ero così preoccupato per Sasha. Non riuscivo a pensare ad altro.» La voce gli si spezzò.

Josh trattenne un respiro tremante e gli strinse la mano. «Hai fatto il possibile.»

«No, ho sbagliato, Josh. E ora ha Sasha, e non sappiamo dove sia, o quanto sia ferita. Mi dispiace. Pensavo di fare la cosa giusta. Sono veramente dispiaciuto.» Le lacrime gli riempirono gli occhi.

Josh alzò una mano tremante e gli sfiorò la guancia. «Io... non posso... farlo adesso... voglio solo che lei torni, okay?»

Michael deglutì a fatica e annuì. «Ovviamente.» Col cazzo che non era colpa sua. Aveva fatto di nuovo un casino, e di nuovo era in gioco la vita di una giovane ragazza. L'impulso di bere gli ruggì nella testa.

Josh si allontanò e si alzò tremante. «Devo farlo sapere a Katie,» disse, mentre prendeva il telefono e lasciava la stanza.

Mark arrivò dieci minuti dopo con altri due detective al seguito. Requisì la sala relax e radunò tutti quelli di cui aveva bisogno all'interno, chiedendo un aggiornamento.

«E sei sicuro che fosse quel tizio che hai visto nella foto segnaletica?» Mark guardò Michael.

Lui annuì. «Avevo solo bisogno di dargli un'altra occhiata. È più vecchio che in foto, e con i tatuaggi e tutto il resto, io...» Deglutì. «Confermo.»

Mark si rivolse agli altri detective. «È Cruz.»

Cameron e il suo team avevano atteso che Mark facesse una rapida analisi del pronto soccorso facendo domande a chiunque avesse visto qualcosa. Una donna nel parcheggio e un paramedico che faceva rifornimento al suo veicolo nell'area ambulanze avevano visto l'auto con Sasha uscire dall'ingresso nord e svoltare a destra su Manukau Road. Entrambi avevano convenuto che l'auto fosse blu, e il paramedico aveva aggiunto che era una Toyota, il che coincideva con il racconto di Michael. Ancora più importante, il disagio provato del paramedico gli aveva fatto controllare la targa. Aveva preso solo le prime tre lettere, KED, ma era un inizio.

Quando Katie fece irruzione nella sala relax, guardò immediatamente Mark. «Non pensare nemmeno a chiedermi di andarmene. Tieni.» Gli spinse in mano un sacchetto di plastica, tendendo una maglietta. «Per i cani. Josh ha detto di portare qualcosa.» Poi si rivolse a suo fratello. «È in macchina.»

«Chi?» chiese Mark.

Josh gli lanciò un'occhiataccia. «Paris. E non voglio sentire una parola al riguardo.»

Il detective gettò la penna sul tavolo. «Dannazione, Josh. Non puoi essere coinvolto.»

«Nessun cane conosce il profumo di Sasha meglio di Paris,» disse Josh, sollevando il mento in segno di sfida.

Dio, Michael conosceva quello sguardo.

«Chi vorresti che facesse le ricerche se fossi tu là fuori?»

«Andiamo, Mark,» concordò Michael. «Ha ragione e lo sai.» Josh gli fece un cenno di gratitudine.

Gli occhi di Mark si restrinsero a due fessure. «Va bene, ma non puoi essere tu a condurlo, capito?»

Josh annuì. «D'accordo.»

Ma Michael vide dai suoi occhi che stava mentendo. Non c'era modo che avrebbe mantenuto quella promessa, e non lo biasimò. Poi il suo cellulare vibrò per una chiamata in arrivo, numero sconosciuto, e qualcosa di freddo gli scivolò nel petto mentre si portava il telefono all'orecchio.

«Ti piace rendere le cose difficili, vero, dottore?» lo derise una voce familiare.

Riconobbe immediatamente il rapitore, ma qualcosa gli impedì di allertare gli altri. Esaminò la stanza. Nessuno sembrava troppo curioso tranne Josh, che era impegnato a guardarlo attentamente. *Merda*. Lo conosceva troppo bene.

«Se vuoi che la ragazzina sia al sicuro, tieni la bocca chiusa e vai da qualche parte in cui puoi parlare. Fai qualcosa di stupido e lei è morta.»

Josh inarcò un sopracciglio, ma Michael scosse la testa e pronunciò la parola *lavoro* prima di uscire dalla stanza.

«Dov'è lei?» sibilò nel telefono.

«Sta bene... per ora. È ancora svenuta, quindi non può parlarti, se è quello che speri. Ma non è lei che voglio, perciò può stare al sicuro finché non accetti di prendere il suo posto.»

«Come faccio a sapere che la lascerai andare?»

«Non lo sai. Ma se accetti di tenere la bocca chiusa e di incontrarmi dove dico, ti assicuro che la lascerò andare. È la migliore offerta che riceverai, quindi fossi in te la accetterei, se vuoi che riveda la sua famiglia.»

Michael non esitò. Se voleva una possibilità di redimersi, era quella. Avrebbe riportato Sasha da Josh. Nessuna bambina sarebbe morta, quella volta.

«Dimmi dove.»

Josh si teneva stretto alla mano di Katie, tenendo un occhio su Mark e l'altro sulla porta della sala ristoro in attesa che Michael riapparisse. Mark era impegnato a organizzare la ricerca dell'auto in elicottero e il dottore se n'era andato con il telefono all'orecchio. Cosa cazzo era così importante da aver bisogno di lasciarli adesso? E lavoro? Lui *era* al lavoro.

Sapeva di non avere alcun vero diritto di essere arrabbiato. Il rapimento di Sasha non era colpa sua, ma Michael era lì e sua figlia no, e lui era terrorizzato. Però non avrebbe nemmeno voluto che Michael fosse stato rapito.

E Brent? Josh sapeva che Michael era saltato alla conclusione che stavano insieme. Aveva visto il lampo ferito negli occhi dell'altro e non aveva corretto quell'impressione. Infantile? Sicuro. Ma aveva voluto solo per un minuto che Michael si pentisse di essere scappato, che pensasse al peggio. Voleva fargli sentire quello che aveva provato lui vedendolo al club quella sera con quell'altro tizio. Era stupido e doloroso e... inutile, e Josh aveva bisogno di correggere quell'errore il prima possibile. Avrebbe preso Michael da parte non appena fosse tornato e gli avrebbe detto la verità.

Cameron apparve sulla porta aperta, accigliato e senza fiato. «È successo qualcosa?» chiese. «Adele ha detto che Michael è andato via in fretta circa cinque minuti fa. Ha detto che aveva la borsa, le chiavi della macchina e il telefono all'orecchio. Ha ignorato il suo saluto e si è diretto al parcheggio di corsa.»

La testa di Mark scattò, e gli altri due detective misero da parte i telefoni mentre si scambiavano uno sguardo. *Cazzo.* Non ci voleva un genio per indovinare cosa stavano pensando.

Josh sbottò: «Ha ricevuto una chiamata, poco prima.»

Mark si voltò a guardarlo.

«È uscito. Ha detto che era una questione di lavoro.»

Un silenzio soffocante riempì la stanza.

La mano di Josh colpì il muro. «Fanculo. Avrei dovuto saperlo. Sembrava... strano. Perché non l'ho seguito?»

Katie lo prese per il braccio. «Cosa intendi? Cosa sta succedendo? Josh?»

«Non è mai stata Sasha quella che volevano,» spiegò Josh. «Era Michael, sempre Michael. Dannazione. Perché non ha detto qualcosa?»

Mark sospirò. «Sai perché. Pensa di poterla salvare per te. E Cruz vuole solo che lui sparisca. Il modo migliore per farlo è convincerlo a prendere il posto di Sasha.»

La bile gli risalì in fondo alla gola. «Merda. Si sentiva responsabile per il rapimento. Pensava che avrebbe dovuto andare con quel tizio sin da subito.»

Mark annuì. «Lo so. Riportiamoli indietro entrambi, va bene?»

Batté le mani per richiamare l'attenzione e iniziò a distribuire gli ordini. «Voglio il numero che lo ha chiamato e voglio che tracciate entrambi i telefoni. In più, tutto su Denton Cruz e dove è probabile che si nasconda. E che mi dite dell'infermiera che lo ha ricucito?»

Un giovane poliziotto che Josh non riconobbe spuntò oltre le spalle di Cameron. «Hanno la Toyota,» disse.

Josh balzò in piedi. «Dove?»

L'agente concentrò la sua risposta su Mark. «L'elicottero l'ha individuata nel parcheggio Pohutukawa Drive a Cornwall Park, su One Tree Hill. Si sono fermati nelle vicinanze e stanno cercando di isolare il posto. L'Armed Offenders Squad e i cani stanno arrivando.»

Mark si pizzicò il ponte del naso. «Gesù, è a meno di dieci minuti di macchina. Non abbiamo molto tempo.»

«Sasha?» Josh implorò l'agente.

Il giovane lanciò un'occhiata a Mark, che annuì, quindi si rivolse a lui. «Ancora niente. L'auto era vuota,» rispose.

Mark sospirò. «Di' loro di cercare l'auto di Michael, questo potrebbe avvicinarci al punto di incontro.» Si rivolse agli altri. «Porca puttana. Seicentosettanta acri sono tanti da coprire, con una tonnellata di entrate e uscite, soprattutto a piedi. Cristo, potrebbero semplicemente saltare su uno qualsiasi dei bassi muri di pietra che circondano quel posto. E scordiamoci che Denton torni alla Toyota. Ci sarà un'altra macchina in attesa di caricarlo, o diverse, se ha bisogno di varie opzioni. E se lascia quel parco con Michael o Sasha, siamo fottuti.» Lanciò un'occhiata a Josh con delle scuse inespresse.

Josh scosse la testa. Non è che non sapesse già tutto quello che dicevano.

«La Toyota era intestata a Jeff Brady,» disse un altro detective, alzando lo sguardo dal suo laptop. «E la macchina di Oliver non si è ancora presentata al parcheggio, ma avrebbe potuto lasciarla ovunque ed entrare. Stanno facendo il giro.»

«Brady non è il nome del ragazzo con cui è arrivato al pronto soccorso. Quello era Trent Miles,» disse Cameron controllando il suo taccuino.

Il giovane poliziotto tornò. «L'infermiera ha identificato Cruz da una foto. Ha dato come nome Anton Smith, e Brady, il proprietario della Toyota, è un compagno di gang di Trent Miles. Quindi erano in tre. È probabile che Brady li abbia portati entrambi qui e li abbia caricati fuori.»

Mark sbatté il pugno sulla scrivania. «Finalmente. Ora assicuriamoci di prenderli.»

La squadra si affrettò a uscire, e Katie lanciò a Josh le sue chiavi. «Aspetterò qui,» disse. «Chiama non appena sai qualcosa.»

Mark posò una mano sul braccio di Josh. «Dove diavolo credi di andare?»

Lui si ritrasse di scatto. «È mia figlia, Mark.» Lanciò un'occhiataccia al detective.

Mark lasciò cadere la mano. «Devo aver perso la testa, cazzo,» borbottò, e se ne andò.

Josh fece segno a Cameron. «Dagli qualcosa di Michael, qualcosa che i cani possono usare.» Cameron annuì e scomparve.

Arrivando a Cornwall Park, Josh vide che la polizia stava ancora lavorando per isolarlo. *Buona fortuna.* Se Denton Cruz fosse stato ancora in zona, difficilmente gli sarebbe sfuggito quello che stava succedendo. Josh doveva sperare che Michael non fosse ancora arrivato, perché solo così c'era la possibilità che Cruz non fosse già scappato.

Sul sedile posteriore, Paris piagnucolò, percependo la tensione e l'azione della polizia intorno a lui. Saltò da un lato all'altro della macchina, sbattendo la testa contro i finestrini, eccitato da morire.

Colin Hardy e Rage erano attorno alla Toyota blu parcheggiata all'estremità del parcheggio, chiaramente in cerca di odori. L'uomo incrociò lo sguardo di Josh e gli mostrò il pollice alzato con un cenno comprensivo. Paris ululò, desideroso di unirsi al suo compagno. I due cani avevano sempre lavorato bene insieme. *Non oggi, ragazzo.*

Accanto a lui, sul sedile del passeggero, l'imbracatura di Paris si fece strada nella sua concentrazione. Il pigiama di Sasha si trovava in un sacchetto di plastica al di sotto, e Josh benedì la presenza mentale di sua sorella nel ricordare i vestiti extra. La sua mente andò a Michael. L'idiota stava scommettendo con la sua vita per salvare Sasha, e se entrambi ce l'avessero fatta, Josh non sapeva se l'avrebbe preso pugni o baciato. Era un debito che non sarebbe mai stato in grado di ripagare, indipendentemente dal risultato.

Mark gli corse incontro, e lui lesse l'avvertimento inespresso sul suo volto. «Dato che è uno dei nostri, il capo è qui, così lo sai.» Fece cenno con la testa al punto in cui John Stable stava conversando seriamente con qualcuno della Armed Offenders Squad. «Quindi farai meglio a comportarti bene, Josh. Mi fido di te.»

«Immagino che dovrei sentirmi grato che stanno facendo tutto il possibile,» concesse.

Un poliziotto corse da Mark. «L'auto di Oliver è stata avvistata sul lato sud, vicino all'ingresso di un percorso pedonale. Il motore è ancora caldo. Una squadra di cani sta arrivando.»

Mark strinse il braccio di Josh. «Li troveremo,» gli assicurò. «Entrambi.» Poi se ne andò di corsa.

Josh lo lasciò andare. Voleva fidarsi di Mark e degli altri, davvero. Non voleva causare problemi o complicare le cose, ma sapeva in cuor suo che non c'era nessuno là fuori, cane o uomo, che avrebbe avuto più probabilità di trovare Sasha di Paris. Per lui, Sasha era come una compagna al canile, e conosceva il suo profumo come nessun altro. Ma sapeva anche che non c'era modo di ottenere il permesso ufficiale di essere coinvolto, quindi rimaneva solo un'opzione. Avrebbe aspettato un'opportunità, poi se ne sarebbe andato da solo.

Non ci volle molto. In mezzo minuto, il parcheggio si era svuotato della maggior parte delle squadre di polizia, permettendogli di imbrigliare tranquillamente Paris in macchina e fargli dare una lunga annusata del pigiama di Sasha. Quindi fece scivolare fuori il pastore e scomparve oltre la collina nella direzione opposta alle altre squadre. Sarebbe tornato indietro dopo aver controllato che fosse tutto a posto.

«Trova Sasha,» esortò Paris a bassa voce, e lui partì. Come nuova squadra, Josh e Paris si erano allenati così per ore a casa e nei parchi locali, usando sua figlia come esca. Il cane sapeva esattamente cosa doveva fare. Lui lo tenne al passo finché non fu sicuro che fossero lontani dagli altri, poi lo lasciò un po' più libero e lo seguì. Paris si spostò verso le altre squadre e continuò così per alcuni minuti prima di abbaiare all'improvviso e sterzare bruscamente a destra. Josh si acciglò. Poteva ancora sentire le altre squadre alla sua sinistra.

Raggiunse Paris in un attimo. «Come va, ragazzo?» Gli arruffò il collo. «Hai trovato qualcosa?»

Paris piagnucolò e tirò il collare. Josh non voleva liberarlo, casomai si fosse unito agli altri. Era possibile che Mark non gli avrebbe più parlato.

Fanculo. Gli ci vollero solo un paio di secondi. Se c'era mai stato un momento per fidarsi degli istinti e delle capacità dell'animale, era quello. Se Paris si sbagliava, l'altra squadra avrebbe coperto comunque l'altra zona. Non avrebbe nuociuto ampliare l'area di ricerca. «Va bene, ragazzo. È il tuo momento.» Lo liberò. Ormai era troppo tardi per ripensarci.

Paris partì a razzo attraverso un tratto di fitta boscaglia alla base della collina, ben al di sotto del parcheggio. Corse, naso a terra, scavando di tanto in tanto a destra e a sinistra per controllare un odore, ma sempre tornando al percorso centrale e avanzando. Sembravano girare un po' più a sinistra rispetto a prima, ma comunque a una discreta distanza dalle squadre ufficiali. Josh cercò di rimanere positivo. Non aveva altra scelta che fidarsi del naso del suo partner quando si trattava di trovare Sasha.

A metà del pendio posteriore, Paris virò improvvisamente a destra e Josh lo fermò. Corse avanti e indietro, concentrato su qualcosa appena più avanti, ma non c'era altro che una fitta macchia di manuka e kahikatea, così densa da bloccare il sole, e il terreno era coperto da muschio.

«Hai trovato qualcosa, ragazzo?» Josh gli si inginocchiò accanto, le dita agganciate all'imbracatura. Paris abbaiò eccitato. Da qualche parte alla sua sinistra, Rage latrò, non vicino a Paris, ma si sintonizzò sul suono familiare del suo compagno di ricerca. Da un momento all'altro, tutto l'inferno sarebbe piovuto su di loro. La sua unica speranza era che Paris fosse nel posto giusto. Dio, cosa non avrebbe dato per vedere il viso di sua figlia.

Il cuore gli martellava nel petto. Avevano poco tempo. Per quanto ne sapeva, Cruz poteva essersene andato da tempo e Paris si era semplicemente aggrappato al profumo residuo di Sasha. Lei era una polizza assicurativa dannatamente buona per il bastardo, ma Josh non poteva pensarla in quel modo. Non ancora.

Paris si lanciò dalle mani di Josh, e questa volta il suo latrato aveva un tono completamente diverso. Il cuore di Josh sussultò. Aveva trovato qualcosa.

«Sasha!» Si precipitò avanti, seguendo il suo partner attraverso una massa aggrovigliata di manuka e more, in una minuscola radura di non più di un paio di metri quadrati. Lì, Paris tacque e si sdraiò accanto a quella che sembrava una pila di vestiti abbandonata. Il cuore di Josh gli balzò in gola. No. Conosceva quella maglietta. Sasha l'aveva indossata alla festa. Era la sua preferita.

«Sasha!» Crollò al suo fianco, e un lieve gemito si levò dal fagotto di vestiti. Oh, grazie a Dio. «Tesoro, riesci a sentirmi?» La scosse dolcemente.

Sasha si mosse. «Papà?»

La strinse al petto e la cullò al petto, le lacrime gli scorrevano sulle guance. «Oh, tesoro. Stai bene? Sei ferita?»

Sasha si accoccolò contro il suo petto. «Mi fa male la testa.»

Josh si tirò un po' indietro e le scostò i capelli dal viso, guardandola attentamente. Era pallida e scioccata, le sue labbra tremavano, gli occhi erano velati. Una scia di sangue secco le scorreva dall'orecchio lungo la mascella e la gola. La sua maglietta era macchiata di rosso dalla scollatura alle ascelle. Ma non sembrava fresco.

Latrati e voci si avvicinarono alla sinistra di Josh.

«Qui!» gridò, tirando Sasha contro di sé per cullarla tra le braccia.

«Paris?» Sasha seppellì una mano nei peli del pastore.

«Sì, ti ha trovato, zucchina. Sei stata davvero brava, piccola. Ti voglio tanto bene, lo sai, vero?» Non voleva farle domande, ma con sua figlia al sicuro, in quel momento non riusciva a pensare ad altro che a Michael.

Paris balzò in piedi, i peli si drizzarono mentre Rage si precipitava sulla scena. L'altro cane si fermò, e i due pastori si guardarono. Paris si mise tra Rage e Sasha.

«Va tutto bene, ragazzo,» disse Josh al cane.

«Calmati,» ordinò Colin Hardy al suo pastore da qualche parte a sinistra, e Rage si accucciò subito a terra.

Hardy vide Sasha e aggrottò la fronte. «Sta bene?»

Josh annuì. «Per quanto ne so.»

«Grazie a Dio,» sussurrò l'altro uomo sollevato. «Chiamo i medici.»

Mentre aspettavano, Josh punteggiò di baci la testa di Sasha e le chiese ciò di cui aveva bisogno. La vita di Michael poteva benissimo dipendere da qualcosa che lei aveva visto.

«Ti ricordi qualcosa, tesoro?» chiese gentilmente.

Sasha scosse la testa. «Mi fa male la testa. Stavo cercando di trovarti.»

«Sei stata bravissima, zucchina.»

Si accoccolò contro di lui, singhiozzando. «Avevo paura.»

«Lo so, tesoro, lo so.» La avvolse stretta tra le braccia.

Colin Hardy mise una mano sulla spalla di Josh. «Stanno arrivando.»

«Mickey era lì,» mormorò Sasha.

Oddio. Il cuore di Josh sussultò. «Stava... stava bene, tesoro?»

Lei alzò le spalle. «L'uomo ha detto che lui doveva restare.»

La gola di Josh si chiuse. Cruz aveva preso Michael, quindi. Scostò una ciocca di capelli dagli occhi di Sasha. «Ti ha salvato, tesoro.»

Lei fece un piccolo sorriso, ed era così dannatamente bello da vedere.

Colin picchiettò il fianco di Josh con la punta dello stivale. «Una parola. Mark è sul sentiero di guerra, per non parlare di quello che dirà il capo della tua bravata. Che diavolo pensavi di fare?»

Josh ebbe la grazia di arrossire. «Lo so, lo so. Mi dispiace, ma non potevo restare seduto lì, amico. Tu ce l'avresti fatta?»

Colin sospirò. «Probabilmente no. Ma questo non ti salverà il culo, te ne rendi conto?»

Vabbè. Avrebbe rifatto esattamente la stessa cosa.

La radio di Colin crepitò e lui si allontanò per rispondere, pugnalando il terreno con lo stivale mentre parlava. Quando tornò, Josh colse qualcosa nell'espressione dell'uomo che gli diede speranza. «Michael?»

Colin annuì. «Non che dovrei dire un accidente alla tua brutta faccia, ma sì, l'hanno trovato. Sta bene.»

L'aria uscì dal petto di Josh, e meno male che era già a terra. *Grazie a Dio, grazie a Dio, cazzo.* Il suo cuore si calmò e il calore gli aumentò nel petto. Sollievo e qualcosa di più, qualcosa che non sapeva ancora decifrare, non era sicuro di volere. Seppellì il viso tra i capelli di Sasha per nascondere le guance umide. Cazzo, ci era andato così vicino.

Colin gli diede una pacca sulla schiena. «È un po' sbattuto. Sembra che le abbia prese, ma l'hanno recuperato proprio mentre Cruz stava cercando di caricarlo in una macchina sul lato nord. È stato dannatamente fortunato. Se tu sarai il piatto principale del capo in questa cazzata, quell'uomo sarà il dolce.»

Josh si asciugò il viso sui vestiti della figlia addormentata e alzò la testa. «Il capo dovrà mettersi in fila. Quell'idiota è mio.»

Quando i paramedici arrivarono, Josh consegnò loro a malincuore sua figlia, rimanendole il più vicino possibile. Per quanto desiderasse disperatamente vedere Michael, Sasha aveva bisogno di lui. Michael stava bene e quello doveva bastargli, per ora.

CAPITOLO TREDICI

Nove giorni dopo.

Sasha si diresse verso la sua classe con Josh che la seguiva a ogni passo. Era il suo primo giorno dopo il rapimento, e lui fece tutto ciò che poteva per non prenderla tra le braccia e rinchiuderla in una cella imbottita per il prossimo futuro. Era ridicolo, ovviamente, ma dopo il rapimento si era sentito impotente nel proteggerla, e odiava quella sensazione. Non che lei provasse la stessa cosa. Diavolo, si era rifiutata persino di lasciarlo entrare, la piccola monella.

Lui l'avrebbe voluta tenere a casa almeno un'altra settimana, ma lei aveva insistito, dicendo che il suo fare la chioccia la faceva impazzire. Doveva concederglielo. Aveva detto che aveva bisogno di passare un po' di tempo da "ragazzina normale", come lo chiamava lei, ma Josh non era sicuro che nulla del loro mondo sarebbe mai stato di nuovo normale.

C'era da dire che era stata irremovibile, e dopo due giorni di preadolescente imbronciata, lui aveva ceduto e aveva accettato di lasciarla tornare. Niente di tutto ciò l'aveva aiutato quella mattina, e gli ci era voluta tutta la sua volontà per non piazzarle addosso un localizzatore

e incatenarla al letto. Katie, che a malapena aveva lasciato la casa di
Josh da quel fatidico sabato, condivideva la sua preoccupazione, che
Dio la benedicesse.

In qualche modo, si erano morsi la lingua, si erano appiccicati
addosso le facce felici e lui aveva mantenuto la sua promessa. Katie
era andata al lavoro, gli occhi carichi di preoccupazione e qualche
lacrima, e Josh a scuola. Era ancora in congedo per motivi personali,
anche se sospettava che John Stables lo considerasse più sulla linea di
una sospensione per l'intera faccenda di Paris. Fanculo a loro.
Almeno aveva ancora un lavoro.

L'ospedale aveva trattenuto Sasha solo un paio di notti a causa
della commozione cerebrale, poi l'aveva dimessa. Ma la settimana
successiva a casa con sua figlia aveva fatto impazzire testa e cuore di
Josh. Arrivare così vicino a perderla aveva innescato un'enorme ansia
che non aveva la più pallida idea di come affrontare. Inondava i suoi
pensieri, rendendo quasi impossibile prendere una decisione su qualsiasi cosa. E non poteva sopportare di non avere Sasha nei paraggi per
più di pochi minuti alla volta.

Alla fine, era stata proprio Sasha, che si era precipitata fuori dalla
sua stessa camera da letto il quarto giorno, urlandogli di togliersi dai
piedi, che lo aveva spinto a cercare aiuto. Due sedute con la psicologa
della polizia avevano migliorato le cose, ma ne avrebbe avuto ancora
bisogno. Aveva anche bisogno del permesso di quella maledetta
donna per tornare al lavoro, e lei non sembrava ancora pronta a
darglielo. Ne era un po' sollevato.

Sasha aveva completato tre sessioni con uno psicologo infantile, le
prime tre di molte, a quanto Josh aveva capito. Non parlava molto di
quello che succedeva durante quegli incontri, ma dopo sembrava più
calma, quindi immaginò che avessero un effetto positivo. La commozione cerebrale per fortuna significava che non ricordava molto del
rapimento, cosa di cui lui era eternamente grato. Ma ricordava il
manrovescio di quel bastardo e poi di aver vagato confusa e sola nel
parco.

Entrambe quelle cose avevano assestato un duro colpo al suo

mondo, e sebbene lei lo rassicurasse che stava bene, soffriva di incubi quasi tutte le notti, e la paura avrebbe impiegato molto tempo a lasciare i suoi occhi. In quei primi giorni, Josh l'aveva sorpresa a controllarlo costantemente quando pensava che lui non la stesse guardando. Tornando a scuola, stava mostrando un enorme coraggio, cosa di cui aveva bisogno anche lui. Il suo lavoro era essere presente, tenerla stretta, lasciarle prendere decisioni, discutere le cose ed essere un padre affidabile... e continuare ad andare alle sue sessioni.

Negli ultimi due giorni c'erano stati molti progressi, e ora che stava uscendo per andare a scuola, Sasha era abbastanza felice di averlo solo a un cellulare di distanza. Tutti gli insegnanti le avrebbero dato la libertà di chiamarlo in qualsiasi momento, lezione o non lezione. Sarebbero andati avanti un giorno alla volta.

Le offerte di aiuto erano state infinite, e sebbene Josh apprezzasse la preoccupazione degli altri, il cibo che continuava ad arrivare sulla sua porta di casa aveva riempito il congelatore e ora veniva deviato verso il rifugio delle donne in difficoltà. Proprio quella mattina, aveva messo un post sul suo Facebook sulla falsariga di "grazie, ma basta".

Jason aveva chiamato per vedere Sasha, e Josh aveva fatto sì che la sua visita fosse breve. Voleva avere sempre meno a che fare con lui. Tuttavia, era stato civile e aveva tenuto a freno la lingua. La cosa riguardava i bisogni di sua figlia, non i suoi.

Brent si era mantenuto in contatto per essere di supporto, e Josh era sempre più fiducioso riguardo all'idea di un'amicizia tra loro. Brent era persino uscito per un caffè con un altro conduttore, un'accoppiata migliore in tutto. Per quanto incasinato fosse stato il rapporto con Michael, Josh voleva il tipo di passione che avevano condiviso loro con chiunque avrebbe preso un impegno. La vita era troppo breve.

Tra i lati positivi dell'intero casino del rapimento, c'era il fatto che i genitori di Josh si erano rivelati inaspettatamente utili. Rischiare di perdere la loro nipote aveva stimolato qualcosa. Erano andati a farle visita ogni giorno e avevano tenuto per loro le stronzate omofobe. La freddezza di Sasha verso i nonni si era in qualche modo addolcita, e loro la riempivano senza vergogna di libri, giochi per computer e i suoi snack preferiti. Avevano anche chiesto di ringraziare Michael per il suo ruolo nella liberazione della nipote. Josh era quasi caduto all'indietro per controllare il cielo alla ricerca di maiali volanti.

Un altro vantaggio era stata Anna. La madre di Sasha aveva mantenuto un'ammirevole serie di contatti con sua figlia, il che prometteva bene per una relazione futura. Aveva anche promesso di farle visita dopo la nascita del bambino.

Mark l'aveva tenuto aggiornato sul caso, passando a dare loro un'occhiata di tanto in tanto. Denton Cruz era fregato: omicidio, rapimento, aggressione, tutto. Sarebbe rimasto in prigione per molto tempo, e Josh non poteva essere più felice. Non che in diverse occasioni non si fosse sorpreso a desiderare che quel figlio di puttana avesse dato agli Armed Offenders una ragione sufficiente per sparargli.

Tramite Mark, Josh aveva appreso che Michael stava bene, con un po' di lividi per via dell'aggressione ma niente che non sarebbe guarito rapidamente. Aveva rilasciato tutte le sue dichiarazioni ed era in congedo temporaneo dal pronto soccorso. Lui aveva provato a chiamarlo e inviargli messaggi per ringraziarlo troppe volte per tenere il conto, ma i suoi tentativi erano passati dalla continua risposta della segreteria telefonica a "questo numero non è esistente", e l'ospedale era restio a fornire le nuove informazioni di contatto.

Josh alla fine aveva deciso di passare semplicemente dal suo appartamento, ma anche il suo bussare era rimasto senza risposta. Era chiaro che Michael lo stesse evitando, e lui era più che incazzato per quello. Aveva già abbastanza da fare con Sasha in via di guarigione e l'evitare che la sua piramide di paure e ansia crollasse, senza che Michael facesse il timido. Josh aveva delle cose da dire che l'altro doveva ascoltare bene.

A peggiorare il tutto, quando l'aveva chiesto a Mark, il suo amico era stato insolitamente cauto e gli aveva solo detto che Michael aveva chiesto di mantenere il suo nuovo numero privato, e che lui doveva rispettare quella richiesta. *Ma che cazzo*. Josh avrebbe voluto schiaffeggiarlo all'infinito per aver trovato improvvisamente un po' di stravagante etica. L'amico, però, aveva promesso che lo avrebbe riferito al dottore.

Erano passati due giorni, e ancora niente. Bene, quella stronzata doveva finire. Dopo aver lasciato Sasha a scuola, Josh si diresse al pronto soccorso, e non aveva intenzione di andarsene senza un modo per contattare Michael.

Trovò Cam nel suo ufficio, che meditava sui turni del personale. L'infermiere alzò lo sguardo quando entrò e spinse immediatamente indietro la sedia.

«Ehi, tu.» Strinse Josh in un rapido abbraccio.

Inizialmente rigido tra le sue braccia, Josh si rilassò rapidamente. Non che fosse a disagio, solo colto alla sprovvista. Di solito Cam era simpatico, a volte flirtava, ma a parte quello era molto professionale. Non ricordava di averlo mai visto abbracciare un'altra persona mentre era in servizio. Come se se ne fosse reso conto, l'infermiere si allontanò con un sorriso imbarazzato.

Josh sostenne il suo sguardo. «Grazie.»

Cam annuì. «Sì, beh, vi ho pensato molto.» Gli fece cenno di sedersi. «Allora, come sta la nostra ragazza?»

Josh impiegò un secondo per setacciare la postazione degli infermieri attraverso il finestrino di Cam, alla ricerca di qualsiasi segno di Michael. Non stava nemmeno cercando di fingere. Il bisogno di vederlo era diventato frenetico nelle ultime quarantotto ore. Con l'ossessiva preoccupazione per sua figlia che finalmente stava diminuendo, solo un po', Josh era ora consumato dal bisogno di recuperare con Michael.

Voleva ringraziarlo, scusarsi... baciarlo, assaggiarlo e un sacco di altre cose. La differenza era che ora non tentava di giustificarlo o negarlo. Voleva riprovarci con Michael Oliver, potenziale disastro o meno, e intendeva dirglielo il prima possibile.

«Sta meglio,» rispose, suonando molto più sicuro di quanto si sentisse. «In realtà è andata a scuola oggi. Ha detto che la stavo annegando nella bambagia. Parole sue.»

Cam sbuffò. «Non si possono non amare i bambini. Buone notizie, però, se si sente così carica. Devi essere sollevato da morire.»

Lui emise un sospiro. «Abbastanza.»

Il silenzio cadde tra loro, e Cam si mosse a disagio sotto lo sguardo di Josh. «Scommetto che sei qui per Michael,» disse.

Lui annuì. «A quanto pare, è sparito dalla faccia della terra, almeno per me. Ha cambiato numero di telefono, non risponde alla porta, non permette a Mark di darmi il nuovo numero. Non ha senso. Ha inviato una lettera davvero fantastica a Sasha, lunga tre pagine. Lei l'ha appesa sopra il letto, l'unica cosa autorizzata a stare lì. Ma per quanto mi riguarda... niente. Non sono nemmeno riuscito a ringraziarlo, cazzo. E non è solo questo, voglio... ah, merda.»

Cam prese la penna e la fece roteare tra le dita. Studiò Josh con tristezza e quella che sembrava un'aria di scuse. «Se n'è andato.»

Josh si accigliò. «Andato? Cosa vuoi dire, andato? Andato via a fine giornata? È uscito dall'ospedale, si è preso una pausa?» Ma anche mentre lo diceva, avvertì la sensazione di sprofondamento alla bocca dello stomaco riguardo al vero significato di quelle parole.

Cam scosse la testa. «È andato via, ha lasciato la Nuova Zelanda. È tornato negli Stati Uniti. Ieri, a dire il vero.»

Josh sentì gli occhi bruciare mentre un'ondata di furia gli si infilzava nel petto. *No! Michael non l'avrebbe fatto, non se ne sarebbe andato senza dire una cazzo di parola.* Non senza vedere Sasha, o lui. Qualcosa cedette e gli rimase in gola, e gli ci vollero due tentativi per tirare fuori qualcosa di più di un sospiro spezzato. Cercò di concentrarsi e calmarsi. «Ma il suo contratto...»

Cam sibilò. «Gesù Cristo. È un codardo. Pensavo che te l'avrebbe fatto almeno sapere.» Fece un respiro profondo e sembrò riprendersi. «Guarda,» disse in tono di scuse, «con tutto quello che è successo, l'ospedale non gli avrebbe impedito di recedere dal contratto. Era comprensibile che volesse tornare a casa, dove avrebbe trovato sostegno.»

«Dove avrebbe... ah, merda. Quindi se n'è andato senza una parola? Che cazzo?» La rabbia sostituì il rifiuto nel cuore di Josh, ed esplose velocemente. «Chi fa una cosa del genere dopo quello che è successo? Sasha vuole vederlo. E il caso della polizia?» Mark si sarebbe ritrovato con le palle bruciate non appena Josh l'avesse visto.

«Gli hanno dato il via libera. Basta che torni per il processo, le altre cose le risolveranno tramite telefonate e avvocati in California. Presumo che nessuno te l'abbia detto.»

Josh pensò a Mark e lo fissò. «Non una cazzo di parola.»

Cam annuì, come se non fosse una sorpresa. «Comunque, si è dimesso ed è sparito nel giro di un giorno. E, ehm...» Cam emise un sospiro stanco. «Merda. Guarda, quando è venuto per ritirare le sue cose, aveva bevuto. Lo sentivo. Era un disastro e non aveva intenzione di ascoltare nessuno.»

Bevuto? Gli occhi di Josh si sgranarono. «Hai parlato con lui?»

«Ovviamente. Ho dovuto firmare tutte le scartoffie per quello stronzo.» Gli angoli della bocca dell'infermiere si sollevarono. «Penso che sapesse che saresti venuto, perché ha menzionato alcune cose senza ordinarmi di non dirtele. Presumo sia perché vuole che tu le sappia.»

Oddio. «Dimmi,» ordinò Josh.

Cam sospirò. «Questa è la mia opinione su quello che ha detto, okay? Non c'era niente di diretto.»

Josh annuì.

«Penso che Michael si sia davvero innamorato di te, ma, e sto leggendo tra le righe, o non riteneva che la cosa fosse reciproca oppure di poterti offrire ciò che vuoi. E pensava che saresti andato avanti, con quel ragazzo che era qui quando Sasha si è fatta male alla caviglia.»

Josh sospirò. «Era solo un amico.»

Cam esitò. «Michael non sembrava pensarlo.»

«Questo perché sono stato un idiota. Gli ho lasciato credere...» Scosse la testa. «Non importa. Era... complicato.»

Cam annuì. «Va bene. Non sono affari miei. Ma Michael voleva davvero bene a tua figlia, lo sai, vero? Non immagino gli sia mai venuto in mente di non prendere il suo posto quel giorno.»

«Non è mai stato messo in discussione.»

«Bene. Suppongo che tu sappia cosa è successo nel suo vecchio ospedale?»

Di nuovo, Josh annuì.

«Beh, non credo che l'abbia mai veramente superato. Forse ha solo bisogno di più tempo.»

«Ma il bere...»

Cam scrollò le spalle. «Non è di buon auspicio, eh? Però è una cosa che deve risolvere lui. Non sono sicuro che tu possa aiutarlo.»

Josh sedeva in silenzio, cercando di trovare un barlume di speranza in tutto ciò che gli era stato detto. La sua rabbia andò alla deriva, sostituita da una crescente insensibilità nel petto.

Fu Cam a rompere il silenzio. «Ti ho visto al club un paio di settimane fa. Ci avevamo portato Michael. Stava girando per il pronto soccorso ringhiando contro chiunque lo guardasse di traverso e comportandosi da coglione. Gli ho detto che aveva bisogno di scopare.» Gli lanciò uno sguardo di scuse. «All'epoca non sapevo quanto faceste sul serio, ragazzi.»

Josh rispose con un debole sorriso. «Sembra che abbia seguito il tuo consiglio. Era piuttosto a suo agio con un tizio, quando l'ho visto.»

«Sì, a tale proposito. Non so che differenza faccia, ma secondo Michael non è successo niente con nessuno quella notte. Se n'è andato non molto tempo dopo di te.»

Josh non sapeva cosa pensare.

Cam si alzò e gli appoggiò una mano sulla spalla. «Devo andare, scusa, ma non sparire. Porta la ragazzina a trovarci quando pensi che possa farcela. Fammelo sapere e le farò trovare il gelato.»

Questa volta fu Josh a stringere Cam in un rapido abbraccio. «Lo farò e grazie, per tutto.»

L'infermiere annuì. «Stai pure qui quanto vuoi.»

Rimasto solo, Josh si prese qualche minuto per pensare. Michael se n'era andato senza una parola, un'e-mail, niente. Incredibile, cazzo. E a quanto pareva stava bevendo di nuovo. Dannazione. Eppure, Josh lo desiderava ardentemente. Che gli passava per la testa per comportarsi così? Aveva salvato Sasha. Ai suoi occhi era un eroe. Doveva star passando un brutto momento, e sì, Josh si sentiva in qualche modo responsabile. Aveva lasciato che pensasse erroneamente che lui stesse con Brent, che non potessero tornare insieme. Aveva fatto una cazzata. Avrebbe potuto esserci per Michael se si fosse svegliato prima. Cosa diavolo avrebbe detto a Sasha?

Afferrò il cappotto e si diresse a casa. Aveva bisogno di trovare Michael, ma non era sicuro di come fare. Nessuno gli stava dando ciò di cui aveva bisogno e l'altro non voleva essere trovato, lo aveva chiarito. Nonostante ciò, Josh non si sarebbe arreso, per niente, ma prima aveva bisogno di portare Sasha in un posto migliore. E forse dare a Michael il tempo di rimettersi in sesto riguardo al bere: era qualcosa da cui non poteva salvarlo. Fare qualcosa per il suo cuore malconcio e incasinato e per lo splendido uomo turbato che ne era responsabile avrebbe dovuto solo aspettare ancora un po'.

Quattro mesi dopo.

Michael uscì dalla doccia e si avvolse l'asciugamano "morbido come il sedere di un'anatra" intorno alla vita. Di solito non era uno snob del lino, ma a quanto sembrava gli asciugamani spessi e morbidi erano diventati di moda. Il fatto che Josh avesse gli stessi asciugamani non aveva niente a che fare con quello, ovviamente. Il profumo del caffè in infusione si diffondeva dal piano di sotto e c'era qualcosa che aveva un profumo incoraggiante di frittelle. Il suo stomaco brontolò.

Durante la sua corsa mattutina aveva preso la strada più lunga per schiarirsi le idee e lasciare che la merda nella sua testa si calmasse. Il sonno era stato interrotto da un incubo che l'aveva fatto sentire ben poco allegro, e mosso alcune ragnatele che avevano bisogno di essere tolte. Ci era riuscito, perlopiù. Era persino riuscito a raddrizzare il piumone e a sprimacciare i cuscini, così almeno non sembrava che avesse ospitato metà del club in cui avevano ballato tutti la sera prima. *Magari.*

Poteva contare sulle dita di una mano il numero di volte che era andato in discoteca da quando era tornato a Los Angeles, e la maggior parte era stato per volere di amici che erano preoccupati per lui. Capiva la loro apprensione, ma se pensavano di fargli un favore cercando di farlo scopare, erano destinati a restare profondamente delusi. Quella nave non navigava da un po' di tempo. I suoi pensieri andarono a un certo conduttore di cani. *No, non doveva pensare nemmeno a lui.*

Indossò qualcosa e sistemò una pila di biancheria. Gli ci era voluta tutta la sua forza d'animo per non andare completamente fuori dai binari dopo il rapimento di Sasha. Il sollievo che aveva provato nell'assicurarsi il suo rilascio era stato di breve durata, sopraffatto dal terrore di affrontare la propria morte e dallo sciame di emozioni che accompagnava quel pensiero di confronto.

Per la prima volta, aveva affrontato la realtà del vuoto della sua stessa vita, e non era stato bello. Quindi aveva cercato lo stesso sollievo che aveva trovato prima in una bottiglia, non tutte le sere e non al punto da essere ubriaco fradicio, ma più volte di quanto fosse salutare. Sapeva esattamente cosa stava facendo, e il fatto che non riuscisse a dissuadersene lo aveva spaventato a morte.

Aveva bisogno di andarsene. Se non l'avesse fatto, si sarebbe perso completamente, e avrebbe percorso di nuovo quella strada. E anche se probabilmente non l'avrebbero mai saputo, semplicemente non era compito di Michael deludere ulteriormente Josh e Sasha. Avevano creduto in lui, almeno per un po'. Poteva essere un casino, ma alla fine credeva di avere il coraggio di cambiare.

Così aveva preso il primo volo possibile ed era tornato a Los Angeles. Il suo unico rimpianto era essersene andato senza parlare con Josh e Sasha. A quel tempo, però, non sapeva come sarebbe sopravvissuto al rivederlo e dirgli addio. A un certo punto avrebbe affrontato quel particolare demone, ma non aveva ancora trovato il coraggio.

All'arrivo, la prima cosa che aveva fatto era stato smettere di bere e trovare un terapista. Non ci voleva un genio per capire che non poteva farcela da solo. Ci aveva già provato. La cosa più importante che aveva scoperto dall'intera debacle con Josh era ciò che voleva nella vita. E, sorpresa sorpresa, era stare con un uomo che amava e forse anche avere una famiglia, e un fottuto steccato bianco. Ancora più importante, stava cominciando a credere di essere effettivamente capace di avere quella vita, forse anche che se la meritava. La sua terapista, doveva darle credito, stava spingendo forte su quel punto in particolare.

A Los Angeles, Michael era stato accolto di nuovo nel suo vecchio ospedale un mese dopo il suo arrivo. Un passo indietro rispetto al suo vecchio lavoro, ma non gli importava, non proprio. Il suo nuovo/vecchio capo sapeva del suo recente breve scivolone sulla strada della sobrietà e, dopo alcune occhiate di traverso e uno scambio di telefonate con la sua terapeuta, aveva accettato un periodo di prova di due mesi comprensivo di test casuali, in cambio di un futuro contratto completo. Tre mesi dopo, era dannatamente bello tornare al lavoro, una distrazione dal dolore che sgorgava periodicamente quando i suoi pensieri si rivolgevano a Josh.

Aveva parlato con Mark un paio di volte; il detective gli aveva assicurato che Josh e Sasha stavano bene, dopo aver passato un paio di settimane difficili. Gli aveva anche detto che Brent non stava con Josh, almeno per quanto ne sapeva lui. Sembrava sorpreso che avesse pensato il contrario. E si sforzò di convincerlo a chiamare Josh o almeno a permettergli di passargli i suoi dettagli di contatto, ma Michael aveva detto di no. Era successo lo stesso quando glielo aveva chiesto Cam. Michael semplicemente non era pronto. Brent o non Brent, aveva cose che doveva sistemare: il bere, la sua vita e quello che voleva. Voleva qualcosa di più della semplice stabilità. Voleva sentire che stava andando di nuovo avanti. Ma se quello che Mark aveva detto era vero, forse avrebbe dato un anello a Josh prima di quanto avesse programmato.

Afferrò la pila di biancheria e la gettò nella lavanderia per poi dirigersi in cucina e vedere cosa c'era sui fornelli. Lorde suonava quasi a tutto volume, ovviamente, solo un altro sgradito promemoria della Nuova Zelanda.

Michael si fermò sulla soglia, prendendosi un minuto per studiare il bell'uomo che cucinava ai fornelli, saltellando al ritmo della musica, con indosso un grembiule e agitando una spatola sopra la testa. Il ragazzo era una miscela inebriante di massa muscolare snella e sensualità. Michael si allungò per abbassare leggermente il volume dell'altoparlante sul bancone.

«Troppo carino.» Ridacchiò.

L'altro sussultò e si voltò, un rossore bruciante che gli correva sulle guance. Poi assottigliò lo sguardo e mostrò quel bel sedere a Michael.

«Ciao, bell'uomo.» Gli piantò un bacio sulla guancia. «Pensavo che non saresti mai uscito da quella doccia.» Tornò ai fornelli, scuotendo di nuovo il sedere per buona misura: era nato per flirtare.

Michael sorrise. «Con l'odore di frittelle e pancetta nell'aria? Stai scherzando.»

L'amico alzò gli occhi al cielo. «Amore interessato, lo sapevo. Gli uomini mi vogliono solo per le mie capacità di sbattere e far lievitare cose dolci.» Sorrise lascivamente.

Michael sbuffò dal naso.

«È meglio che i pancake siano l'unica cosa che lievita qui,» avvertì una voce pochi secondi prima che il suo proprietario si unisse a loro. Cliff Stewart era un uomo alto e snello con ciocche dorate che gli ricadevano sulle spalle e un paio di occhi azzurri pieni di malizia.

Michael abbracciò il nuovo arrivato. «Ehi, tu.» Simon stava andando bene con Cliff, e lui non poteva essere più felice per entrambi.

Quella disinvoltura tra loro tre era stata conquistata a fatica, e tre mesi prima Michael era certo che non sarebbero mai nemmeno riusciti a stare insieme nella stessa stanza. Simon era stato un po' più che diffidente nei suoi confronti quando l'aveva contattato al suo ritorno. Cliff ancora di più. Ma si era impegnato a scusarsi con Simon per come aveva chiuso le cose tra loro.

C'erano volute parecchie lunghe discussioni, aveva parlato quasi sempre lui per chiarire il tutto, e Cliff era stato sempre presente. Era un compagno di gran lunga migliore di quanto lo fosse mai stato lui. Michael aveva persino parlato di Josh e Sasha e di come avesse rovinato anche quella relazione. Alla fine, avevano deciso di seppellire l'ascia di guerra una volta per tutte e di andare avanti. E con una mossa inaspettata, Simon aveva suggerito di provare a costruire un'amicizia tra tutti e tre e, cosa ancora più sorprendente, Cliff aveva appoggiato l'iniziativa. Michael era incredibilmente onorato e grato.

Da lì avevano preso l'abitudine di un brunch insieme quasi tutte le domeniche, a volte con gli amici, più spesso in un bar, ma di tanto in tanto in una delle loro case, come quel giorno. E proprio la settimana precedente avevano festeggiato il fidanzamento di Simon e Cliff. La loro insolita amicizia funzionava. Non avrebbe dovuto, ma era così, e guardando Simon muoversi in cucina come se fosse la sua, Michael si sentì davvero grato.

Si chinò sulla pancetta sul fornello e inspirò profondamente. «Dio, ha un buon profumo.» Afferrò una tazza e la inclinò verso la macchina del caffè ma, prima che ci arrivasse, Simon lo attirò a ballare.

«Oh, per l'amor di Dio,» borbottò Cliff dalla soglia. «Dobbiamo trovarti un ragazzo tutto tuo, Michael, quindi smettila di prendere in prestito il mio.»

Michael alzò le mani. «Si è lanciato lui contro di me. Non posso fare a meno di essere irresistibile.»

Simon gli colpì il culo con la spatola. «Nei tuoi sogni. Quella nave è salpata molto tempo fa.» Si lanciò tra le braccia del fidanzato in un attacco labiale frontale.

Michael sorrise. «Non osare bruciare la pancetta.» Si versò il caffè e si appoggiò allo schienale della panca, mentre il suo ex e il suo nuovo fidanzato si baciavano a meno di mezzo metro di distanza. *Sì, materiale da universo parallelo.*

Il suono del campanello interruppe quella festa di labbra, e Michael mise giù il caffè per andare alla porta.

Cliff lo trattenne. «Vado io. Bevi il tuo caffè.»

Simon mise le ultime frittelle a raffreddare sulla griglia e spense il fornello. Poi si tolse il grembiule e strinse Michael in un feroce abbraccio.

Lui ricambiò timidamente, chiedendosi che cazzo stesse succedendo. «Cosa mi sfugge?» chiese da sopra le spalle dell'uomo.

«Ricorda solo che ti vogliamo bene,» disse Simon, senza lasciarlo andare.

«Ah, ragazzi?» La voce di Cliff proveniva dalla sala. «Potete interrompere la festa dell'amore?»

Michael si voltò, e la sua bocca divenne polvere, il petto gli si contrasse e ogni brandello di dolore e desiderio che aveva provato negli ultimi quattro, no, cinque mesi, si sollevò e gli inondò la gola abbastanza da strozzarlo. Il silenzio riempì la stanza mentre lottava per trovare la voce. *Merda.* Magari iniziare con il trovare le gambe sarebbe stato meglio.

Alla fine, tutto quello che riuscì a dire fu: «Josh?»

In sala da pranzo, Josh sembrava teso, con le guance rosse e a quanto sembrava desideroso di essere altrove. E bello, talmente bello che Michael voleva prenderlo tra le braccia e baciarlo fino a fargli perdere i sensi.

«Ah... forse questa... ehm... forse non è stata una buona idea,» balbettò Josh, facendo un passo indietro. «Io, ah... non sarei dovuto venire. Scusa.» Si voltò per andarsene, ma Cliff lo tenne fermo.

«Non è come sembra,» lo rassicurò.

Ancora sotto shock, Michael non avrebbe potuto dire una parola per salvarsi, il suo cervello era scivolato di lato, fuori dalla sua portata. Simon, che aveva lasciato cadere le braccia dalla sua vita, era ora occupato a guardare Josh con aperto interesse. Sì, benvenuti *Ai confini della realtà degli ex*, pensò Michael.

Cliff li guardò e scosse semplicemente la testa. «Quell'idiota accanto a Michael è Simon, il mio fidanzato e suo ex,» spiegò, riprendendo il discorso, e Michael ringraziò Dio che qualcuno avesse il cervello infilato nella presa giusta. «Anche se potrebbe non restarlo a lungo, se non tira su la lingua dal pavimento,» aggiunse con un sorriso.

Simon arrossì e alzò gli occhi al cielo. «Sono fidanzato, non cerebralmente morto,» sbuffò. «E quel tipo è incredibilmente meraviglioso, nel caso non l'avessi notato.»

Cliff fece un gran sorriso. «Non sto dicendo che non l'avevo notato, tesoro. Semplicemente, non mi sto offrendo di farci dei figli, a differenza di qualcuno.»

Simon sbuffò dal naso. «Come se fosse possibile. C'è solo un uomo in corsa per quel lavoro, piccolo.»

Cliff arrossì di un profondo cremisi e i suoi occhi si illuminarono.

Michael assottigliò lo sguardo sul suo ex. «Tu lo sapevi?»

Simon alzò le spalle. «Lo sapevo, l'ho invitato, ho complottato, pianificato... tutto nei minimi dettagli, a dire il vero.»

Michael gli lanciò un'occhiataccia in risposta, e l'altro si ritirò frettolosamente dalla cucina, afferrò il cappotto e lanciò a Cliff il suo. Poi allungò una mano perché Josh la stringesse. «Piacere di conoscerti finalmente,» disse. «Vorrei restare a chiacchierare, ma dobbiamo scappare... tipo adesso.» Tirò la maglietta di Cliff. «Adesso, piccolo.»

Cliff si riscosse. «Oh, giusto. Sì, dobbiamo andare. Ho... ehm... alcuni amici da incontrare. Sì. In un... un caffè?» Lanciò un'occhiata a Simon, che alzò gli occhi al cielo.

«Sì, piccolo, in un bar.» Simon gli accarezzò affettuosamente la guancia, poi lo trascinò verso la porta d'ingresso. «Divertitevi, voi due,» disse da sopra la spalla, prima di scomparire in una nuvola di subdola fretta.

Ciò lasciò Michael e Josh a fissarsi l'un l'altro.

Fu Josh a rompere il silenzio per primo, quando una risata leggermente isterica gli scoppiò dalla gola. *Cristo onnipotente.* Dopo un volo di dodici ore, un viaggio in taxi senza fine e lo shock di vedere finalmente Michael, ma tra le braccia di qualcun altro, si trovava finalmente faccia a faccia con il soggetto di ogni pensiero e fantasia che aveva occupato la sua mente negli ultimi quattro mesi.

Non aveva rinunciato a Michael, ma Sasha aveva impiegato un po' di tempo per stare veramente bene e lui era stato riluttante ad agitare di nuovo le acque e darle qualche speranza prima di essere sicuro che avrebbe potuto gestirla bene se non fosse andata a buon fine. Aveva chiesto costantemente di Michael e, grazie a un suggerimento di Mark, aveva finalmente trovato l'ospedale dove ora lavorava, e un numero di contatto lì. Stava per fare la sua mossa quando all'improvviso Mark gli aveva passato una richiesta di Simon, l'ex di Michael, di mettersi in contatto. L'uomo aveva inviato un'e-mail al dipartimento di polizia di Auckland per chiedere di passare il messaggio.

Quello aveva spiazzato Josh. Erano tornati insieme? Voleva dissuaderlo dal cercare Michael? Alla fine, si era rivelato il contrario.

Simon voleva che Josh andasse a trovare Michael, convinto che avrebbero potuto avere un futuro. Diceva che Michael parlava di lui tutto il tempo. Che aveva sentito da Michael che Josh forse era ancora single. Anche quello lo aveva confuso. Era consapevole della bugia che aveva permesso trapelasse.

Simon gli aveva garantito che Michael era sobrio, in terapia, e lo era stato dal momento in cui aveva messo piede nel Paese. Il sollievo di Josh e l'impulso di speranza erano stati immediati e travolgenti. Anche il fatto che Michael si fosse mosso per curare la sua relazione con il suo ex era una gradita sorpresa. Tutto prometteva bene, ma niente era garantito. Michael poteva ancora non volere nulla di ciò che lui aveva da offrire. Ma ci avrebbe provato.

E così, quella riunione per cui aveva così tante speranze, che aveva immaginato piena di scuse, spiegazioni e, per favore, Dio, speranza, ora sembrava sulla buona strada per il deragliamento. Con il jet lag e apparentemente incapace di districarsi dal flusso di follia che scorreva dalla sua bocca, Josh non riuscì a fare altro che lasciarsi andare contro il muro e chiudere gli occhi nel tentativo di evocare la propria sanità mentale. L'ultima cosa che vide fu Michael che lo guardava con diffidenza, dato che era evidente che lui avesse perso la testa. Forse era così.

Forse avrebbe dovuto parlare con Michael, prima di arrivare. Ma Simon aveva pensato che sarebbe stato meglio se si fosse limitato a presentarsi. E così aveva fatto. Ma Simon si era sbagliato? Michael non lo voleva? Josh aveva incasinato le cose per davvero? Doveva aprire gli occhi, ma, onestamente, non voleva. Era troppo terrorizzato da quello che avrebbe trovato nello sguardo dell'altro.

Un'ombra cadde sul suo viso e la sua pelle formicolò. Il calore si irradiava contro la parte anteriore del suo corpo, vicino ma non aderente, il familiare aroma di arancia e spezie con quella ridicola nota di fondo di antisettico inondò i suoi sensi.

Aprì gli occhi e fissò Michael, in piedi così vicino da poterlo quasi assaporare sulla lingua. Michael gli prese il viso tra le mani e lo studiò attentamente. E le ginocchia di Josh per poco non cedettero per la sensazione di quelle mani su di sé ancora una volta, come se potesse finalmente respirare dopo mesi. Poi Michael sorrise e il calore gli esplose nel petto.

«Li ucciderò entrambi,» borbottò ancora sorridendo, ma un po' troppo debolmente ora per i gusti di Josh. I suoi occhi si fecero calmi per quella che parve una vita, mentre sembrava che lo divorasse con lo sguardo, cercando... qualcosa.

Lui rimase in silenzio, contento di far trovare a Michael tutta la verità che poteva mettere nella propria espressione, sperando che fosse qualcosa che capiva e voleva a sua volta. Non si nascondeva più e sapeva che il suo viso irradiava tutta la rabbia, il dolore, l'amore e la preoccupazione con cui aveva lottato nel corso dei mesi. Non era bello, ma era reale, e se avessero avuto qualche possibilità di avere qualcosa di più tra loro, dovevano essere onesti l'uno con l'altro.

Ma anche lui lo guardava. Aveva aspettato troppo a lungo per vedere Michael, e ciò che aveva davanti non lo deludeva: togliva comunque il fiato. Aveva la barba incolta, il look preferito di Josh. I capelli scuri erano bagnati dalla doccia, morbidi riccioli sulla nuca imploravano di passarvi la lingua e di raccogliere le gocce che si attaccavano alle estremità. E tutta quella prelibatezza si riversava in un paio di jeans sbiaditi e stretti, tesi su quel culo sodo e in una maglietta consumata dei Roxy Music che metteva in risalto le barrette. *Cristo onnipotente.*

Josh assorbì ogni minimo dettaglio e cercò di trattenere il brivido che gli percorse la pelle. Voleva allungare la mano per toccarlo, ma sapeva che non c'erano ancora garanzie. Per quanto ne sapeva, magari non si sarebbe avvicinato più di così. Poteva anche essere l'ultima volta che lo vedeva.

Michael lasciò cadere le mani dal suo viso, fece un passo indietro e si accigliò, mentre Josh cercava di mantenere un'espressione ferma. Non toccava a lui parlare, non ancora, ma almeno l'altro non lo stava spingendo via.

Il suo sguardo lo incendiò dalla testa ai piedi, e non poté fare a meno di abbassare gli occhi, sorpreso di scoprire che i suoi vestiti non erano bruciati fino a carbonizzarsi. Fece tutto il possibile per non sistemarsi i capelli e infilarsi la maglietta nei pantaloni. Poi i loro sguardi si trovarono, e Josh restò immediatamente inchiodato.

«Brent?» domandò Michael.

Non c'era bisogno di aggiungere nulla a quella domanda, e Josh mantenne lo sguardo fisso mentre rispondeva: «Brent e io non siamo mai stati insieme, non nel modo in cui pensi tu... nel modo in cui ti ho lasciato pensare. È venuto con me e Sasha a quella festa, e sì, l'ho invitato, come amico, solo per vedere come andava. Ma sapevamo entrambi che non saremmo andati oltre. Avevamo già accettato che ci fosse solo amicizia... prima ancora che ci vedessi in ospedale.»

«Ma tu...»

«Lo so. Mi dispiace. Ero ferito e arrabbiato con te. Ti avevo visto al club... con un ragazzo, la notte in cui Cam ti ha portato fuori, e quindi ti ho lasciato pensare...»

«Non è successo niente quella notte...»

«Adesso lo so. E come ho detto, è stata una mossa del cazzo da parte mia e mi dispiace. Stavo per dirtelo dopo che hai risposto a quella telefonata, ma... dovevi fare l'eroe.» Sorrise debolmente. «Da allora me ne sono pentito, mi chiedevo se forse non te ne saresti andato se avessi saputo...»

«Fermati.» Michael esitò. «Non so se avrebbe fatto differenza o no. Avevo molte cose da sistemare, riguardo a noi, a tutto. Non sono sicuro che ci sarei riuscito, se fossi rimasto.»

Va bene, allora. Josh aspettò.

«Allora dimmi, perché niente con Brent? Hai detto che è un bravo ragazzo. Sembra più nel tuo stile...»

Josh gli mise un dito sulle labbra. «Non è te... Michael. E sei tu che voglio.»

Michael grugnì e lui vide gli angoli della sua bocca contrarsi. Poi allungò una mano e sistemò una ciocca di capelli di Josh dietro l'orecchio, e per poco lui non miagolò pieno di speranza e non gli premette la guancia nella mano. «Non c'è stato nessun altro.»

Lo sguardo di Michael lampeggiò di qualcosa. Felicità?

Fece scorrere un dito sulla sua guancia. «Senti, non mi aspettavo che aspettassi...Argh. Quello che sto cercando di dire è che... capisco se sei... andato avanti.»

Michael alzò una mano per zittirlo. «Non c'è stato nessun altro neanche per me. Non sono sicuro che ci sia mai stato. Non come te.»

Josh si immerse nel piacere e nel sollievo che quelle parole gli portavano, e un rossore gli riscaldò le guance. «Sì, vale anche per me...» Prese fiato. «Ma prima di parlare di cose serie, posso solo dire una cosa?» Aspettò.

Un cipiglio aggrottò la fronte di Michael. «Va bene.»

Josh sorrise. «Grazie, cazzo di idiota, tesoro di un uomo. Hai messo a rischio la tua vita per salvare Sasha, e noi... io... te ne sono così grato.» I suoi occhi si riempirono di lacrime. «Dannazione, ho giurato che non avrei pianto.»

Michael gli fece scorrere il pollice sulle labbra, lasciandosi dietro una scia rovente. «Gesù, uomo lupo.» Appoggiò la fronte contro quella di Josh. «Non so perché sei qui o come questo... qualunque cosa sia... andrà a finire, quindi è il mio turno di fare una cosa prima di parlare ancora, prima di ogni altra cosa. Solo così posso respirare di nuovo.»

Sfiorò le labbra di Josh con un bacio leggero, indugiando all'angolo della bocca, librandosi, assaporandolo, inspirandolo come se lui fosse la risposta alle sue domande più importanti. Come se senza Josh, il mondo non avesse senso. E Josh vi si crogiolò, mugolando al contatto. Fuso contro Michael. Chiudendo gli occhi in modo che le sensazioni avessero pieno sfogo al suo interno. Il respiro di Michael contro le labbra, la morbida carezza delle sue dita sulle guance e tra i capelli, il suo delizioso profumo che si sovrapponeva a quello di Josh come una promessa.

E come sempre, il suo corpo reagì subito, il sangue che scorreva a sud al primo tocco della pelle di Michael, il primo accenno di desiderio nei suoi occhi o il suo respiro sulle labbra. Il fuoco nel ventre di Josh si riaccese in un furioso desiderio per quell'uomo che era così sicuro di aver perso. Ma rimase immobile, la mente alla deriva nel bacio dolce e nel soffio di respiro sulla sua pelle, fluttuando nella tenera fragilità del momento. In qualche modo, tutto sembrava possibile con quell'unico tocco di labbra. *Se solo fosse vero*, pregò.

Alla fine, Michael si staccò e abbassò di nuovo le mani, e le inevitabili domande senza risposta tra loro apparvero enormi. Sembrava diffidente. E Josh offrì l'unica risposta che sentiva importante in quel momento. Sì, dovevano parlare, ma sapeva che prima avevano bisogno di connettersi, avevano bisogno di... quello. Mise le mani dietro il collo di Michael e lo tirò a sé, invitandolo ad assaggiare e prendere ciò che voleva.

«Per favore?» Sussurrò la parola nella sua bocca.

In pochi secondi, fu appiattito contro il muro, il corpo di Michael duro contro il suo, spalla contro fianco, i cazzi allineati e... *oh, merda...* era così bello... era così fottutamente bello. Qualcosa gli si attorcigliò nel petto e vi si stabilizzò, e Dio, come aveva fatto a sopravvivere senza quello? E con la lingua di Michael a metà gola e un paio di mani calde e liquide che gli vagavano sotto la maglietta, Josh era sicuro di almeno una cosa: Michael lo voleva, e lui intendeva partecipare a quell'azione il prima possibile.

Le sue mani trovarono l'orlo della maglietta di Michael e lo tirarono, interrompendo il bacio per un secondo mentre gli trascinava quella cosa fastidiosa sopra la testa. Poi si prese un minuto per guardarlo. Dio, da dove cominciare? Si chinò per assaggiargli la pelle, leccando il tatuaggio del kiwi che copriva il suo cuore verso il capezzolo sinistro, ma prima che potesse succhiarlo, Michael si tirò indietro e lo guardò.

«Ultima possibilità, uomo lupo,» disse piano.

Josh rabbrividì al soprannome. «Ultima possibilità per cosa?»

Michael sostenne il suo sguardo e sorrise. «Per parlare... prima di farlo. Perché una volta che ti metto le mani addosso, non mi fermo. Ho bisogno di te dentro di me come di respirare. Quindi, se vuoi parlare, dillo adesso.»

Il cazzo di Josh si tese contro la cerniera dei suoi jeans, dannatamente vicino a scoppiare in una danza felice. Premette le labbra contro quelle di Michael in un bacio feroce. «Letto, adesso.» Immaginò che contasse come una risposta, afferrando la mano di Michael e dirigendosi... beh, da qualche parte.

Michael ridacchiò e li reindirizzò alle scale.

Arrivarono di sopra, anche se non tutti i loro vestiti ebbero la stessa fortuna e, quando atterrarono sul letto, erano nudi. Ciò rese il cuore di Josh ridicolmente felice. «Sdraiati.» Spinse Michael sulla schiena. «È passato troppo tempo. Ho bisogno di vedere ogni centimetro di te.»

L'altro obbedì, e Josh gli si mise a cavalcioni sulle cosce, i loro uccelli che si sfioravano mentre il suo sguardo percorreva la lunghezza di Michael. Era il corpo che aveva così amato e gli era mancato tanto, e che ora poteva prendere. Facendo scorrere le dita sui tatuaggi di Michael, li tracciò.

«Josh... per favore?» Il respiro di Michael si spezzò sotto il suo tocco. I suoi muscoli tremavano, e lui amò il fatto di poter ancora ridurre quell'uomo sexy a un tremante fascio di desiderio.

«Shh,» lo calmò, abbassando la bocca per succhiare prima un capezzolo, poi l'altro, facendo ruotare le barrette in bocca, suscitando lievi gemiti da Michael che si inarcava e stringeva le lenzuola nei pugni, gli occhi fissi su di lui. Il bisogno di seppellirsi nel profondo di

Michael era schiacciante, ma Josh aveva aspettato troppo a lungo per affrettare le cose.

«Mi stai uccidendo,» gemette Michael.

Josh gli baciò il naso. «Non ti ucciderò, piccolo. Ti amerò.» Si bloccò mentre le parole restavano sospese nell'aria tra loro. *Merda. Troppo presto? Ah, fanculo.* Non immaginava che fosse una sorpresa. Non voli per più di seimila miglia per un cazzo di caffè.

Si arrischiò ad alzare lo sguardo e vide che Michael gli sorrideva, e sospirò, mezzo imbarazzato e mezzo sollevato. «Sì, a tale proposito...» Strisciò sul suo corpo per mordicchiargli il labbro inferiore. «Speravo che...» Morso. «Che... beh, che forse potremmo...» Morso. «... o almeno io provo molto di più per te... che...»

Michael gli afferrò il mento e lo fissò con quei suoi occhi blu oceano. «Meno parole, uomo lupo,» sussurrò, sfiorandogli le labbra, «e più di quella roba dell'amarmi. Così poi posso ricambiare il favore... di amarti.» Un altro bacio, questo pieno di promesse.

Un enorme sorriso squarciò il viso di Josh, che non riuscì a fermare la risata deliziata che gli sgorgò dalla gola. Né apparentemente l'umidità che si raccoglieva nei suoi occhi. «Sì? È così?» Fu tutto ciò che riuscì a dire.

Michael annuì. «Sì. È così. Anche se potrei cambiare idea se il mio culo non vedrà un po' di azione nei prossimi minuti.»

Josh gli piantò un bacio deciso sulle labbra, ancora sorridendo come un pazzo. «Me ne occupo subito,» disse, e si abbassò per immergere la lingua nel suo ombelico. Poi seguì la fila di peli morbidi che segnavano la scia del tesoro di Michael fino al suo cazzo sull'attenti.

Tenendola fermo alla base, leccò l'asta dal basso verso l'alto, gli occhi fissi su Michael. Una ricchezza di emozioni passò tra loro in quell'unico sguardo. Ma, per la prima volta, Josh credeva che ci sarebbe stato tempo per dire tutto, fino all'ultima parola. Nel frattempo, sotto di sé aveva un corpo appetitoso che attendeva di essere adorato, e lui era proprio l'uomo adatto a quel compito.

Michael chiuse gli occhi e ricadde sul cuscino, lasciando che la bocca di Josh si avvolgesse intorno a lui come un paradiso di velluto bruciante. Era quanto di più vicino a un ritorno a casa avesse mai provato. Come pensava di poter semplicemente allontanarsi da Josh, non l'avrebbe mai capito. E porca puttana. Si erano appena detti che si amavano. Era successo. Era reale. Non riusciva a crederci. Poi tutti i pensieri si persero nel paradiso umido della bocca di Josh mentre glielo prendeva in profondità, e combatté l'impulso di sbattere nella sua gola.

Josh si staccò per portare le mani di Michael sopra la sua testa, e si chinò per catturare le sue labbra. «Tienile lì, stupendo,» ringhiò.

Diavolo, sì. Michael adorava quando la versione prepotente dell'altro usciva a giocare. Dondolò i fianchi, alla disperata ricerca di attrito per alleviare il dolore crescente all'inguine.

«Comportati bene.» Josh gli diede uno schiaffo sul sedere e la sensazione arrivò dritta alle palle di Michael, inviando un caldo rossore sul suo corpo. «Fammi giocare un po'. Lasciati guidare da me.»

E quando Josh prese il suo cazzo in profondità in gola ancora una volta, lui quasi perse la testa. Aveva smesso di chiedersi come o perché l'uomo accendesse in lui quel fuoco, quella disponibilità a essere curato. Tutto ciò che sapeva, tutto ciò che aveva bisogno di sapere, era che così facendo diventava il centro del mondo di Josh, il centro della sua completa attenzione. E in quei momenti, non voleva essere da nessun'altra parte. Josh creava uno spazio caldo esclusivamente per lui, in cui il suo unico compito era quello di ricevere piacere. Mandava a fuoco il suo corpo e lo inchiodava con il proprio. Nessuno si era mai preso cura di lui in quel modo.

Josh allungò una mano di lato, e Michael raggruppò abbastanza cellule cerebrali da sbatterci dentro una bottiglia di lubrificante e un preservativo. Il coperchio si aprì, e pochi secondi dopo sentì la fresca chiazza di umidità scivolargli lungo l'uccello, sulle palle e, infine, stuzzicarlo.

«Sì,» gemette forte. «Era ora.»

Josh ridacchiò e gli soffiò aria fresca sullo scroto, facendolo inarcare sul letto. «Ti ho detto quanto cazzo amo il tuo culo?» disse Josh, soffiando ancora lungo la sua fessura. «Mi sei mancato così tanto.»

Porca puttana. «Allora stai zitto e vai avanti,» mugolò Michael. «O questo particolare culo se ne va.»

«Col cazzo,» ringhiò Josh mentre entrava in Michael con un dito scivoloso, diretto verso l'alto e sopra la sua prostata.

Lui inarcò la schiena, e il gemito affamato che rilasciò avrebbe dovuto mortificarlo, ma non se ne curò. La barba incolta sfiorò il suo scroto e la lingua di Josh si unì alle sue dita nella loro esplorazione. *Cristo.* Quell'uomo sarebbe stato la sua morte.

«Di più,» ansimò Michael.

Le dita di Josh si ritirarono, e lui strisciò sul corpo di Michael per premergli un bacio deciso sulle labbra. «Ehi, tu,» mormorò, il respiro caldo contro la sua bocca. «Cazzo, sei la cosa più sexy che abbia mai visto.» Gli succhiò il labbro inferiore e lo mordicchiò delicatamente. «E amo ogni suono che esce dalla tua gola. Sono così eccitato, non so quanto durerò.»

Michael gli strinse i capelli nel pugno, tirandolo giù per un altro bacio. «Non ti preoccupare.» Strofinò il naso con il suo. «Se durerò più di pochi secondi, sarà un miracolo.»

Josh sorrise e si mise a sedere, allargandogli le gambe. «Bello in alto, piccolo.»

Michael si afferrò le cosce e gli diede quello che aveva chiesto. Lo sconvolgeva ancora il fatto di potersi allargare come un tavolo da buffet per Josh senza pensarci due volte. Se l'altro lo avesse voluto appendere su un'altalena ricoperta di panna, con le mani ammanettate sopra la testa, lo avrebbe fatto in un batter d'occhio. Dannazione. Il grosso cazzo di Josh gli scivolò attraverso l'apertura e tutti i pensieri svanirono. Michael era a casa. *Sì.*

La completa disponibilità di Michael a consegnarglisi stupiva ancora Josh. Il fatto che quell'uomo complicato volesse lasciarsi andare sotto le sue mani era un regalo che non aveva modo di ripagare. Sarebbe potuto venire solo al pensiero, e l'aveva fatto più di una volta negli ultimi mesi.

Si premette contro Michael, sentendo il calore stretto del suo amante avvolgerlo mentre si contorceva sotto di lui, e parole senza senso gli fuoriuscivano dalle labbra. Poi, completamente dentro, Josh si fermò, abbassandosi per catturare la bocca di Michael in un bacio persistente che fu ricompensato con un leggero ronzio di approvazione contro le sue labbra.

«Muoviti, uomo lupo,» ordinò Michael, stringendo le natiche intorno al suo uccello per enfatizzare le parole.

Josh non aveva bisogno di ulteriore incoraggiamento e stabilì un ritmo intenso che portò Michael a stringere le lenzuola, gli occhi rovesciati all'indietro, le ciglia scure che fremevano. Cambiò leggermente l'angolazione finché il suo uomo non sussultò, inarcandosi contro di lui.

«Ah... proprio lì.»

Josh tenne il passo, concentrandosi sulle sue reazioni. Il piacere di Michael era il suo piacere, e quando lo vide allungare la mano per toccarsi, la schiaffeggiò via e la sostituì con la propria, accarezzandolo a lungo e con forza, a tempo con le sue spinte. Il suo autocontrollo correva sul filo del rasoio, e tenere a bada il proprio orgasmo stava diventando sempre più difficile.

«Ci sono vicino...» gemette Michael.

Grazie a Dio. Josh non era sicuro di poter resistere ancora. «Vieni per me,» ringhiò, mordendogli la spalla.

Michael si irrigidì e un profondo gemito di piacere gli sfuggì dalla bocca. Josh si sollevò per guardarlo raggiungere il culmine, il corpo inarcato, ma gli occhi fissi su di lui mentre il suo cazzo gli si svuotava nel pugno pochi secondi prima di essere colpito dal proprio orgasmo in modo altrettanto spettacolare, restando senza parole.

Nessuno dei due distolse lo sguardo mentre Josh si muoveva lentamente attraverso gli ultimi brividi, con Michael che traeva da lui ogni goccia, finché entrambi non diventarono troppo sensibili. Poi

Josh crollò, i loro corpi scivolosi, e le braccia di Michael gli si strinsero intorno.

Ogni osso era fuggito dal corpo di Josh, e non era sicuro di essere capace di pensare, figuriamoci di muoversi, felice di ascoltare semplicemente il battito del cuore di Michael che tornava a un ritmo simile a quello normale. Il suo uccello ormai morbido rimase soddisfatto dentro di lui, e non vedeva motivo per cambiare quella cosa nel breve periodo. Un paio di labbra posavano baci delicati per tutta la lunghezza della sua mascella, arrivandogli fino alla spalla.

«Mi hai morso,» mormorò dolcemente Michael contro la sua pelle. «Ti costerà un extra.»

Josh si voltò per premergli un bacio sui capelli, umidi di sudore. «Trattienilo dalla mancia.» Ridacchiò.

«Mmm e che mancia sarebbe? Quella che è ancora sepolta dentro di me? Se avrà mai intenzione di uscire, certo.»

Josh rise. «Non vorrei che succedesse presto. Sembra che il quartiere gli piaccia. Sta comodo.»

Michael sbuffò. «Comodo? Sono preoccupato per questo tuo kink.» Gli strofinò il naso sul collo. «Comincio a sentire che siamo come due gemelli siamesi uniti al culo. Sarà un inferno per il nostro guardaroba.»

«Il *nostro* guardaroba, eh?» Josh fissò Michael, sentendo un calore dentro nel notare il debole rossore che gli attraversò le guance. «Potrei abituarmi a questa parola. Sono un po' partito per te, nel caso non l'avessi notato.»

«Idem io, uomo lupo.» Michael si aprì al bacio di Josh e le loro lingue danzarono lentamente, felici di assaporarsi a vicenda. Poi, quando lui si tirò indietro, Michael inseguì la sua bocca per rubargli qualche altro bacio prima di lasciarlo andare. Josh legò il preservativo, poi gli scivolò di nuovo vicino.

«Allora,» mormorò Michael, quelle dita mortali che sfioravano il morbido cazzo di Josh prima di posarglisi sul fianco. «Eccoci qui.»

I suoi occhi dolci avevano il colore del cielo liquido, e Josh si vide riflesso nelle loro profondità. E con la bocca di Michael così vicina, a portata di mano, si allungò per colmare il divario.

«No-no.» Michael gli posò un dito sulle labbra, tenendolo a bada.

La lingua di Josh uscì per inseguire il tocco e fu ricompensata con una vampata di calore negli occhi di Michael.

«Dio, mi stai uccidendo,» sospirò lui. «Ma penso che sia ora di finire quel discorso.»

Josh bloccò il suo dito tra le loro labbra e sospirò.

«Penso che tu abbia ragione,» sussurrò contro la sua bocca. «Finalmente.»

EPILOGO

Otto mesi dopo.

«Sasha, se non porti il tuo sedere in macchina nel giro di cinque minuti, ci saranno delle conseguenze, signorina.»

«Va bene, papà,» urlò Sasha, fissando il mucchio di vestiti ancora sparsi sul suo letto. Sospirò tra sé. «Cacchio, non farti esplodere il cervello.»

«Ti sfido a ripeterlo, ma abbastanza forte da farti sentire davvero questa volta.»

Sasha sussultò e si voltò. «Cavolo, Mickey! Non spaventarmi così. Con voi due serpenti subdoli, non supererò bene l'adolescenza.»

«Fai tre serpenti subdoli.» Katie passò dietro Michael. «E penso che *cacchio* conti come una parolaccia, signorina.»

Sasha mise il broncio, fissando Michael con uno sguardo implorante. Lui alzò gli occhi al cielo e si portò un dito alle labbra. Era un tale idiota quando c'era di mezzo quella ragazzina. «È il nostro segreto, tesoro. Sali in macchina e poi decideremo cosa porterai in campeggio quando torneremo. Hai dato da mangiare a Paris?»

Lei annuì e si alzò in punta di piedi per baciarlo sulla guancia. «Carne e crocchette, poche crocchette.»

Michael sorrise. «Brava ragazza. Lo rinchiudo io mentre tu vai in macchina, prima che a tuo padre venga un ictus.» Ogni mese circa, la famiglia di Josh, compresi i suoi genitori e il fidanzato di Katie, Kevin, si incontravano a cena in un ristorante a buffet in città. Territorio neutrale. Era una di quelle sere.

La faccia di Sasha si accartocciò. «Devo proprio venire? Mi fanno sempre sedere accanto a loro e rispondere a domande stupide sulla scuola.»

Michael sospirò. «Ti vogliono bene, tesoro. Sii grata. Io? Sono fortunato se mi salutano quando mi vedono. Quando ce ne andiamo è più facile, perché sono contenti di togliersi il mio sedere gay da sotto gli occhi.» Sorrise e le diede una gomitata sulla spalla. «Ma è meglio di prima, giusto?»

«Sì, che fortunata sono,» ribatté piatta Sasha, e fece per superarlo.

«Non così in fretta.» Lui l'afferrò a metà strada e la tirò a sé per un abbraccio. «Ti voglio bene, tesoro.» Ed era vero, più di quanto avesse mai pensato possibile.

Lei gli baciò la guancia. «Lo so. Anch'io ti voglio bene, Mickey.»

La guardò allontanarsi con un sospiro. Sebbene i genitori di Josh si fossero addolciti in modo significativo nei suoi confronti e sull'intera questione del "figlio gay", faticavano ancora a mantenere la disapprovazione lontana dai loro volti, soprattutto in risposta a qualcosa di fisico tra loro due, anche solo il tenersi per mano. E proprio per quello, Josh sembrava aver fatto propria la missione di tenergli la mano o appiccicargli un bacio sulla guancia il più spesso possibile in presenza dei suoi genitori. *Bastardo.*

Michael lanciò uno sguardo sui vestiti ammucchiati sul letto di Sasha e scosse la testa. Di quanti abiti poteva aver bisogno una ragazzina di dodici anni per una gita in campeggio di due notti? Si sarebbe assicurato che fosse lui ad aiutarla a sistemare le cose. Josh aveva molta meno pazienza. Figuriamoci.

Gettando uno sguardo verso la loro camera da letto lì di fronte, il suo cuore si gonfiò. La *loro* camera da letto, la sua e di Josh. La maggior parte dei giorni, Michael faticava ancora a crederci. Condivideva una vita con quell'uomo straordinario, una vita che non avrebbe mai pensato di volere. Una casa, un uomo che amava da morire, una famiglia, l'intera staccionata bianca, giardino, il pacchetto completo. Non che fosse stato facile, ma ne era valsa la pena.

L'avevano presa con calma, principalmente per il bene di Sasha. Creando fiducia, amore e sicuri della sobrietà di Michael. Aveva trascorso tre settimane in Nuova Zelanda, mentre Josh e Sasha ne avevano passate tre negli Stati Uniti, incluso un viaggio a Disneyland e tutta la roba da turisti.

Ottenere una residenza a lungo termine in Nuova Zelanda non si era rivelato così difficile come si aspettavano, a causa della carenza di medici, e l'Auckland Med era stato più che felice di riprendere Michael. Dopo tre mesi, lui aveva finalmente fatto le valigie ed era andato a Auckland accompagnato da Simon e Cliff. La coppia appena sposata voleva vedere com'era la sua nuova vita prima di andarsene a fare i turisti per due settimane.

Michael fece scivolare la mano nella tasca dei jeans e sorrise mentre si dirigeva verso la porta sul retro. Era più innamorato di Josh di quanto avesse creduto possibile. Con tutti già in macchina, si avviò per unirsi a loro, Paris che camminava amabilmente al suo fianco.

Dal posto di guida, Josh si accigliò e si sporse dal finestrino aperto. «Michael? Paris dev'essere rinchiuso nella sua gabbia.»

Michael ignorò le istruzioni. «Tutti fuori,» ordinò.

Josh roteò gli occhi. «Michael, siamo in ritardo.»

Lui lo zittì con un bacio. «Taci per una volta e scendi dalla macchina, uomo lupo.»

Una breve scintilla di fastidio divampò negli occhi di Josh, che poi sospirò e scivolò fuori dall'auto, brontolando per tutto il tempo. Stava accanto a Katie, Sasha e Kevin, tamburellando con impazienza la gamba.

«Paris, vieni qui.» Michael spinse il cane accanto a Josh, che automaticamente abbassò la mano per arruffargli il collo.

Lo sguardo di Josh passò su Michael con un misto di curiosità e sospetto. «Allora, di cosa si tratta, piccolo?»

Lui trattenne il respiro, la bocca improvvisamente arida, uno stuolo di gatti che gli facevano capriole nello stomaco. *Eccoci qui.* Posò gli occhi su Josh, così pieno di amore per quell'uomo e così incredibilmente nervoso.

«Riguarda noi,» rispose, sentendo la voce tremare.

Il cipiglio di Josh si fece più profondo, gli occhi color cioccolato si oscurarono fino a diventare quasi neri. «Noi?»

Michael guardò Sasha. «Tutti noi.» Gli occhi della ragazzina si spalancarono improvvisamente quando capì. *Ragazza sveglia.*

Michael si abbassò su un ginocchio davanti a Josh e recuperò una piccola scatola nera dalla tasca dei jeans. All'interno c'erano due semplici fedine di platino. Allungò una mano e prese quella di Josh.

Sasha sussultò e raggiunse Katie, che si attaccò alla nipote con un gridolino sommesso.

«Papà!» strillò Sasha. «Di' di sì, di' di sì.»

Michael ridacchiò. «Non gliel'ho ancora chiesto.» Con gli occhi ancora fissi su Josh, vide lo shock e l'incredulità nella sua espressione. *Sì, non te l'aspettavi, vero, tesoro?*

«Ti amo, Josh,» disse, «con tutto il mio cuore e con ogni fibra del mio corpo, e amo Sasha come se fosse mia. Non riesco a immaginare la vita senza di te, e non ho intenzione di farlo. Da uno stronzo arrogante all'altro, mi vuoi sposare?»

Per alcuni secondi ci fu un silenzio totale e la paura di Michael salì alle stelle. Poi la bocca di Josh si sollevò agli angoli, e quegli occhi color cioccolato si accesero come fuochi d'artificio. Trascinò Michael in piedi e tra le sue braccia. Poi, seppellendogli la faccia nel collo, diede la sua risposta.

«Cazzo, sì, stupendo. Sposerò le tue chiappe quando vorrai. L'eternità non sarà abbastanza lunga.» Coprì la bocca di Michael con la propria e fece danzare le loro lingue.

Paris balzò in piedi al loro abbraccio, raccogliendo il turbine delle emozioni, e fece scorrere gli artigli lungo la schiena di Michael. Katie lo tirò a sé mentre lei e Sasha applaudivano, e Kevin guardava sorridendo.

Quando le loro labbra si separarono, Sasha saltò tra le loro braccia e li avvolse entrambi. «Era ora,» disse. «E non pensare che non abbia sentito quella risposta, papà. È una doppia multa per il barattolo delle parolacce. Sono segnata a vita. E tu...» Si voltò verso Michael con occhio severo, «... dovrai affrontare il fatto di essere chiamato papi, perché non chiamo nessuno papà.» Sorrise e gli piantò un enorme bacio sulla guancia. «E sarà meglio che mi adotti, tanto per dire.»

Porca miseria. Michael lanciò un'occhiata a Josh e colse il luccichio negli occhi del suo fidanzato. Abbracciò Sasha forte. «Sarà un mio privilegio assoluto, ragazzina.»

«Va bene, squadra.» Josh catturò la loro attenzione. «Mettiamoci questi anelli e facciamo inorridire i nonni. Non vedo l'ora di dirgli che il loro imbarazzante figlio gay si sta per sposare.»

Afferrò la mano di Michael, fece scivolare uno degli anelli sul suo dito e lo tirò naso a naso. «Io e te, stupendo,» sussurrò. «Non vedo l'ora.»

Michael restituì il favore prima di rispondere: «Per te,» disse dolcemente, «ho aspettato tutta la vita.»

FINE

GRAZIE.

Non perdetevi il prossimo libro della serie

METTERSI IN GIOCO

E se avessi lavorato tutta la vita per inseguire un sogno, giocare a rugby per la squadra di maggior successo del pianeta, gli All Blacks neozelandesi?

E se quel sogno fosse così vicino da poterne sentire l'odore?

E se incontrassi qualcuno?

E se ti innamorassi?

E se il tuo sogno dovesse costarti l'uomo che ti ha rubato il cuore?
E se il sogno dovesse cambiare?
Reuben Taylor ha una scelta da fare.
Cameron Wano è quella scelta.

**I lettori hanno amato
METTERSI IN GIOCO
di
Jay Hogan**

"I protagonisti sono il tipo di personaggi che rimangono con te anche molto tempo dopo il lieto fine. Questo libro mi ha fatto alzare in ritardo perché non riuscivo a smettere di leggere."
—Paranormal Romance Guild

"Se state cercando un libro profondo, con molte emozioni, grandi scene sportive e una meravigliosa storia d'amore allora date un'occhiata a Mettersi in Gioco."
—Diverse Reader

"Mi ha tenuta incollata alle pagine e ho tirato un enorme sospiro di sollievo quando è arrivato il lieto fine, guadagnato a fatica."
—Rainbow Book Reviews

"Sono rimasta entusiasta da questa storia incredibile."
—Loveislove Reviews

"Wow. Wow. Wow. Una storia davvero fantastica."
—Colleen

L'AUTORE

Jay è finalista del Lambda Literary Award 2020.
È un'autrice neozelandese che scrive MM romance e romantic suspense ambientati principalmente in Nuova Zelanda. Ama scrivere storie d'amore incentrate sui personaggi, con molto umorismo, una buona dose di realtà e un pizzico di angst. Ha viaggiato molto, ha vissuto in molti Paesi e in una vita passata è stata infermiera e consulente di terapia intensiva. Jay è di proprietà di un enorme gatto Maine Coon e di uno splendido Cocker Spaniel.

Unisciti al gruppo di lettori di Jay per aggiornamenti, promozioni e saperne di più sui suoi attuali progetti di scrittura e pubblicazioni speciali.

www.facebook.com/groups/hoganshangout/